DANS LA COLLECTION
NUITS NOIRES

Venero Armanno
Sombre déluge, 2000

David Baldacci
La Simple Vérité, 1999

Alice Blanchard
Le Bénéfice du doute, 2000

Joe Connelly
Ressusciter les morts, 2000

Robert Crais
L.A. Requiem, 2001

Daniel Easterman
Le Jugement final, 1998
K, 1999
Incarnation, 2000
Le Masque du jaguar, 2001

Dick Francis
Jusqu'au cou, 1999

James Grippando
Une affaire d'enlèvement, 1998
À charge de revanche, 2001

Arthur Hailey
Détective, 2000

John Lescroart
Fautes de preuves, 1998
Meurtre par pitié, 1999

Matthew Lynn
L'Ombre d'un soupçon, 1998

Brad Meltzer
Délit d'innocence, 1999
Mortelle défense, 2000
Chantage, 2001

Doug Richardson
Le Candidat de l'ombre, 1998

John Sandford
La Proie de l'esprit, 1998
La Proie de l'instant, 1999
La Proie secrète, 2000
Une proie certaine, 2001

J. Wallis Martin
Le Poids du silence, 2001

Michael Weaver
Le Mensonge, 1999

Don Winslow
Mort et vie de Bobby Z, 1998

SOUS HAUTE PROTECTION

DU MÊME AUTEUR

Les Pleins Pouvoirs, Flammarion, 1996, et J'ai Lu, 2000
Une femme sous contrôle, Flammarion, 1997, et Pocket, 1999
Une triche si parfaite, Flammarion, 1998, et Pocket, 2000
La Simple Vérité, Belfond, 1999, et Pocket, 2001

DAVID BALDACCI

SOUS HAUTE PROTECTION

Traduit de l'américain
par Francis K.

belfond
12, avenue d'Italie
75013 Paris

Titre original :
SAVING FAITH
publié par Warner Books Inc.,
New York.

Ceci est une œuvre de fiction. Tous les personnages, les événements et les dialogues, hormis certaines références à des personnalités, des services publics ou des produits, sont imaginaires. Ils ne se réfèrent nullement à des personnes vivantes, et en aucun cas ne visent à mettre en cause des services ou produits de sociétés existantes.

Si vous souhaitez recevoir notre catalogue
et être tenu au courant de nos publications,
envoyez vos nom et adresse, en citant ce livre,
aux Éditions Belfond,
12, avenue d'Italie, 75013 Paris.
Et, pour le Canada,
à Vivendi Universal Publishing Services,
1050, bd René-Lévesque-Est,
Bureau 100,
Montréal, Québec, H2L 2L6.

ISBN 2-7144-3718-4

À Aaron Priest, mon ami

1

La pièce dans laquelle était réuni le groupe d'hommes austères se situait dans un sous-sol dont l'unique moyen d'accès était un ascenseur à grande vitesse. Elle avait été construite en secret au début des années 60, sous le prétexte d'une rénovation de l'immeuble privé qui se dressait en surface. C'était une sorte de superbunker, conçu à l'origine pour servir d'abri antiatomique. Il n'était pas destiné aux huiles du gouvernement américain, il était pour les « inférieurs » qui, en cas d'attaque nucléaire, seraient prévenus trop tard pour déguerpir mais jouissaient néanmoins d'un statut justifiant une protection qu'on n'accordait pas aux citoyens ordinaires. En politique, même dans la perspective d'une destruction totale, on avait le souci de l'étiquette.

La construction remontait à une époque où l'on croyait qu'il suffisait de se claquemurer sous terre dans un cocon d'acier pour survivre à une frappe nucléaire. Après l'holocauste qui anéantirait le reste du pays, les gouvernants émergeraient des décombres pour continuer à gouverner… de la fumée.

L'immeuble d'origine, en surface, avait été rasé depuis longtemps, mais la cellule souterraine était toujours là, enfouie sous un petit centre commercial désaffecté. Tombée dans un oubli quasi général, elle était désormais utilisée comme lieu de réunion par certaines personnes émargeant à certains services secrets. Les réunions n'étant pas liées à leurs fonctions officielles, elles comportaient quelques risques. Il y était question de pratiques illégales et même, comme ce soir, de meurtres – ce qui avait nécessité des précautions supplémentaires.

Un revêtement en cuivre avait été rajouté sur les murs en acier déjà très épais, pour le cas éventuel où des oreilles électroniques indiscrètes auraient réussi à percer les tonnes de gravats qui isolaient la cellule. Les hommes réunis dans cette chambre forte ensevelie n'aimaient pas particulièrement y descendre. Elle était incommode et – ô ironie pour de tels amateurs d'espionnage – leur semblait beaucoup trop james-bondesque. Mais la surface du globe était tellement infestée d'appareils de surveillance technologique dernier cri qu'il était pratiquement impossible, de nos jours, d'avoir une conversation privée sans interception fâcheuse. Il fallait s'enfoncer dans le sol pour échapper à ses ennemis. Et s'il y avait un endroit, dans leur monde d'espionnite suraiguë et ultrasophistiquée, où l'on pouvait échanger quelques mots sans crainte exagérée d'être écouté en douce, c'était ici.

Ces messieurs grisonnants étaient tous des Blancs frisant la soixantaine, c'est-à-dire l'âge légal de la retraite pour des agents secrets. Vêtus sans recherche, en tenue de ville, ils auraient pu être médecins, avocats ou banquiers, et seraient passés parfaitement inaperçus dans une foule. L'anonymat était leur capital. Leur vie et leur mort, parfois violente, dépendaient de détails de ce genre.

Collectivement, ils détenaient des milliers de secrets que le grand public ne connaîtrait jamais, parce que ces secrets-là soustendaient des actions qui les auraient livrés à la vindicte populaire. Pourtant, l'Amérique exigeait souvent des résultats – économiques, politiques, sociaux et autres – qui ne pouvaient être obtenus qu'au prix d'un écrasement sanglant de certaines parties du monde. La tâche de ces hommes consistait précisément à imaginer des moyens clandestins d'y parvenir sans salir la réputation des États-Unis, et en évitant d'exposer notre beau pays musclé aux ripostes sournoises du terrorisme international.

L'objet de la réunion, ce soir-là, était l'élimination physique de Mlle Faith Lockhart. Officiellement, il était interdit à la CIA, par décret présidentiel, de pratiquer l'assassinat. Et, officiellement donc, ces hommes ne représentaient pas la CIA, bien qu'ils en fussent tous membres. Ils agissaient en privé et semblaient s'accorder au moins sur un point : cette femme devait mourir, et vite, c'était essentiel pour le bien-être du pays. Ils le savaient, de façon certaine, même si le président des États-Unis l'ignorait. Leur désaccord portait sur autre chose : cette mort en entraînerait une seconde. Et la réunion, jusque-là tranquille, tournait à l'aigre – on eût dit une assemblée de maquignons se disputant un milliard de dollars dans les couloirs du Parlement.

« En somme, dit un homme à cheveux blancs en pointant un doigt manucuré dans l'air enfumé, tu proposes de supprimer un agent fédéral en même temps que Lockhart. » Il secoua la tête, incrédule. « Pourquoi tuer l'un des nôtres ? Ça ne peut mener qu'à la catastrophe. »

L'homme qui présidait la tablée opina, la mine songeuse. Robert Thornhill était l'ancien combattant de la guerre froide le plus illustre au sein de la CIA, un homme incontournable dans l'Agence. Sa réputation était inattaquable, ses états de service inégalés. En sa qualité de directeur délégué des opérations, il était l'ultime soupape de sécurité de l'Agence. Le DDO était responsable des opérations sur le terrain impliquant des services de renseignement basés à l'étranger. Un homme d'arrière-boutique – la « boutique aux espions », comme on l'appelait officieusement –, dont le nom n'était pas connu du public. Le poste idéal pour un travail efficace.

Thornhill avait organisé la réunion et sélectionné ce groupe d'hommes, tous aussi contrariés que lui par l'état des affaires de la CIA. C'était lui qui s'était rappelé l'existence de cette cellule souterraine abandonnée. Et c'était lui qui avait trouvé les fonds pour la restaurer, la reconvertir et la moderniser. Il y avait des milliers de petits jouets semblables disséminés dans le pays, financés par les contribuables, à leur insu et souvent en pure perte. Thornhill réprima un sourire. *Bah, si les gouvernements ne gaspillaient pas l'argent durement gagné de leurs citoyens, que pourraient-ils bien faire pour s'occuper ?*

Il regrettait l'époque de la guerre froide. Même maintenant, en caressant négligemment la console en inox avec ses curieux cendriers encastrés, en respirant l'air filtré et en s'imprégnant de la fraîcheur sécurisante de la terre environnante, il y pensait encore. En ce temps-là, au moins, on avait des certitudes, on avait le marteau et la faucille en point de mire. Thornhill préférait mille fois la charge du taureau russe aux morsures perfides du serpent des sables qui vous filait entre les pattes. Et il y en avait en pagaille, des outrecuidants qui ne rêvaient que de renverser les États-Unis. Son boulot était de faire en sorte que ça ne se produise jamais.

Jetant un regard circulaire autour de la table pour sonder le patriotisme des hommes en présence, Thornhill s'estima satisfait : c'étaient des types à la hauteur, des gars comme lui. Il avait toujours voulu servir l'Amérique. Son père, déjà, était dans l'OSS, l'organisme précurseur de la CIA pendant la Seconde Guerre mondiale ; et s'il avait joué à cette époque un rôle qui n'était pas très bien connu de son fils, il avait réussi à inculquer à celui-ci la philosophie selon laquelle le service de la patrie est le plus haut devoir d'un homme. Thornhill était entré à l'Agence dès sa sortie de Yale. Et, de ce jour jusqu'à sa mort, le père avait été fier du fils – moins toutefois que le fils ne l'avait été du père.

Thornhill avait des cheveux argentés qui lui donnaient un air distingué, des yeux gris et vifs, un menton taillé à la serpe, portait toujours des costumes trois-pièces et fumait la pipe. Sa voix grave était aussi bien adaptée au jargon technique qu'à la poésie de Longfellow et sa diction dénotait l'homme cultivé.

À cinquante-huit ans, Thornhill aurait pu aspirer à la vie paisible d'un grand commis de l'État à la retraite, riche de souvenirs de voyages. Mais il avait mieux à faire. Depuis dix ans, les responsabilités et les budgets de la CIA avaient été réduits à la portion congrue. Une évolution désastreuse selon lui, car les orages qui éclataient aujourd'hui de par le monde étaient souvent déclenchés par des esprits fanatiques échappant au cadre politique traditionnel et susceptibles de se procurer des armes de destruction massive. De nos jours, chacun s'imaginait que la haute technologie était la réponse à tous les malheurs de la Terre, mais les meilleurs satellites du monde ne pouvaient balayer les rues de Bagdad, Séoul ou Belgrade pour prendre le pouls émotionnel des populations. Les ordinateurs de l'espace ne parviendraient jamais à capter la pensée intime des gens, deviner les démons qui hantaient leurs cœurs. Entre un système informatique et un agent en chair et en os, homme ou femme, intelligent, prêt à risquer sa vie, Thornhill donnerait toujours la préférence à l'humain.

Et, des agents de cette trempe, il en avait justement quelques-uns sous la main à la CIA. Complètement dévoués à sa personne et à ses projets, ils avaient tous travaillé d'arrache-pied pour rendre à l'Agence sa prééminence d'antan. Thornhill disposait enfin du véhicule dont il avait besoin pour arriver à ses fins. Il aurait bientôt sous sa coupe des membres du Congrès, des sénateurs, même le vice-président, et assez de bureaucrates de haut rang pour étouffer un conseil indépendant. Il verrait ses crédits remonter, son personnel décupler, et l'Agence serait réhabilitée dans ses prérogatives.

Cette stratégie avait marché pour J. Edgar Hoover et le FBI. Ce n'était pas une coïncidence, pensait Thornhill, si le budget et l'influence du bureau fédéral avaient fleuri sous le règne du défunt directeur, avec ses prétendus « dossiers secrets » sur des politiciens en vue. S'il y avait une organisation au monde que Robert Thornhill haïssait du fond du cœur, c'était le FBI. Il emploierait toutes les tactiques possibles pour ramener son agence sur le devant de la scène, et ravir par la même occasion un pion à son ennemi juré. *À malin malin et demi, Ed.*

Thornhill se concentra de nouveau sur les hommes groupés autour de lui. « Évidemment, déclara-t-il, c'est toujours embêtant de tuer l'un des nôtres. Cependant, le fait est que le FBI la surveille vingt-quatre heures sur vingt-quatre. Le seul moment où elle est vraiment vulnérable, c'est quand elle va au chalet. Ils peuvent lui donner le statut de "témoin sous haute protection" du jour au lendemain si ça leur chante. Donc, nous devons les frapper au chalet. »

Un autre homme prit la parole : « On tue Lockhart, d'accord, mais, pour l'amour de Dieu, Bob, laissons la vie sauve à l'agent du FBI. »

Thornhill secoua la tête : « Le risque est trop grand. J'admets que c'est regrettable de tuer un agent allié. Mais flancher à présent serait une erreur catastrophique. Tu sais ce qu'on a investi dans cette opération. L'échec n'est pas permis.

— Enfin, Bob, bon sang, tu es conscient de ce qui se passera si le FBI apprend qu'on a liquidé un de leurs hommes ?

— Si nous sommes incapables de garder un secret comme celui-là, nous n'avons rien à faire ici, répliqua-t-il. Ce n'est pas la première fois qu'une vie est sacrifiée. »

Un autre membre du groupe se pencha en avant. C'était le plus jeune du lot, mais son intelligence et sa prodigieuse force de travail lui avaient valu le respect de tous.

« Jusqu'ici, l'élimination de Lockhart est le seul scénario que nous ayons envisagé pour contrecarrer l'enquête du FBI sur Buchanan. Pourquoi ne pas en appeler au directeur du FBI pour qu'il ordonne à son équipe de laisser tomber l'enquête ? Comme ça, personne ne mourra. »

Thornhill posa un regard déçu sur son cadet. « Et comment comptes-tu présenter la chose au directeur du FBI ?

— On peut toujours inventer de fausses bonnes raisons. Même dans les services de renseignement, il y a de la place pour les demi-vérités, non ? »

Thornhill sourit avec chaleur. « Donc, tu voudrais que je demande poliment au directeur du FBI – qui, entre parenthèses, adorerait nous voir tous empaillés dans un musée – de bien vouloir renoncer à une enquête potentiellement retentissante afin de permettre à la CIA de recourir à des méthodes illégales pour supplanter son agence. Génial. Pourquoi n'y avais-je pas pensé ? Et dans quelle prison aimerais-tu accomplir ta peine ?

— Au nom du ciel, Bob, nous *travaillons* avec le FBI maintenant. On n'est plus en 1960. N'oublie pas le CTC. »

Le CTC – centre de contre-terrorisme – était une brigade antiterroriste dirigée conjointement par la CIA et le FBI dans un esprit de collaboration et d'échange. On s'accordait généralement à considérer l'entreprise comme réussie – mais Thornhill, lui, n'y voyait qu'une manœuvre du FBI pour fourrer son nez dans les affaires de la CIA.

« Il se trouve que j'ai un pied dans le CTC, dit Thornhill. Selon moi, c'est un excellent moyen pour infiltrer le Bureau et savoir quels mauvais coups ils mijotent contre nous.

— Allons, nous sommes tous dans le même camp, Bob.

— Ne répète jamais ça en ma présence », rétorqua Thornhill avec un regard glacial qui refroidit tout le monde dans la pièce.

L'homme pâlit et se carra dans son siège.

Thornhill serra sa pipe entre ses dents. « Tu veux des exemples concrets sur les manières du FBI ? Tout ce qui les intéresse, c'est de reprendre à leur compte la gloire d'un travail entièrement accompli par nous, avec le sang de nos agents ! Combien de fois avons-nous sauvé le monde de l'anéantissement et combien de fois ont-ils tiré la couverture à eux ? Combien de fois ont-ils manipulé les enquêtes pour remuscler leur budget déjà surgonflé ? En trente-six ans de carrière, j'ai eu l'occasion de les voir à l'œuvre, crois-moi. Ils ont toujours tout fait pour nous discréditer ! Tu veux vraiment des exemples ? » L'homme secoua lentement la tête, mouché par la hargne de Thornhill. « Même si le directeur du FBI en personne venait me baiser les godasses et me prêter allégeance, j'en aurais rien à foutre, tu m'entends ? Jamais ! Ai-je été assez clair ?

— Compris », répondit le plus jeune, éberlué. Tout autre que Robert Thornhill, dans cette pièce, savait que le FBI et la CIA fonctionnaient en bonne intelligence. Même si, fort de ressources très supérieures, le Bureau leur marchait de temps en temps sur les pieds dans des enquêtes parallèles, il ne s'était jamais lancé dans une chasse aux sorcières visant à détruire l'Agence. Mais ils connaissaient tous la paranoïa de Thornhill, et n'ignoraient pas non plus que, quelques décennies auparavant, il avait orchestré pour le compte de la CIA une série d'assassinats avec zèle et compétence. Pouvait-on s'opposer à un tel homme ?

Un autre collègue intervint : « Bon, mais si on tue leur agent, le FBI va remuer ciel et terre pour découvrir la vérité. Ils ont les moyens de passer tout le pays au peigne fin. On ne peut pas rivaliser, ils sont trop forts. On aura l'air de quoi ? »

Grommellements dans l'assistance. Thornhill regarda autour de lui. Ces hommes n'étaient ni des enfants de chœur ni de dociles petits soldats. C'étaient des paranoïaques, des types imprévisibles, enclins à n'écouter qu'eux-mêmes. Il était déjà miraculeux d'avoir pu les fondre ensemble en un alliage à peu près cohérent.

« Le FBI fera effectivement tout ce qu'il peut pour élucider le double meurtre d'un agent et du principal témoin d'une de leurs plus ambitieuses enquêtes à ce jour. Je propose donc que nous leur donnions la solution du problème. »

Ils l'observèrent avec curiosité. Thornhill but une gorgée d'eau et prit le temps de bourrer sa pipe avant de poursuivre :

« Après des années de collaboration avec Buchanan, Faith Lockhart, gagnée par le remords, ou le bon sens, ou la trouille, retourne sa veste. Elle va trouver le FBI et commence à déballer ce qu'elle sait. Grâce à mon petit doigt, nous sommes mis au courant de la situation. Buchanan, en revanche, ignore complètement que son associée bavarde dans son dos. Et il ignore aussi, bien sûr, que nous avons l'intention de la tuer, puisque ça, nous sommes les seuls à le savoir. »

Thornhill se félicita intérieurement de cette dernière remarque. L'omniscience ! Il adorait ce sentiment, c'était ce qui faisait tout le sel du métier.

« Cela étant, le FBI a toutes les raisons d'être soupçonneux : le gars peut avoir eu vent de la trahison ou finir par l'apprendre un jour ou l'autre. Autrement dit, aux yeux d'un observateur extérieur, personne au monde n'a un meilleur mobile pour tuer Faith Lockhart que Danny Buchanan.

— Conclusion ?

— Oh, la conclusion s'impose d'elle-même : au lieu d'offrir une porte de sortie à Buchanan, nous faisons savoir au FBI qu'il a découvert la duplicité de Lockhart et a commandité le double assassinat.

— Mais, quand ils auront mis la main sur Buchanan, il crachera le morceau… »

Thornhill regarda son interlocuteur comme un maître d'école regarde un mauvais élève. En l'espace d'un an, Buchanan leur avait donné tout ce dont ils avaient besoin ; sa vie n'avait donc plus aucun intérêt pour eux.

L'évidence se fit jour peu à peu dans le groupe. « En d'autres termes, nous rencardons le FBI sur Buchanan *à titre posthume*, dit un autre homme. Trois morts. Rectification : trois meurtres. »

D'un coup d'œil, Thornhill jaugea la réaction de l'assemblée à son projet. Il savait que, en dépit de leurs protestations contre l'élimination d'un agent du FBI, l'idée de tuer trois personnes ne leur faisait ni chaud ni froid. Ils étaient de la vieille école et comprenaient la nécessité de ce genre de sacrifice. D'accord, un meurtre était un meurtre mais, d'un autre côté, c'était par des opérations de ce type qu'on évitait une guerre ouverte. Tuer trois personnes pour en sauver trois millions, que pouvait-on avoir à redire à ça ? Même si les victimes étaient relativement innocentes. Les soldats morts sur le front étaient innocents aussi. C'était dans l'action clandestine, parfois appelée « troisième voie » dans les milieux du renseignement – la voie intermédiaire entre la diplomatie et la guerre ouverte –, que la CIA pouvait réellement prouver sa valeur, estimait Thornhill, au risque de certains dérapages qui, dans le passé, avaient conduit à des fiascos lamentables. Et alors ? « À vaincre sans péril on triomphe sans gloire » – une épitaphe qu'il aurait volontiers fait graver sur sa tombe.

La proposition de Thornhill ne fut pas mise aux voix. C'était inutile.

« Merci, messieurs, conclut-il simplement. Je me charge de tout. » Et il leva la séance.

2

Le chalet en bardeaux se dressait seul au bout d'une courte route en gravier compacté, aux accotements terreux envahis par des tortillons de pissenlits, des friselis de patiences et de mouron des oiseaux. Sa structure délabrée était plantée sur un arpent de clairière bordé, sur trois côtés, de bois touffus où les arbres trop proches les uns des autres semblaient se disputer les rayons du soleil. En raison de l'humidité du terrain et d'un plan d'occupation des sols restrictif, la demeure presque centenaire n'avait jamais eu de voisins. Le premier village était à cinq kilomètres, en prenant par la route. En coupant par les bois, on réduisait la distance de moitié, mais c'était toute une aventure.

Depuis une vingtaine d'années, la maisonnette avait surtout abrité des surprises-parties d'adolescents ou servi de refuge à des vagabonds en quête de quatre murs et d'un toit, même fissurés. L'actuel propriétaire, qui venait d'en hériter, avait décidé de la louer en désespoir de cause et – coup de chance – avait trouvé un volontaire prêt à payer un an de loyer d'avance, en liquide.

Ce soir-là, un vent persistant aplatissait et relevait alternativement les hautes herbes, dont les ondulations accompagnaient le balancement du feuillage des gros chênes massés derrière le chalet. À part le souffle des bourrasques, on n'entendait aucun bruit.

Ou presque.

Dans les bois, à plusieurs centaines de mètres, deux pieds pataugeaient dans le lit d'un ruisseau. Un homme au pantalon trempé et aux bottes crottées peinait dans le bourbier. La nuit était presque noire, malgré une lune de trois quartiers. L'homme s'arrêta pour taper ses bottes contre un tronc abattu.

Lee Adams suait et grelottait à la fois après une marche éprouvante. À quarante et un ans, son corps d'un mètre quatre-vingt-huit possédait une vigueur exceptionnelle. Il s'entraînait régulièrement, comme l'attestaient ses biceps et ses deltoïdes. Garder la forme était une nécessité dans son boulot. Car, s'il était souvent contraint de rester assis plusieurs jours de suite dans une voiture, ou dans une bibliothèque ou un tribunal pour potasser des microfiches, il devait aussi, le cas échéant, grimper aux arbres, maîtriser des gaillards parfois plus costauds que lui ou, comme maintenant, crapahuter dans des bois marécageux au millieu de la nuit. Un petit supplément de muscle ne faisait jamais de mal. Mais il n'avait plus vingt ans, et son corps se chargeait de le lui rappeler.

Lee avait d'épais cheveux bruns qui lui tombaient tout le temps sur la figure, un sourire franc et communicatif, des pommettes saillantes, et une paire d'yeux bleus engageants qui avaient fait chavirer les cœurs féminins depuis la classe de sixième. Au cours de sa carrière, il avait subi assez de fractures et de blessures de toute espèce pour se sentir physiquement beaucoup plus vieux qu'il ne l'était en réalité. Et c'était son calvaire de tous les matins. Les craquements, les petites douleurs. Tumeur cancéreuse ou simple arthrite ? se demandait-il quelquefois. Mais quelle importance, au fond ? Quand Dieu poinçonnait votre ticket, Il avait Ses raisons. Ce n'étaient pas quelques poids et haltères ou quelques exercices sur un tapis roulant, même avec un bon régime, qui Le feraient changer d'avis.

Lee regarda devant lui. Impossible de voir le chalet, la forêt était trop dense. Tout en reprenant son souffle, il fit jouer les boutons de commande de l'appareil photo qu'il avait sorti de son sac. Il avait déjà effectué cette même marche plusieurs fois, mais il n'était jamais entré dans le chalet. Cependant, il avait vu des choses – des choses bizarres. C'est pourquoi il était revenu. Il était temps de découvrir le secret de cet endroit.

Ayant recouvré sa respiration, il poursuivit sa route, avec pour seule compagnie les animaux effarouchés. Daims, lapins, écureuils et même castors abondaient encore dans ce coin rural de Virginie septentrionale. Il marchait, l'oreille aux aguets, mais n'entendait que le battement d'ailes des chauves-souris. Quelques pas de plus et il n'y couperait pas : il plongerait bille en tête dans un essaim de moustiques. Certes, on lui avait déjà payé une grosse avance en liquide, mais il songeait sérieusement à revoir ses tarifs à la hausse sur ce coup-là.

En approchant de la lisière des bois, il s'arrêta. Lee n'était pas un débutant. C'était un métier d'espionner les gens. Il s'agissait de procéder avec méthode, comme un pilote avant le décollage. Seuls les insouciants se laissaient aller à l'improvisation.

Le nez cassé de Lee était une médaille d'honneur permanente qu'il devait à ses années de boxe amateur dans la marine, où il avait épuisé son agressivité juvénile sur des tapis de chanvre contre des adversaires de même poids et de même force. Une paire de gants, des bras rapides et des jambes agiles, un esprit carré et un cœur bien accroché avaient constitué son arsenal – généralement suffisant pour vaincre.

Après l'armée, la vie lui avait plutôt souri. Jamais riche, mais jamais vraiment pauvre non plus, bien que travaillant le plus souvent à son compte, et jamais vraiment seul, bien que divorcé depuis près de quinze ans. Le seul résultat positif de ce mariage venait juste d'avoir vingt ans. Sa fille était une grande blonde intelligente, diplômée avec mention de l'université de Virginie et vedette de l'équipe féminine de hockey sur gazon. Mais depuis dix ans, Renee Adams avait complètement coupé les ponts avec son père – décision à laquelle sa mère n'était probablement pas étrangère, Lee le savait. Et dire que cette même mère avait été si douce pendant leurs premiers rendez-vous, si fière de son uniforme de la marine et si avide de froisser les draps de son lit !

Son ex-femme, Trish Bardoe, une ancienne strip-teaseuse, s'était remariée avec un nommé Eddie Stipowicz, un ingénieur au chômage porté sur la bouteille. Certain qu'elle allait à la catastrophe, Lee en avait profité pour essayer d'obtenir la garde de Renee, arguant que sa mère et son beau-père étaient incapables de subvenir à ses besoins. Mais, entre-temps, Eddie, un faux jeton que Lee méprisait, avait inventé, grâce à un heureux hasard, une sorte de microgadget électronique qui avait fait de lui un multimillionnaire. Du coup, les arguments juridiques de Lee étaient tombés à l'eau. Pour ajouter l'insulte à la blessure, Eddie avait eu droit à des articles dans le *Wall Street Journal*, *Time*, *Newsweek* et nombre d'autres publications. Leur maison avait même été photographiée dans la revue *Architectural Digest*.

Lee en avait acheté un exemplaire. La nouvelle résidence de Trish était énorme, de couleur rouge foncé ou aubergine, un peu comme le capiton intérieur d'un cercueil. Les fenêtres étaient aussi hautes que des vitraux de cathédrale, les meubles assez grands pour qu'une chatte n'y retrouve pas ses petits, et il y avait tellement d'escaliers, de lambris et autres boiseries qu'on aurait pu chauffer avec toute une bourgade du Middle West pendant un an. Il y avait également des fontaines en pierre ornées de statues de nus. Quel pied ! Une photo montrait l'heureux couple au milieu de ces merveilles. Lee aurait bien mis en légende une formule du style : « Le grand con et la bombe sexuelle saisis par le mauvais goût. »

Une autre photo avait retenu son attention. Renee posait sur le plus bel étalon qu'il eût jamais vu, dans un pré tondu si ras qu'on eût dit un étang de cristal vert tendre. Lee avait découpé cette photo avec soin et l'avait rangée précieusement – dans son album de famille, en quelque sorte. Évidemment, l'article ne faisait aucune allusion à lui ; normal. Mais ce qui l'avait profondément agacé, c'était que Renee était présentée comme la fille d'Ed.

« Belle-fille ! avait rectifié Lee à haute voix en lisant la phrase. C'est moi son père, et ça, tu ne peux pas me l'ôter, Trish. » Il ne jalousait pas la nouvelle fortune de son ex-femme, parce qu'elle signifiait que sa fille ne serait jamais dans le besoin. Mais parfois, ça faisait mal.

Quand on a possédé quelque chose pendant des années, quelque chose qu'on a aimé plus que de raison, qu'on a chéri plus que soi-même, eh bien, en le perdant, c'est comme si… bah, Lee essayait de ne jamais y penser trop longtemps. Tout dur à cuire qu'il était, lorsqu'il commençait à s'apitoyer sur le grand vide qu'il avait dans le cœur, il se mettait à geindre comme un bébé.

La vie était drôle parfois. Un matin, vous recevez un bulletin de santé impeccable et, le soir, vous tombez mort.

Lee regarda son pantalon sale. Il avait une crampe douloureuse dans une jambe. Il la massa énergiquement, tout en chassant un moustique qui vibrionnait devant son œil. Une maison grande comme un hôtel. Des domestiques. Des fontaines. Des chevaux. Un avion privé... Très peu pour lui. Ça ne leur apportait sûrement que des soucis.

Il leva son appareil, équipé d'un film rapide 400-600 qu'il « turbochargea » en réglant la vitesse ISO sur 1 600. Les films rapides demandaient moins de lumière et, avec un obturateur à ouverture brève, il ne risquait pas d'avoir des photos troubles. Il fixa un téléobjectif de six cents millimètres et, visant entre les branches d'un cornouiller sauvage, fit le point sur l'arrière du chalet. Des nuages épars passèrent devant la lune, approfondissant encore l'obscurité. Il prit une série de clichés et rangea l'appareil.

De l'endroit où il était, il ne pouvait pas savoir si la maison était occupée ou non. Il n'apercevait pas de lumière, mais peut-être existait-il une pièce intérieure invisible du dehors. Et, comme il ne voyait pas non plus la façade, il ignorait s'il y avait une voiture garée devant. Il avait observé la circulation et les empreintes de pieds lors de ses précédentes visites, mais ça ne lui avait pas appris grand-chose. La route était peu fréquentée. Quelques voitures, jamais de marcheurs. Et les voitures qu'il avait repérées s'étaient manifestement trompées de chemin, parce qu'elles avaient toutes fait demi-tour – enfin, toutes sauf une.

Il regarda le ciel. Le vent était retombé. Lee calcula rapidement que les nuages allaient voiler la lune pendant quelques minutes encore. Il bomba le torse pour rassembler ses forces et sortit du bois, sac au dos.

Il se faufila jusqu'à un bouquet de broussailles, d'où il pouvait voir sans être vu l'avant et l'arrière de la maison. L'obscurité s'estompait ; la lune avait refait son apparition, tel un œil qui l'épiait paresseusement du ciel.

Bien qu'isolé, le chalet n'était qu'à quarante-cinq minutes de voiture du centre de Washington, ce qui le rendait très commode pour un certain nombre de choses. Lee s'était renseigné sur le propriétaire : ses titres étaient légitimes. Le locataire, en revanche, avait été un peu plus difficile à situer.

Lee sortit un appareil ressemblant à un magnétophone à cassette, mais qui était en réalité un crocheteur de serrure électronique à pile, ainsi qu'un étui avec une fermeture à glissière, qu'il ouvrit. Il tâta les différents embouts que contenait l'étui, prit celui qu'il voulait et l'adapta sur l'appareil au moyen d'une clé Allen. Tout cela fut exécuté en un tournemain, malgré le manque de lumière. Lee avait si souvent effectué l'opération qu'il aurait pu faire les mêmes gestes les yeux fermés avec une remarquable précision.

Il avait déjà vérifié les serrures du chalet avec sa longue-vue, à la lumière du jour. Et ça l'avait beaucoup intrigué. Des verrous sur les portes extérieures. Des barres de sécurité sur les fenêtres du bas et celles de l'étage. Une huisserie entièrement neuve. Bizarre, pour une bicoque délabrée perdue dans la forêt.

Malgré le froid, une goutte de sueur perla sur le front de Lee. Il toucha le neuf millimètres dans l'étui attaché à sa ceinture. Le métal était rassurant. Il dégaina, arma le percuteur, fit tourner le barillet et mit le cran de sûreté.

Le chalet avait aussi un système d'alarme. Cette découverte lui avait causé un choc ; s'il s'était écouté, Lee aurait remballé ses outils de cambrioleur et serait rentré chez lui en expliquant à son employeur qu'il avait échoué. Mais il avait de la conscience professionnelle. Il persévérerait, à moins qu'un événement nouveau ne le fasse changer d'avis. Et il était capable de courir très vite en cas d'urgence.

Ce ne serait pas si difficile de s'introduire dans la maison, vu qu'il connaissait le code. Il avait réussi à se le procurer lors de sa troisième visite, où il avait vu deux femmes pénétrer dans le chalet. Ayant préalablement détecté la présence d'un dispositif électrique, il était venu équipé. Il avait donc attendu que les deux femmes ressortent et, comme prévu, avant de partir, l'une d'elles avait tapé le code pour réenclencher le système. Or, Lee, caché derrière les mêmes broussailles que maintenant, était muni d'une petite merveille électronique capable d'intercepter un code dans les airs aussi sûrement qu'une balle de base-ball. Tout courant électrique produisait un champ magnétique, comme un émetteur, et quand la femme avait appuyé sur les touches, chaque numéro avait envoyé un signal discret à l'appareil de Lee.

Il vérifia une nouvelle fois la couverture des nuages, enfila une paire de gants en latex, prépara sa lampe torche et inspira profondément. Une minute plus tard, il se dirigeait d'un pas tranquille vers la porte de derrière. Il retira ses bottes crottées et les posa à côté du seuil. Il ne voulait pas laisser de traces de sa visite. Les bons détectives privés étaient invisibles. Calant sa torche sous son bras, il inséra le crocheteur dans la serrure et activa l'appareil.

Il se servait de ce gadget pour deux raisons : pour aller vite et parce qu'il ne possédait pas la technique lui permettant de procéder autrement. L'outil idéal, pour crocheter une serrure, c'était le bon vieux rossignol. Mais il fallait du doigté et surtout une extrême sensibilité digitale afin de percevoir le déclic. Avec des outils traditionnels, un serrurier expérimenté se serait acquitté de la tâche bien plus rapidement que Lee avec son appareil. Mais c'était un art, et Lee connaissait ses limites. Bientôt, il sentit le verrou céder.

Quand il ouvrit la porte, le système de sécurité se mit à biper en sourdine. Mais Lee trouva vite le boîtier de commande, tapa les six numéros, et le bip cessa aussitôt. En refermant la porte, il avait conscience d'être désormais dans l'illégalité.

L'homme abaissa sa carabine, et le point rouge de son rayon de visée laser disparut du large dos de Lee Adams, qui ne se doutait de rien. L'homme était Leonid Serov, un ancien officier du KGB spécialisé dans l'assassinat. Après l'éclatement de l'Union soviétique, Serov s'était retrouvé sans emploi lucratif. Heureusement pour lui, ses talents de tueur étaient très demandés dans le monde « libre », et le communiste relativement nanti qu'il était dans son pays, avec son propre appartement et sa voiture, s'était transformé du jour au lendemain en capitaliste richissime. Ah, s'il avait su...

Serov ne connaissait pas Lee Adams et n'avait aucune idée des raisons de sa présence. Il ne l'avait pas repéré tout de suite. Étant posté de l'autre côté des bois, il n'avait aperçu Lee qu'au moment où celui-ci courait vers les broussailles. Sans doute était-ce le vent, supposait-il à juste titre, qui avait couvert le bruit de ses déplacements dans le bourbier.

Serov consulta sa montre. Ils n'allaient pas tarder à arriver. Il inspecta le silencieux attaché à sa carabine et caressa le long museau de l'arme aussi doucement que si c'eût été celui d'un animal. Le métal poli lui donnait un sentiment d'infaillibilité. La crosse était faite d'un assemblage spécial de Kevlar, de fibre de verre et de graphite, qui procurait une remarquable stabilité. L'âme du canon était également d'un type particulier : son alésage, dit « polygonal », permettait d'augmenter de huit pour cent la vitesse de propulsion et, surtout, rendait pratiquement impossible l'expertise balistique parce que, n'ayant pas de sillon, l'intérieur du canon ne laissait pas de marques distinctives sur la balle. Le succès dépendait de ce genre de détails. Serov avait bâti toute sa carrière sur cette philosophie.

L'endroit était tellement isolé que le Russe avait envisagé un instant de retirer le silencieux, se fiant à son adresse, à son système de visée high-tech et à son plan de fuite bien conçu. Sa confiance était justifiée, croyait-il. Quand on tue quelqu'un au milieu de nulle part, qui peut l'entendre mourir ? Et il savait que certains silencieux déviaient légèrement les trajectoires, ce qui entraînait un résultat inacceptable : personne ne mourait, sauf l'assassin raté, en dernière instance, lorsque son employeur apprenait son échec. Mais, en réalité, Serov avait personnellement supervisé la construction de son ustensile et n'avait aucun doute sur son efficacité.

Il changea de position, pour éviter d'avoir l'épaule ankylosée. Il était là depuis la tombée de la nuit et avait l'habitude des longues attentes. Ça ne le fatiguait jamais. Il prenait la vie suffisamment au sérieux pour que les préparatifs de la mort d'autrui fassent remonter son adrénaline. Le risque était toujours revigorant. Que ce soit dans l'escalade d'une montagne ou dans l'exécution d'un contrat, la proximité de la mort avait toujours, ironiquement, quelque chose de vivifiant.

Une fois le travail accompli, il filerait à travers bois jusqu'à une route tranquille, où une voiture l'attendait pour l'emmener à l'aéroport Dulles. Puis il irait honorer d'autres contrats, dans d'autres lieux probablement moins exotiques que celui-ci. Cependant, pour ce qu'il avait à y faire, ce décor avait ses avantages.

Les meurtres en ville étaient les plus difficiles. Ce n'était pas simple de trouver un bon angle de tir, d'appuyer sur la détente et de détaler incognito, avec tous les badauds et toute la flicaille qui encombraient les rues. À la campagne, c'était du gâteau. On déboulait dans la place tel un renard dans un poulailler. Pas de témoins, pas de voisins. Le calme. Des boulots comme ça, il en aurait fait tous les jours de la semaine, les doigts dans le nez.

Serov s'assit sur une souche, à quelques pas en deçà de la lisière et à une trentaine de mètres de la maison. Malgré l'épaisseur des bois, la ligne de mire était impeccable. Quand on savait viser, pas la peine d'avoir beaucoup d'espace pour trouver la bonne trajectoire. L'homme et la femme, lui avait-on dit, entraient toujours par la porte de derrière. Cette fois, ils ne l'atteindraient pas. Tout ce que le laser touchait, la balle le détruisait. Même un ver luisant, à deux fois cette distance, il ne l'aurait pas raté.

Mais, en dépit du fait que tout avait été parfaitement calculé, Serov demeurait sur ses gardes. Et il avait soudain une excellente raison d'être méfiant : l'intrus dans la maison. Ce n'était pas un flic. Les forces de l'ordre ne se planquaient pas dans les fourrés pour s'introduire chez les gens par effraction. Et, dans la mesure où il n'avait pas été prévenu de cette intrusion, le type ne pouvait être de son côté. Toutefois, Serov n'aimait pas s'écarter d'un plan préétabli. Il décida que, si l'homme restait dans la maison après la mort des deux cibles, il suivrait le plan d'origine et s'échapperait par les bois. Mais si l'homme interférait en quelque manière ou sortait après les coups de feu, alors… Serov ne manquait pas de munitions… Le résultat serait trois cadavres au lieu de deux.

3

Assis dans dans son bureau sombre, Daniel Buchanan buvait du café noir. Il était tellement tendu qu'il sentait son pouls s'accélérer à chaque gorgée. Il passa une main dans ses cheveux autrefois blonds, encore fournis et bouclés mais blanchis par trente ans de dur labeur à Washington. Après une journée de plus à essayer de convaincre les législateurs que sa cause était digne de leur attention, il était vanné. Le seul remède était la caféine à haute dose. Une nuit de sommeil complète n'était jamais au programme. Un petit somme par-ci par-là, entre deux réunions ou deux avions, un assoupissement discret pendant une interminable audience parlementaire ou deux heures de sieste dans son lit à la maison – c'était son repos officiel. Le reste du temps, il faisait du zèle entre les murs quasi mythiques du Capitole.

Un mètre quatre-vingts et des poussières, les épaules larges, l'œil pétillant, Buchanan était un homme volontaire et perfectionniste. Quoiqu'il n'eût aucun goût pour le service de l'État, sa vivacité d'esprit et sa force de persuasion avaient fait de lui un lobbyiste parfait. Il avait connu un succès immédiat. Sa carrière avait été son unique obsession. Quand il n'était pas en train de magouiller dans les couloirs du Parlement, il tournait en rond.

Le bureau de Buchanan était sommairement meublé et dépourvu de l'attirail qu'on se serait attendu à trouver chez un lobbyiste actif. Danny, comme il aimait se faire appeler, n'avait pas d'ordinateur, pas de disquettes, pas de dossiers, ne conservait aucun document important. Les documents sur papier pouvaient êtres volés, les ordinateurs pouvaient être piratés. Les communications téléphoniques étaient presque toujours sur écoute. Les espions se servaient de tous les moyens possibles et imaginables pour capter les conversations, depuis le verre appuyé contre un mur jusqu'au gadget dernier cri, inventé quelques mois plus tôt et capable d'intercepter toutes sortes d'informations confidentielles par la voie des ondes. Les fuites étaient permanentes. Les organismes gouvernementaux ou privés étaient comme des navires torpillés faisant eau de toutes parts. Et Buchanan avait beaucoup de choses à cacher.

Pendant plus de deux décennies, il avait « vendu » de l'influence et avait été, de loin, le plus gros négociant de la place. D'une certaine manière, c'était même lui qui avait jeté les bases du lobbyisme moderne à Washington. Le temps des avocats surpayés qui somnolaient pendant les audiences du Congrès était révolu. Désormais, c'était une affaire de spécialistes, évoluant dans un monde beaucoup plus complexe aux enjeux infiniment plus élevés. Véritable mercenaire du Capitole, Buchanan avait défendu avec succès des pollueurs notoires dans des batailles contre l'Agence pour la protection de l'environnement, leur permettant de répandre la mort sur des populations sans méfiance ; il avait été le stratège politique de certains géants de l'industrie pharmaceutique qui avaient tué des mères et leurs enfants ; il avait protégé les intérêts de fabricants d'armes indifférents à la sécurité de leurs produits ; il avait manigancé dans l'ombre pour que des constructeurs automobiles peu scrupuleux puissent continuer à livrer sur le marché des véhicules dangereux ; et, enfin, il avait soutenu les industriels du tabac dans leurs entreprises néfastes à la santé publique. Il tenait le haut du pavé à Washington, ses clients étaient puissants et il avait bâti une énorme fortune.

Nombre des stratégies qu'il avait concoctées pendant cette époque étaient devenues des modèles de manipulation législative. Par exemple, il avait encouragé des parlementaires à déposer des amendements qu'il savait voués à l'échec, dans le seul objectif de saper par avance toute velléité ultérieure de remise en cause de la loi. Cette tactique était à présent couramment pratiquée au Congrès. Les clients de Buchanan détestaient le changement. Combien de fois avait-il évité une catastrophe politique à coups de lettres, de propagande, de menaces à peine voilées de sanctions financières, en maniant la carotte et le bâton ! « Mon client est tout à fait prêt à soutenir votre réélection, sénateur, parce que nous savons que vous êtes de notre côté. Au fait, le chèque a déjà été versé dans le budget de votre campagne. » Combien de fois avait-il prononcé ces mots !

Et puis, tout avait changé. Ironiquement, c'étaient les gains amassés dans la défense des intérêts des puissants qui avaient entraîné la transformation radicale des valeurs et de la vie de Buchanan, dix ans plus tôt. À l'origine, son idée était de faire fortune d'abord et de se marier ensuite, quand sa carrière serait bien établie, pour fonder un foyer. Désireux de parcourir le monde avant d'aborder ces nouvelles responsabilités, Buchanan avait voyagé, en commençant par un safari-photo en Afrique occidentale dans une Range Rover de soixante mille dollars. Là, outre la magnifique faune exotique, il avait pu observer une misère et une souffrance humaines d'une profondeur jamais soupçonnée. Au cours d'un autre voyage, dans une contrée reculée du Soudan, il avait assisté à un enterrement massif d'enfants. Une épidémie avait balayé le village entier, lui avait-on dit, une de ces terribles maladies endémiques qui accablaient la région, tuaient les jeunes et les vieux. Quelle maladie ? avait-il demandé. Un genre de rougeole, lui avait-on répondu.

Plus tard, dans un port de Chine, il avait vu décharger des millions de cigarettes américaines destinées à des consommateurs déjà obligés de porter des masques pour pouvoir respirer dans un air saturé de pollution. Il avait vu distribuer par centaines de milliers en Amérique du Sud des contraceptifs interdits aux États-Unis, avec un mode d'emploi rédigé uniquement en anglais. Il avait vu des taudis à côté des gratte-ciel à Mexico, des affamés à côté des nouveaux capitalistes corrompus en Russie. Et, bien qu'il n'eût jamais pu s'y rendre lui-même, il savait que dix pour cent des habitants de la Corée du Nord, un État gouverné par des gangsters, étaient morts de faim en cinq ans. Chaque pays avait son histoire schizophrène à raconter.

Après deux ans de ce pèlerinage, les rêves de mariage de Buchanan avaient fait long feu. Tous les enfants mourants qu'il avait rencontrés étaient devenus ses enfants, sa famille. Certes, on continuerait à creuser des millions de tombes pour les jeunes, les vieux, les pauvres de ce monde, mais lui ne resterait pas les bras croisés. Il lutterait pour eux avec plus d'énergie encore qu'il ne l'avait fait pour les mastodontes du tabac, de la chimie et de l'armement. Sa vie durant, il se souviendrait de cet instant, au retour d'un voyage en Amérique du Sud, où il était tombé à genoux dans les toilettes de l'avion pour vomir de honte. C'était comme s'il avait personnellement assassiné tous les enfants agonisants qu'il avait croisés sur ce continent.

Les yeux dessillés, Buchanan était parti en croisade. Il avait personnellement affrété un cargo de nourriture et de médicaments, pour découvrir, en arrivant à quai, qu'il n'existait pas de moyens de transport vers l'intérieur des terres. Il avait assisté, impuissant, au pillage de sa cargaison. Alors, il avait œuvré comme bénévole dans plusieurs associations caritatives, de CARE à Catholic Relief Services. Il avait payé de sa personne, mais l'argent recueilli n'était qu'une goutte d'eau dans un tonneau sans fond. La balance penchait toujours du mauvais côté ; la situation allait de mal en pis.

Du coup, Buchanan s'était rabattu sur ce qu'il savait faire. C'était à Washington qu'il devait agir. Abandonnant la société qu'il avait fondée, il avait limité le nombre de ses collaborateurs à une seule personne : Faith Lockhart. Depuis dix ans, ses clients, ses garants, étaient les pays les plus pauvres de la planète. En vérité, Buchanan ne les considérait pas comme des unités géopolitiques, mais comme des regroupements de personnes sans ressources et sans voix sous divers drapeaux. Il avait voué le reste de sa vie au problème insoluble des déshérités de ce monde.

Pensant mettre à profit ses immenses talents professionnels, après avoir battu le rappel de ses relations à Washington, il avait dû se rendre à l'évidence : sa nouvelle cause rencontrait peu d'échos favorables. Du temps où il représentait les riches et les puissants, les hommes politiques – qui voyaient briller des dollars dans ses yeux – l'accueillaient avec le sourire. Aujourd'hui, on le boudait. Certains membres du Congrès se vantaient même de ne pas avoir de passeport, ou lui expliquaient que les États-Unis consacraient déjà trop de crédits aux autres pays. Charité bien ordonnée commence par soi-même, protestaient-ils, balayons d'abord devant notre porte.

La réponse la plus courante était : « Qu'est-ce que j'ai à y gagner, Danny ? Ce ne sont pas les Éthiopiens qui me feront réélire en Illinois. » Systématiquement éconduit, il avait fini par deviner ce qui se murmurait dans son dos : Danny Buchanan, peut-être le plus grand lobbyiste de tous les temps, était devenu gâteux. C'était bien triste, certes, et la cause était juste, tout le monde en convenait. Mais enfin, gardons les pieds sur terre ! L'Afrique ? Des bébés affamés en Amérique latine ? On verra ça plus tard, j'ai déjà assez de problèmes dans ma circonscription.

« Écoutez, Danny, s'il n'y a ni pétrole ni intérêts commerciaux ou militaires, pourquoi me faites-vous perdre mon temps ? » lui avait un jour rétorqué un sénateur très en vue. Et cette déclaration était peut-être la quintessence de la politique étrangère des États-Unis.

Étaient-ils donc tous aveugles ? s'était cent fois demandé Buchanan. Ou était-ce lui, le fou ?

Finalement, il avait estimé qu'il ne lui restait plus qu'une chose à faire. C'était complètement illégal, mais un homme au bord du précipice doit parfois mettre la déontologie dans sa poche. Puisant dans ses capitaux personnels, il avait entrepris de soudoyer certains politiciens influents. Ça avait magnifiquement marché. Les crédits avaient commencé à affluer en faveur de ses clients. Et tant pis si sa propre fortune avait fondu dans l'intervalle. La situation s'améliorait, pensait-il, ou du moins n'empirait pas, ce qui était déjà appréciable. La méthode avait très bien fonctionné, jusqu'à l'année précédente.

Il en était là de ses méditations quand il entendit frapper à la porte de son bureau. L'immeuble était fermé et en principe inaccessible, les équipes de nettoyage étant reparties depuis longtemps. Il ne se leva pas. Il n'en eut pas le temps : la porte s'ouvrait déjà. Un homme de haute stature apparut dans l'encadrement et appuya sur l'interrupteur.

La lumière du plafonnier força Buchanan à plisser les paupières. Lorsque ses yeux se furent accommodés à la clarté, il vit Robert Thornhill retirer son imperméable, rajuster sa veste et s'asseoir en face de lui. L'homme avait des gestes gracieux et tranquilles, comme s'il était juste venu boire une verre dans son club.

« Comment êtes-vous entré ? lança sèchement Buchanan. L'immeuble a un système de sécurité. »

Il devinait que d'autres hommes rôdaient derrière la porte.

« En effet, un excellent système, Danny. Mais pas pour tout le monde.

— Je n'aime pas vous voir ici, Thornhill.

— J'ai eu la politesse de vous appeler par le nom que vous affectionnez. Rendez-moi la pareille. Au moins, je ne vous demande pas de me donner du *monsieur* Thornhill, comme un maître l'exige de son serviteur. Reconnaissez que je suis bon prince, Danny. »

Buchanan savait très bien que le petit air mutin, faussement complice, de Thornhill n'était destiné qu'à le déstabiliser. Il ne tomba pas dans le panneau.

« Qu'est-ce qui me vaut le plaisir de votre visite, *Bob* ? dit-il en s'adossant, les mains croisées sur son ventre.

— Votre entretien avec le sénateur Milstead.

— J'aurais très bien pu le rencontrer ici en ville. Je ne vois pas pourquoi vous insistez pour que j'aille en Pennsylvanie.

— Parce que ça vous donnera une occasion supplémentaire de plaider la cause de ces populations affamées. Vous voyez, j'ai un cœur.

— Avez-vous jamais eu ce qu'on appelle une conscience ? Ça ne vous gêne pas de profiter de la souffrance de millions d'hommes, de femmes et d'enfants, qui ne sont même pas sûrs de voir le soleil se lever demain, pour faire avancer vos petites affaires ?

— Je ne suis pas payé pour avoir une conscience. Je suis payé pour protéger les intérêts de ce pays. *Vos* intérêts. D'ailleurs, si le fait d'avoir une conscience était un critère, il n'y aurait plus personne dans cette ville. En réalité, j'admire ce que vous faites. Je n'ai rien contre les pauvres. Je vous applaudis des deux mains, Danny.

— C'est drôle, je n'arrive pas à vous croire. »

Thornhill sourit. « Tous les pays du monde ont des hommes comme moi. Plus exactement, tous les pays assez malins. Nous obtenons les résultats que tout le monde souhaite, parce que la plupart des gens manquent du courage de faire le boulot eux-mêmes.

— En somme, vous êtes Dieu ? Un métier intéressant.

— Dieu est un concept. Je m'en tiens aux faits. Et, en parlant de faits, vous menez votre barque avec des moyens illégaux. Pourquoi me déniez-vous le droit d'agir de même ? »

Buchanan n'avait rien à répondre à ça, en effet. Et le calme implacable de Thornhill ne faisait qu'approfondir son malaise.

« Vous avez des questions sur l'entretien avec Milstead ? demanda Thornhill.

— Vous en savez assez long sur Harvey Milstead pour le mettre à l'ombre jusqu'à la fin de ses jours. Si vous me disiez clairement où vous voulez en venir ?

— Oh, fit Thornhill en gloussant, j'espère que vous ne m'accusez pas d'avoir des intentions cachées.

— Vous pouvez tout me dire, Bob, nous sommes associés.

— Alors, disons que je veux vous voir obéir quand je claque des doigts.

— Parfait, mais d'ici un an, si vous continuez à faire irruption comme ça, vous ne repartirez peut-être pas sur vos deux jambes.

— Allons bon, un lobbyiste solitaire qui me menace, *moi*, répliqua Thornhill en soupirant. Mais vous n'êtes pas si solitaire, il est vrai. Vous avez une année derrière vous. À propos, comment se porte votre effectif ? Faith va bien ?

— Laissez Faith en dehors de ça. Elle n'a rien à voir là-dedans.

— Bien sûr, bien sûr, vous êtes le seul à être mouillé. Vous et votre fine équipe de politiciens véreux. Le fleuron de l'Amérique. »

Pour toute réponse, Buchanan lui opposa un visage de glace.

« Les choses se corsent, Danny. La pièce approche de son dénouement. J'espère que vous avez préparé votre sortie.

— Je l'ai tellement bien préparée que même vos satellites espions n'arriveront pas à retrouver ma trace.

— L'espoir fait vivre. Mais il est parfois si mal placé.

— C'est tout ce que vous aviez à me dire ? "Préparez-vous à fuir" ? Je m'y prépare depuis la première minute où je vous ai rencontré.

— Concentrez-vous sur le sénateur Milstead, déclara Thornhill en se levant. Rapportez-nous des informations juteuses. Faites-le parler de ses revenus lorsqu'il sera à la retraite, demandez-lui comment il compte faire pour les maquiller. Je veux du concret.

— Ça réchauffe le cœur de vous voir prendre autant de plaisir à votre travail. C'est sûrement beaucoup plus marrant que la baie des Cochons.

— C'était avant mon époque.

— Je suis certain que vous avez de plus belles réussites à votre actif. »

Thornhill tiqua, puis retrouva son calme.

« Vous feriez un excellent joueur de poker, Danny. Mais rappelez-vous qu'un bluff n'est jamais qu'un bluff, surtout quand on n'a rien dans son jeu. » Il enfila son imper. « Ne me raccompagnez pas, je connais la chemin. »

Et il disparut aussi soudainement qu'il était apparu, comme un diable dans une boîte. Buchanan soupira et empoigna le bord de son bureau pour apaiser le tremblement de ses mains.

Thornhill avait fait irruption dans sa vie telle une torpille, et il était devenu son larbin, obligé d'espionner ceux qu'il avait soudoyés pendant des années avec son propre argent, obligé de rassembler des documents compromettants pour permettre à ce tyran de les faire chanter. Et il ne pouvait rien pour le contrer.

Ironie du sort : ce déclin dans son patrimoine et maintenant cet asservissement à un patron avaient ramené Buchanan à son point de départ. Il avait grandi dans l'une des plus grandioses propriétés de l'illustre « Philadelphia Main Line », cette zone résidentielle cossue. Un mur d'enceinte en pierre de taille, au cordeau, d'immenses pelouses, une demeure tentaculaire de quatre mille mètres carrés avec de vastes terrasses couvertes de verrières et un garage pour quatre voitures surmonté d'un appartement. La maison comptait plus de chambres qu'un pensionnat, chacune ayant une salle de bains ornée de carrelages précieux et de robinets en or.

C'était le monde des sang-bleu américains, où la richesse des uns côtoyait les rêves des autres. Buchanan avait connu cet univers complexe de l'intérieur, mais pas du point de vue des privilégiés. Dans sa famille, on était chauffeur, bonne, jardinier, homme à tout faire, nourrice, cuisinière. Fuyant les rigoureux hivers canadiens, les Buchanan avaient émigré en masse vers le sud, vers des cieux plus cléments, des travaux moins pénibles. Là-bas, ils avaient manié la hache, la bêche, le harpon, avaient chassé pour se nourrir, coupé du bois pour se chauffer. Mais la nature était sans pitié ; seuls les plus forts avaient survécu, pour transmettre leur force à leurs descendants, et Danny Buchanan était peut-être le plus fort d'entre eux.

Jeune, il avait arrosé les pelouses, récuré la piscine, balayé et repeint le court de tennis, cueilli des fleurs, des légumes, et joué, toujours respectueusement, avec les enfants des maîtres. En approchant de l'âge d'homme, il avait partagé la vie de la jeunesse dorée, avait fumé dans les jardins avec les fils à papa, s'était soûlé avec eux, avait couru les filles avec eux. Il avait même tenu les cordons du poêle à l'enterrement de deux enfants gâtés qui avaient gaspillé leur vie au volant d'une voiture de sport en se prenant pour des pilotes de course, imbibés de whisky. Quand on veut vivre trop vite, on meurt souvent trop vite. Et aujourd'hui Buchanan avait l'impression lui aussi de foncer droit dans le mur en quatrième vitesse.

Depuis cette époque, il n'avait jamais pu se sentir à l'aise, ni avec les riches ni avec les pauvres. Les riches, il n'en ferait jamais partie, ce n'était pas seulement une question de compte en banque. Il avait joué avec les héritiers mais, à l'heure du repas, lorsqu'ils se retiraient dans la salle à manger, lui, il retournait à l'office pour rompre le pain avec les autres domestiques. Les rejetons de la haute avaient fait leurs études à Harvard, Yale ou Princeton ; lui, il avait suivi des cours du soir dans un établissement minable.

Étrangers lui étaient également, désormais, les membres de sa propre famille, qui lui renvoyaient par retour du courrier l'argent qu'il leur adressait. Quand il leur rendait visite, ils n'avaient rien à se dire. Soit ils ne comprenaient pas ce qu'il faisait, soit ils s'en fichaient éperdument. À leurs yeux, il menait une existence louche ; il le voyait à leurs œillades en coin, le devinait à leurs messes basses. Washington était une terre de perdition, selon eux. Il mentait pour de l'argent, d'énormes quantités d'argent. Eux, ils vivaient d'un travail simple mais honnête. En s'élevant au-dessus d'eux, il était en fait tombé plus bas qu'eux, en dessous de ce qu'ils valorisaient : la loyauté, l'intégrité, le caractère.

Le chemin que Buchanan suivait depuis dix ans n'avait contribué qu'à renforcer sa solitude. Il avait peu d'amis. Mais des millions d'étrangers de par le monde dépendaient de lui pour leur survie. Il le reconnaissait lui-même : c'était une existence bizarre.

Et maintenant, avec la visite de Thornhill, il venait encore de descendre d'un cran sur l'échelle qui le menait à l'abîme. Maintenant, il ne pouvait même plus se confier à son unique âme sœur, Faith Lockhart. Elle ne savait rien de Thornhill, n'entendrait jamais parler de l'homme de la CIA, ne devait son salut qu'à son ignorance. Buchanan avait perdu son dernier vrai contact humain. À présent, il était réellement seul.

S'approchant de la fenêtre, il contempla les majestueux monuments connus dans le monde entier. D'aucuns auraient pu dire que, telle la main du prestidigitateur, ces magnifiques façades ne servaient qu'à détourner l'attention du spectateur au moment de passer muscade, le véritable tour de passe-passe se situant, en l'occurrence, dans les transactions effectuées pour le bénéfice exclusif de quelques personnes triées sur le volet.

Buchanan l'avait appris au fil des années : une toute petite minorité pouvait imposer sa loi à la majorité, car la plupart des gens n'étaient pas que des animaux politiques. Toute l'astuce consistait à exercer ce pouvoir *en douceur*. Et jamais dans l'Histoire on n'en avait trouvé de plus bel exemple qu'ici même, à Washington.

Fermant les yeux, il se laissa envelopper par l'obscurité et rassembla ses forces pour la bataille du lendemain – une longue nuit en perspective, car sa vie était devenue un tunnel sans issue. S'il pouvait détruire Thornhill dans la bagarre, ça n'en serait que mieux. Une petite fissure dans les ténèbres, c'était tout ce dont il avait besoin. Ah, si seulement…

4

La voiture roulait exactement à la vitesse limite autorisée sur autoroute. Derrière le volant, un homme. Sur le siège du passager, une femme. Tous deux semblaient tendus, comme si chacun avait craint une attaque de l'autre.

Tandis que, tel un faucon au-dessus d'eux, un avion entamait sa descente vers l'aéroport Dulles, Faith Lockhart ferma les yeux en rêvant qu'elle était à bord de cet avion et que, au lieu de descendre, il s'envolait pour un long voyage. Quand elle les rouvrit, la voiture quittait l'autoroute, laissant derrière eux la lumière désagréable des lampadaires au sodium. Bientôt, ils suivirent une route bordée d'arbres et de fossés détrempés. Pour tout éclairage, ils n'avaient plus désormais que leurs phares et quelques pâles étoiles.

« Je ne comprends pas pourquoi l'agent Reynolds n'a pas pu venir ce soir, dit-elle.

— La réponse est simple : elle a d'autres enquêtes en cours, Faith, répondit l'agent spécial Ken Newman. Mais je ne suis pas exactement un étranger pour vous, n'est-ce pas ? Nous avons déjà parlé ensemble. Faites comme si j'étais Brooke Reynolds. Nous sommes tous dans la même équipe. »

La voiture bifurqua sur une route encore plus isolée, où les arbres avaient été remplacés par les étendues désertes attendant le coup de grâce des bulldozers. Dans un an, il y aurait ici autant de maisons qu'il y avait eu d'arbres auparavant. L'urbanisation continuait son expansion. Mais, pour l'instant, la campagne était rase – et aussi lugubre que l'humeur de Faith Lockhart.

Newman jeta un regard à sa passagère. Sans se l'avouer, il la redoutait comme une bombe à retardement susceptible d'exploser d'un moment à l'autre. Il bougea sur son siège. Il avait l'épaule un peu irritée par le frottement de l'étui de son arme sur la peau. Beaucoup de gens dans son cas avaient un cal à cet endroit ; Newman n'avait que des cloques, qui finissaient par peler. Pour lui, cette irritation était une sorte de signal d'alarme l'avertissant de demeurer sur ses gardes – un petit désagrément qui lui en épargnait un grand. Ce soir, toutefois, son étui ne le grattait pas, parce qu'il portait un gilet pare-balles, ce qui ne l'empêchait pas d'être sur le qui-vive, comme toujours.

Faith sentait le sang battre dans ses oreilles. Tous ses sens étaient en éveil, comme lorsque, petite fille dans son lit, elle entendait un bruit étrange et se précipitait dans la chambre de ses parents pour qu'ils la consolent et la rassurent. Aujourd'hui, ses parents étaient morts et elle avait trente-six ans. Qui allait rassurer Faith Lockhart ?

« La prochaine fois, c'est l'agent Reynolds qui sera à ma place, affirma Newman. Vous êtes à l'aise avec elle, n'est-ce pas ?

— Je ne suis pas certaine que “à l'aise” soit une expression adaptée à cette situation.

— Bien sûr que si. C'est très important, surtout avec Reynolds. Elle ne mâche pas ses mots et je vous assure que, sans elle, cette histoire n'aurait mené à rien. Vous ne nous avez pas dit grand-chose, franchement. Mais elle vous croit. Tant qu'elle vous accordera sa confiance, Brooke Reynolds sera une puissante alliée pour vous. Elle vous aime bien. »

Faith croisa les jambes, puis croisa les bras. Elle mesurait environ un mètre soixante-cinq. Sa poitrine était plus plate qu'elle ne l'aurait souhaité, mais ses jambes longues et bien faites attiraient l'attention. Le galbe de ses mollets et de ses cuisses, visibles à travers ses bas, lui valait d'ailleurs de brefs regards en biais, vaguement intéressés, de Newman.

Elle rejeta en arrière une longue mèche auburn et posa la main sur l'arête de son nez. Elle avait quelques cheveux blancs ; on les discernait à peine pour l'instant, mais ça changerait avec le temps. La pression qu'elle subissait actuellement la vieillissait prématurément. Bien que travailleuse acharnée et vive d'esprit, elle savait que son physique l'avait aidée dans sa carrière. C'était triste de se dire qu'un visage pouvait faire la différence, mais c'était une vérité, surtout pour une femme habituée à traiter principalement avec des hommes, comme c'était son cas.

Elle n'était pas dupe : les larges sourires qu'elle recevait en entrant dans le bureau d'un sénateur étaient moins dus à sa matière grise qu'à ses jupes courtes. Une chaussure légèrement déboîtée et pendante sous son talon était parfois son meilleur argument. Elle parlait de la faim dans le monde, des bidonvilles, et ces hommes ne regardaient que la cambrure de sa voûte plantaire. Ah ! la testostérone était la plus grande faiblesse de l'homme et le plus gros avantage de la femme. En un sens, ça rééquilibrait les plateaux de la balance.

« C'est très agréable d'être autant aimée, déclara-t-elle. Mais me donner rendez-vous dans une ruelle pour m'amener ici, en pleine cambrousse, au milieu de la nuit, ça fait un peu beaucoup, vous ne trouvez pas ?

— On ne pouvait quand même pas vous faire venir au siège du FBI à Washington. Vous êtes un témoin crucial dans une enquête qui risque de faire du bruit. Ici, c'est plus discret.

— C'est parfait pour une embuscade, vous voulez dire. Qui sait si nous n'avons pas été suivis ?

— Oh, mais nous avons été suivis. Par des gens de chez nous. S'il y avait eu des rôdeurs, croyez-moi, nos hommes les auraient remarqués. Une voiture nous a pris en filature depuis que nous avons quitté l'autoroute. Personne d'autre ne nous suit.

— Parce que vos hommes sont infaillibles, évidemment. J'aimerais travailler avec des gens comme ça. Où recrutez-vous votre personnel ?

— Écoutez, nous savons ce que nous faisons, d'accord ? Alors, détendez-vous », répliqua-t-il, sans pouvoir s'empêcher de surveiller tout de même le rétroviseur.

Il jeta un œil sur le téléphone portable posé à côté de lui. Faith devina facilement ses pensées.

« Vous avez soudain besoin de renfort ? » dit-elle.

Newman lui lança un regard dur, mais ne répondit pas.

« D'accord, reprit-elle, allons à l'essentiel. Qu'est-ce que j'ai à gagner dans tout ça ? C'est un point que nous n'avons jamais vraiment éclairci. »

Comme Newman ne répondait toujours pas, elle examina son profil. L'homme avait du cran. Elle lui toucha le bras.

« J'ai pris de gros risques, vous savez », dit-elle.

Elle le sentit se raidir sous son veston et resserra un peu la pression de ses doigts. Le tissu de la manche ripa légèrement sur la chemise. Il se tourna lentement vers elle et, en apercevant son gilet pare-balles, elle flancha. Sa bouche se dessécha.

« Je vais être franc avec vous, déclara Newman. Je ne sais pas ce que ça vous rapportera, ça ne dépend pas de moi. Jusqu'ici, vous nous avez révélé peu de chose. Mais, si vous jouez le jeu, vous ne le regretterez pas. Respectez votre engagement, donnez-nous ce que nous voulons et dans quelque temps, vous aurez une nouvelle identité, vous pourrez vendre des coquillages aux Fidji pendant que votre associé et ses petits copains découvriront les charmes de la pension complète aux frais du Gouvernement. Ne vous réjouissez pas trop vite, n'y pensez pas trop, pensez plutôt à survivre. Rappelez-vous que nous sommes de votre côté. Nous sommes vos seuls amis. »

Faith se radossa, détachant enfin son regard du gilet pare-balles. Elle décida qu'il était temps de lâcher sa bombe. Elle la réservait à Reynolds, mais pourquoi ne pas l'essayer sur Newman ? D'une certaine façon, elle avait armé le mécanisme avec Reynolds. Deux femmes dans une mer d'hommes. Une forme de confiance s'était établie entre elles mais, dans l'ensemble, elles s'étaient comportées comme deux chattes de gouttière tournant autour d'une arête de poisson.

« Je veux que Buchanan soit dans le coup avec nous, lança-t-elle. Je sais que je peux l'amener à participer. Si nous travaillons ensemble, votre dossier sera bien plus solide. »

Ouf ! Elle avait dit ce qu'elle avait sur le cœur. Elle était soulagée.

Newman ne dissimula pas son étonnement.

« Écoutez, Faith, nous sommes assez souples, mais nous ne pouvons quand même pas passer un marché avec l'homme qui, selon vous, a manigancé toute l'affaire.

— Vous ne connaissez pas tous les tenants et aboutissants. Vous ignorez pourquoi il a fait ça. Ce n'est pas lui, le méchant. C'est un type bien.

— Il a enfreint la loi. De votre propre aveu, il a corrompu des officiels. Ça me suffit.

— Quand vous comprendrez ses raisons, vous penserez différemment.

— Ne fondez pas vos espoirs sur cette stratégie, Faith. Vous vous feriez du tort.

— Et si je vous dis que c'est à prendre ou à laisser ?

— Eh bien, vous commettez la plus grosse erreur de votre vie.

— Donc, c'est lui ou moi ?

— Tout juste. Et le choix ne me paraît pas si difficile.

— Alors, je veux parler à Reynolds.

— Elle vous dira la même chose que moi.

— N'en soyez pas si sûr. Je peux être très persuasive. Et, en plus, j'ai raison.

— Faith, vous ne vous rendez pas compte de la situation. Le FBI n'est pas le ministère de la Justice. Ce n'est pas à nous de choisir qui on doit inculper. Même si Reynolds vous soutenait, ce dont je doute, je vous assure que les attorneys ne marcheraient pas. S'ils faisaient plonger tous ces puissants politicards et offraient en même temps une porte de sortie à l'homme qui les a foutus dans ce pétrin, ils perdraient la face pour commencer, et leur boulot pour finir. C'est Washington, ces types sont des gorilles de quatre cents kilos. Ils vont passer des coups de fil à tour de bras, les médias s'en mêleront, ça magouillera ferme dans notre dos et on se retrouvera tous le bec dans l'eau. Non, faites-moi confiance, il y a plus de vingt ans que je suis dans la partie. C'est Buchanan ou rien. »

Faith contempla le ciel. Au milieu des nuages, elle eut une vision de Danny Buchanan croupissant dans une obscure cellule de prison. Elle ne pouvait pas accepter que les choses en arrivent là. Elle parlerait à Reynolds et aux attorneys, elle leur ferait comprendre que Buchanan devait aussi bénéficier de l'immunité. C'était le seul moyen. Mais Newman semblait si sûr de lui. Et ses arguments tenaient la route. On était à Washington. Tout à coup, sa confiance la quitta. Comment une lobbyiste confirmée comme elle, habituée aux basses manœuvres, aux tractations en coulisse, avait-elle pu être aussi naïve et négliger à ce point le contexte politique ?

« J'ai besoin d'aller aux toilettes, dit-elle.

— Nous serons au chalet dans un petit quart d'heure.

— Si vous prenez la première à gauche, il y a une station-service ouverte vingt-quatre heures sur vingt-quatre à un ou deux kilomètres.

— Comment vous savez ça ? fit-il, surpris.

— J'aime savoir où je mets les pieds, répondit-elle en s'efforçant de masquer son angoisse sous une fausse assurance. Ça vaut pour les personnes comme pour la géographie. »

Sans rien dire, il prit à gauche et ils arrivèrent bientôt dans une station Exxon, bien éclairée, avec une boutique attenante. L'autoroute ne devait pas être loin, car il y avait un alignement de semi-remorques en stationnement. Exxon aimait les routiers. Des hommes en bottes et chapeaux de cow-boy, en jeans et blousons Wrangler barrés de logos de constructeurs automobiles, arpentaient le parking. Certains faisaient le plein ; d'autres, les traits tirés, buvaient du café fumant. Personne ne prêta attention à la berline qui se gara près des toilettes.

Faith referma la porte des cabinets derrière elle, abaissa le couvercle de la cuvette et s'assit dessus. Elle avait simplement envie de réfléchir, c'était son seul besoin urgent. Elle regarda distraitement les graffitis sur la peinture jaune écaillée autour d'elle. Le langage cru de certains la fit presque rougir. D'autres étaient plus spirituels, voire franchement drôles. Ils surpassaient probablement les obscénités imaginées par les hommes pour décorer les toilettes d'à côté, mais ces messieurs ne s'en doutaient pas. Les hommes sous-estimaient toujours les femmes.

Elle se releva, s'aspergea le visage d'eau froide et s'essuya avec une serviette en papier. Ses jambes flageolèrent. Elle serra les genoux et prit appui sur la porcelaine sale du lavabo. Ça lui rappela d'anciens cauchemars : longtemps, elle s'était vue serrant les genoux et s'évanouissant pendant sa nuit de noces. Bah, voilà au moins un souci qu'elle n'avait plus. Elle n'avait jamais connu de liaison durable dans sa vie, à moins de compter un certain camarade de lycée dont elle avait oublié le nom mais pas les yeux bleu ciel.

Danny Buchanan lui avait offert une amitié durable. Il était son mentor et un père pour elle depuis quinze ans. Il avait su reconnaître en elle un potentiel que personne n'avait vu. Il lui avait donné une chance au moment où elle en avait le plus besoin. Faith était arrivée à Washington avec une ambition et un enthousiasme à toute épreuve, mais sans aucun plan de carrière. Le lobbying ? Elle n'y connaissait rien, mais ça avait l'air excitant. Et lucratif. Son père avait été un raté sympathique, un éternel dilettante qui avait traîné sa femme et sa fille d'une aventure à l'autre. Il avait toujours des idées formidables, des combines infaillibles, qui capotaient systématiquement. Ils avaient vécu au jour le jour, sans jamais savoir de quoi le lendemain serait fait. Quand ses entreprises tournaient mal et que les créanciers rappliquaient, la petite famille faisait ses valises et prenait la poudre d'escampette. Ils s'étaient parfois retrouvés à la rue, avaient souvent mangé de la vache enragée et, pourtant, d'une manière ou d'une autre, son père était toujours retombé sur ses pieds. Jusqu'au jour de sa mort. La pauvreté était ancrée dans la mémoire de Faith.

Elle voulait une vie stable, sans dépendre de quiconque. Buchanan lui avait fourni l'occasion et les moyens de réaliser ses rêves, et bien davantage. Contrairement à son père, ce n'était pas un velléitaire, il savait mettre ses grandes idées à exécution. Elle ne pouvait pas le trahir. Elle débordait d'admiration pour ce qu'il avait accompli et tentait d'accomplir encore. Il était le roc dont elle avait eu besoin à ce stade de sa vie. Cependant, depuis un an, leurs relations avaient changé. De plus en plus cachottier, Danny avait cessé de lui parler. Il était irascible, s'emportait pour un rien. Lorsqu'elle le pressait de lui dire ce qui le tracassait, il se braquait encore plus. Leur très forte intimité antérieure avait rendu ce changement d'autant plus dur à supporter. Il la fuyait, ne l'invitait plus à l'accompagner dans ses voyages. Ils n'élaboraient même plus leurs stratégies ensemble.

Puis, il avait fait quelque chose qui ne lui ressemblait pas et qui avait anéanti la jeune femme : il lui avait menti. En soi, ce n'était qu'un détail, mais il était lourd de sous-entendus. Car, s'il était capable de lui mentir sur un détail, il était capable de le faire aussi sur des choses beaucoup plus importantes. Finalement, prenant son courage à deux mains, elle avait abordé la question ouvertement. La confrontation avait été vive. Mis au pied du mur, Buchanan lui avait répondu qu'il valait mieux pour elle qu'elle ne soit pas au courant de ses problèmes. Alors il avait lancé sa grenade : si elle voulait quitter son emploi, elle était libre de le faire, le moment était peut-être venu et il l'y encourageait fortement. Son emploi ! Le ciel lui était tombé sur la tête. C'était comme un père ordonnant à sa fille de déguerpir.

Pourquoi diantre désirait-il qu'elle s'en aille ? Et, peu à peu, la vérité s'était fait jour en elle. Comment avait-elle pu être si aveugle ? Danny était aux abois, c'était évident, il était traqué, il avait le couteau sous la gorge et cherchait à lui éviter de connaître le même sort que lui. Elle lui avait posé la question carrément : était-ce là l'explication, avait-il quelqu'un aux trousses ? Il avait nié catégoriquement, mais en lui conseillant une fois de plus, avec insistance, de démissionner. Noble jusqu'au bout.

Seulement, elle avait refusé d'en rester là. Elle avait décidé d'agir à sa manière. Après moult délibérations, elle était allée trouver le FBI. Elle n'ignorait pas le risque, elle savait que c'était peut-être justement le FBI qui avait Danny dans le collimateur, mais elle avait pensé alors que le jeu en valait la chandelle. À présent, mille doutes l'assaillaient. Croyait-elle vraiment que le Bureau allait leur faire des courbettes et négocier avec Buchanan ? Elle se maudissait d'avoir divulgué son nom, quoique, compte tenu de la célébrité du personnage dans les milieux politiques, le FBI n'aurait pas manqué d'effectuer des recoupements. Ils voulaient que Danny aille en prison. Elle ou lui. N'avaient-ils donc pas d'autre choix à lui proposer ? Jamais elle ne s'était sentie aussi seule.

Elle se regarda dans le miroir craquelé des toilettes. Elle avait le regard vide, la peau tendue sur les os. Un millimètre de peau entre elle et rien. Sa grande vision, la porte de sortie qu'elle avait imaginée pour eux deux s'ouvrait maintenant sur le vide, sur un gouffre vertigineux. Son vagabond de père aurait pris ses cliques et ses claques, et aurait mis les voiles. Qu'allait faire la fille ?

5

Lee sortit son pistolet et le pointa devant lui en s'avançant dans le vestibule. De son autre main, il balayait l'espace avec sa lampe torche.

La première pièce qu'il inspecta fut la cuisine, où il vit un petit réfrigérateur des années 50, une vieille cuisinière électrique et un linoléum râpé à carreaux jaunes et noirs. Le plafond n'était pas fini, les poutres et croisillons restaient apparents. La tuyauterie en cuivre avait fait son temps ; çà et là, des raccords plus récents en PVC formaient des angles droits sur les fixations vert-de-grisées.

Il n'y avait pas d'odeurs de cuisine, seulement un vieux relent de graisse, probablement incrustée avec des millions de bactéries dans les brûleurs et le conduit d'aération. Le mobilier se limitait à une table en formica et quatre chaises métalliques revêtues de vinyle noir. Les compteurs n'étaient pas coffrés. On ne voyait aucune assiette. Il n'y avait pas non plus de torchons, de cafetière, de pot à épices, ni aucun autre ustensile pouvant laisser penser que la cuisine avait été utilisée depuis moins de dix ans. Lee avait l'impression de remonter dans le temps et d'entrer dans un abri antiatomique mis en service pendant l'hystérie des années 50.

De l'autre côté du vestibule, il y avait une petite salle à manger, avec des panneaux de bois jusqu'à mi-hauteur des murs. Il eut froid dans le dos. Ça sentait le renfermé, c'était oppressant. Apparemment, la maison n'avait ni chauffage central ni climatisation, ce qui ne l'étonna pas, dans la mesure où il n'avait pas vu de citerne à fioul dehors. Mais il y avait des radiateurs d'appoint, branchés dans des prises. De même que dans la cuisine, le plafond était inachevé. On voyait les fils électriques du lustre entrelacés parmi les solives. L'électricité, pensa Lee, avait dû être amenée après la construction de la maison.

Il continua sa visite sans remarquer le rayon photoélectrique qui barrait le couloir à hauteur de genou. Il le franchit et, quelque part dans la demeure, un clic se fit entendre, à peine audible. Lee sursauta, braqua son arma au hasard, puis se détendit. C'était une vieille bicoque, il y avait toutes sortes de bruits dans les vieilles bicoques. Il était un peu sur les nerfs, c'était normal. Ce chalet semblait sortir tout droit d'un film de la série « Vendredi 13 ».

Il pénétra dans l'une des pièces de devant. Là, le faisceau lumineux de sa torche lui apprit que les meubles avaient été poussés contre les murs et qu'il y avait des empreintes de pas dans la poussière du plancher. Au centre, plusieurs chaises pliantes et une table rectangulaire. Sur la table, des gobelets en plastique, une cafetière automatique, des paquets de café, un pot à lait, du sucre.

Bizarre. Mais il y avait plus bizarre encore. Les fenêtres. Elles étaient condamnées par des panneaux de contreplaqué cloués pardessus de lourdes tentures fermées.

« Merde », marmonna-t-il. Idem pour la petite vitre carrée de la porte d'entrée : elle était couverte de carton. Il sortit son appareil et prit des photos.

Pressé de terminer son inspection, il grimpa rapidement l'escalier. À l'étage, il ouvrit la porte de la première chambre. Le lit était petit, fait, et une odeur de mildiou le frappa immédiatement. Les murs n'étaient pas plâtrés. Il tâta la maçonnerie nue et sentit un courant d'air à travers une fissure. Un rai de lumière, près du plafond, l'effraya. Fausse alerte : ce n'était que le clair de lune qui filtrait par une faille.

Il entrebâilla en retenant son souffle la porte du placard, qui grinça. Pas le moindre vêtement, pas même un cintre. Il secoua la tête et passa dans le cabinet de toilette adjacent. Ici, le plafond était mieux fini. Il y avait un lino avec des motifs imitant des galets et du papier peint pelé, à fleurs, au mur ; une cabine de douche en fibre de verre, mais ni serviette ni savon. Impossible de se doucher ou même de se débarbouiller ici.

Il entra dans une deuxième chambre. L'odeur y était si forte qu'il dut se boucher le nez. Le placard était également vide.

Tout cela était insensé. La fenêtre projetait un rectangle de lumière lunaire sur le sol. Il s'arrêta, en plein courant d'air, et secoua la tête. Qu'est-ce que Faith Lockhart venait faire dans cette baraque si elle ne s'en servait pas comme nid d'amour ? C'était ce qu'il avait supposé au départ, quoique, jusqu'ici, il l'eût généralement vue accompagnée d'une femme. À chacun ses préférences sexuelles. Mais, même en se mettant du ciment dans le nez, elles n'auraient pas pu faire l'amour sur ces draps.

Il redescendit, traversa le vestibule et alla voir la salle de séjour. Là aussi, les fenêtres étaient aveugles. Il y avait des rayonnages encastrés dans un mur, mais aucun livre. Comme ailleurs, le plafond n'était pas plâtré. Lee braqua sa lampe sur les poutres disposées en croix. Étrange. Les croisillons de solives n'étaient pas du même bois. Ils semblaient beaucoup plus récents. Un renfort de soutènement ? Y avait-il un risque d'effondrement ?

Il dodelina de la tête avec résignation. Comme s'il n'avait pas assez de soucis sans ça, voilà que le plafond menaçait de lui tomber dessus. Il voyait déjà le titre de son avis mortuaire : UN DÉTECTIVE MALCHANCEUX ABATTU PAR UNE CABINE DE DOUCHE – SON EX-ÉPOUSE MILLIARDAIRE SE REFUSE À TOUT COMMENTAIRE.

Il promena le rayon de sa lampe et se figea en apercevant une porte dans un mur. Une porte de placard, vraisemblablement. Ça n'avait rien d'extraordinaire en soi, sauf que cette porte était fermée par un solide verrou. Il regarda de plus près. Il y avait encore des traces de sciure sur le sol, laissées par la perceuse. Holà, holà... Des verrous sur les portes extérieures... Un système d'alarme... Et maintenant, un verrou neuf sur une porte de placard, dans un chalet perdu au fin fond de la campagne ! Qu'y avait-il donc de si précieux ici pour justifier toutes ces précautions ?

« Merde », répéta-t-il. Mieux valait ne pas s'éterniser dans les parages. Pourtant, il n'arrivait pas à détacher ses yeux de ce verrou. Si Lee Adams avait un défaut – était-ce vraiment un défaut, d'ailleurs, dans la profession qu'il exerçait ? –, c'était la curiosité. Les secrets l'énervaient. Il ne supportait pas que les gens essaient de lui cacher des choses. Ennemi viscéral des magouilles politico-financières qui, il en était convaincu, ne faisaient qu'empoisonner la vie des citoyens ordinaires comme lui, il était partisan du principe de transparence totale. Mettant ses idées en pratique, il coinça sa torche sous son aisselle, rengaina son arme et sortit son crocheteur de serrure. Il ajusta un embout, inspira profondément et inséra l'appareil.

Lorsque le loquet céda, il inspira de nouveau, empoigna son arme, et la pointa devant lui en tournant lentement le bouton de porte. Il ne pensait pas vraiment qu'il y eût un type embusqué dans ce placard, prêt à lui sauter sur le paletot, mais on ne savait jamais ce qui pouvait arriver. Il y avait peut-être quelqu'un derrière cette porte, après tout.

Quand il vit ce qu'il y avait réellement, Lee regretta que ce ne soit pas un agresseur. Ç'aurait été tellement plus simple. Il jura entre ses dents, rangea son pistolet et fila en courant.

Dans le placard resté ouvert, des lumières rouges scintillaient sur une console électronique.

Lee fonça dans la pièce voisine et balaya les murs de sa torche, en cercles réguliers, de plus en plus haut. Là ! Près de la moulure, un objectif de caméra – probablement à courte focale, pour une surveillance d'ensemble, et qui aurait été invisible si le faisceau lumineux ne s'était pas reflété dessus. Il éclaira les autres murs, et repéra quatre objectifs au total.

Merde et merde. Le bruit qu'il avait entendu tout à l'heure. Il avait dû passer devant une cellule photoélectrique qui avait délenché les caméras. Il regagna le placard et braqua sa lampe sur le magnétoscope.

Eject ! Où était la touche EJECT ? Il la trouva, appuya dessus... Rien. Il recommença, essaya d'autres boutons. Toujours rien. Alors son regard se posa sur un petit capteur d'infrarouges. L'explication était évidente : l'appareil était commandé à distance, ces boutons étaient déconnectés. Tout cela était un peu trop sophistiqué, ça devenait inquiétant. Il envisagea de loger une balle dans l'appareil pour lui faire cracher sa précieuse cassette, mais ce truc était sans doute blindé et il risquait d'avaler la douille par ricochet. Et si l'installation était en liaison directe avec un satellite ? Si la cassette n'était qu'une sécurité ? Y avait-il une caméra ici aussi ? Peut-être des gens le regardaient-ils en ce moment même. Il fut tenté de leur faire un doigt.

Il était près de prendre ses jambes à son cou quand il eut une inspiration soudaine. Il fouilla dans son sac, avec moins de dextérité qu'il ne l'aurait voulu, et trouva ce qu'il cherchait : un aimant, petit mais puissant.

Les aimants sont des outils très appréciés des cambrioleurs qui s'en servent pour attraper les loquets des fenêtres après avoir découpé les vitres. Dans son cas, l'aimant devait lui servir à l'opération inverse : non pas à entrer, mais à ressortir incognito.

S'accordant une minute avant de fuir, Lee promena l'aimant sur le devant et le dessus du magnétoscope, en espérant que le champ magnétique oblitérerait les images sur la bande. *Ses* images.

Il remit l'objet dans son sac, fit volte-face et courut vers la porte. Dieu seul savait ce qui se tramait ici.

Lee s'arrêta net. Devait-il retourner dans le placard, arracher le magnéto et l'emporter ? Le bruit qu'il entendit alors l'en dissuada immédiatement.

Une voiture approchait.

« Oh, putain », maugréa-t-il. Étaient-ce Lockhart et son escorte ? Évidemment. Elles venaient ici *tous* les soirs. Pas étonnant. Il gagna la porte de derrière, l'ouvrit à toute volée et sauta le perron en ciment. Il atterrit sur l'herbe glissante, ses pieds déchaussés dérapèrent, et il tomba lourdement. L'impact lui coupa le souffle et il il ressentit une cuisante douleur dans son coude, qui avait violemment heurté le sol. Mais la peur est un puissant antalgique. Quelques secondes plus tard, il était debout et crapahutait vers l'orée des bois.

Il était à mi-chemin quand la voiture s'engagea sur l'allée cahoteuse, dont les irrégularités firent tressauter ses phares. Encore quelques enjambées, et Lee se retrouva sous le couvert des arbres.

Le point rouge s'était attardé un instant sur la poitrine de Lee. Serov aurait pu l'abattre facilement. Mais ça aurait averti les passagers de la voiture. L'ancien agent du KGB visa la portière du conducteur, en espérant que l'homme qui venait de s'enfuir dans les bois ne commettrait pas la sottise de tenter quelque chose. Il avait eu beaucoup de chance jusqu'ici. Il avait échappé deux fois à la mort. Quand on a autant de veine, il ne faut pas la gaspiller. Ce serait de mauvais goût, songea Serov en regardant dans son viseur laser.

Lee aurait dû continuer à courir, s'enfoncer dans les bois, mais il s'arrêta, le souffle court, et revint sur ses pas jusqu'à la lisière. Il n'avait jamais pu résister à la curiosité. D'ailleurs, les gens qui étaient derrière tout cet appareillage électronique l'avaient probablement déjà identifié. Tu parles, ils devaient même savoir qu'il préférait le Coca au Pepsi et comment s'appelait son dentiste, alors autant rester là pour voir la suite. Si les passagers de la voiture s'approchaient des bois, il jouerait les marathoniens, sans chaussures, et les mettrait au défi de le rattraper.

Il s'accroupit et prit sa lunette à vision nocturne. C'était un système FLIR à infrarouges, bien plus performant que les anciens systèmes d'intensification de la lumière ambiante qu'il utilisait auparavant. Le FLIR détectait la chaleur, n'avait pas besoin de lumière pour être opérationnel et pouvait distinguer des objets noirs sur fond noir, qu'il convertissait en images vidéo.

Lee fit le point : des images rouges apparurent sur un écran vert. La voiture semblait si proche qu'il avait l'impression de pouvoir la toucher. Le moteur, en raison de sa chaleur, était particulièrement clair. Le conducteur sortit en premier. Lee ne l'identifia pas, mais il reconnut immédiatement Faith Lockhart, qui le rejoignit. Ils se tenaient à présent côte à côte. L'homme hésita, comme s'il avait oublié quelque chose.

« La vache, fit Lee entre ses dents. La porte ! » Il avait oublié de refermer la porte du chalet.

L'homme l'avait remarqué tout de suite. Il se tourna vers la femme et plongea la main dans son veston.

Dans les bois, Serov ajusta le point rouge de son laser sur la base du cou de l'homme, avec un sourire satisfait. L'homme et la femme étaient parfaitement alignés. Le Russe utilisait des balles spéciales, de type militaire, blindées, dites « full metal jacket ». Il avait toujours été très attentif au potentiel destructeur des armes. Un projectile à grande vitesse traversait sa cible avec une déformation minimale mais, grâce à l'énergie cinétique accumulée, causait des blessures dévastatrices. Avant de se refermer partiellement, la plaie était beaucoup plus large que le calibre de la balle au point d'impact. Les tissus se déchiraient par radiation, comme autour de l'épicentre d'un tremblement de terre, ce qui provoquait des dégâts considérables dans toute la région touchée. Une merveille, pour un connaisseur tel que Serov.

La vitesse est la clé de l'énergie cinétique qui, à son tour, détermine l'importance des dégâts. En doublant le poids d'une balle, on double l'énergie cinétique. Mais Serov savait que, si l'on doublait la vitesse de propulsion, l'énergie cinétique était *quadruplée*. Et, avec l'arme dont il disposait, sa balle était très rapide. Oui, vraiment, une merrveille.

En outre, une « full metal jacket » pouvait transpercer une personne et en tuer une autre derrière. Une aubaine pour les soldats qui en étaient équipés au combat. Et pour les tueurs à gages, avec deux cibles. Toutefois, si une seconde balle s'avérait nécessaire pour descendre la femme, Serov avait ce qu'il fallait. Les munitions ne lui coûtaient pas très cher. Les vies humaines non plus, par conséquent.

Il inspira, s'immobilisa tout à fait et appuya légèrement sur la détente.

« Nom de Dieu ! » cria Lee en voyant le corps de l'homme sursauter et s'abattre sur le sol, entraînant la femme dans sa chute.

Instinctivement, il se mit à courir pour se porter à leur secours. Une balle frappa l'arbre juste au-dessus de sa tête. Il se jeta à plat ventre et chercha un abri. Une deuxième balle siffla à ses oreilles.

Il roula sur le dos et, les mains tremblantes, braqua sa lunette approximativement sur l'endroit d'où venaient les coups de feu.

Un autre projectile le manqua de peu, faisant gicler de la boue dans ses yeux. Le tireur connaissait son affaire, il avait des munitions pour la chasse au dinosaure et procédait avec méthode afin de cerner progressivement sa cible.

D'après le bruit, il possédait un silencieux. Un bruit très reconnaissable. Chaque détonation résonnait comme une claque sur un mur. *Splat. Splat. Splat.* On aurait pu croire que c'étaient des baudruches éclatant pendant un goûter d'anniversaire, et non des cônes de métal fusant à Mach 3 pour dégommer un malheureux détective privé.

Lee s'efforçait de ne pas bouger, de ne pas respirer. Un instant, terrifié, il vit le laser passer près de sa jambe, comme un serpent aux aguets, puis disparaître. Il n'y avait pas une minute à perdre : s'il restait planté là, il était un homme mort.

Posant son arme sur sa poitrine, il chercha à tâtons une pierre dans la poussière. D'un coup de poignet, il la lança à deux mètres et attendit. Elle heurta un tronc et, immédiatement après, une balle frappa l'écorce au même endroit.

Lee régla son œil infrarouge. À la sortie du canon, la balle avait laissé un gaz brûlant dans son sillage. Cette simple réaction chimique, qui permettait de repérer l'origine d'un coup de feu, avait coûté la vie de plus d'un soldat. Lee espéra que le même résultat se reproduirait maintenant.

Il situa l'image thermique du tireur. Le type n'était pas si loin. À portée du SIG de Lee, qui n'aurait probablement droit qu'à un seul essai. Il empoigna son pistolet, leva le bras, visa dans sa lunette, fit sauter le cran de sûreté et tira huit coups. En rafale. Beaucoup plus bruyants que ceux du type au silencieux. Le fracas fit détaler le gibier de la forêt.

L'une des balles de Lee trouva miraculeusement sa cible. En fait, c'était Serov lui-même qui s'étais mis dans la trajectoire en cherchant une meilleure position. Le Russe gémit quand la balle entra dans son avant-bras gauche. Ce fut comme une piqûre au début, puis une douleur lancinante lorsque la blessure se répandit dans les chairs et les veines. Humérus fêlé. Clavicule touchée. Le bras devint lourd, engourdi, amorphe. Après avoir tué une douzaine de personnes dans sa carrière, toujours par arme à feu, Leonid Serov morflait à son tour. Empoignant sa carabine de sa main valide, l'ex-agent du KGB suivit son plan de fuite et s'en alla au petit trot, en arrosant la terre de son sang à chaque pas.

À travers le FLIR, Lee le regarda courir quelque temps. Il acquit la certitude, à voir sa foulée, qu'au moins une de ses balles avait fait mouche, et il estima que ce serait à la fois stupide et inutile de poursuivre un homme blessé – et armé. Au demeurant, il avait autre chose à faire. Il attrapa son sac et galopa vers le chalet.

6

Pendant que Lee et Serov se tiraient dessus, Faith tentait de reprendre son souffle. La collision avec Newman lui avait coupé la respiration et laissé une vive douleur dans l'épaule. Écrasée sous le poids de l'homme, elle ne parvint à se dégager qu'au prix d'un effort convulsif. Sentant une substance chaude et poisseuse sur sa robe, elle crut avoir été touchée. Ce qu'elle ne pouvait pas savoir, c'était que le pistolet Glock de l'agent avait fait office de minibouclier, déviant la course de la balle quand celle-ci était ressortie de son corps. C'était à cet incroyable coup de chance que Faith devait la vie. Elle contempla un instant ce qui restait du visage de Newman et eut envie de vomir.

Puis elle détourna les yeux, glissa la main dans la poche du mort et prit la clé de la voiture. Son cœur palpitait, elle avait du mal à réfléchir, arrivait à peine à tenir la clé, mais elle se força à ramper jusqu'à la portière du conducteur.

Faith tremblait tellement qu'elle n'était pas sûre de pouvoir conduire. Elle se faufila sur le siège et verrouilla la porte. Elle mit le contact, passa une vitesse et enfonça la pédale de l'accélérateur. Le moteur cala. Noyé. Elle transpirait. Elle se calma, redémarra et embraya en douceur.

Au moment où elle allait accélérer, sa gorge se noua. Un homme était debout devant sa vitre. Il pantelait et semblait aussi effrayé qu'elle – à une différence près : il pointait un pistolet droit sur elle.

Il lui fit signe de baisser sa vitre. Elle hésita, voulut appuyer sur l'accélérateur.

« Ne faites pas ça, dit-il, devinant son intention. Ce n'est pas moi qui vous ai tiré dessus. Sinon, vous seriez déjà morte. »

Faith entrouvrit la fenêtre.

« Déverrouillez la porte, poursuivit-il, et poussez-vous.

— Qui êtes-vous ?

— Vite, madame. Vous, j'sais pas, mais moi, j'ai pas envie d'm'éterniser ici. Si un autre tireur rapplique, il visera peut-être mieux. »

Faith obtempéra. Lee rengaina son arme, lança son sac sur la banquette arrière, monta et claqua la portière. À peine était-il assis que le téléphone portable sonna. Tous deux sursautèrent, regardèrent l'appareil, puis se consultèrent du regard.

« Ce n'est pas mon téléphone, déclara-t-il.

— Pas le mien non plus », répliqua-t-elle.

La sonnerie cessa.

« Qui est le mort ? demanda Lee.

— Je ne vous dirai rien. »

Il passa la marche arrière, fit une manœuvre et s'engagea sur la route, pleins gaz.

« Vous le regretterez.

— Ça m'étonnerait », rétorqua-t-elle avec une assurance qui le troubla.

Comme il venait de prendre un virage sur les chapeaux de roue, elle boucla sa ceinture de sécurité et ajouta :

« Si c'est vous qui avez tué cet homme, vous me tuerez de toute façon, que je parle ou non. Et si ce n'est pas vous, je ne pense pas que vous me tuerez simplement parce que je refuse de parler.

— Vous avez une conception très naïve du bien et du mal. Les bons peuvent être amenés à tuer, quelquefois.

— Vous parlez par expérience ? »

Elle se rapprocha insensiblement de la portière. Il la vit faire et enclencha le verrouillage centralisé.

« N'essayez pas de sauter en marche, conseilla-t-il. Je veux juste savoir ce qui se passe. À commencer par l'identité du mort. »

Faith était complétement désemparée. Elle avait le tournis.

« Ça vous ennuierait de vous arrêter quelque part ? dit-elle d'une voix brisée. N'importe où. J'ai besoin de m'asseoir et de réfléchir. » Elle crispa les doigts. Elle frissonnait. « C'est la première fois que je vois quelqu'un se... se faire tuer et je... Oh, je vous en prie, arrêtez-vous. Par pitié, arrêtez-vous ! Je suis malade. »

Il ralentit, se rangea sur le bas-côté et déverrouilla les portes. Faith se pencha au-dehors et vomit.

Il tendit la main vers elle, lui prit l'épaule, la serra légèrement jusqu'à ce qu'elle cesse de trembler.

« Ça va aller, ne vous en faites pas », affirma-t-il d'une voix calme, rassurante.

Elle se rassit lentement et referma la portière.

« D'abord, nous devons nous débarrasser de cette voiture, reprit-il. La mienne est de l'autre côté des bois. Juste à quelques minutes d'ici. Ensuite, je connais un endroit où vous serez en sécurité. D'accord ?

— D'accord », répondit-elle, presque aphone.

7

Moins de vingt minutes plus tard, une berline s'arrêta dans l'allée du chalet. Un homme et une femme en sortirent. Le métal de leurs armes reflétait la lumière des phares. La femme s'approcha du mort, s'agenouilla et examina le corps. Ken Newman était méconnaissable, mais elle savait que c'était lui. On a beau être aguerri, on ne s'habitue jamais tout à fait à la vue d'un cadavre ; aussi se releva-t-elle vite, l'estomac noué. Avec son équipier, elle inspecta le chalet de fond en comble, scruta la lisière des bois et revint vers le corps.

L'homme, une vraie armoire à glace, se pencha sur la dépouille de Ken Newman et poussa un juron. Howard Constantinople, « Connie » pour les intimes, était, certes, un vieux de la vieille, mais il encaissait mal le choc. Il en avait vu des vertes et des pas mûres au fil de sa carrière dans le FBI ; pourtant, ce soir, le coup était dur. Ken Newman était un ami, et Connie était à deux doigts de fondre en larmes comme un môme.

Avec son mètre quatre-vingt-quatre, la femme debout à son côté avait presque la même taille que lui. Ses cheveux bruns, coupés très courts, frisaient au-dessus des oreilles. Elle avait un visage long, étroit, intelligent, et portait un survêtement très élégant qui lui allait à merveille. Les années et le stress de son activité avaient creusé de fines rides autour de sa bouche et de ses yeux sombres. Elle regarda autour d'elle avec la précision d'une femme habituée à prendre des décisions rapides. L'expression de son visage trahissait une forte colère rentrée.

À trente-neuf ans, Brooke Reynolds était assez jolie, svelte et athlétique pour séduire les hommes quand le cœur lui en disait. Mais, depuis son récent divorce qui avait profondément affligé ses deux jeunes enfants, elle n'était pas certaine de désirer encore une compagnie masculine.

Son père, un fan de base-ball, l'avait baptisée Brooklyn Dodgers Reynolds, en mémoire de son club favori. Sa femme avait finalement réussi à imposer qu'on l'appelle simplement Brooke.

« Mon Dieu, dit enfin Reynolds en contemplant son collègue mort.

— Bon, et maintenant ? questionna Connie. Qu'est-ce qu'on fait ? »

Elle se ressaisit. Il fallait agir vite, mais avec méthode.

« C'est un meurtre, Connie. On n'a pas tellement le choix.

— La police locale ?

— C'est un officier fédéral. Ça concerne le Bureau en priorité, répondit-elle sans parvenir à détacher ses yeux du cadavre. Évidemment, la police régionale et la police d'État vont s'en mêler, c'est inévitable, mais j'ai des contacts, je suis certaine qu'on pourra contrôler le flux des informations.

— Avec un meurtre d'agent fédéral, on aura le VCU [1] sur les bras et ça va faire exploser notre muraille de Chine. »

Reynolds respira profondément pour réprimer ses larmes.

« On se débrouillera, assura-t-elle. La première chose à faire est d'installer un dispositif de sécurité sur les lieux du crime et, ici, ça ne sera pas trop difficile. Je vais appeler Paul Fisher au QG.

— Je te fiche mon billet que le directeur en personne se pointera aussi. »

L'estomac de Reynolds commençait à brûler. Le meurtre d'un agent était un choc en soi, mais le meurtre d'un agent qu'elle était censée surveiller était un cauchemar dont elle ne se réveillerait jamais.

---

1. *Violent Crime Unit* : brigade criminelle dépendant du FBI. *(N.d.T.)*

Une heure plus tard, les forces de police convergeaient sur les lieux, heureusement sans journalistes. Le médecin légiste confirma ce que tout le monde savait déjà : l'agent spécial Kenneth Newman avait succombé à une balle tirée de loin, entrée par le haut de la nuque et ressortie par le centre du visage. Pendant que la police locale montait la garde, les agents du VCU collectaient soigneusement les indices.

Reynolds, Connie et leurs supérieurs se réunirent autour de la voiture. Le directeur adjoint était Fred Massey, le plus haut gradé sur place. C'était un petit homme sans humour, qui ne cessait de hocher la tête d'un air catastrophé. Le col blanc de sa chemise était desserré et son crâne chauve luisait sous le clair de lune.

Un agent du VCU arriva avec une cassette vidéo et une paire de bottes boueuses. Reynolds et Connie avaient remarqué les bottes en fouillant le chalet, mais ne les avaient pas touchées, bien sûr, sachant que c'était une éventuelle pièce à conviction.

« Il y avait quelqu'un dans la maison, dit-il. Ces bottes étaient sur le perron de derrière. Pas d'effraction. L'alarme était désactivée et le placard à matériel ouvert. On a peut-être le tueur sur la bande. Le laser a déclenché les caméras. »

Il passa la cassette à Massey, qui la refila immédiatement à Reynolds, pour bien montrer que c'était elle la responsable. Elle devait faire ses preuves ou assumer l'échec. L'agent du VCU rangea les bottes dans un sac à indices et retourna inspecter le chalet.

« J'attends vos commentaires, agent Reynolds », déclara Massey d'un ton sec qui ne surprit personne, vu les circonstances.

Certains agents avaient versé des larmes sur la dépouille de leur collègue mais, étant la seule femme présente, et la superviseuse de Newman par-dessus le marché, Reynolds ne pouvait pas se payer le luxe d'éclater en sanglots devant eux. Dans leur grande majorité, les agents du FBI accomplissaient toute leur carrière sans jamais dégainer leur arme de service, sauf pour la faire certifier périodiquement. Reynolds s'était souvent demandé comment elle réagirait face à une situation de ce genre. Eh bien, maintenant elle le savait : pas très bien.

C'était probablement l'affaire la plus importante dont elle serait jamais chargée. Depuis peu, elle était affectée à la Brigade anti-corruption, une section de l'illustre Division des enquêtes criminelles. Après avoir reçu un appel téléphonique de Faith Lockhart, un soir, et l'avoir secrètement rencontrée en plusieurs occasions, Reynolds avait été nommée superviseuse d'escadre dans une unité détachée aux opérations spéciales. Cette « spéciale » promettait, si Lockhart disait vrai, de renverser certaines des plus grosses pointures du gouvernement des États-Unis. La plupart des agents auraient donné leur vie pour une affaire de ce calibre. Et, au fond, l'un d'eux venait de le faire ce soir.

Reynolds prit la cassette.

« J'espère que cette bande nous apprendra quelque chose. Notamment sur ce qui est arrivé à Faith Lockhart.

— Vous pensez qu'elle a pu tuer Ken ? Si oui, j'envoie un mandat d'arrêt national dans la seconde qui suit.

— Non, je suis convaincue qu'elle n'y est pour rien. Mais le fait est que nous sommes dans le brouillard. Nous allons vérifier le type sanguin et les tissus. S'il n'y a que le sang de Ken, nous saurons au moins qu'elle n'a pas été touchée. Ken n'a pas fait usage de son arme. Et il avait son gilet pare-balles. Mais quelque chose a laissé une marque sur son Glock.

— La balle qui l'a tué, approuva Connie. En ressortant de sa tête. Il avait son arme levée, probablement à hauteur d'œil, et le pruneau a ricoché dessus. » Il déglutit avec difficulté. « Le résidu sur le pistolet confirme cette hypothèse.

— Donc, Ken devait se trouver entre Lockhart et le tireur ?

— Bouclier humain. Je croyais que ce genre de conneries était réservé aux gorilles du Président.

— J'ai parlé au légiste. Il faut attendre l'autopsie et l'expertise balistique pour se prononcer mais, à vue de nez, je dirais que c'était une carabine. Pas le genre d'arme qu'une femme emporte ordinairement dans son sac à main.

— Une embuscade, alors ? hasarda Massey.

— Mais pourquoi le tueur serait-il entré dans le chalet ? demanda Connie.

— Ce sont peut-être Newman et Lockhart qui sont entrés », suggéra Massey.

Reynolds savait que ce dernier n'avait plus fait d'enquêtes sur le terrain depuis des lustres, mais c'était tout de même son directeur, et elle ne pouvait pas balayer ses arguments d'un revers de manche – ce qui ne signifiait pas cependant qu'elle dût nécessairement être toujours d'accord avec lui.

« Non, répliqua-t-elle, s'ils étaient entrés dans la maison, Ken n'aurait pas été tué dans l'allée, ils y seraient encore. Chaque interrogatoire de Lockhart dure au moins deux heures. On est arrivés ici une demi-heure après eux, au maximum. Et ce ne sont pas les bottes de Ken, bien que, vu la pointure, ce soient incontestablement des bottes d'homme. Du 44 ou du 45. Sûrement un costaud.

— Si Newman et Lockhart ne sont pas entrés, et dans la mesure où il n'y a pas de traces d'effraction, cela signifie que la tierce personne connaissait le code de l'alarme », conclut Massey d'un ton accusateur.

Reynolds n'en menait pas large, mais elle devait faire face.

« D'après la position du corps, on peut supposer que Ken venait juste de quitter la voiture. Je vois comment ça a dû se passer. Quelque chose l'effraie, il dégaine son Glock et se fait trouer la peau. »

Elle les entraîna plus loin sur l'allée.

« Regardez ces ornières, là. Le terrain alentour est relativement sec, mais les pneus ont creusé de vrais sillons. Je pense que quelqu'un a déguerpi d'ici à toute allure. Et même tellement vite qu'il a oublié ses bottes.

— Et Lockhart ?

— Peut-être que le tueur l'a emmenée avec lui, dit Connie.

— Hum, possible, fit Reynolds. Mais je ne vois pas pourquoi. Il devait vouloir sa mort aussi.

— La question que je me pose, intervint Massey, c'est comment un tueur savait qu'il fallait les attendre ici. » Il y répondit lui-même en ajoutant : « Une fuite ? »

Reynolds avait envisagé cette éventualité dès qu'elle avait vu le cadavre de Newman.

« Avec tout le respect que je vous dois, monsieur, cela ne me paraît guère possible.

— Ah non ? Nous avons un homme mort, une femme disparue

et une paire de bottes, rétorqua Massey en comptant sur ses doigts. Mettez tout ça ensemble, et vous avez une troisième personne dans le coup. Expliquez-moi comment cette troisième personne a réussi à venir ici sans avoir été tuyautée.

— Ça peut être un hasard, dit Reynolds à voix basse. Un endroit isolé, un vol à main armée. Ça arrive. Mais, si vous pensez qu'une information a filtré, elle était incomplète. » Ils la regardèrent avec curiosité. « Le tueur n'était visiblement pas au courant de notre changement de plan de dernière minute, à savoir que Connie et moi serions ici ce soir. » Elle s'expliqua : « D'habitude, c'est moi qui interroge Faith, mais je travaillais sur une autre affaire. Ça n'a rien donné et j'ai décidé, à la dernière minute, de me brancher avec Connie et de venir ici.

— Tu as raison, confirma Connie. Personne ne pouvait savoir ça. Même Ken l'ignorait.

— J'ai essayé d'appeler Ken environ vingt minutes avant notre arrivée. Je ne voulais pas débarquer à l'improviste. S'il avait entendu une voiture pénétrer dans le périmètre de sécurité sans avis préalable, il aurait pu prendre peur, tirer d'abord et poser des questions ensuite. Il devait être déjà mort quand j'ai tenté de le contacter. »

Massey s'avança vers elle.

« Agent Reynolds, je sais que vous dirigez cette enquête depuis le début. Je sais que le choix de ce chalet et la surveillance vidéo de Mlle Lockhart ont été approuvés par les autorités compétentes. Je comprends les difficultés que vous avez rencontrées pour gagner la confiance du témoin… »

Il marqua une pause pour ménager ses effets et, pesant soigneusement ses mots, poursuivit :

« Toutefois, agent Reynolds, votre façon de procéder n'a pas été exactement conforme au manuel. Et un agent est mort. »

Reynolds répondit du tac au tac :

« Nous étions obligés de procéder avec discrétion. Nous ne pouvions pas poster des agents partout autour de Lockhart. Buchanan aurait décampé bien avant que nous ayons assez de preuves pour l'incriminer. » Elle inspira longuement. « Monsieur, vous m'avez demandé mes commentaires. Les voici : je ne pense pas que Lockhart ait tué Ken. Je pense que Buchanan est derrière tout ceci. Nous devons la retrouver, mais il s'agit de le faire en douceur. Si nous lançons un mandat d'arrêt, alors Ken Newman sera probablement mort pour rien. Et, à supposer que Lockhart soit encore vivante, elle ne le restera pas longtemps une fois l'affaire ébruitée. »

Reynolds jeta un regard sur le fourgon au moment où ses portes se refermaient sur le corps de Newman. Si elle avait escorté Faith Lockhart à la place de Ken, ce soir, c'était elle qui probablement aurait été dans ce fourgon. Pour un agent du FBI, la mort était toujours une possibilité. Si elle avait été tuée, ses enfants se seraient-ils souvenus longtemps de Brooklyn Dodgers Reynolds ? Elle était certaine que sa fille de six ans n'aurait jamais oublié sa « maman ». Mais, en ce qui concernait David, son petit de trois ans, elle avait des doutes. D'ici à quelques années, aurait-il parlé d'elle comme de sa « mère biologique » ? Cette pensée lui fit froid dans le dos.

Un jour, bravant le ridicule, elle s'était fait lire les lignes de la main. La chiromancienne l'avait chaleureusement accueillie, lui avait fait boire une décoction d'herbes et avait bavardé avec elle, en lui posant des questions apparemment neutres – qui étaient en réalité destinées à réunir des informations pour se faire une idée du passé de Reynolds et « voir » dans son avenir de façon un peu crédible.

Après avoir examiné sa main, la diseuse de bonne aventure lui avait révélé que sa ligne de vie était courte. Significativement courte, même. Elle avait dit ça en observant une cicatrice sur la paume – conséquence d'une chute sur un tesson de bouteille de Coca quand Brooke avait huit ans.

La femme avait attendu qu'elle lui en demande plus, sans doute pour arrondir son tarif. Mais Reynolds lui avait affirmé qu'elle avait une santé de fer et ne savait même pas ce qu'était un rhume.

Les causes de la mort ne sont pas forcément naturelles, avait répondu la femme en haussant ses sourcils fardés pour dramatiser ses propos.

Là-dessus, Reynolds avait posé cinq dollars sur la table et pris la porte.

À présent, elle s'interrogeait.

Connie tapota le sol du bout du pied.

« Si Buchanan est derrière tout ça, remarqua-t-il, il est sans doute loin à l'heure qu'il est.

— Je ne crois pas, répondit Reynolds. Fuir maintenant, ce serait pratiquement s'avouer coupable. Non, il va la jouer tranquille.

— Ça ne me plaît pas, dit Massey. Je lance un mandat d'arrêt et j'attends qu'on nous amène Lockhart, si elle est encore en vie.

— Monsieur, répliqua Reynolds, un peu agacée, nous ne pouvons pas citer son nom dans un homicide quand nous avons toutes les raisons de penser qu'elle n'y est pour rien et qu'elle est même plutôt une victime. Le Bureau grouillera d'avocats de tout poil dès qu'elle arrivera, et vous le savez très bien.

— Je peux toujours la faire rechercher comme témoin oculaire. Il me semble qu'elle répond aux critères, non ? insista Massey.

— Un mandat d'arrêt n'est pas une solution. Il en résultera plus de mal que de bien. Pour toutes les personnes impliquées.

— Buchanan n'a aucune raison de la laisser vivre.

— Lockhart n'est pas une imbécile. Je l'ai beaucoup côtoyée, je la connais un peu. C'est une battante. Si elle peut tenir quelques jours, nous sommes gagnants. Buchanan ignore ce qu'elle nous a dit. Mais, en lançant un avis de recherche à son nom, nous signons son arrêt de mort. »

Chacun fit silence.

« D'accord, dit finalement Massey. Ça se tient. Vous croyez vraiment que vous réussirez à la retrouver par vos propres moyens ?

— Oui. » Que pouvait-elle répondre d'autre ?

« Vous parlez avec vos tripes ou avec votre cervelle ?

— Les deux. »

Massey l'observa longuement.

« À partir de maintenant, agent Reynolds, votre tâche consiste uniquement à retrouver Lockhart. L'enquête sur le meurtre de Newman est confiée aux hommes du VCU.

— À leur place, je commencerais par ratisser le terrain à la recherche de la balle qui a tué Ken. Puis je fouillerais les bois.

— Pourquoi les bois ? Les bottes étaient sur le perron. »

Elle regarda vers la lisière.

« Si je devais tendre une embuscade, mon choix tactique se porterait là, expliqua-t-elle en désignant le couvert des arbres. Excellent camouflage, ligne de tir idéale et plan de fuite tout trouvé. Une voiture m'attend, je me débarrasse de l'arme et je file à l'aéroport Dulles. En une heure de temps, le tueur est hors d'atteinte. La balle qui a tué Ken est entrée par le cou. Il tourne le dos aux bois. Ken n'a pas dû voir son agresseur, sans quoi il n'aurait pas tourné le dos. Tout désigne cette forêt. »

Une autre voiture arriva, et le directeur du FBI en descendit. Massey se porta aussitôt vers lui, laissant Connie et Reynolds seuls.

« Alors ? dit Connie. Quel est ton plan d'action ?

— Je vais voir si ces bottes vont aux pieds de ma Cendrillon », répondit-elle distraitement en regardant Massey s'entretenir avec le directeur.

Celui-ci était un ancien du Service action. Reynolds était sûre qu'il prenait ce drame très à cœur. Tout ce qui concernait de près ou de loin cette affaire ferait l'objet d'une attention particulière.

« On va suivre la procédure habituelle. Mais notre seule piste solide, c'est celle-ci, reprit-elle en tapant du doigt sur la cassette. Nous nous jetterons comme des morts de faim sur celui ou celle qui est sur cette bande.

— Des morts de faim, oui… Mais c'est peut-être une denrée périssable. Faut faire vite si on ne veut pas dépasser la date limite, Brooke », rétorqua Connie.

8

Lee empoigna le volant si fort que ses phalanges blanchirent. Lorsque la voiture de police arrivant en sens inverse les croisa, il poussa un soupir de soulagement et enfonça l'accélérateur. Ils étaient dans son véhicule à lui, car il avait abandonné l'autre dans un fossé après en avoir nettoyé l'intérieur. Il avait essayé d'effacer toutes les traces de sa présence, mais on ne savait jamais : il existait aujourd'hui des appareils capables de déceler des indices invisibles à l'œil nu. Ça s'annonçait mal.

En regardant les phares s'éloigner dans le noir, Faith se demanda si la police se dirigeait vers le chalet. Ken Newman avait-il une épouse et des enfants ? Elle avait remarqué qu'il ne portait pas d'alliance – détail qui échappe rarement aux femmes –, mais il avait l'air d'un père de famille.

Tandis que Lee louvoyait sur les routes secondaires, Faith fit un signe de croix. Machinalement, en se surprenant elle-même. Elle ajouta une prière muette pour le mort et sa famille, s'il en avait, puis dit à haute voix : « Je suis sincèrement navrée » pour tenter d'évacuer le sentiment de culpabilité qui montait en elle.

« C'était un ami ? demanda Lee en la regardant à la dérobée.

— Il a été tué à cause de moi. Ce n'est pas suffisant ? »

Faith était étonnée que les paroles de la prière lui soient

revenues si facilement. Compte tenu du nomadisme de son père, ses visites à l'église avaient été pour le moins sporadiques. Mais sa mère avait toujours insisté afin qu'elle aille dans une école catholique chaque fois qu'ils s'établissaient quelque part, et son père avait perpétué cette habitude après la mort de sa femme. Outre les coups de règle sur les doigts de sœur Machin-Chose, il fallait croire qu'elle avait retenu quelques notions de son éducation religieuse. À la mort de son père – d'une crise cardiaque –, juste avant son entrée en terminale, Faith avait été recueillie par une parente, qui n'avait vu en elle qu'un fardeau et avait pris un malin plaisir à l'ignorer. Faith s'était rebellée. Elle s'était mise à fumer, à boire, à porter des jupes très courtes. Elle n'avait pas attendu longtemps pour perdre sa virginité et avait continué de faire les quatre cents coups à l'université, cherchant vainement à donner un sens à sa vie – jusqu'au jour où, un peu par hasard, elle avait fini par trouver sa voie. Depuis quinze ans, elle suivait sa bonne étoile, menait tranquillement sa barque, sans à-coups ; et voilà que soudain tout avait chaviré.

Elle regarda Lee.

« Il faut prévenir la police, affirma-t-elle. On ne peut pas le laisser derrière nous comme ça.

— Ça ne nous vaudrait que des emmerdements. Ce n'est franchement pas une bonne idée.

— Je vous dis qu'on ne peut pas le laisser comme ça. C'est mal.

— Vous vous voyez en train d'expliquer ce qui s'est passé au commissariat du coin ? Ils nous mettraient la camisole de force.

— Eh bien, tant pis ! Si ça vous est égal, pas à moi ! Je refuse d'abandonner son corps aux écureuils.

— D'accord, d'accord, calmez-vous, répondit-il avec un soupir. Dans un moment, on passera un coup de fil anonyme aux flics. Pour qu'ils viennent voir.

— Bien », dit Faith.

Quelques minutes plus tard, Lee remarqua que Faith fouillait dans son sac.

« J'ai une autre requête », annonça-t-elle.

Il commençait à la trouver pénible : il avait mal au coude, mal aux yeux, il était dans un pétrin inextricable et il fallait encore qu'elle vienne lui casser les pieds avec ses caprices.

« De quel genre ? demanda-t-il avec lassitude.

— Il y a une station-service près d'ici. Je voudrais faire un brin de toilette... si ça ne vous dérange pas », ajouta-t-elle.

En voyant les taches de sang sur ses vêtements, Lee compatit et se radoucit.

« Pas de problèmes, répondit-il.

— C'est un peu plus loin sur la route.

— Je sais où c'est. J'aime repérer le secteur où je travaille. »

Faith le dévisagea avec des yeux ronds, mais sans rien dire.

Dans les toilettes, elle nettoya ses vêtements du mieux qu'elle put, en s'efforçant de considérer les traces de sang comme des taches ordinaires, mais en résistant difficilement à l'envie de se déshabiller complètement pour récurer sa peau devant le lavabo crasseux, avec des serviettes en papier et le savon liquide du distributeur.

Quand elle remonta dans la voiture, le regard de son compagnon lui révéla ce que sa bouche taisait.

« Ça ira, affirma-t-elle, je tiens le coup.

— Au fait, je m'appelle Lee. Lee Adams. »

Faith ne répondit pas. Il démarra et quitta la station-service.

« Inutile de me dire votre nom, reprit-il. J'ai été engagé pour vous suivre, mademoiselle Lockhart. »

Elle le toisa avec méfiance.

« Qui vous a engagé ? s'enquit-elle, soupçonneuse.

— J'sais pas.

— À d'autres ! Vous me prenez pour une imbécile ?

— Non, non, c'est la vérité. C'est inhabituel, mais ça arrive. Il y a des gens que ça gêne d'engager un détective privé.

— Ah, c'est donc ça, vous êtes détective privé, dit-elle avec mépris.

— Une façon comme une autre de gagner sa croûte. Je suis parfaitement en règle.

— Et comment votre employeur vous a-t-il trouvé ?

— Hormis le fait que j'ai une magnifique annonce dans les pages jaunes, je n'en ai aucune idée.

— Est-ce que vous savez au moins dans quoi vous avez fourré votre nez, monsieur Adams ?

— Disons que je commence à voir un peu mieux le topo. Quand on me tire dessus, ça me fait cogiter.

— Et qui vous a tiré dessus ?

— Le même type qui a descendu votre ami. Je crois que je l'ai touché, mais il a détalé. »

Faith se frotta les tempes et regarda devant elle, dans la nuit.

« Vous êtes un témoin sous protection, c'est ça ? » lança-t-il.

Elle sursauta. Comme elle se taisait, il continua :

« J'ai rapidement fouillé votre copain pendant que vous rampiez vers la voiture. Il avait un neuf millimètres Glock et un gilet en Kevlar –, qui ne lui aura pas servi à grand-chose, d'ailleurs. Il y avait écrit FBI sur la boucle de sa ceinture. Je n'ai pas eu le temps de regarder ses papiers d'identité. Il s'appelait comment ?

— C'est important ?

— Peut-être.

— Qu'est-ce qui vous fait penser que je suis un témoin sous protection ?

— Le chalet. Les serrures spéciales, le système de sécurité. Ça ressemble à une planque. Personne n'y habite, c'est sûr.

— Donc, vous y êtes entré. »

Il acquiesça.

« Au début, je pensais que vous aviez une liaison. Mais j'ai vite compris que ce n'était pas un nid d'amour. Drôle de bicoque, cela dit. Des caméras cachées, un système d'enregistrement. Vous saviez que vous étiez filmée, au fait ? »

L'air ahuri de Faith répondit à sa question.

« Si vous ignorez qui est votre employeur, comment avez-vous été engagé ? questionna-t-elle.

— Assez simple. Un message téléphonique disait qu'un paquet d'informations sur vous et une avance sur mes honoraires seraient livrés à mon bureau. Et c'était vrai. Un dossier sur vous et une jolie petite somme. On me demandait de vous suivre, et je l'ai fait.

— On m'a assuré que personne ne me suivait.
— Je suis assez doué dans ma partie.
— Apparemment.
— Dès que je savais où vous alliez, je vous précédais sur les lieux. Pas plus compliqué que ça.
— C'était la voix d'un homme ou d'une femme ?
— Impossible à dire, c'était brouillé.
— Ça n'a pas éveillé vos soupçons ?
— Tout éveille mes soupçons. Une chose est sûre : ceux qui en ont après vous ne sont pas des rigolos. Le tireur utilisait des munitions qui auraient pu dégommer un éléphant. Je peux en témoigner. »

Il se tut et Faith ne trouva rien d'autre à dire. Elle avait plusieurs cartes de crédit dans son sac, toutes extrêmement bien pourvues et cependant parfaitement inutiles : si elle en insérait une seule dans un distributeur de billets, on retrouverait immédiatement sa trace. Elle palpa l'anneau en étain Tiffany auquel étaient attachées les clés de sa somptueuse demeure et de sa luxueuse voiture. Également inutiles. Son portefeuille contenait en tout et pour tout la somme mirobolante de cinquante-cinq dollars et quelques *cents*. C'était tout ce qu'elle possédait, avec les habits qu'elle avait sur le dos. Ça lui rappela son enfance pauvre, et ce n'était pas un souvenir particulièrement heureux.

Elle ne manquait pourtant pas d'argent liquide, mais il était dans un coffre, à sa banque de Washington. Et la banque n'ouvrirait pas avant le lendemain matin. Il y avait deux autres articles dans ce coffre qui lui seraient encore plus utiles : un permis de conduire et une carte de crédit, tous deux sous un faux nom. Elle se les était procurés sans trop de difficulté, mais en espérant ne jamais avoir à s'en servir. La preuve : elle les conservait dans une banque au lieu de les garder à portée de main. Elle secoua la tête en se maudissant d'être aussi stupide.

Avec ce permis et cette carte-là, elle pouvait aller pratiquement n'importe où. C'étaient ses tickets de sortie en cas de pépin. *Eh bien, nous y voilà*, songeait-elle maintenant, *le toit s'est envolé, les murs se fissurent, la tornade approche et la propriétaire est partie pour l'hôtel en limousine. Il est temps de dresser la tente et de se faire une raison.*

Elle regarda Lee. Qu'allait-elle faire avec lui ? La première de toutes les priorités était de survivre jusqu'au lendemain. Peut-être pourrait-il l'aider ? Il avait l'air de savoir ce qu'il faisait et il était armé. Si elle parvenait à se rendre à sa banque sans encombre, elle était sauvée. Mais il y avait sept heures d'attente avant l'ouverture. Autant dire sept ans.

9

Thornhill était assis dans le petit bureau de sa ravissante maison couverte de lierre, dans le quartier très prisé de McLean, en Virginie. Sa femme avait de la fortune, ce qui lui avait procuré non seulement le luxe que l'argent peut acheter, mais aussi la liberté nécessaire à la conduite de sa carrière au service de l'État. Dans l'immédiat, cependant, il ne se sentait pas très à l'aise.

Il venait de recevoir un message incroyable, qui risquait de mener tous ses plans à l'échec. Il regarda l'homme assis en face de lui, un autre vétéran de l'Agence et membre de son groupe secret. Philip Winslow partageait les idéaux et les soucis de Thornhill. Ils avaient passé de nombreuses nuits blanches ensemble, dans ce bureau, à parler du bon vieux temps et à dresser des plans. Ils étaient tous deux d'anciens élèves de Yale, parmi les plus brillants. Ils s'étaient rencontrés à une époque où le service de la patrie était encore considéré comme un honneur. Et la CIA avait largement puisé dans le vivier des grandes universités de la côte Est. Ils étaient issus d'une génération pour laquelle la protection des intérêts du pays était une véritable religion. Thornhill se prenait pour un visionnaire et estimait que tous les moyens étaient bons pour matérialiser ses visions.

« L'agent du FBI a été tué, dit-il à son ami et collègue.

— Et Lockhart ?

— Disparue.

— En somme, résuma Winslow, on a éliminé l'un des meilleurs éléments du Bureau et on a laissé la vraie cible s'en tirer. » Il fit tinter les glaçons dans son verre. « Ça se gâte, Bob. Les copains ne seront pas heureux d'entendre ça.

— Pour en finir avec les bonnes nouvelles, notre homme a été blessé.

— Par l'agent ? »

Thornhill secoua la tête.

« Non. Il y avait quelqu'un d'autre sur les lieux. Encore inconnu au bataillon. Serov a fait son rapport. Il a donné une description de l'homme. On est en train d'interroger les ordinateurs, on devrait connaître son identité incessamment.

— Il ne peut rien nous dire d'autre ?

— Pas pour le moment. Serov est actuellement détenu en lieu sûr.

— Tu sais que le Bureau va sortir ses griffes, Bob.

— Pire que ça : ils vont faire le maximum pour retrouver Faith Lockhart.

— Ils soupçonnent quelqu'un ?

— Buchanan, bien sûr. C'est logique.

— Alors, qu'est-ce qu'on fait avec Buchanan ?

— Rien pour l'instant. On le tiendra au courant. Enfin, on lui donnera notre version de l'histoire. On l'occupera tout en surveillant de près le FBI. Il est en déplacement ce matin, ça nous laisse de la marge ; mais si le FBI s'approche trop de lui, on l'élimine. Et on fournira à nos chers collègues du Bureau tous les détails sordides sur la façon dont Buchanan a tenté de faire tuer Lockhart.

— Et Lockhart, justement, qu'est-ce qu'elle devient ?

— Oh, le FBI va lui mettre la main dessus. Ils sont assez bons dans ce domaine. Une des rares choses qu'ils sachent faire.

— Je ne vois pas à quoi ça nous avance : si elle parle, Buchanan plonge et on plonge avec lui.

— Ça m'étonnerait. Quand le FBI la trouvera, on sera là aussi, si on ne l'a pas trouvée avant eux. Et, ce coup-là, on ne la ratera pas. Ensuite, ce sera au tour de Buchanan. Lorsqu'ils seront tous les deux hors circuit, on reprendra notre plan d'origine.

— Si ça marche.

— Ça marchera », trancha Thornhill avec son optimisme habituel.

Pour durer aussi longtemps dans ce métier, il fallait avoir une attitude positive.

10

Lee engagea la voiture dans la ruelle et s'arrêta. Il balaya du regard le paysage nocturne. Il avait roulé pendant deux heures avant d'être à peu près sûr qu'ils n'avaient pas été suivis, puis il avait téléphoné à la police depuis une cabine. Bien qu'ils soient relativement en sécurité à présent, il gardait une main sur la crosse de son SIG, prêt à dégainer dans la seconde pour exterminer leurs ennemis. Mais ce n'était pas sérieux : de nos jours, on pouvait se faire tuer depuis le ciel, par une bombe plus maligne que l'homme, avant d'avoir eu le temps de dire ouf.

Lee se demandait si, dans la nanoseconde que prenait la désintégration du corps, le cerveau du pauvre type vitrifié au sol était assez rapide pour comprendre que ce n'était pas la main de Dieu qui l'avait terrassé, mais un objet manufacturé par ses congénères. Du coup, il scruta le ciel. Redoutait-il un missile ? Vu le genre d'individus qui trempait dans cette histoire, ce n'était pas si délirant que ça, au fond.

« Qu'avez-vous dit à la police ? demanda Faith.

— L'essentiel, sans broder. Ce qui s'était passé, et à quel endroit.

— Et ?

— Et le standardiste était sceptique, mais il a fait de son mieux pour me garder en ligne. »

Faith observa la ruelle dans laquelle ils se trouvaient.

« C'est ça, le lieu sûr dont vous m'avez parlé ? »

Ce qu'elle voyait dans la demi-obscurité n'avait rien de rassurant : des poubelles, toutes sortes de cachettes possibles et des bruits de pas au loin sur le trottoir.

« Non, on laisse la voiture ici et on y va à pied. Le lieu sûr en question est mon appartement.

— Où sommes-nous ?

— Arlington nord. Ça s'est embourgeoisé, mais ça peut encore être dangereux, surtout à cette heure de la nuit. »

Elle resta près de lui. Ils suivirent la ruelle jusqu'à une avenue de maisons mitoyennes, vieilles mais bien entretenues.

« Laquelle est la vôtre ?

— La grande tout au bout. Le propriétaire a pris sa retraite en Floride. Il a d'autres biens immobiliers et, comme je lui rends quelques services, il me fait un prix d'ami pour le loyer. »

Faith sortait déjà de la ruelle quand Lee la retint par le bras.

« Attendez-moi une minute, je vais aller jeter un coup d'œil d'abord. »

Elle se cramponna à son veston.

« Ne me laissez pas toute seule ici.

— Je veux juste m'assurer que personne ne nous a préparé une surprise-party. Si quelque chose vous paraît bizarre, criez et je rapplique en cinq secs. »

Il disparut et Faith se cacha dans une encoignure. Son cœur battait si fort qu'elle craignait presque que quelqu'un ne l'entende. Comme elle commençait à paniquer vraiment, Lee reparut.

« C'est bon, pas de lézard, allons-y. »

Lee ouvrit avec sa clé la porte d'entrée de l'immeuble. Faith remarqua une caméra vidéo encastrée dans le mur.

« Une idée à moi, expliqua Lee. J'aime savoir qui vient me voir. »

Son appartement était au troisième et dernier étage, à droite au fond du couloir. Il y avait trois verrous sur la porte. Lee les tourna successivement, avec trois clés différentes.

Quand la porte s'ouvrit, Faith entendit un bip. Voilà, ils étaient dans l'appartement. Sur le mur se trouvait un boîtier électronique surmonté d'un couvercle en cuivre, que Lee rabattit avant de pianoter sur les touches. Le bip cessa.

Il regarda Faith, qui l'observait avec intérêt.

« Radiation Van Eck. Vous ne comprendriez probablement pas.

— Vous n'avez probablement pas tort », reconnut-elle en haussant les sourcils.

À côté du boîtier, il y avait un petit écran vidéo, visiblement relié à la caméra qu'elle avait aperçue en arrivant devant l'immeuble, parce que le perron y appararaissait plein cadre.

Lee verrouilla la porte et plaqua sa main dessus en disant :

« C'est de l'acier. Et l'encadrement est de ma fabrication. Le plus important n'est pas la serrure, dans une porte. Une fois sur deux, c'est l'encadrement qui cède. Un cadeau de Noël que l'industrie du bâtiment fait aux casseurs. J'ai aussi des serrures impossibles à crocheter sur les fenêtres, des détecteurs de mouvement et un téléphone cellulaire d'appoint branché sur le système d'alarme. Je vous l'ai dit, le lieu est sûr.

— Vous ne seriez pas un peu paranoïaque ?

— Je veille à ma sécurité. »

Faith entendit quelque chose approcher dans le couloir intérieur. Elle se raidit, puis se détendit en voyant Lee sourire. Une seconde plus tard, un vieux berger allemand débouchait dans le vestibule. Lee s'accroupit et joua avec le gros chien, qui roula sur le dos pour que son maître lui caresse le ventre.

« Ohé, Max, comment ça va, mon gars ? dit Lee en flattant la tête de l'animal, qui lui lécha affectueusement la main. Ça, c'est le meilleur système de sécurité jamais inventé. Vous n'avez pas à craindre les courts-circuits, les pannes de courant ou les trahisons.

— Si je comprends bien, votre projet est de nous cacher ici ?

— Vous voulez boire ou manger quelque chose ? On discutera mieux avec l'estomac plein.

— Juste un thé, alors. Je n'ai pas beaucoup d'appétit pour le moment. »

Quelques minutes plus tard, ils étaient assis à la table de la cuisine. Faith buvait du thé, Lee du café. Max somnolait sous la table.

« Nous avons un problème, commença Lee. Quand je suis entré

dans le chalet, je suis passé devant un rayon. Autrement dit, je suis sur la bande vidéo. »

Faith s'alarma.

« Seigneur, ils peuvent débarquer ici d'un moment à l'autre !

— Ce serait peut-être une bonne chose.

— Qu'est-ce que vous voulez dire ?

— Je n'aime pas aider les criminels.

— Vous pensez que je suis une criminelle ?

— C'est faux ? »

Elle considéra sa tasse.

« Je travaille *avec* le FBI, pas *contre*.

— Admettons. Qu'est-ce qu'ils vous veulent ?

— Je ne peux pas répondre à cette question.

— Dans ce cas, je ne peux pas vous aider. Allez, venez, je vous reconduis chez vous. »

Il se leva. Elle lui saisit le bras.

« Attendez, je vous en prie, attendez. »

L'idée de rester seule maintenant la paralysait. Il se rassit et attendit.

« Que voulez-vous savoir pour accepter de m'aider ?

— Ça dépend du genre d'aide que vous souhaitez. Je ne me mettrai pas dans l'illégalité.

— Je ne vous le demande pas.

— Alors, vous n'avez pas de souci à vous faire, en dehors du fait que quelqu'un essaie de vous tuer. »

Elle but une gorgée. Elle était nerveuse.

« Si la vidéo leur révèle votre identité, il serait peut-être plus sage de partir d'ici, vous ne croyez pas ?

— J'ai brouillé la bande. J'ai passé mon aimant dessus.

— Vous pensez l'avoir effacée ?

— Je ne peux pas l'affirmer. Je ne suis pas un expert dans ce domaine.

— Mais il faudra un certain temps pour la restaurer, c'est ça ?

— C'est ce que j'espère. Seulement, nous n'avons pas affaire à des novices. Et l'installation avait un système de sécurité intégré. Avec un peu de chance, si les flics tentent de sortir la cassette de force, elle s'autodétruira. Personnellement, je donnerais volontiers les quarante-sept dollars que j'ai à la banque pour que ça se produise. Je tiens à ma vie privée, figurez-vous. Mais vous ne m'avez toujours rien révélé. »

Au lieu de répondre, elle le toisa comme s'il venait de lui faire du gringue.

Il pencha la tête de côté.

« Écoutez. C'est moi le détective, d'accord ? Je vais faire quelques déductions, et vous me direz si je me trompe, ça vous va ? » Comme elle ne desserrait toujours pas les lèvres, il continua : « Les caméras que j'ai vues étaient uniquement dans la salle de séjour. Idem pour la table, la cafetière et le reste, tout était dans la salle de séjour. Et c'est quand j'ai franchi le rayon que les caméras se sont déclenchées.

— Normal.

— Eh bien, non, justement. Je connaissais le code du système de sécurité.

— Et alors ?

— Et alors, je l'ai désactivé. D'où ma question : pourquoi ce rayon fonctionnait-il encore ? À la façon dont il était positionné, même après avoir désactivé le système, le type qui vous accompagnait aurait déclenché les caméras. Pourquoi aurait-il voulu se filmer lui-même ? »

Faith parut perplexe.

« Je l'ignore.

— Vous l'ignorez... Donc, ils vous ont filmée à votre insu. Et tout ça – l'isolement du chalet, la sécurité haute technologie, les fédéraux, les caméras, l'équipement vidéo – nous conduit à une seule conclusion. » Il s'interrompit, comme s'il ne savait pas exactement comment présenter la chose. « Ils vous ont amenée là pour vous interroger. Mais, doutant de votre bonne coopération, ou craignant peut-être un attentat contre votre personne, ils vous ont filmée pour le cas où vous viendriez à disparaître. »

Faith le regarda avec un sourire résigné.

« Quelle prescience de leur part, vous ne trouvez pas ? "Pour le cas où je viendrais à disparaître"... »

Lee se leva et regarda par la fenêtre tout en réfléchissant. Une idée soudaine le frappa. Une idée tellement évidente qu'il aurait dû y penser depuis longtemps. Mais, même s'il ne connaissait pas Faith, ça l'embêtait de la formuler.

« J'ai une mauvaise nouvelle pour vous, lança-t-il.

— Mais encore ? demanda-t-elle, étonnée.

— Vous êtes interrogée par le FBI. Ça signifie sans doute que vous êtes officiellement sous sa responsabilité. Un de leurs hommes se fait dégommer en vous protégeant et j'ai probablement blessé le mec qui l'a tué. Les fédés ont ma frimousse sur leur magnéto. Résultat des courses… » Il attendit un instant avant de poursuivre : « … je dois vous livrer au FBI. »

Faith sursauta.

« Quoi ? Vous ne pouvez pas faire ça ! Vous aviez dit que vous m'aideriez.

— Si je ne le fais pas, je peux me préparer à un long séjour dans un endroit ombragé où certains hommes aiment beaucoup trop les autres hommes. Au minimum, je perdrai ma licence de détective privé. Bien sûr, si je vous connaissais mieux, ça m'ennuierait encore plus d'avoir à faire ça mais, après réflexion, même ma grand-mère ne vaudrait pas un tel sacrifice. » Il enfila sa veste. « Qui est votre interrogateur principal ?

— Je ne connais pas son nom.

— Vous avez un numéro de téléphone ?

— Ça ne servirait à rien. Je doute qu'il soit en mesure de répondre dans l'état où il est.

— Ne me dites pas que le mort qu'on a laissé là-bas était votre seul contact.

— Et pourtant si, répondit-elle en mentant avec un parfait sang-froid.

— Attendez, attendez, ce mec était votre interrogateur et il ne s'est jamais donné la peine de vous dire son nom ? Ce n'est pas dans les habitudes du FBI.

— Désolée, je n'en sais pas plus.

— Sans blague ? Eh bien, moi, j'en sais un peu plus. Je vous ai vue trois fois dans ce chalet avec une femme. Une grande brune. Vous l'appeliez agent X ? » Il se pencha vers elle et la regarda dans le blanc des yeux. « Règle numéro un : quand on raconte un bobard, s'assurer que la personne en face ne peut pas prouver le contraire. » Il la prit par les épaules. « Allons-y.

— Attendez, monsieur Adams, *vous* avez un problème auquel vous n'avez peut-être pas réfléchi.

— Ah ouais ? Dites-moi tout.

— Qu'est-ce que vous comptez raconter au FBI lorsque vous me livrerez ?

— Ma foi... Pourquoi pas la vérité ?

— Très bien. Regardons la vérité. Vous me suiviez parce que quelqu'un vous a engagé pour le faire. Manque de chance, vous ne connaissez même pas son nom, ce qui veut dire qu'ils devront vous croire sur parole. Pas vrai, monsieur Adams ? Qui plus est, vous m'avez suivie alors que le FBI m'avait assuré que c'était impossible, vous avez pénétré dans la maison, votre visage est sur la cassette, un agent du FBI est mort et vous avez fait usage de votre arme. Vous dites que vous avez tiré sur l'autre homme, mais vous ne pouvez pas prouver qu'il y avait un autre homme... Récapitulons : j'étais sur les lieux et vous étiez sur les lieux. Vous avez tiré et un agent du FBI est mort.

— La balle qui a tué ce type ne correspond pas à mon pistolet, observa-t-il, vexé, en lui lâchant le bras.

— Vous vous êtes débarrassé de l'autre arme, tout simplement.

— Pourquoi je vous aurais enlevée, alors ? Si j'étais le tireur, je vous aurais tuée sur place.

— La question n'est pas de savoir ce que *je* pense, monsieur Adams. Je me contente de vous faire part des soupçons que le FBI pourrait nourrir contre vous. Évidemment, si vous n'avez rien à vous reprocher dans votre passé, ils vous croiront peut-être. Ils enquêteront sur vous pendant un an, mettons, puis ils laisseront tomber si aucun fait nouveau ne se présente. »

Lee l'incendia du regard. Son passé récent était clair comme de l'eau de roche. Mais, en remontant dans le temps, on pouvait trouver un peu de vase. À ses débuts dans le métier, il avait fait certaines choses qu'il ne referait pas aujourd'hui – pas vraiment illégales, mais tout de même difficiles à expliquer à des agents fédéraux dépourvus d'humour.

Et puis, il y avait l'action engagée contre lui par son ex, avant la fortune inespérée d'Eddie la Chance, pour restreindre son droit de visite. Elle avait prétendu que Lee la harcelait, et était capable de devenir violent. En effet, il serait devenu violent s'il avait pu mettre la main sur ce salopard. Chaque fois que Lee repensait aux bleus qu'il avait vus sur les bras et la joue de sa fille le jour où il lui avait rendu visite à l'improviste dans leur trou à rats, il était au bord de l'apoplexie. Trish avait raconté que Renee était tombée dans l'escalier, mais il avait bien reconnu la marque d'un coup de poing sur la peau tendre de sa fille. Il avait lancé un pied-de-biche contre la voiture d'Eddie et il lui aurait volontiers fracassé le crâne si ce faux cul ne s'était pas enfermé dans les toilettes après avoir appelé les flics.

Bref, Lee n'avait pas vraiment envie que le FBI vienne fouiner dans sa vie pendant les douze prochains mois. D'un autre côté, s'il laissait cette femme s'enfuir et que les fédés remontent jusqu'à lui, il ne serait guère mieux loti. Où qu'il se tourne, il mettait le pied dans un nœud de vipères.

« Pourriez-vous me déposer au siège du FBI à Washington ? demanda Faith d'un ton suave. Vous trouverez facilement, c'est à l'angle de la 4e Rue et de la rue F.

— C'est bon, c'est bon, vous avez gagné, rétorqua-t-il sans aménité. Mais je n'ai pas demandé à tomber dans un tel pétrin.

— Et je ne vous ai pas demandé de vous y mettre. Mais…

— Mais quoi ?

— Si vous n'aviez pas été là ce soir, je serais morte à l'heure qu'il est. Je ne vous ai pas encore remercié, excusez-moi. Merci. »

Malgré sa méfiance, Lee sentit sa colère retomber. Soit cette femme était sincère, soit c'était la plus fieffée roublarde qu'il ait jamais rencontrée. À moins qu'elle ne soit un peu les deux. C'était Washington, après tout.

« Toujours ravi d'aider une dame, dit-il sèchement. Bon, à supposer que je décide de ne pas vous livrer au FBI, que comptez-vous faire pour survivre à partir de demain ?

— Il faut que je m'en aille d'ici. J'ai besoin de quelques heures pour réfléchir.

— Le FBI ne vous laissera pas filer comme ça. Je suppose que vous avez passé un marché.

— Pas encore. Et, même si c'était le cas, j'ai de bonnes raisons de considérer qu'ils ne l'ont pas respecté, vous ne trouvez pas ?

— Et les gens qui ont tenté de vous tuer ?

— Laissez-moi le temps de me retourner et j'aviserai. Je finirai probablement par me rendre au FBI. Mais je ne veux pas mourir. Et je ne veux pas que quiconque meure à cause de moi, ajouta-t-elle en le regardant droit dans les yeux.

— J'apprécie votre sollicitude, mais je suis assez grand pour me défendre. Vous voulez fuir, d'accord. Où et comment ? »

Faith ouvrit la bouche pour répondre, puis hésita et baissa les yeux.

« Écoutez, Faith, si vous ne me faites pas confiance, ça ne marchera pas. En vous laissant filer, je risque la prison. Je n'y suis pas encore tout à fait décidé, ça dépendra en grande partie de ce que vous avez derrière la tête. Si les fédés ont besoin de vous pour épingler de gros poissons – car, d'après ce que j'ai vu, ce n'est sûrement pas du menu fretin –, alors je suis de leur côté.

— Et si je vous promets de me rendre dès qu'ils m'auront donné des garanties pour ma sécurité ?

— Ça me paraît raisonnable. Mais quelle garantie ai-je, moi, que vous tiendrez votre promesse ?

— Vous n'avez qu'à venir avec moi. »

Lee, ébahi, recula sur sa chaise. Il décroisa les jambes, envoyant au passage un coup de pied involontaire à Max, qui sortit de sous la table en le regardant piteusement.

Faith insista :

« Ils finiront par vous identifier sur la cassette, ce n'est qu'une question de temps. Et le type sur qui vous avez tiré peut donner votre signalement à son employeur. Il est évident que vous êtes aussi en danger.

— Je ne suis pas sûr que…

— Lee, réfléchissez. Il ne vous est jamais venu à l'esprit que la personne qui vous a engagé pour me suivre vous faisait suivre aussi. Il est fort possible que vous ayez été utilisé comme éclaireur malgré vous pour lui indiquer à quel endroit organiser le guet-apens.

— Ça ne tient pas debout. S'ils pouvaient me filer, ils pouvaient vous filer aussi.

— Sauf s'ils voulaient vous faire porter le chapeau. Vous êtes le coupable idéal. »

Bon Dieu de bois... Lee gonfla les joues et souffla. Quel con ! Comment n'avait-il pas vu venir le coup ? Un client anonyme. Un paquet de fric. Une cible mystérieuse. Un chalet isolé. C'était cousu de fil blanc. Et il était tombé dans le panneau. Comme un bleu !

« Je vous écoute, déclara-t-il.

— J'ai un coffre dans une banque à Washington. Dans ce coffre, j'ai de l'argent liquide et certains rectangles de plastique avec un faux nom qui nous permettront d'aller aussi loin que nous le désirons. Le seul problème est qu'ils surveillent peut-être ma banque. J'ai besoin de votre aide.

— Je ne peux pas accéder à votre coffre.

— Mais vous pouvez m'aider à y accéder. Regarder s'ils ont posté des hommes devant la banque. Vous êtes meilleur que moi pour ça. J'entre, je vide le coffre et je ressors en vitesse pendant que vous faites le guet. Si vous remarquez quelque chose de louche, on déguerpit sans demander notre reste.

— J'ai l'impression de préparer un hold-up.

— Je vous jure que tout ce que contient ce coffre m'appartient. »

Lee se passa une main dans les cheveux.

« Mouais, ça peut marcher. Ensuite ?

— Ensuite, destination le Sud.

— Plus précisément ?

— Les côtes de Caroline. J'ai une maison là-bas.

— À votre nom ? Ils vous retrouveront facilement.

— Non, je l'ai achetée au nom d'une société et j'ai signé l'acte de mon autre nom, en tant que fondée de pouvoir. Mais vous ? Vous ne pouvez pas voyager sous votre vrai nom.

— Ne vous inquiétez pas pour ça. J'ai incarné plus de personnages dans ma vie que Shirley MacLaine, et j'ai les papiers qui le prouvent.

— Alors, tout est réglé. »

Lee regarda Max, qui avait posé sa grosse tête sur ses genoux, et lui caressa le museau.

« Combien de temps ?

— Je ne sais pas. Une semaine, peut-être. »

Il soupira.

« Je vais demander à ma voisine du dessous si elle peut s'occuper de Max.

— Vous acceptez donc ?

— À une condition. Comprenez-moi bien : je suis toujours partant pour aider une femme qui a besoin de moi, mais ça ne veut pas dire qu'il faut me prendre pour un gogo.

— Je doute fort que quiconque vous ait jamais pris pour tel.

— Demandez donc à mon ex-femme, ça vous fera rigoler. »

11

La vieille ville d'Alexandria se trouvait en Virginie du Nord, près du fleuve Potomac, à un quart d'heure de route de Washington. À l'origine, c'était surtout un port fluvial, mais les activités maritimes avaient pris le dessus depuis longtemps déjà. C'était toujours un endroit attractif et agréable à vivre, même si le fleuve ne jouait plus un rôle de premier plan dans l'avenir économique de la cité.

La population, mélange de vieilles familles et de nouveaux riches, avait planté ses pénates derrière les gracieuses façades en brique, en pierre de taille ou à colombages, typiques de l'architecture de la fin du XVIIIe et du début du XIXe siècle. Certaines rues étaient encore pavées, comme au temps de Washington et de Jefferson. Robert E. Lee avait grandi ici, dans Oronoco Street, une rue qui devait son nom à une ancienne marque de tabac virginien. Lc long des trottoirs bosselés par les ans, des arbres séculaires ombrageaient les belles résidences entourées de parcs aux grilles ouvragées et dorées dans le style européen.

À cette heure matinale, la vieille ville était calme. On n'entendait que le clapotis de la pluie et le bruissement du vent dans les feuillages. Le nom des rues reflétait son passé colonial britannique : King Street, Queen Street, Duke Street, Prince Street… Comme les parkings étaient rares, les étroites avenues arborées étaient bordées de véhicules de toute marque et de tout modèle.

Les chromes, le caoutchouc et les carrosseries métalliques semblaient déplacés devant ces grilles d'un autre âge, érigées au temps des voitures à cheval.

La maison de trois étages, tout en hauteur, qui semblait coincée entre ses semblables dans Duke Street, n'était certainement pas la plus belle du quartier. Loin de là. Un érable solitaire et bancal, au tronc fourchu couvert de lierre, se dressait au milieu de la petite cour d'entrée. La clôture en fer forgé était en bon état, mais sans plus. Et le jardin derrière la maison, avec sa fontaine, ses allées maçonnées et ses plantations sans recherche, faisait pâle figure en regard de ceux des voisins.

À l'intérieur, en revanche, c'était autre chose. Le mobilier et la décoration surprenaient par leur luxe. L'explication de ce contraste était fort simple : Danny Buchanan ne pouvait pas dissimuler l'extérieur aux regards des curieux.

L'aube rosissait à peine à l'horizon, mais Buchanan, habillé de pied en cap, se trouvait déjà dans la petite bibliothèque ovale adjacente à la salle à manger. Une voiture l'attendait pour le conduire à l'aéroport national Reagan.

Le sénateur qu'il devait rencontrer était membre de la commission des Appropriations, probablement la plus importante de toutes les commissions parlementaires, dans la mesure où elle tenait les cordons de la bourse du Gouvernement. Mais ce qui intéressait surtout Buchanan, c'était que l'homme présidait aussi la sous-commission des Affaires étrangères, chargée de la ventilation des aides budgétaires aux autres pays. Le sénateur, un grand monsieur distingué, sûr de lui et délicat, était l'un de ses associés de longue date. Mondain et avide de pouvoir, il avait toujours vécu au-dessus de ses moyens. Et, justement, le bas de laine qu'il attendait de Buchanan en guise de fonds de retraite était assez rembourré pour lui servir de matelas jusqu'à la fin de ses jours.

Buchanan avait commencé prudemment ses entreprises de corruption. Il avait analysé tous les acteurs de Washington susceptibles de favoriser ses desseins, en essayant de repérer ceux qui pourraient se laisser tenter. De nombreux membres du Congrès étaient riches, d'autres pas du tout. Or la vie de parlementaire était souvent un dilemme familial et financier. Il fallait entretenir deux résidences – car, généralement, la famille restait en province – et les loyers n'étaient pas bon marché dans la capitale. Buchanan avait approché ceux qu'il pensait être les plus vulnérables et avait tâté le terrain, en agitant d'abord de petites carottes, puis des appâts de plus en plus consistants. Il avait toujours visé juste, aucune des cibles choisies n'ayant refusé de troquer sa voix contre la récompense promise. Et, au fond, si l'intention ne l'était pas, le résultat était moral, puisque leur suffrage permettait d'augmenter les crédits aux pays défendus par Buchanan.

Parfois, d'anciens parlementaires tentaient de se lancer à leur tour dans le lobbying, attirés par l'argent facile. Mais ils avaient rarement du succès. Les sénateurs étaient des gens beaucoup trop fiers pour se laisser influencer par un ancien collègue ayant perdu tout pouvoir. La bonne tactique consistait à se servir d'eux quand ils étaient puissants. Il fallait les travailler au corps à ce moment-là, et les récompenser après. Avec largesse.

Buchanan se demandait si, pendant l'entretien, il aurait assez d'entregent pour manipuler un homme qu'il avait déjà trahi. Mais la trahison était monnaie courante dans cette ville. On retournait sa veste à la première occasion. Le sénateur serait sans doute un peu choqué mais, bah, il finirait pas s'aligner avec les autres.

Soudain, Buchanan se sentit las. Il n'avait pas envie de monter dans la voiture, de prendre encore un avion, mais il n'avait pas le choix. *Toujours membre de la caste des domestiques de Philadelphie ?*

Le lobbyiste concentra son attention sur l'homme costaud qui était venu se placer en face de lui.

« Il vous adresse ses compliments », déclara le costaud.

Aux yeux du monde, c'était le chauffeur de Buchanan. En réalité, c'était un homme de Thornhill, chargé de le surveiller.

« Remerciez M. Thornhill de ma part, en lui disant bien que je souhaite sincèrement que Dieu lui épargne de vieillir un jour de plus, répondit Buchanan.

— Il y a eu quelques rebondissements importants qu'il me demande de vous communiquer, répliqua l'homme, impassible.

— Du genre ?

— Lockhart collabore avec le FBI pour vous faire plonger. »

L'espace d'un instant, pris de vertige, Buchanan crut qu'il allait se vomir dessus.

« Qu'est-ce que vous me chantez là ?

— L'information vient juste d'être découverte par notre agent infiltré dans le Bureau.

— Vous voulez dire qu'ils l'ont piégée ? Qu'ils la forcent à travailler pour eux ? » *Comme vous le faites avec moi...*

« Elle est allée les trouver de son plein gré. »

Buchanan reprit lentement contenance.

« Racontez-moi tout. »

L'homme répondit par une série de vérités, de demi-vérités et de mensonges éhontés, sur un ton de parfaite sincérité.

« Où est Faith, à présent ?

— Elle se terre. Le FBI la cherche.

— Qu'est-ce qu'elle leur a dit ? Je dois me préparer à quitter le pays ?

— Non, la partie ne fait que commencer. Ce qu'elle leur a dit jusqu'ici ne peut pas justifier une inculpation. Elle leur a surtout parlé de la façon dont les choses se faisaient, sans donner de noms. Ça ne signifie pas qu'ils vont s'arrêter là, mais ils doivent jouer serré. Les types qu'ils ont dans le collimateur ne sont pas payés pour retourner des hamburgers chez McDonald.

— Et le prestigieux M. Thornhill ne sait pas où est Faith ? J'espère que son omniscience ne le trahira pas maintenant.

— Je n'ai pas d'information à ce sujet.

— Pour une agence de renseignement, vous vous posez un peu là », répliqua Buchanan, en réussissant même à sourire.

Une bûche craqua bruyamment dans la cheminée et un jet de sève gicla sur le pare-feu. Buchanan la regarda dégouliner sur le grillage, arrêtée dans sa fuite, perdue à jamais. Pourquoi avait-il tout à coup le sentiment que sa vie allait s'arrêter aussi ?

« Je devrais peut-être essayer de la retrouver moi-même.

— Ne vous en mêlez pas, ça ne vous concerne pas. »

Buchanan le toisa. Ça ne le concernait pas ! Ce crétin avait-il vraiment dit ça ?

« On voit que ce n'est pas vous qui irez en prison.

— Tout se passera bien. On continue comme prévu.

— Je veux être tenu au courant. C'est clair ? »

Buchanan se tourna vers la fenêtre pour regarder le reflet du gorille dans la vitre et voir comment il réagissait à ses propos un peu vifs. Mais à quoi bon s'énerver ? Même s'il l'avait injurié, ça n'aurait rien changé : il avait perdu cette manche et n'avait aucun moyen de renverser la situation, de toute façon.

La rue était sombre. Rien ne bougeait, à part les écureuils qui grimpaient aux arbres et sautaient de branche en branche dans leur lutte éternelle pour la survie. Buchanan était engagé dans la même lutte, à cette différence près que, dans son cas, le jeu était bien plus dangereux que de se carapater sur des écorces, même glissantes. Le vent forcissait ; on l'entendait mugir dans le conduit de cheminée et un courant d'air souffla de la fumée dans la pièce.

L'homme observa sa montre.

« Départ dans quinze minutes au plus tard si on ne veut pas rater l'avion », annonça-t-il en prenant l'attaché-case de Buchanan.

Puis il pivota sur ses talons et s'en alla.

Robert Thornhill avait toujours été très prudent dans ses contacts avec Buchanan. Jamais de coups de téléphone à la maison ou au bureau, seulement des tête-à-tête et seulement quand il était sûr qu'aucune surveillance n'était possible. Leur première rencontre avait été très déstabilisante pour Buchanan, pourtant si à l'aise d'habitude face à un contradicteur. Thornhill lui avait tranquillement montré qu'il détenait des preuves irréfutables de ses ententes illicites avec des membres influents du Congrès, des bureaucrates de haut rang, dont certains avaient même leurs entrées à la Maison-Blanche. Tout était enregistré sur bande, il savait tout, il avait minutieusement démonté le réseau de sociétés écrans mis au point par Buchanan pour blanchir l'argent de la corruption.

« À partir de maintenant, vous travaillez pour moi, lui avait déclaré Thornhill. Vous continuez vos petites magouilles comme si de rien n'était jusqu'à ce que j'aie assez de prise pour ferrer le poisson. Ensuite, vous me laissez faire. »

Buchanan avait refusé catégoriquement.

« Pas question, avait-il dit. Entre la prison et la servitude, je préfère la prison.

— Excusez-moi, je crois que je me suis mal fait comprendre. Je ne vous menace pas d'une peine de prison. Soit vous collaborez, soit vous êtes mort. »

Buchanan avait pâli, mais tenu bon.

« Un haut fonctionnaire mêlé à un meurtre ? avait-il répliqué.

— Je suis un fonctionnaire d'un type un peu spécial. Un fonctionnaire de l'extrême. Et, en tant que tel, j'ai recours à des méthodes extrêmes.

— Ma réponse est la même.

— Parlez-vous aussi au nom de Faith Lockhart ? Ou dois-je la consulter personnellement ? »

Ce fut comme s'il lui avait tiré une balle à bout portant. Buchanan avait vite jaugé le personnage : Thornhill n'était pas du genre à se battre de front. Chez lui, tout était allusif. S'il vous disait quelque chose d'aussi innocent que : « Je regrette que nous en soyons arrivés là », vous étiez probablement mort le lendemain. C'était un homme de sang-froid et qui ne parlait jamais à la légère. Alors, pour sauver Faith, Buchanan avait cédé.

À présent, il comprenait pourquoi Thornhill lui avait envoyé des chiens de garde. Le FBI le surveillait. Il était une proie facile. Tout homme avait son talon d'Achille. Thornhill avait trouvé le sien : Faith Lockhart. Mais Buchanan s'était souvent demandé quel était celui de Thornhill.

Buchanan s'était affaissé dans son fauteuil en contemplant le tableau accroché au mur de la bibliothèque : une *Madone à l'Enfant* qui avait appartenu à un musée privé pendant quatre-vingts ans, signée d'un petit maître de la Renaissance. Un chef-d'œuvre à tout point de vue, par la richesse des couleurs, la grâce du trait, la délicatesse de l'expression, et qui saisissait d'admiration quiconque le voyait. De tout ce que possédait Buchanan, c'était son bien le plus cher. Hélas, il serait bientôt mis en vente, ainsi que sa maison, peut-être. Buchanan se ruinait pour financer les « retraites » des politiciens qu'il soudoyait. Et il se sentait coupable d'avoir conservé ce tableau. C'était de l'argent en puissance, qui pouvait aider tant de gens. Pourtant, chaque fois qu'il le regardait, un sentiment de paix l'envahissait. C'était une élévation de l'âme, qui lui procurait plus de plaisir que n'importe quoi d'autre.

Mais tout cela avait-il encore de l'importance ? La fin approchait. Il savait que Thornhill ne le laisserait jamais se tirer de ce mauvais pas. Et il ne se faisait pas d'illusions : Thornhill ne laisserait jamais non plus ses « complices » profiter de leur retraite. En dépit de ses manières policées, l'homme de la CIA était un espion – et que sont les espions, sinon des mensonges vivants ? Toutefois, Buchanan était un homme de parole et, même s'il savait d'avance que ses politiciens ne profiteraient jamais de ses largesses, il leur paierait ce qu'il leur avait promis.

À la lueur vacillante de l'âtre, le visage de la Madone lui évoquait Faith Lockhart. Ce n'était pas la première fois qu'il le constatait. Quand il suivait des yeux le contour des lèvres pleines, qui pouvaient être narquoises ou sensuelles selon l'angle d'où on les regardait, il pensait toujours à elle – peut-être aussi à cause de la couleur des cheveux, entre blond vénitien et auburn. Faith avait des yeux frappants : sa pupille gauche légèrement décentrée lui conférait une personnalité tout à fait remarquable, comme si, quoique à peine perceptible, ce défaut de la nature lui avait donné la faculté de voir au fond des gens.

Buchanan se rappelait chaque détail de leur premier entretien. Fraîche émoulue de l'université, elle avait fait irruption dans sa vie avec l'enthousiasme d'une missionnaire, prête à prendre le monde d'assaut. Elle était spontanée, immature par certains côtés, peu avertie des procédés de la basse politique, étonnamment naïve à bien des égards. Mais, en même temps, elle avait la présence d'une star de cinéma. Elle pouvait être drôle et sérieuse à la fois, et savait caresser les gens dans le sens du poil sans jamais sombrer dans l'obséquiosité. Après cinq minutes de conversation avec elle, Buchanan avait compris qu'elle avait tout ce qu'il fallait pour réussir dans son monde et, après un mois de collaboration, il avait eu la certitude de ne s'être pas trompé. C'était une travailleuse acharnée, qui potassait ses dossiers et analysait à fond la personnalité de ses interlocuteurs avant de se lancer. Et, surtout, elle avait pigé que, dans cette ville, il fallait marcher sur des œufs et ne jamais couper les ponts avec quiconque. Tôt ou tard, on avait besoin de se rappeler au bon souvenir de quelqu'un, et les gens avaient la mémoire longue dans la capitale. Aussi tenace qu'une louve, elle ne se laissait pas abattre par une déconvenue, et revenait inlassablement à la charge jusqu'à la victoire. Buchanan n'avait jamais rencontré de femme comme elle. Ensemble, ils avaient traversé plus d'épreuves en quinze ans que bien des couples mariés dans toute une vie. D'ailleurs, elle était son unique famille – la fille précoce qu'il pensait ne jamais avoir. Et maintenant ? Comment l'avait-il protégée, sa petite fille ?

Tandis que la pluie tambourinait sur le toit et que le vent sifflait dans la vieille cheminée, Buchanan oubliait sa voiture, son avion, ses dilemmes, pour s'abandonner à la contemplation du tableau qui luisait à la lumière du feu. Et ce n'était pas le talent du peintre qui le fascinait tant.

Faith ne l'avait pas trahi. Quoi que puisse dire Thornhill, il en restait convaincu. Mais elle était désormais entre ses griffes, c'est-à-dire en danger mortel. En étudiant le tableau, Buchanan murmura, avec toute l'angoisse d'un père désespéré voyant la mort aux trousses de son enfant : « Cours, Faith, cours aussi vite que tu peux. » En regard de la mère protectrice qui souriait sur le tableau, il se sentait terriblement impuissant.

12

Brooke Reynolds était assise dans un bureau en location, à une dizaine de rues du quartier général. Le FBI louait parfois des locaux pour les agents affectés à des enquêtes sensibles, quand un simple mot entendu dans la cafétéria ou dans le hall du QG pouvait avoir des effets désastreux. Virtuellement, tout ce que traitait la Brigade anticorruption était de nature sensible. Les clients habituels de cette brigade n'étaient pas des braqueurs de banque masqués, c'étaient des gens dont le nom apparaissait dans les premières pages des journaux ou qu'on interviewait à la télévision.

Reynolds se pencha en avant, éjecta ses chaussures et frotta ses voûtes plantaires endolories contre les pieds de sa chaise. Elle avait mal partout : ses sinus étaient à moitié bouchés, sa peau électrisée par la fièvre et sa gorge irritée. Mais au moins elle était en vie. Contrairement à Ken Newman. Elle s'était rendue directement chez lui après avoir prévenu sa femme qu'elle désirait lui parler – sans lui dire pourquoi, mais Anne avait compris que son mari était mort. Reynolds l'avait deviné au ton de sa voix.

Normalement, un supérieur hiérarchique aurait dû l'accompagner. C'était la procédure habituelle du Bureau pour montrer à une épouse éplorée que tout le monde, de la base au sommet, était affligé par le deuil qui la frappait. Cette fois-ci, Reynolds n'avait pas attendu qu'un volontaire se présente. Ken avait été sous sa responsabilité, c'était à elle d'annoncer la mauvaise nouvelle à la famille.

Elle n'y était pas allée par quatre chemins, sachant que les circonlocutions et les préambules n'auraient fait que prolonger l'angoisse de la femme. Elle avait été directe sans être brutale. Elle avait serré Anne dans ses bras pour la consoler du mieux qu'elle le pouvait, lui témoigner de la compassion, et avait fondu en larmes avec elle. Anne avait pris la chose avec plus de courage que ne l'aurait fait Reynolds elle-même, peut-être, si les rôles avaient été inversés.

La veuve serait autorisée à voir le corps de son mari. Puis le médecin légiste en chef procéderait à l'autopsie, sous la garde de Connie, de Reynolds et de représentants de la police d'État de Virginie, tous soumis à la plus stricte confidentialité.

Ils comptaient aussi sur Anne Newman pour contenir la colère des membres de la famille. Ce n'était pas à elle de le faire, ce n'était pas à une veuve de pallier les insuffisances d'une agence gouvernementale incapable de justifier les circonstances de la mort d'un mari, mais le Bureau était désemparé.

Tandis qu'elle regagnait sa voiture, laissant la pauvre femme seule chez elle – les enfants étant chez des copains –, Reynolds avait eu l'impression très nette qu'Anne lui reprochait personnellement la mort de Ken. Et elle ne pouvait pas lui donner tort. La culpabilité était incrustée en elle comme une bernacle enfoncée dans sa peau, un radical libre enraciné dans son corps, qui la rongeait jusqu'à l'agonie.

Devant la maison des Newman, elle avait croisé le directeur du FBI venu présenter ses condoléances et faire part à la veuve de la sympathie de tout le Bureau. Il avait dit à Reynolds qu'on l'avait mis au courant de sa conversation avec Massey et qu'il était d'accord avec elle. Mais il avait été intraitable : il voulait des résultats substantiels, et vite.

Maintenant, en contemplant le désordre qui régnait dans son bureau, Reynolds trouva que ce capharnaüm symbolisait parfaitement la désorganisation, pour ne pas dire le dysfonctionnement, de sa vie personnelle. Des dossiers importants jonchaient sa table de travail, la petite table de conférence, les étagères, même le sol et le divan sur lequel elle dormait souvent, loin de ses enfants.

Sans Rosemary, à la fois nurse du petit et gouvernante de sa fille aînée, elle n'aurait jamais pu garantir une vie normale à ses gosses. Rosemary, une superbe femme d'Amérique centrale – qui aimait ses enfants presque autant qu'elle, tenait son ménage à la perfection, faisait la cuisine et la lessive –, lui coûtait plus d'un quart de son salaire. Elle valait largement l'argent qu'elle recevait mais, quand le divorce serait conclu, la situation financière de Reynolds deviendrait très difficile. Son ex-mari ne lui paierait pas un sou de pension alimentaire. Il était photographe de mode, un métier lucratif mais aux revenus irréguliers, car ponctué de longues périodes d'inactivité. Reynolds pourrait même s'estimer heureuse si le juge ne lui demandait pas, à *elle*, de payer une pension à son ex. Et il ne fallait pas compter sur lui pour l'aider dans l'éducation des enfants.

Elle consulta sa montre. Un labo du FBI travaillait en ce moment même sur la bande vidéo. Comme sa *spéciale* n'était connue de personne à l'intérieur du FBI, à l'exception d'un petit effectif trié sur le volet, le labo avait reçu la cassette sous un faux numéro de dossier. Il eût été très utile de disposer d'un laboratoire *spécial* pour les *spéciales*, mais c'était un luxe que ne prévoyait pas le budget du Bureau. Même les limiers d'élite devaient regarder à la dépense et se contenter des crédits que leur allouait l'Oncle Sam. En principe, un agent de liaison aurait dû collaborer avec l'équipe de Reynolds pour coordonner le travail des différents laboratoires. Mais Reynolds n'avait pas le temps de passer par les canaux habituels. Elle avait livré personnellement la cassette qui, avec la bénédiction de ses supérieurs, avait été traitée en priorité.

Après sa visite chez Anne Newman, elle était rentrée chez elle, avait dorloté ses enfants endormis, s'était douchée, changée et avait repris le chemin du bureau.

Cette foutue bande vidéo l'obnubilait depuis son arrivée.

Comme pour répondre à ses pensées, le téléphone sonna.

« Oui ?

— Amène-toi en vitesse, dit l'homme. Et, autant te prévenir tout de suite, les nouvelles ne sont pas bonnes. »

13

Faith se réveilla en sursaut et regarda sa montre. Presque 7 heures. Lee avait insisté pour qu'elle se repose, mais elle n'avait pas pensé dormir si longtemps. Elle se redressa. Elle avait la tête lourde, était courbaturée et, quand elle s'assit sur le bord du lit, elle eut mal au cœur. Elle était encore habillée mais avait retiré ses chaussures et son collant avant de se coucher.

Sitôt levée, elle se faufila dans la salle de bains adjacente et se regarda dans la glace. « Mon Dieu » fut tout ce qu'elle trouva à dire. Ses cheveux étaient aplatis, ses traits tirés, ses vêtements sales et son cerveau embrumé. Quelle charmante constatation pour commencer la journée !

Elle fit couler la douche et revint dans la chambre afin de se déshabiller. Elle était complètement nue quand Lee frappa à la porte.

« Oui ? lança-t-elle, gênée.

— Avant que vous preniez votre douche, nous avons quelque chose à faire.

— Vraiment ? »

Son intonation lui parut étrange. Que voulait-il dire ? Elle se rhabilla à la va-vite et se campa au milieu de la pièce.

« Je peux entrer ? » demanda-t-il, impatient.

Elle entrebâilla la porte.

« Qu'est-ce que… ? »

Elle faillit pousser un cri. L'homme devant elle n'était pas Lee Adams. Il avait les cheveux blonds, mouillés, une barbe courte, une moustache, des lunettes et des yeux marron.

L'homme sourit en voyant sa réaction.

« Bien, dit-il, j'ai réussi le test.

— Lee ?

— Nous ne pouvons pas passer devant le FBI tels que nous sommes. »

Il lui tendit des ciseaux et une boîte de teinture pour cheveux.

« Les cheveux courts sont plus faciles à entretenir, et c'est un mythe de croire que les blondes sont plus affriolantes que les brunes.

— Vous voulez que je me coupe les cheveux ? Que je les teigne ?

— Non, c'est moi qui vous les couperai. Et, si vous préférez, je me charge aussi de les teindre.

— Je ne peux pas faire ça.

— Il le faut.

— Je sais que ça peut paraître idiot en la circonstance, mais…

— Vous avez raison, ça paraît idiot en la circonstance. Les cheveux repoussent. Sauf quand on est mort… »

Sur le point de protester, elle reconnut qu'il avait raison.

« Courts comment ?

— Hum, fit-il en l'étudiant sous différents angles, le genre Jeanne d'Arc, ça vous irait ? À la garçonne, mais mignon.

— Génial. "À la garçonne, mais mignon"… le rêve de ma vie exaucé grâce à une paire de ciseaux et un flacon de teinture. »

Ils passèrent dans la salle de bains. Lee se mit à lui couper les cheveux. Elle garda les yeux fermés pendant toute l'opération.

« Vous voulez que je les teigne aussi ? demanda-t-il lorsqu'il eut fini.

— Oui, s'il vous plaît. Je n'ose pas encore regarder. »

Elle resta quelque temps le dos tourné au lavabo. L'odeur des produits chimiques contenus dans la teinture n'était pas franchement ragoûtante avant le petit déjeuner mais, quand elle se força enfin à regarder dans la glace, elle fut agréablement surprise. Le résultat n'était pas aussi terrifiant qu'elle l'avait craint. Son crâne avait une jolie forme et les cheveux noirs allaient bien à son teint.

« Maintenant, vous pouvez prendre votre douche, dit Lee. Ça ne déteindra pas. Le sèche-cheveux est sous le lavabo. Vous trouverez des vêtements propres sur le lit. »

Elle regarda sa carrure.

« Je ne crois pas que nous ayons la même taille.

— Ne vous inquiétez pas pour ça. L'hôtel s'occupe de tout. »

Une demi-heure plus tard, Faith ressortit de la chambre en jean, chemise de flanelle, veste et bottes à talons plats. De la femme cadre supérieur à l'étudiante. Elle se sentait rajeunie, et très à l'aise avec ses cheveux courts. Un nouveau départ dans la vie.

Lee était assis devant la table de la cuisine. Il l'examina.

« Pas mal, approuva-t-il.

— Votre œuvre », répondit-elle. En voyant ses cheveux mouillés, elle eut un soupçon. « Vous avez deux salles de bains ?

— Non, juste celle-là. Je me suis douché pendant que vous dormiez. C'est pour ça que je n'ai pas utilisé le sèche-cheveux. Je ne voulais pas vous réveiller. Vous découvrirez que je suis un homme très attentionné. »

L'idée qu'il ait pu rôder autour d'elle tandis qu'elle sommeillait lui fit froid dans le dos. Elle imagina un Lee Adams obsédé sexuel, armé de ciseaux, la reluquant nue, ligotée sur le lit et sans défense.

« Eh bien, dites donc, fit-elle d'un ton détaché et faussement badin, j'ai dû en écraser.

— En effet. Mais, pour ne rien vous cacher, j'ai roupillé ferme, moi aussi. » Il continua de l'observer. « Vous savez, vous êtes beaucoup mieux sans maquillage.

— Vos mensonges me vont droit au cœur », répondit-elle en souriant. Elle lissa sa chemise de flanelle. « Au fait, vous avez toujours des vêtements de femme dans votre appartement ? »

Lee enfila des chaussettes et des chaussures de tennis. Il portait un jean et un T-shirt blanc moulant. Les veines de ses biceps et de ses avant-bras saillaient, et Faith remarqua qu'il avait le cou épais. Sa taille étroite donnait à son torse une forme en V très impressionnante, et le denim de son jean était tendu à craquer sur ses cuisses. Il surprit le regard de Faith, qui détourna aussitôt les yeux.

« Ma nièce Rachel, répondit-il. Elle fait des études de droit dans le Michigan. Elle est venue ici l'an dernier pour un stage dans un cabinet d'avocats et je l'ai hébergée, gratis, bien qu'elle ait gagné plus d'argent en un été que moi en un an. Elle a laissé quelques affaires. Une chance que vous ayez la même taille. Elle reviendra sûrement l'été prochain.

— Dites-lui d'être prudente. On se détruit vite dans cette ville.

— Je doute qu'elle soit confrontée aux mêmes problèmes que vous. Elle veut faire carrière dans la magistrature. Du côté des honnêtes gens. »

Faith rougit, prit une tasse au-dessus de l'évier et se servit un café.

Lee se leva.

« Excusez-moi, dit-il, c'était déplacé. Je suis désolé.

— Oh, il ne faut pas, j'ai mérité des reproches pires que ça, vous savez.

— Alors, je laisserai à d'autres le soin de vous les faire. »

Elle remplit une autre tasse de café pour lui et s'assit à table. Max entra dans la cuisine et lui lécha la main. Elle lui caressa la tête en souriant.

« La voisine pourra s'occuper de Max ?

— Tout est réglé. » Lee consulta sa montre. « La banque ouvre bientôt. On aura juste le temps de se préparer. On récupère votre camelote, on fonce à l'aéroport, on prend les billets et on s'envole.

— Je passerai un coup de fil de l'aéroport pour prévenir de mon arrivée à la maison. À moins que j'appelle d'ici ?

— Non. Ils peuvent vérifier la destination des communications sur le registre de la compagnie de téléphone.

— Je n'y avais pas pensé.

— À partir de maintenant, il faudra vous habituer à penser à ce genre de choses. » Il but une gorgée. « J'espère que la maison est libre.

— Elle le sera. Je suis propriétaire. Sous mon autre identité.

— C'est grand ?

— Ça dépend de ce que vous appelez grand. Je crois que vous la trouverez confortable.

— Je ne suis pas difficile. »

Il emporta son café dans la chambre et revint au bout de quelques minutes avec un pull bleu marine par-dessus son T-shirt. Sa moustache et sa barbe avaient disparu. Il était coiffé d'une casquette de base-ball et portait un petit sac en plastique.

« Les preuves de notre usurpation d'identité, expliqua-t-il en montrant le sac.

— Vous ne vous grimez pas, finalement ?

— Mme Carter a l'habitude de me voir entrer et sortir à n'importe quelle heure mais, si je déboule chez elle avec la tête de quelqu'un d'autre, ça lui fera un choc. Et je ne veux pas qu'elle puisse donner mon signalement plus tard.

— Vous ne laissez décidément rien au hasard. C'est rassurant. »

Il appela Max. Le gros chien arriva en trottinant docilement, s'étira et s'assit à côté de Lee.

« Si le téléphone sonne, ne répondez pas. Et tenez-vous à l'écart des fenêtres. »

Faith acquiesça, et Lee s'éclipsa avec Max. La jeune femme prit sa tasse et déambula dans le petit appartement. C'était un lieu intermédiaire entre un logement d'étudiant et un intérieur de personne plus mûre. Dans ce qui aurait dû être la salle à manger, elle vit des appareils de gymnastique. Rien de folichon, juste des poids et haltères, un banc de musculation et une barre de traction. Dans un coin, un sac de frappe et un punching-ball. À côté, sur une petite table, une boîte de talc et des gants de boxe. Un peu plus loin, un médecine-ball.

Sur les murs, quelques photos d'hommes en uniforme blanc de la marine. Faith repéra facilement Lee. Il n'avait pas beaucoup changé, sinon que les ans avaient tanné son visage et lui avaient ajouté quelques rides qui le rendaient encore plus séduisant. Pourquoi les hommes s'amélioraient-ils avec l'âge ? Quelle injustice, songea-t-elle. Il y avait des photos en noir et blanc de Lee sur un ring de boxe. L'une d'elles le montrait levant le poing en signe de victoire. Il était calme, olympien, comme s'il s'était attendu à gagner, ou plutôt comme s'il avait refusé d'avance l'idée de la défaite.

Faith donna un petit coup de poing dans le sac de frappe, et la douleur qu'elle ressentit dans le poignet lui rappela à quel point les mains de Lee étaient puissantes, avec des articulations semblables à une chaîne de montagnes miniature. Un homme très fort, dur au mal, plein de ressource, sans doute capable de représailles impitoyables. Elle espéra qu'il serait toujours de son côté.

Elle alla dans la chambre. Sur la table de nuit, il y avait un téléphone portable et, juste à côté, une sonnette d'alarme que, trop fatiguée, elle n'avait pas remarquée la veille. Elle se demanda s'il dormait avec son pistolet sous l'oreiller. Était-il simplement paranoïaque ou savait-il des choses que le reste du monde ignorait ?

Une idée lui vint : n'avait-il pas peur qu'elle tente de s'enfuir ? Elle retourna dans le couloir. Elle ne pouvait pas sortir par la porte de devant, il l'aurait vue. Mais la cuisine donnait sur un escalier de secours. Elle s'y rendit et essaya la petite porte. Fermée. Un verrou impossible à ouvrir sans clé, même de l'intérieur. Les fenêtres aussi étaient verrouillées. Ça l'agaça de se trouver ainsi prise au piège, même si en vérité le piège s'était déjà refermé sur elle bien avant que Lee n'entre dans sa vie.

Elle continua sa visite de l'appartement. Elle sourit en voyant la collection de disques vinyle, dans leurs pochettes d'origine, et l'affiche encadrée du film *L'Arnaque*. Lee ne devait pas avoir de lecteur de CD ni même de télévision câblée. Elle ouvrit une autre porte et pénétra dans une pièce sombre. Elle allait allumer la lumière quand un léger bruit retint son attention. Elle s'approcha de la fenêtre, entrebâilla le store et regarda dehors. Bien que le ciel fût encore gris, il faisait grand jour. Elle ne vit personne, mais ça ne voulait rien dire. Elle aurait pu être cernée par toute une armée sans s'en apercevoir.

Elle alluma. Autour d'elle, un bureau, des armoires à dossiers, un appareil téléphonique sophistiqué et des étagères bourrées de manuels. Sur un mur, un tableau d'affichage avec des fiches punaisées. Sur le bureau, divers classeurs, un calendrier, de quoi écrire. Apparemment, l'appartement de Lee lui servait aussi de local professionnel.

Si c'était son bureau, peut-être que le dossier la concernant s'y trouvait, mais Lee n'allait probablement pas tarder à revenir. Elle feuilleta rapidement les papiers sur la table, puis fouilla les tiroirs et les armoires. Lee était très organisé et avait beaucoup de clients – surtout des cabinets juridiques, d'après les noms figurant sur les dossiers. Des avocats de la défense, vraisemblablement, puisque les procureurs avaient leurs propres détectives.

La sonnerie du téléphone la fit bondir. Tremblante, elle s'approcha de l'appareil. Il était muni d'un écran, et Lee devait être abonné à un service d'identification des appelants, car un numéro s'afficha. Indicatif 215. Philadelphie. Elle entendit la voix de Lee sur le répondeur, puis celle du correspondant. Et, là, elle tressaillit.

« Où est Faith Lockhart ? » demanda la voix de Danny Buchanan.

Danny semblait en plein désarroi. Il posa d'autres questions : Lee avait-il découvert du nouveau ? Il voulait des réponses, et les voulait immédiatement. Buchanan laissa un numéro de téléphone et raccrocha. Faith recula machinalement, éberluée par ce qu'elle venait d'entendre. Une minute passa. Toutes sortes de pensées tournoyèrent dans son esprit comme des confettis dans une parade.

Soudain, un bruit derrière elle.

Elle pivota et poussa un cri bref, aigu, qui lui coupa le souffle. Lee la fusillait du regard.

14

Buchanan regarda alentour dans l'aéroport de Philadelphie bondé. Il avait pris un risque en appelant directement Lee Adams, mais il n'avait plus guère le choix. Il scruta les parages. Qui étaient les espions dans cette foule ? La vieille dame dans le coin, avec son gros sac et son chignon ? Elle avait voyagé dans le même avion que lui, ainsi que cet homme sans âge, là, qui avait marché de long en large devant lui pendant qu'il téléphonait.

À la vérité, les troupes de Thornhill pouvaient être n'importe où, n'importe qui. C'était comme une attaque au gaz paralysant. On ne voyait jamais l'ennemi. Un profond désespoir saisit Buchanan.

Depuis le début, sa plus grande crainte était que Thornhill implique Faith dans son stratagème ou se serve d'elle contre lui. Soucieux de la tenir à l'écart de tout ça, mais sans l'abandonner, il avait engagé Adams pour la suivre. Sachant que la fin approchait, il avait voulu s'assurer qu'elle serait en sécurité et, pour ce faire, il avait tout simplement regardé dans l'annuaire.

Lee Adams était le premier nom sur la liste des détectives privés. En être réduit à se fier à l'ordre alphabétique ! Buchanan avait failli en rire. Mais il n'était pas Thornhill, il n'avait pas une armée à sa disposition. Et il se disait maintenant que, si Adams ne lui avait pas fait son rapport, c'était parce qu'il était mort.

Buchanan hésita. Devait-il foncer à un guichet, réserver une place sur le premier vol en partance pour une destination lointaine et disparaître ? En théorie, c'était facile. En pratique, c'était une autre paire de manches : l'armée invisible de Thornhill lui tomberait sur le poil avant qu'il ait pu atteindre l'avion, en exhibant des cartes de police à quiconque essaierait de s'interposer. Puis il serait emmené dans une pièce tranquille au fin fond de l'aéroport, où Robert Thornhill l'attendrait, avec sa pipe, son costume trois-pièces et son arrogance habituelle. Il lui demanderait calmement s'il désirait mourir tout de suite, auquel cas il était disposé à lui donner satisfaction, et Buchanan resterait le bec dans l'eau.

Finalement, Danny Buchanan fit la seule chose qu'il pût faire : il quitta l'aéroport, monta dans la voiture qui l'attendait et se rendit chez son ami le sénateur, pour planter un clou de plus dans son cercueil, avec son éternel sourire et son joli petit émetteur couleur chair, à peine plus gros qu'un pore de la peau et indécelable par les détecteurs de métal. Un fourgon radio le suivrait dans ses déplacements et enregistrerait le moindre mot échangé entre le sénateur et lui.

Par mesure de précaution, au cas où son micro serait parasité, on avait dissimulé dans l'armature de son attaché-case un magnétophone, commandé par un simple mouvement du poignet et également indécelable, bien sûr, par les détecteurs les plus sophistiqués des aéroports. Thornhill pensait vraiment à tout. *Le salaud.*

En chemin, Buchanan s'abandonna à une délicieuse rêverie où se mêlaient des visions de serpents venimeux, d'huile bouillante et de machettes rouillées tournoyant autour d'un Thornhill suppliant.

Ah, si les rêves pouvaient se réaliser !

L'homme assis dans l'aéroport avait la trentaine, les cheveux courts, un costume sombre de coupe classique, et travaillait sur un ordinateur portable, comme un millier d'autres passagers en voyage d'affaires autour de lui. Il semblait très absorbé par sa tâche, lâchant même des mots pour lui tout seul de temps en temps. Il avait tout du cadre commercial peaufinant ses arguments de vente ou vérifiant des données marketing. En fait, il parlait tranquillement dans le minuscule micro dissimulé à l'intérieur de son nœud de cravate, et les petits voyants rouges qui ressemblaient à des ports de modem à l'arrière de son ordinateur étaient des capteurs. L'un interceptait les signaux électroniques, l'autre les conversations, que l'homme retranscrivait en toutes lettres sur l'écran. Le premier capteur déchiffra facilement le numéro de téléphone que Buchanan venait de composer et qui s'afficha aussitôt. Le capteur vocal eut un peu plus de mal à isoler les paroles de Buchanan, à cause des multiples conversations qui se croisaient dans l'aéroport, mais la réception fut assez bonne pour que l'homme puisse lire sur son écran : « Où est Faith Lockhart ? »

Il envoya immédiatement le numéro de téléphone et les autres informations à ses collègues de Washington. En cinq secondes, un ordinateur, à Langley, avait révélé le nom et l'adresse de l'abonné, et, quelques minutes plus tard, une équipe de professionnels au service de Robert Thornhill fut dépêchée vers l'appartement de Lee Adams.

Les instructions de Thornhill étaient simples : si Faith Lockhart s'y trouvait, ils devaient « mettre fin à ses activités », selon la formule élégante en usage chez les espions, comme s'il s'agissait seulement de lui signifier son licenciement en la priant de remballer ses affaires, et non de lui loger une balle dans la tête. Quiconque serait présent sur les lieux à ses côtés subirait le même sort. Pour le bien du pays.

15

« Vous m'avez fait peur ! » s'exclama Faith, qui en tremblait encore.

Lee inspecta la pièce.

« Qu'est-ce que vous fabriquez dans mon bureau ?

— Rien ! Je me promenais. Je ne savais même pas que vous aviez votre bureau ici.

— C'est parce que vous n'aviez pas besoin de le savoir.

— J'ai cru entendre un bruit derrière la fenêtre lorsque je suis entrée.

— Vous avez bien entendu un bruit, mais ça ne venait pas de la fenêtre. »

Il désigna l'encadrement de la porte. Faith remarqua un bout de plastique blanc fixé sur le bois.

« C'est un capteur. Si quelqu'un ouvre la porte de mon bureau, le capteur envoie un signal sur le bip que voici, expliqua-t-il en sortant de sa poche un boîtier récepteur. Et si je n'avais pas dû calmer Max chez Mme Carter, je serais arrivé ici bien plus tôt. » Il la tança du regard. « Je n'apprécie pas du tout, Faith.

— Eh, oh, je faisais juste un tour, pour tuer le temps.

— Le verbe est bien choisi : "tuer".

— Lee, je ne conspire pas dans votre dos. Je vous le jure.

— Finissons-en avec les bagages. Je ne veux pas faire attendre vos banquiers. »

Faith évita de regarder le téléphone. Lee ne semblait pas avoir entendu le message. Il avait été engagé par Buchanan pour la suivre. Avait-il tué l'agent, la nuit précédente ? Lorsqu'ils seraient dans l'avion, trouverait-il le moyen de la jeter dans le vide à trente mille pieds d'altitude, en observant sa chute dans les nuages avec un rire sardonique ?

Non, il aurait pu la tuer n'importe quand ici, entre la veille au soir et ce matin. Ou au chalet. C'était encore le plus simple pour se débarrasser du corps. À moins que… Comment n'y avait-elle pas pensé plus tôt ? À moins que Danny ne veuille savoir ce qu'elle avait dit au FBI. En ce cas, évidemment, il ne fallait pas la tuer tout de suite. Ça pouvait expliquer pourquoi elle était toujours en vie. Et pourquoi Lee avait essayé de la faire parler. Une fois qu'elle l'aurait fait, il la tuerait. Et ils allaient s'envoler ensemble pour une station balnéaire de Caroline du Nord qui serait pratiquement déserte à cette époque de l'année ! Elle sortit lentement de la pièce, comme une condamnée à mort en route pour l'échafaud.

Vingt minutes plus tard, Faith refermait son petit sac de voyage et accrochait à son épaule la bandoulière de son sac à main. Lee pénétra dans la chambre. Sans sa casquette de base-ball. Il avait remis sa moustache et sa barbe. Dans sa main droite, il y avait son pistolet, deux boîtes de munitions et son étui de ceinture.

Faith le regarda ranger ces objets dans une mallette spéciale.

« On ne peut pas emporter une arme à feu dans un avion, remarqua-t-elle.

— Sans blague ? Et depuis quand ? » Il boucla la mallette et mit la clé dans sa poche. « Bien sûr qu'on peut emporter une arme, à condition de la déclarer et de remplir un formulaire. Il suffit qu'elle soit déchargée et dans un étui de sécurité homologué. » Il tapota sur sa mallette en aluminium renforcé. « Ce qui est le cas. Ils vérifient les munitions, s'assurent qu'elles sont dans l'emballage d'origine du fabricant ou dans un emballage conforme aux directives de l'Administration fédérale de l'aviation. Je suis en règle. Ensuite, ils mettent une étiquette spéciale sur la mallette et la casent dans la soute à bagages, où il me serait très difficile de l'atteindre si l'idée me prenait de détourner l'avion. Mademoiselle est satisfaite ?

— Merci du renseignement, répliqua-t-elle sèchement.
— C'est vrai, quoi, je suis pas un amateur, merde.
— Je n'ai jamais dit ça.
— Tant mieux.
— Bon, ça va, excusez-moi, je suis désolée. » Elle hésita, désireuse d'établir une sorte de trêve, pour plusieurs raisons, dont la principale était sa survie. « Vous voulez me faire plaisir ? »
Il la regarda de travers.
« Appelez-moi Faith. »
La sonnette de la porte les fit sursauter tous deux.
Lee consulta sa montre.
« Un peu tôt pour une visite de politesse », dit-il.
Faith le regarda s'activer, stupéfaite et admirative devant la promptitude de sa réaction. En une poignée de secondes, il ressortit le pistolet de la mallette, le chargea puis plaça la mallette, avec les boîtes de balles, dans un petit sac de voyage qu'il hissa sur son épaule.
« Prenez votre sac.
— Qui ça peut-il être ? demanda Faith, qui sentait son pouls battre dans ses oreilles.
— On va le savoir. »
Elle le suivit jusqu'à la porte d'entrée.
L'écran leur montra un homme debout sur le perron de l'immeuble avec des paquets dans les bras. En uniforme brun. Il sonna de nouveau.
« Ce n'est que le facteur », constata Faith, en poussant un soupir de soulagement.
Lee garda le yeux rivés sur l'écran.
« Ah ouais ? » répliqua-t-il.
Il appuya sur un bouton qui fit panoramiquer la caméra. On voyait maintenant un plan d'ensemble de la rue. Quelque chose qui aurait dû s'y trouver ne s'y trouvait pas.
« Où est sa camionnette ? s'enquit Faith, de nouveau inquiète.
— Excellente question. D'autant plus que je connais très bien le facteur. Et ce n'est pas lui.
— Il est peut-être en congé.
— Eh non, il revient juste de son voyage de noces. Et il ne

passe jamais à cette heure de la matinée. En d'autres termes, nous avons un gros problème.

— On pourrait peut-être s'enfuir par-derrière…

— Ben voyons ! Ils n'ont sûrement pas pensé à surveiller l'escalier de secours.

— Il est tout seul.

— Il est le seul que nous voyons, en faction devant. Mais ses petits copains doivent nous attendre derrière pour nous cueillir à la sortie.

— Alors, nous sommes pris au piège », murmura-t-elle.

Nouveau coup de sonnette. Lee tendit le doigt vers le bouton de l'interphone. Faith retint sa main.

« Qu'est-ce que vous faites ?

— Je vais lui demander ce qu'il veut. Il va annoncer "Colis postal" et je vais lui ouvrir.

— Vous allez lui ouvrir, répéta-t-elle, incrédule, en lorgnant son pistolet. Et vous allez lui tirer dessus dans votre propre appartement ?

— Quand je vous dirai de filer, vous décamperez fissa, comme si un dinosaure respirait dans votre cou.

— Filer ? Filer où ?

— Suivez-moi. Et pas de questions. »

Il brancha l'interphone. L'homme se présenta, et Lee appuya sur le bouton d'ouverture de la porte. Aussitôt fait, il enclencha le système d'alarme de l'appartement, attrapa Faith par le bras et l'entraîna sur le palier. En face, il y avait une porte sans nom. Quand Faith entendit les pas du « facteur » dans l'escalier, Lee avait déjà déverrouillé la porte. Ils la franchirent, et il la referma derrière eux. L'endroit était très sombre, mais Lee connaissait le chemin par cœur. Il conduisit Faith tout au fond, dans une sorte de chambre à coucher.

Ouvrant une autre porte, il poussa la jeune femme devant lui. Elle se retrouva face à un mur. Lorsque Lee la rejoignit, ils furent serrés comme des sardines. C'était un réduit aussi exigu qu'une cabine téléphonique. L'obscurité y était totale.

« Juste devant vous, il y a une échelle, chuchota-t-il. Voici les barreaux, ajouta-t-il en guidant sa main. Donnez-moi votre sac et commencez à grimper. Lentement. Le silence est plus important que la vitesse, pour l'instant. Je vous rejoins tout de suite. Quand vous arriverez en haut, arrêtez-vous. Je me charge du reste. »

En grimpant, Faith fut prise de claustrophobie. Complètement désorientée dans le noir, elle ressentit un début de nausée. *Bravo, ma fille, c'est le moment idéal pour rendre ton petit déj.*

Elle continua l'escalade en douceur puis, reprenant confiance, accéléra un peu la cadence. Ce fut une erreur, car son pied ripa, elle rata un échelon et reçut un barreau en travers du menton. Mais le bras puissant de Lee était déjà là pour la retenir. Elle se calma, fit taire la douleur qui lui cisaillait la mâchoire et se remit à monter jusqu'à ce que sa tête touche le plafond.

Lee, qui était encore sur le barreau inférieur, se hissa sur le même barreau qu'elle. Plantant ses jambes de part et d'autre de celles de Faith, il se pressa contre elle de plus en plus fort. Elle se demanda ce qu'il était en train de faire. Elle suffoquait et, l'espace d'un instant, elle pensa qu'il l'avait entraînée dans ce réduit pour la violer. Soudain, un rai de lumière descendit du plafond, et Lee s'écarta d'elle. Elle leva la tête et plissa les yeux. La vue du ciel bleu était si merveilleuse après la terreur des ténèbres qu'elle eut envie de crier.

« Grimpez sur le toit et baissez-vous. Aussi bas que vous pourrez », murmura-t-il dans son oreille.

Elle franchit la trappe, s'allongea sur le ventre et regarda alentour. Le toit du vieil immeuble était plat, avec un sol de gravier et de goudron. Des cheminées vétustes avoisinaient des appareillages plus récents de climatisation, qui constituaient d'assez bonnes cachettes. Faith rampa et s'accroupit derrière l'un d'eux.

Lee était encore sur l'échelle. Il tendit l'oreille et consulta sa montre. Le type devait être arrivé devant sa porte maintenant. Ils avaient trente secondes avant qu'il ne comprenne que personne ne viendrait lui ouvrir. C'était peu. Et il fallait trouver un moyen de diversion pour attirer les autres types qui, Lee en était sûr, les attendaient quelque part en bas.

Il sortit de sa poche son téléphone portable et appela un numéro mémorisé.

« Allô, madame Carter, ici Lee Adams. Écoutez-moi. Je

voudrais que vous lâchiez Max dans le couloir. Oui, je sais que je viens juste de vous le confier, mais… Oui, je sais qu'il va monter directement chez moi, mais c'est justement ce que je désire. Je… euh, j'ai oublié de lui faire sa piqûre. Je vous en prie, faites vite, je suis très pressé. »

Il remit le téléphone dans sa poche, hissa les sacs, s'extirpa du conduit et referma la trappe derrière lui. Repérant Faith, il se faufila jusqu'à elle avec les sacs.

« Bon, on a peu de temps devant nous. »

En dessous, ils entendirent un chien aboyer férocement. Lee sourit.

« Suivez-moi. »

Ils crapahutèrent jusqu'au bord du toit. L'immeuble adjacent étant un peu moins haut, il y avait environ un mètre cinquante de différence entre les deux toits. Lee aida Faith à descendre en la tenant fermement par le bras. À ce moment, des cris parvinrent de l'immeuble de Lee.

« Ça y est, dit-il, ils donnent l'assaut. Ils vont enfoncer la porte et déclencher l'alarme. Les flics vont rappliquer d'un instant à l'autre. Dans quelques minutes, ça sera un vrai bordel.

— Et qu'est-ce qu'on fait pendant ce temps ? demanda Faith.

— Encore trois immeubles. Ensuite, l'escalier de secours. Vite ! »

Cinq minutes plus tard, ils couraient dans une ruelle, puis ils s'engagèrent dans une autre artère tranquille flanquée d'immeubles bas. Il y avait des voitures rangées le long des trottoirs. Au loin, on entendait des joueurs de tennis. Faith aperçut un court entouré de pins, dans un parc en face des habitations.

Fixant des yeux une file de voitures en stationnement, Lee traversa le parc au pas de gymnastique et se baissa. Quand il se redressa, il avait une balle de tennis dans la main – l'une des nombreuses balles perdues qui avaient atterri là au fil des années. Il revint vers Faith tout en pratiquant un trou dans la balle au moyen de son canif.

« Qu'est-ce que vous faites ? questionna-t-elle, intriguée.

— Montez sur le trottoir, marchez aussi calmement que vous pourrez, et ouvrez l'œil.

— Lee…

— Faites ce que je vous dis, Faith ! »

Elle pivota et suivit le trottoir, parallèlement à Lee, qui marchait de l'autre côté des voitures en reluquant discrètement chacune d'elles. Il s'arrêta finalement près d'un luxueux modèle flambant neuf.

« Personne ne nous regarde ? » demanda-t-il.

Elle secoua la tête.

Se plaçant devant la portière du conducteur, il positionna le trou de la balle de tennis face à la serrure.

« Qu'est-ce que vous faites ? » répéta Faith, complètement déboussolée.

Pour toute réponse, il frappa du poing dans la balle de tennis, envoyant d'un seul coup tout l'air qu'elle contenait dans le système de verrouillage centralisé. Faith, hébétée, vit les plots des quatre portes se soulever.

« Comment vous avez fait ça ?

— Montez. »

Il se faufila à l'intérieur du véhicule. Faith aussi.

Il passa la tête sous la colonne de direction et trouva les fils qu'il cherchait.

« On ne peut pas trafiquer le contact de ces voitures modernes, observa-t-elle. Il y a une sécurité antidémarrage qui… »

Elle n'acheva pas sa phrase. Le moteur ronronnait déjà.

Lee se redressa, enclencha une vitesse et sortit du créneau. Il regarda Faith.

« Vous disiez ?

— Hum, rien. Et comment est-ce que la balle de tennis a déverrouillé les portes ?

— Secret professionnel. »

Faith entra dans la banque, sous l'œil vigilant de Lee qui faisait le guet dehors. Elle expliqua ce qu'elle voulait au directeur adjoint et réussit à signer la feuille sans s'évanouir de trac. *Du calme, ma fille, une chose à la fois.* Heureusement, elle connaissait l'homme.

Il parut étonné de sa nouvelle coiffure.

« L'angoisse de la quarantaine, déclara-t-elle en interprétant son regard. J'ai eu envie de me rajeunir.

— Cela vous va très bien, mademoiselle Lockhart », répondit-il galamment.

Elle le regarda prendre sa clé et la clé de la banque, les introduire successivement dans la serrure et sortir sa mallette. Ils quittèrent la chambre forte, et le banquier posa la mallette dans la cabine privée réservée aux clients détenteurs d'un coffre. Il s'éloigna. Faith le suivit des yeux.

Était-il l'un d'eux ? Allait-il s'éclipser pour appeler la police, le FBI ou d'autres porte-flingues amateurs de tuerie ? Non, il s'assit devant son pupitre, sortit d'un sachet en papier un beignet et mordit dedans à belles dents.

Rassurée, Faith referma la porte de la cabine, ouvrit la mallette, en examina le contenu, enfourna le tout dans son sac et boucla la mallette, que l'homme alla ensuite replacer dans la chambre forte.

Faith sortit le plus calmement du monde, pour rejoindre Lee dans la voiture.

Ils prirent la nationale 395, bifurquèrent dans GW Parkway et se dirigèrent vers l'aéroport national Reagan. C'était l'heure de pointe mais, comme ils allaient en sens inverse des banlieusards, ils roulaient à bonne allure.

Faith observa Lee, qui gardait les yeux rivés sur la route, perdu dans ses pensées.

« Vous nous avez sauvé la mise, constata-t-elle.

— En fait, c'était limite. Pour ne rien vous cacher, j'ai eu chaud. » Il secoua la tête, songeur. « Ça vous paraîtra peut-être futile, mais je me fais du mouron pour Max.

— Ça ne me paraît pas futile du tout.

— Il y a longtemps qu'on est ensemble. Pendant des années, je n'ai eu que ce vieux chien pour compagnie.

— Ça m'étonnerait qu'ils lui aient fait du mal avec tous ces gens autour.

— Ah ouais ? J'aimerais le croire aussi. Mais, s'ils sont prêts à tuer un homme, un chien n'a aucune chance.

— Je suis navrée que vous ayez dû faire ça pour moi. »

Il se redressa.

« Bah, un chien n'est qu'un chien, Faith. Et nous avons d'autres soucis devant nous, pas vrai ?

— Oui.

— Je suppose que mon truc avec l'aimant n'a pas marché. Ils ont dû m'identifier sur la bande vidéo. Mais, le moins qu'on puisse dire, c'est qu'ils ont fait vite. » Il dodelina de la tête, mi-admiratif mi-effrayé. « Terriblement vite. »

Faith se sentit soudain démoralisée. Si Lee avait peur, alors que dire d'elle ? Elle était tout simplement terrifiée.

« Pas très encourageant, hein ? fit-elle.

— Je serai peut-être plus efficace à l'avenir si vous acceptez enfin de me dire ce qui se passe. »

Après les prouesses de Lee, Faith se sentait prête à lui faire confiance. Mais elle ne pouvait pas oublier l'appel téléphonique de Buchanan, dont la sonnerie résonnait encore à ses oreilles comme les coups de feu de la nuit précédente.

« Quand nous serons en Caroline du Nord, nous mettrons les choses au clair. *Réciproquement* », répondit-elle.

16

Thornhill reposa le combiné du téléphone et regarda dans son bureau, l'air contrarié. Ses hommes avaient trouvé le nid vide, et l'un d'eux avait même été mordu par un chien. Par-dessus le marché, on avait aperçu un homme et une femme qui couraient dans la rue. Tout cela faisait un peu trop. Thornhill était un homme patient, habitué à travailler sur des projets de longue haleine, mais il y avait des limites à ne pas dépasser. Ses hommes avaient écouté le message laissé par Buchanan sur le répondeur de Lee. Ils avaient pris la bande et la lui avaient fait écouter sur sa ligne sécurisée.

« Alors, comme ça, tu as engagé un détective privé, Danny, bougonna Thornhill pour lui-même. Tu me le paieras, mon gaillard. Tu ne perds rien pour attendre. »

Les policiers avaient répondu au signal d'alarme de l'appartement mais, quand ses sbires leur avaient montré leurs papiers officiels, ils n'avaient pas insisté. Légalement, la CIA n'avait aucune compétence pour opérer à l'intérieur des États-Unis. Les hommes de Thornhill avaient donc différentes sortes de cartes, qu'ils choisissaient en fonction des circonstances.

Les flics avaient été renvoyés chez eux avec ordre d'oublier ce qu'ils avaient vu. Mais Thornhill n'aimait pas la tournure que prenaient les événements. Ils étaient sur la corde raide. Il y avait trop de failles, trop de défauts dans la cuirasse.

Il alla à la fenêtre. C'était une belle journée d'automne. Les couleurs commençaient à changer. Charmé par le paysage, il bourra sa pipe, mais hélas sans avoir le droit de l'allumer. Le quartier général de la CIA se trouvait dans un immeuble non-fumeurs. Le directeur délégué avait un balcon devant son bureau, où Thornhill pouvait s'asseoir et fumer, mais ce n'était pas pareil. Pendant la guerre froide, les bureaux de la CIA étaient aussi embrumés que des bains turcs. Le tabac aidait à réfléchir, croyait Thornhill. C'était une petite chose, mais qui symbolisait à ses yeux tout ce qui n'allait plus dans l'Agence.

Selon lui, la catastrophe Aldrich Ames avait précipité le déclin de la CIA. Il grimaçait encore chaque fois qu'il repensait à cet ancien officier du contre-espionnage arrêté pour avoir renseigné les Soviétiques et plus tard les Russes. Et, bien sûr, un malheur n'arrivant jamais seul, c'était le FBI qui avait découvert le pot aux roses. Après cela, le président des États-Unis avait décrété que la CIA emploierait en permanence un agent du FBI pour superviser ses activités de contre-espionnage. Et cet agent avait, depuis lors, accès à tous les dossiers de la CIA. Un agent du FBI dans la place ! Fourrant son nez dans leurs secrets ! La honte. Pour couronner l'ensemble, ces crétins du Congrès avaient voté une loi obligeant toutes les agences gouvernementales, y compris la CIA, à notifier au FBI la moindre fuite d'information vers des puissances étrangères. Résultat : la CIA assumait tous les risques et le FBI recevait les félicitations. C'était une usurpation de la mission de la CIA, estimait Thornhill qui bouillait intérieurement et contenait de moins en moins bien sa colère.

La CIA ne pouvait même plus placer les gens sur écoute. Si elle avait des soupçons sur quelqu'un, elle devait en référer au FBI. Et si une surveillance électronique était requise, le FBI demandait l'autorisation de la cour de surveillance du renseignement avant de donner suite. Elle n'avait pas le pouvoir de saisir ladite cour de sa propre initiative : il fallait que Big Brother lui tienne la main. Tout était fait pour favoriser le FBI.

Ce qui exaspérait le plus Thornhill, c'était que ces restrictions ne s'appliquaient pas seulement au territoire américain. L'Agence devait obtenir l'aval du Président avant d'entreprendre une quelconque opération à l'étranger. Et les commissions parlementaires idoines devaient être prévenues en temps et en heure. Comme l'espionnage mondial était de plus en plus complexe, la CIA et le FBI ne cessaient de se marcher sur les pieds et de se chamailler sur des questions de procédure juridique, pour savoir qui avait le droit d'utiliser tel témoin, tel indicateur, etc. Bien que le FBI soit considéré comme une agence de compétence exclusivement nationale, il menait un grand nombre d'actions à l'étranger, au titre de la lutte antiterroriste et antidrogue notamment. La collecte et l'analyse de données lui permettaient d'empiéter constamment sur le domaine réservé de la CIA.

Pas étonnant que Thornhill nourrisse une telle haine à l'égard de ses homologues fédéraux : ces salopards étaient partout, un véritable cancer ! Pour enfoncer le clou, un ancien du FBI dirigeait à présent le Centre de sécurité de la CIA – autrement dit, une taupe dans le sérail – et, comme si ça ne suffisait pas, tous les employés de la CIA avaient l'obligation de remplir chaque année un formulaire extrêmement exhaustif sur l'affectation des crédits. Un monde !

Sentant qu'il risquait une crise d'apoplexie s'il ressassait trop longtemps ces abominations, Thornhill s'efforça de reporter son attention sur d'autres sujets. Puisque Buchanan avait engagé un privé pour suivre Lockhart, c'était peut-être ce gars-là qui était en planque devant le chalet, la nuit précédente, et qui avait tiré sur Serov. La blessure du Russe était grave : la balle avait touché le nerf et il resterait paralysé du bras. Thornhill avait ordonné qu'on l'achève. Un tueur à gages incapable de tenir convenablement un fusil était obligé de se reconvertir, de se vendre au premier venu, et représentait donc une menace. Serov n'avait qu'à s'en prendre à lui-même, il l'avait bien cherché car, s'il y avait une chose que Thornhill ne pouvait pas supporter chez ses hommes, c'était l'incompétence.

Ainsi, ce Lee Adams était au cœur du problème, songea-t-il. Il avait déjà ordonné une recherche approfondie sur son passé. Comme tous les fichiers étaient désormais informatisés, il aurait un dossier complet sur sa table dans une demi-heure au plus tard. Il avait déjà le dossier d'Adams sur Lockhart, ses hommes l'ayant trouvé dans l'appartement. Les notes montraient que le détective était un type consciencieux et logique dans ses enquêtes. C'était à la fois bon et mauvais, aux yeux de Thornhill – le bon côté étant que, si l'homme était logique, il céderait à une offre raisonnable, à savoir : la vie sauve.

Tout laissait supposer que cet Adams s'était échappé du chalet avec Faith Lockhart. Et le message sur le répondeur prouvait qu'il n'avait pas encore fait son rapport à Buchanan. Autrement dit, Buchanan ignorait ce qui s'était passé la veille au soir, conclut Thornhill, et il ferait en sorte de le maintenir dans l'ignorance.

Comment les deux fuyards voyageraient-ils ? Par le train ? Improbable. Les trains étaient lents et ne franchissaient pas les océans. Un train jusqu'à un aéroport, alors ? Possible. Très possible. Ou un taxi. Encore mieux.

Un assistant entra avec quelques dossiers que Thornhill avait demandés. Bien que tout fût informatisé à la CIA, il aimait encore le contact du papier. Il réfléchissait mieux devant du papier que devant un écran.

Bon. Toutes les procédures habituelles avaient été respectées. Qu'en était-il des inhabituelles ? On avait affaire à un détective professionnel. Ça changeait les données : Adams et Lockhart pouvaient circuler sous une fausse identité, et même être grimés. Thornhill avait des hommes dans les trois aéroports et dans les gares, mais ce n'était pas suffisant : le couple pouvait très bien louer une voiture et décoller d'un aéroport de New York. Ou aller vers le sud. L'affaire se compliquait.

Thornhill détestait ce genre de poursuites. Il y avait trop de destinations à couvrir et il manquait de main-d'œuvre pour ces opérations « hors juridiction ». Au moins avait-il l'avantage d'agir de façon autonome. Pas de directeur ou de superviseur pour lui chercher des poux dans la tête. Et quand bien même ! Si la hiérarchie lui posait des questions, il était assez rusé pour l'endormir avec des boniments. On le croirait, sur sa réputation : sa principale arme, c'étaient ses états de service.

La meilleure tactique consistait à attirer les fuyards vers soi plutôt que de les traquer, ce qui était possible à condition d'avoir le bon appât. Il ne lui restait qu'à trouver cet appât. Ça demandait un peu de réflexion. Lockhart n'avait pas de famille, pas de parents âgés, pas de jeunes enfants. Concernant Adams, il ne savait rien pour l'instant, mais ça viendrait. Si Lockhart n'était pour Adams qu'une rencontre de hasard, il ne serait sûrement pas prêt à tout sacrifier pour elle. Pas encore, du moins. Toutes choses égales par ailleurs, c'était sur Adams qu'il fallait se concentrer. Et, dans la mesure où ils connaissaient son adresse, ils avaient un moyen de communiquer avec lui. S'ils voulaient lui faire parvenir un message discret, ils pouvaient.

Puis les pensées de Thornhill se portèrent vers Buchanan. Il était actuellement à Philadelphie, avec l'un de ses « clients ». Et quel client ! Ils en savaient assez long sur ce paroissien pour le menacer de la chaise électrique, ou presque. Du haut de son siège à la commission des Appropriations, le sénateur n'avait cessé de mettre des bâtons dans les roues de la CIA, en votant systématiquement pour une réduction des crédits. Le moment était venu pour lui de rendre des comptes.

Thornhill envisageait de débarquer dans les bureaux de ces puissants politicards en leur agitant sous le nez des bandes magnétiques, des cassettes vidéo, des documents sur papier prouvant leurs petites intrigues avec Buchanan. Ah, l'appât du gain ! Comme ils tendaient bien la patte pour qu'on la graisse !

Cher sénateur, auriez-vous l'obligeance de me lécher les bottes, pauvre larbin pleurnicheur ? Prosternez-vous devant papa Thornhill. Ensuite, vous m'obéirez au doigt et à l'œil, sans quoi je vous écraserai en moins de temps qu'il ne vous en faut pour dire « Votez pour moi ».

Bien sûr, Thornhill n'emploierait jamais ce langage. Ces hauts personnages devaient être traités avec respect, même s'ils ne le méritaient pas. Il leur dirait que Danny Buchahan avait disparu en laissant ces bandes enregistrées. Il ne savait pas quoi en faire, mais la procédure normale voulait qu'il les remette au FBI. C'était très gênant et ça l'embêtait beaucoup d'en arriver là, parce qu'il savait très bien que ces messieurs étaient incapables de telles forfaitures, mais le FBI se laisserait-il convaincre par leur bonne foi ? Les fédéraux étaient de vraies sangsues, quand ils vous tenaient, ils ne vous lâchaient plus avant le seuil de la prison. Or, tout cela était très mauvais pour l'image du pays. Le monde se rirait de nous. Les terroristes reprendraient du poil de la bête en voyant leur ennemi affaibli. Et comment lutter ? La CIA manquait cruellement de personnel et de crédits… À moins que, peut-être, ces messieurs n'aient l'intention de faire quelque chose pour remédier à cette situation ? Oui ? Oh, alors, si ce n'est pas trop vous demander, arrangez-vous afin que ce soit aux dépens du FBI, justement, ces méchants individus si avides de mettre leurs vilaines mains sur ces bandes pour vous nuire. Commençons par limiter leurs prérogatives, par exemple. Oui ? Vous seriez d'accord ? Oh, merci à vous, valeureux serviteurs de l'État. Merci, je savais que vous comprendriez.

Le premier objectif de Thornhill, dans son grand projet, était d'obtenir de ses nouveaux alliés qu'ils suppriment toute ingérence du FBI dans l'Agence. Ensuite, le budget de la CIA serait regonflé à cinquante pour cent. Pour commencer. L'année suivante, Thornhill aurait des exigences plus sérieuses. Et, à l'avenir, la CIA ne serait plus obligée de rendre des comptes aux deux assemblées séparément. Il suffirait d'une commission parlementaire unique, choisie par cooptation. C'était beaucoup plus simple, franchement. La hiérarchie des services de renseignement devait être fixée une fois pour toutes, et de façon raisonnable, c'est-à-dire que le directeur de la CIA chapeauterait l'ensemble. Uniquement dans un souci d'efficacité, bien sûr. Le FBI serait enfin prié de s'occuper de ses oignons, et la CIA serait à nouveau chargée de la surveillance intérieure et extérieure. Ce serait elle qui déciderait des actions à l'étranger, du choix des armes et des cibles. D'ores et déjà, Thornhill avait en tête cinq noms de chefs d'État à assassiner en priorité pour que le monde soit meilleur, plus sûr et plus agréable à vivre. Il était temps de laisser les vrais professionnels faire leur boulot.

Et, bon Dieu, Thornhill sentait qu'il était près du but.

« Continue à bien travailler, Danny, dit-il à haute voix. Presse-leur le citron jusqu'à ce que les pépins craquent. Brave garçon. Là, gentil, gentil. Fais-leur goûter la saveur de la victoire, juste un peu, juste un soupçon, avant que je ne les extermine. »

L'œil mauvais, il consulta sa montre et se leva. Thornhill haïssait la presse. Durant toute sa carrière à la CIA, il n'avait jamais accordé une seule interview. Cependant, vu son ancienneté et son statut actuel, il était parfois amené à faire quelques apparitions publiques, d'un autre genre mais qu'il détestait tout autant. Il devait témoigner devant les commissions parlementaires de la Chambre et du Sénat sur différentes affaires impliquant l'Agence.

En ces temps de « transparence », la CIA faisait plus de mille rapports annuels au Congrès. Finies, les opérations clandestines. Thornhill se sortait généralement très bien de l'épreuve, en manipulant à son gré les idiots censés le surveiller, car ils avaient beau se donner des airs intelligents, il savait parfaitement, lui, que leurs questions avaient été rédigées à l'avance par leurs assistants, beaucoup plus au fait qu'eux des questions touchant à l'espionnage.

Par chance, les audiences se déroulaient à huis clos, sans public ni journalistes. À ses yeux, le Premier Amendement sur la liberté de la presse était la plus grosse erreur des Pères Fondateurs. Les journalistes étaient des fouineurs qui ne songeaient qu'à vous piéger pour ternir l'image de l'Agence. La méfiance de ses concitoyens chagrinait sincèrement Thornhill. Certes, les gens de la CIA mentaient de temps en temps mais, quoi, c'était leur boulot, non ?

Selon lui, la CIA était le souffre-douleur de la Chambre. Les parlementaires adoraient se draper dans leur dignité face à l'organisation secrète. Ça faisait bien quand ils rentraient dans leur circonscription : L'ANCIEN FERMIER DEVENU PARLEMENTAIRE TIENT TÊTE AUX HOMMES DE L'OMBRE. Thornhill aurait pu rédiger lui-même les gros titres.

Cependant, l'audience de ce jour-là promettait d'être positive, l'Agence ayant marqué des points, dernièrement, dans les négociations de paix au Moyen-Orient. En effet, elle avait, en partie grâce au travail en coulisse de Thornhill, réussi à se forger une image plus prestigieuse, dont il essaierait de tirer parti dès à présent.

Il boucla son attaché-case et mit sa pipe dans sa poche. *Allons mentir à une bande de menteurs. Ils le savent et je le sais. Nous en profiterons tous*, songea-t-il. *Pour le plus grand bien de l'Amérique.*

17

« Sénateur », dit Buchanan en serrant la main de l'élégant gentleman.

Le sénateur Harvey Milstead était un leader de haute moralité, réputé pour la finesse de ses analyses politiques. Un authentique homme d'État. Du moins, le public le voyait ainsi. En réalité, c'était un coureur de jupons invétéré, drogué aux antalgiques – parfois jusqu'au gâtisme – en raison d'un mal de dos tenace, et affligé d'un penchant pour la bouteille de plus en plus inquiétant. Dans son jeune temps, il avait été un parlementaire assez actif, mais cela faisait belle lurette, maintenant, qu'il n'avait plus proposé un texte de loi ; quand il s'exprimait devant la presse, c'était pour proférer des inepties consternantes mais avec une telle autorité que personne ne s'avisait de le contredire. D'ailleurs, les journalistes l'adoraient, à cause de ses manières policées, de sa représentativité et des commérages dont il les régalait toujours de bon cœur. Pour eux, il était une mine de « petites phrases ». La presse en avait fait son chouchou, et Buchanan le savait.

Il y avait cinq cent trente-cinq membres au Congrès – dont cent sénateurs. Buchanan estimait, peut-être généreusement, que les trois quarts d'entre eux étaient des hommes et des femmes honnêtes, travailleurs, qui croyaient à leur mission. Il les appelait les « Purs ». Ceux-là, il ne les approchait jamais. Toute tentative de corruption de ce côté l'aurait envoyé en prison.

Restait le dernier quart, qu'il divisait en deux groupes : les « Citadins » et les « Zombies ». Les Citadins, ainsi dénommés parce que Washington était leur ville et qu'ils s'y trouvaient comme des poissons dans l'eau, connaissaient par cœur tous les rouages du système. Mieux : ils étaient le système. Les Zombies, en revanche, étaient arrivés dans la capitale sans la moindre notion politique et sans une once de morale. Ils avaient conquis leur siège à coups de dollars et de prestations télévisées. Intellectuellement nuls, ils avaient un bagout formidable qui leur permettait de vendre du vent comme des camelots, avec une verve et un enthousiasme dignes de Kennedy au meilleur de sa forme. Ils n'avaient qu'un objectif : gagner l'élection. Pour ça, ils s'y entendaient mais, une fois à Washington, ils n'avaient absolument aucune idée de ce qu'il fallait faire.

Buchanan et Milstead prirent place sur le confortable divan en cuir du spacieux bureau du sénateur. Les étagères étaient pleines des colifichets habituels des vieux briscards de la politique : médailles, coupes en argent, trophées, photos du sénateur en compagnie de gens célèbres. En regardant autour de lui, Buchanan eut l'impression d'avoir passé toute sa vie professionnelle dans des bureaux comme celui-ci, le chapeau à la main, pour mendier.

Il était encore tôt, mais le personnel de la maison préparait déjà une grande réception en l'honneur des représentants de Keystone. Il y aurait des discours, des poignées de main, des sourires, des petits fours… Bref, la routine. Le sénateur ne briguait pas sa réélection, mais il ne ratait jamais une occasion de se faire mousser devant ses concitoyens.

« Je vous remercie infiniment d'avoir accepté de me rencontrer si vite, Harvey.

— On ne peut rien vous refuser, Danny.

— J'irai droit au but : le projet de loi de Pickens va saper mes crédits. Je peux déjà dire adieu à vingt colis d'aide d'urgence. Nous devons réagir. Les résultats parlent d'eux-mêmes. Le taux de mortalité infantile a baissé de soixante-dix pour cent, grâce à la vaccination et aux antibiotiques. Il y a des emplois qui se créent, l'économie évolue. Les exportations augmentent d'un tiers et vingt pour cent de leurs importations viennent de chez nous. C'est bon pour l'emploi ici aussi. Ce n'est pas seulement une nécessité morale, c'est un investissement qui se révélera payant à long terme pour notre balance commerciale. Mais, pour ça, il leur faut de l'électricité et des moyens éducatifs afin de former la population.

— AID fait déjà beaucoup », observa le sénateur.

AID, c'est-à-dire l'Agence pour le développement international, était à l'origine une organisation non gouvernementale, à présent rattachée au secrétariat d'État. C'était le flambeau de la politique américaine de coopération mais la répartition des crédits était un véritable jeu de chaises musicales et Buchanan s'était souvent retrouvé le cul par terre. Quand la cause qu'on défendait ne cadrait pas avec le schéma directeur de politique internationale, on n'avait aucune chance d'être entendu.

« AID ne peut pas tout faire, répliqua Buchanan. Et mes clients sont de trop petits poissons pour le FMI ou la Banque mondiale. "Aide au développement structurel", ils n'ont que ces mots-là à la bouche. Mais, bon sang, il y a aussi des besoins urgents. Il leur faut de la nourriture et des médicaments pour vivre. N'est-ce pas un argument suffisant ?

— Vous prêchez un converti, Danny. Mais les gens comptent leurs sous, ici aussi. Les jours gras sont finis, déclara Milstead avec solennité.

— Mes clients se contenteront des miettes. Ne leur coupez pas les vivres.

— Je n'ai qu'à refuser de porter le projet à l'ordre du jour. »

Au Sénat, si un président de commission ne voulait pas qu'un projet de loi soit discuté en séance, il n'avait qu'à éviter de l'inscrire au programme, comme le suggérait maintenant Milstead. Buchanan avait bien souvent joué ce jeu-là.

« Mais Pickens ne se laissera pas faire. Il proposera son projet de loi directement au Parlement, sans passer par la commission. Et il recevra un accueil bien plus favorable. Pourquoi ne pas mettre une saisie et faire reporter le projet *sine die* ? »

Danny Buchanan était le maître de cette technique. Une « saisie » était pratiquement un veto, sous forme d'obstruction parlementaire. Il suffisait qu'un seul sénateur s'élève contre l'examen d'un projet pour que toute la machine législative soit grippée. Il posait une saisie, c'est-à-dire, pour simplifier, qu'il demandait un délai de réflexion. C'était une manœuvre qu'on appelait la « tournante aveugle » parce que les opposants ne se dévoilaient qu'au dernier moment et se passaient le témoin comme dans une course de relais : quand un sénateur retirait sa saisie, un autre en posait une à son tour, et ainsi de suite jusqu'à la fin de la session, de sorte que le projet tombait à l'eau.

Le sénateur secoua la tête.

« Pickens a déjà lancé des saisies sur deux projets que je soutiens et il va bientôt falloir que je passe un marché avec lui pour qu'il me lâche les basques. Si je lui mets des bâtons dans les roues, il s'accrochera à mes mollets comme un roquet. »

Buchanan but une gorgée de café en essayant de penser à d'autres stratégies possibles.

« Écoutez, revenons à la case départ. Si vous avez assez de voix contre, inscrivez le projet à l'ordre du jour et laissez-le se ramasser une fois pour toutes. S'il persiste et décide d'aller au Parlement malgré tout, on le fera tourner en bourrique. On déposera amendement sur amendement. On est tellement près des élections qu'on pourra s'amuser à demander le quorum avant chaque vote et il finira par crier grâce. »

Milstead dodelina de la tête, songeur.

« Vous savez qu'Archer et Simms me donnent du fil à retordre.

— Harvey, vous avez envoyé assez de dollars dans les circonscriptions de ces deux salopards pour étouffer tous leurs électeurs sous le papier-monnaie. Vous n'avez qu'à le leur rappeler. Qu'ils vous renvoient l'ascenseur ! Ils se foutent complètement de ce projet de loi, vous le savez bien. Je suis sûr qu'ils n'ont même pas lu le texte. »

Milstead parut reprendre confiance.

« D'une manière ou d'une autre, je m'arrangerai pour vous donner satisfaction. Après tout, dans un budget de mille sept cent milliards de dollars, ce n'est pas une si grosse affaire.

— Ça l'est pour mon client. Des milliers de gens comptent dessus, Harvey. Et la plupart d'entre eux ne savent même pas encore marcher.

— J'entends bien, j'entends bien.

— Vous devriez aller faire un voyage d'étude là-bas. Je vous accompagnerais. C'est vraiment un beau pays, sauf que rien n'y pousse. Dieu a peut-être béni l'Amérique, mais il a oublié une grande partie du monde. N'empêche, ils se débrouillent et, si un jour vous avez l'impression de passer une sale journée, pensez à eux, vous ne vous plaindrez plus. »

Milstead toussa.

« Mon emploi du temps est surchargé, Danny. Et vous n'ignorez pas que je ne me représente pas. Encore deux ans et je reprends mes billes. »

D'accord, le quart d'heure humanitaire est fini, pensa Buchanan. *Maintenant, jouons au traître.*

Il se pencha en avant et repoussa négligemment son attaché-case. D'un coup de poignet, il activa le magnétophone caché à l'intérieur. *Voilà pour toi, Thornhill, mon salaud.*

Buchanan s'éclaircit la gorge.

« Hum, il n'est jamais trop tôt pour parler de succession. J'aurais besoin de quelques interlocuteurs à la sous-commission des Affaires étrangères qui seraient intéressés par mon petit plan de retraite. Je peux leur promettre le même traitement qu'à vous. Ils n'auront pas à se plaindre, s'ils font ce que je leur demande. Mais je veux des résultats. J'en suis arrivé à un point où je ne peux plus me permettre le moindre échec. Donnant donnant. Comme avec vous, Harvey. Vous ne m'avez jamais fait faux bond. Depuis dix ans, vous avez toujours trouvé le moyen de répondre à mes attentes. »

Milstead jeta un œil vers la porte et baissa la voix.

« J'ai déjà quelques pistes. Je connais des gens qui seraient prêts à prendre la relève. » Il semblait nerveux, mal à l'aise. « Je veux dire... des personnes dignes de confiance, qui partagent mon sens du *devoir*. Je n'ai pas abordé la question directement avec elles, bien sûr, mais je suis sûr qu'elles sont ouvertes à toute proposition... hum, honnête.

— Tant mieux, tant mieux.

— Et vous avez raison d'y penser à l'avance. Deux ans, ça passe vite.

— Holà, dans deux ans, je ne serai peut-être plus ici, Harvey.

— Je ne vous imagine pas dans la peau d'un retraité, dit le sénateur en souriant. Mais votre héritière est déjà toute trouvée, n'est-ce pas ? Comment va Faith, d'ailleurs ? Toujours aussi dynamique, sans doute.

— Égale à elle-même.

— Vous avez de la chance d'avoir une collaboratrice comme elle.

— Beaucoup de chance, affirma Buchanan en fronçant les sourcils.

— Transmettez-lui mes hommages lorsque vous la verrez. Dites-lui de venir voir le vieil Harvey. Le plus bel esprit et les plus belles jambes de Washington », ajouta-t-il avec un clin d'œil.

Buchanan ne fit pas de commentaire.

« J'ai consacré ma vie au service de l'État, reprit le sénateur en s'adossant. La paie est ridicule. Des clopinettes, vraiment, pour un homme de mon niveau. Vous savez ce que j'aurais pu gagner dans le privé. Ah, il faut être conscient de ce à quoi on s'engage quand on décide de servir son pays.

— Bien sûr, Harvey, bien sûr. » *L'argent de la corruption n'est que ton dû. Tu l'as gagné.*

« Mais je ne regrette rien.

— Et vous avez raison.

— Ah, fit Milstead avec un sourire las, j'en ai dépensé, des dollars, pour reconstruire ce pays ! Pour la génération à venir. Et la suivante. »

Ben voyons ! Maintenant, c'est son *argent.* Il *a sauvé le pays.*

« Les gens ne se rendent pas compte, déclara Buchanan. Les médias ne remuent que la boue.

— Disons que je… que je comble le déficit pour mes vieux jours », se justifia Milstead, vaguement gêné.

Enfin un peu d'humilité tout de même, un peu de culpabilité.

« Vous l'avez mérité. Vous avez bien servi votre pays, vous avez le droit de penser à vous, maintenant. Après la contribution, la rétribution. Elle vous attend. Ce n'est que justice. Vous ne serez pas volé, je vous assure. Louise et vous ne manquerez de rien.

Vous vivrez comme un roi et une reine. Vous avez fait votre travail, vous serez récompensé. À l'américaine.

— Je suis fatigué, Danny. Épuisé. Entre nous, je ne sais pas si je pourrai tenir deux minutes de plus. Alors, deux ans, c'est dire ! La vie de parlementaire a pompé toute mon énergie.

— Vous êtes un authentique homme d'État. Un héros pour nous tous. »

Buchanan inspira profondément et se demanda si les hommes de Thornhill, planqués dans le fourgon radio dehors, appréciaient la saveur de ce dialogue. À la vérité, lui aussi était impatient de lever le camp. Il regarda son vieil ami. Les yeux du sénateur pétillaient à l'idée du mirifique fonds de retraite dont il allait pouvoir profiter avec sa femme de trente-cinq ans, une femme qu'il avait maintes fois trompée et qui lui avait toujours pardonné sans broncher. La psychologie des épouses d'hommes politiques aurait pu être le sujet d'une thèse universitaire, pensait Buchanan.

Au fond, il avait un faible pour ses Citadins : ils avaient rendu de réels services au pays. À leur manière, ils comptaient parmi les gens les plus honorables qu'il ait connus, et pourtant le sénateur s'était laissé acheter sans sourciller.

Très bientôt, Harvey Milstead aurait un nouveau maître. Le Treizième Amendement à la Constitution avait aboli l'esclavage mais, apparemment, personne n'en avait informé Robert Thornhill. Buchanan livrait ses amis au diable en personne, et le remords le rongeait. Thornhill, toujours Thornhill.

Les deux hommes se levèrent et se serrèrent la main.

« Merci, Danny. Merci pour tout.

— Non, ne me remerciez pas, répondit Buchanan. Il n'y a pas de quoi. Vraiment pas. »

Il empoigna sa mallette espionne et sortit.

18

« Démagnétisée ? s'écria Reynolds en fixant des yeux tour à tour les deux techniciens. Ma bande a été démagnétisée ? Est-ce que quelqu'un peut m'expliquer ça ? »

Elle avait regardé la cassette vingt fois. Sous tous les angles possibles. Ou, plus exactement, elle avait regardé des lignes hachurées, parsemées de points clignotants, comme sur une bande d'actualités de la Première Guerre mondiale montrant un combat aérien. Et, à l'arrivée, elle n'était pas plus avancée qu'au départ.

« Sans vouloir entrer dans les détails techniques…, commença l'un des hommes.

— Non, s'il vous plaît », coupa-t-elle.

Elle avait la tête qui tournait. Et si la bande était inutilisable ? *Mon Dieu, par pitié, non ! Je refuse d'y croire.*

« Tout support magnétique peut être démagnétisé. On le fait couramment, notamment quand on veut réutiliser le support, ou effacer des informations confidentielles. Or, une bande vidéo est un support magnétique comme un autre, et celle que vous nous avez donnée a subi une interférence parasitaire indésirable qui a distordu et/ou corrompu le support, empêchant son utilisation normale.

— Attendez. Si je comprends bien, vous êtes en train de me dire que quelqu'un a intentionnellement brouillé la bande ?

— Exact.

— Ça ne peut pas être une malfaçon, un défaut de la bande elle-même ? Comment pouvez-vous être sûr que quelqu'un l'a “parasitée” ? »

L'autre technicien prit la parole :

« Le niveau d'altération des images que nous avons constaté invalide cette hypothèse. Nous ne pouvons l'affirmer à cent pour cent, évidemment, mais tout porte à croire qu'il y a eu une intervention humaine. Il semble que le système de surveillance mis en œuvre soit très sophistiqué. Un multiplex avec trois ou quatre caméras en ligne, probablement. Comment les appareils étaient-ils déclenché ? Mouvement ou franchissement ?

— Franchissement.

— Mouvement, c'est mieux. Aujourd'hui, on a des systèmes tellement sensibles qu'ils sont capables de détecter le déplacement d'une main sur une zone de trente centimètres carrés. Le franchissement, c'est périmé.

— Merci, je tâcherai de m'en souvenir, répliqua-t-elle sèchement.

— On a fait un zoom pixel pour agrandir les détails, mais sans résultat. Il s'agit bel et bien d'une interférence. »

Reynolds se rappela que le placard contenant le matériel vidéo était ouvert à leur arrivée.

« Bon, comment le ou les saboteurs ont-ils pu faire ?

— Oh, il existe toute une technologie qui permet de...

— Non, non, fit-elle, ne me parlez pas de ce qu'on peut faire en laboratoire. Si un type a brouillé cette bande sur place, il n'est pas venu avec un équipement complet. Il ne savait peut-être même pas qu'il y avait une vidéosurveillance. Il a sûrement improvisé le coup avec les moyens du bord. Alors, dites-moi comment il s'y est pris. »

Les techniciens réfléchirent un moment.

« Hum, s'il avait un aimant assez puissant à sa disposition, répondit l'un deux, il lui suffisait de le passer plusieurs fois sur le magnétoscope pour effacer le signal enregistré en désordonnant les particules métalliques. »

Reynolds soupira, consternée. Un simple aimant était susceptible d'avoir anéanti son unique indice.

« Y a-t-il un moyen de récupérer les images ?

— C'est possible, mais ça prendra du temps. Nous ne pouvons pas vous garantir les délais.

— Faites-le. Et que ce soit bien clair entre nous, ajouta-t-elle en se dressant de toute sa hauteur. Je veux voir de mes yeux ce qu'il y a sur cette bande, c'est compris ? Je veux savoir qui était dans cette maison. Laissez tomber tout le reste, occupez-vous de ça en priorité. Demandez confirmation au directeur adjoint s'il vous faut un ordre supérieur, mais travaillez là-dessus vingt-quatre heures sur vingt-quatre si nécessaire. Toutes affaires cessantes. Vous m'entendez ? »

Les hommes se regardèrent et acquiescèrent brièvement.

Quand Reynolds regagna son bureau, un homme l'attendait.

« Paul », dit-elle en s'asseyant.

Paul Fisher se leva et alla fermer la porte. Il était son agent de liaison avec le QG. Il revint s'asseoir en enjambant une pile de documents.

« Tu as l'air surmenée, Brooke. Tu as toujours l'air surmenée, d'ailleurs. Je crois que c'est ce qui me plaît chez toi », déclara-t-il en souriant.

Brooke se surprit à sourire aussi.

Bien qu'ils aient à peu près le même âge, Fisher avait un statut supérieur au sien – même au sens propre, vu qu'il faisait un bon mètre quatre-vingt-dix – au titre de l'ancienneté. Il était compétent, sûr de lui et bel homme, avec une allure d'étudiant californien, blond et svelte. Lorsque sa vie conjugale avait commencé à se déliter, Reynolds avait été assez tentée par une aventure avec Fisher, récemment divorcé. Aujourd'hui encore, il lui faisait un certain effet, et elle se félicitait d'avoir eu le temps de rentrer chez elle pour se doucher et se changer.

Fisher était en bras de chemise, ce qui seyait à sa silhouette longiligne. Elle savait qu'il venait juste d'arriver, mais il ne perdait jamais complètement le contact avec le Bureau. Il était toujours au courant de tout, même quand il était absent.

« Je suis désolé pour Ken, déclara-t-il. J'étais en déplacement, sinon je serais venu hier soir. »

Reynolds jouait avec un coupe-papier.

« Pas aussi désolé que moi. Mais, sur l'échelle de la désolation, je peux t'assurer qu'Anne Newman nous bat tous.

— J'ai discuté avec l'ASC, reprit-il, se référant à l'agent spécial en charge, mais j'aimerais que tu me racontes ce qui s'est passé. »

Elle le fit. Fisher se gratta le menton.

« De toute évidence, le gibier sait que tu le traques.

— Apparemment.

— Tu n'es pas si avancée que ça dans l'enquête, n'est-ce pas ?

— Je suis encore loin de pouvoir demander une inculpation à l'US attorney, si c'est ce que tu veux dire.

— En résumé, Ken est mort et ton unique témoin est porté disparu. Parle-moi de Faith Lockhart. »

Elle tiqua, troublée par le ton qu'il avait employé. Malgré ses beaux yeux noisette, le regard de Fisher n'était pas vraiment amical. Mais, bon, pensa Reynolds, il n'était pas venu en ami. Il représentait le quartier général.

« Écoute, Paul, si tu as quelque chose à me dire, ne tourne pas autour du pot.

— Brooke, j'ai toujours été franc avec toi. » Il pianota sur le bras de son fauteuil comme pour lui envoyer un message en morse. « J'ai appris que Massey t'avait donné plus ou moins carte blanche, hier soir, mais ils sont tous très inquiets à ton sujet. Il faut que tu le saches.

— À la lumière des derniers événements, je me doute que…

— Ils étaient inquiets *avant*. Les derniers événements n'ont fait qu'aggraver cette inquiétude.

— Ils veulent que je laisse tomber ? Bon sang, ça peut impliquer des huiles du Gouvernement !

— C'est une question de preuves, Brooke. Sans Lockhart, qu'est-ce que tu as ?

— L'enquête est mûre, Paul.

— Quels noms t'a-t-elle donnés, à part Buchanan ? »

Reynolds fut prise de court. Le problème était que Lockhart ne lui avait donné aucun nom. Pas encore. Elle était trop maligne pour ça. Elle attendait de savoir ce qu'ils lui offriraient en échange.

« Rien de spécifique. Mais nous aurons les noms. Les clients de Buchanan ne sont pas n'importe qui. Et elle nous a expliqué sa façon de procéder. Il est très fort. Il ne leur paie rien tout de suite, il les utilise pendant qu'ils sont en poste et, à l'heure de la retraite, il leur fournit des emplois fictifs avec de jolis salaires et toutes sortes d'avantages en nature. C'est simple et futé. Elle nous a révélé des détails qu'elle n'a pas pu inventer.

— Je ne mets pas en doute sa crédibilité. Mais, encore une fois, où sont les preuves ?

— Elles vont venir. On fait le maximum. J'allais lui demander de porter un micro, mais on ne peut pas précipiter les choses. Si j'avais trop tiré sur la ficelle, j'aurais perdu sa confiance et on se serait retrouvés bredouilles.

— Tu veux que je te dise carrément ce que je pense ? Tu n'as rien. Des politicards *anonymes* qui vont pantoufler dans le privé après leur carrière, des emplois fictifs, des dividendes qui tombent du ciel. Et alors? Ça arrive tout le temps. Ils passent des coups de fil, déjeunent en ville, se renvoient l'ascenseur. C'est peut-être immoral, mais c'est comme ça. On est en Amérique. Quoi de neuf sous le soleil ?

— Il y a plus que ça, Paul. Beaucoup plus.

— Tu es capable de démontrer le caractère illégal de leurs activités, de prouver que la législation a été manipulée ?

— Pas exactement.

— "Pas exactement" : nous y voilà. Si tu cherches des preuves négatives, autant pisser dans un violon. »

Reynolds reconnaissait qu'il avait raison sur ce point. Des « preuves négatives »... Comment prouver que quelqu'un n'a *pas* fait quelque chose ? Buchanan avait certainement eu recours à des méthodes couramment employées par les hommes politiques de façon très légitime. Toute la question était le mobile : *pourquoi* ils l'avaient fait et non *comment*. Le pourquoi était illégal, le comment ne l'était pas. Un basketteur a toujours le droit de rater un panier, sauf s'il s'avère qu'il a été payé par l'équipe adverse pour mal jouer.

« Buchanan est-il le P-DG de ces sociétés inconnues qui

emploient d'anciens hommes politiques ? En est-il actionnaire ? Est-il en affaires avec elles ?

— Tu parles comme un avocat de la défense.

— Précisément. Parce que c'est à ce genre de questions que tu devras répondre.

— D'accord, j'avoue ; je ne suis pas en mesure de prouver que Buchanan est nommément derrière tout ça.

— Alors, sur quoi bases-tu tes conclusions ? Qu'est-ce qui te permet d'affirmer qu'il est mouillé ? »

Reynolds voulut répondre, puis se ravisa. Elle rougit. Dans son énervement, elle cassa en deux le crayon qu'elle tenait.

« Laisse-moi répondre pour toi, reprit Fisher. Faith Lockhart, ton témoin disparu.

— On la retrouvera, Paul. Et on se remettra au travail.

— Et si tu ne la retrouves pas ?

— Je chercherai un autre moyen.

— Est-ce que tu peux déterminer par approximation l'identité des officiels corrompus ? »

Reynolds aurait désespérément voulu dire oui, mais elle ne le pouvait pas. Buchanan hantait Washington depuis des décennies. Il avait dû traiter avec pratiquement tous les politiciens et tous les bureaucrates de la ville. Sans Lockhart, pas moyen d'affiner la liste.

« Tout est possible, hasarda-t-elle.

— Non, Brooke, non, justement, tout n'est pas possible.

— Mais enfin quoi, Buchanan et ses complices ont enfreint la loi ! Ça compte pour rien ?

— Sans preuves, ça compte pour zéro devant un tribunal. »

Elle tapa du poing sur la table.

« Je refuse de l'admettre ! D'ailleurs, les preuves sont là, il suffit de continuer à creuser.

— Creuser, creuser, tu en as de bonnes ! Ce serait envisageable si tu pouvais le faire en secret. Mais une enquête de cette ampleur, avec des poissons de cette taille, ne peut pas rester complètement secrète. Surtout qu'on a maintenant un meurtre sur les bras.

— Tu penses qu'il y aura des fuites ? dit-elle en se demandant s'il soupçonnait que l'information avait déjà filtré.

— Je pense que, quand on veut s'en prendre à des grossiums, il faut s'assurer *à l'avance* qu'il n'y aura pas de fuites. Quand on vise un gibier de ce calibre, il faut avoir des cartouches pour la chasse à l'ours. Or, pour l'instant, ton fusil est vide. Relis le manuel du Bureau : on ne poursuit pas les hauts fonctionnaires sur la base de rumeurs et d'insinuations. »

Elle lui lança un regard glacial.

« D'accord, Paul, alors sois gentil de me dire exactement ce que tu attends de moi.

— Le VCU te tiendra au courant des progrès de son enquête. Tu dois remettre la main sur Lockhart. Puisque les deux affaires sont intimement liées, je suggère une collaboration.

— Je ne peux pas tout leur dire sur *notre* enquête.

— Ce n'est pas ce que je te demande. Travaille avec eux pour les aider à éclaircir le meurtre de Newman. Et trouve Lockhart.

— Et ensuite ? Si je n'y parviens pas ? Que devient mon enquête ?

— Je ne sais pas, Brooke. Je ne sais pas lire dans le marc de café. »

Reynolds se leva et regarda par la fenêtre. De gros nuages sombres obscurcissaient le ciel. Elle vit son reflet et celui de Fisher dans la vitre. Il ne la quittait pas des yeux, mais elle eût été étonnée que ce fût pour reluquer ses jambes et sa chute de reins.

Ses oreilles captèrent un son qu'elle n'entendait pas d'habitude : le « bruit blanc ». Dans les immeubles officiels sensibles, les fenêtres étaient équipées d'un dispositif spécial : des haut-parleurs diffusaient en permanence un son parasite pour empêcher les écoutes à distance, un son continu évoquant une chute d'eau, d'où le nom de « bruit blanc ». Reynolds, comme tous les employés de ce type d'immeuble, était tellement accoutumée à ce bruit qu'elle ne le percevait plus. Sauf maintenant, et avec une acuité étonnante. Était-ce un signe ? Cela voulait-il dire qu'elle devait être attentive à tout dorénavant ? Se méfier des apparences ? Elle se tourna vers Fisher.

« Merci pour ton vote de confiance, Paul.

— Ta carrière n'a jamais été spectaculaire, c'est notre lot à tous dans ce métier. Mais il y a un point commun entre la fonction publique et le secteur privé : le syndrome “Qu’avez-vous fait pour moi récemment ?”. Je ne vais pas te dorer la pilule, Brooke. Je commence déjà à entendre murmurer dans ton dos. »

Elle croisa les bras.

« Merci de ne pas prendre de gants, dit-elle froidement. Si tu veux bien m’excuser, je vais voir ce que je peux *faire pour toi récemment*, agent Fisher. »

Fisher s’approcha d’elle et lui toucha légèrement l’épaule. Reynolds eut un mouvement de recul, encore blessée par ses paroles.

« Je t’ai toujours soutenue et je te soutiens encore, Brooke. Je n’ai pas l’intention de te jeter dans la fosse aux lions, crois-moi. Je veux t’ouvrir les yeux. Je parle en ami.

— Trop aimable. »

Il regagna la porte et se retourna sur le seuil.

« Nous nous occupons des médias. La presse a déjà commencé à poser des questions. Pour l’instant, un agent a été tué au cours d’une opération secrète. On ne leur a rien dit d’autre, même pas son nom. Mais ça ne durera pas. Et, quand le barrage cédera, je ne sais comment on fera pour garder les pieds secs. »

Dès que la porte se referma derrière lui, un frisson parcourut Reynolds. Elle avait l’impression d’être suspendue au-dessus d’un chaudron en ébullition. Était-ce sa vieille paranoïa qui la reprenait ou était-ce du bon sens ? Elle retira ses chaussures et marcha de long en large, en évitant comme des mines explosives les papiers amoncelés. Elle se balança sur la pointe des pieds, pour tenter de diriger sa tension nerveuse vers le plancher. En vain.

19

L'aéroport national de Washington, récemment rebaptisé « Ronald-Reagan » mais que tout le monde dans la région appelait simplement « National », était très animé ce matin-là. On l'aimait pour sa proximité de la ville et la fréquence de ses vols quotidiens ; on le détestait pour son engorgement, ses pistes trop courtes et l'étroitesse de son espace aérien. Mais son terminal tout neuf, avec ses dômes d'inspiration jeffersonienne et ses multiples parkings équipés de passerelles, était apprécié des voyageurs pressés.

Lee et Faith entrèrent dans ce nouveau terminal, en surveillant du coin de l'œil un policier qui patrouillait dans le hall. Ils avaient abandonné la voiture dans un parking.

Faith portait des lunettes que lui avait données Lee. Elles avaient des verres plats, mais changeaient sa physionomie. Elle toucha le bras de Lee.

« Nerveux ?

— Toujours. C'est mon secret. Dans ma partie, la vigilance vaut tous les diplômes universitaires. » Il hissa leurs sacs sur son épaule. « Allons boire un café en attendant que la queue diminue devant le guichet, histoire de surveiller un peu ce qui se passe. Vous connaissez les horaires des départs ?

— On prend d'abord un avion pour Norfolk, puis une correspondance pour Pine Island, en Caroline du Nord. Les vols pour Norfolk sont très fréquents. Dès qu'on aura l'heure d'arrivée, je téléphonerai pour réserver la correspondance. Ils ne volent que de jour.

— Pourquoi ?

— Parce que nous n'atterrirons pas sur une piste normale. C'est plutôt une petite route. Pas de tour de contrôle. Juste une manche à air.

— C'est rassurant.

— Je vais appeler pour prévenir. »

Ils se rendirent aux cabines téléphoniques et Lee écouta Faith confirmer leur arrivée. Elle raccrocha.

« C'est réglé. On pourra louer une voiture sur place.

— Jusqu'ici, tout va bien.

— C'est un endroit idéal pour se reposer. On ne voit personne, on ne parle à personne si on n'en a pas envie.

— Ça tombe bien. Je n'en ai pas envie.

— Je peux vous poser une question ? demanda-t-elle tandis qu'ils se dirigeaient vers un buffet.

— Allez-y.

— Depuis quand me suiviez-vous ?

— Six jours, répondit-il sans hésiter, au cours desquels vous vous êtes rendue trois fois au chalet, en comptant la nuit dernière.

— Et vous n'avez pas encore fait votre rapport à votre employeur ?

— Non.

— Pourquoi ?

— Je fais des rapports hebdomadaires, à moins d'un événement extraordinaire. Et je vous assure que j'aurais eu des tas de choses à dire sur ce qui s'est passé la nuit dernière si j'en avais eu le temps.

— Comment pouvez-vous faire ces rapports, si vous ne savez pas qui vous a engagé ?

— On m'a donné un numéro de téléphone.

— Et vous n'avez pas essayé de vérifier à quel nom il correspondait ?

— À quoi bon ? Du moment que je suis payé...

— Je ne vous crois pas.

— Bon, d'accord. Il existe des annuaires spéciaux qui permettent de retrouver une adresse quand on a le numéro.

— Et ?

— Et, si bizarre que ça puisse paraître à l'époque des satellites et d'Internet, je n'ai rien trouvé. J'ai appelé le numéro. Je suis tombé sur un répondeur priant M. Adams de communiquer ses informations après le bip. On m'a également donné un numéro de boîte postale à Washington. Étant curieux de nature, je me suis rencardé là-dessus aussi, mais elle était au nom d'une société dont je n'avais jamais entendu parler, avec une adresse qui s'est révélée bidon. Une impasse. » Il la regarda. « Je prends mon boulot au sérieux, Faith. Je m'efforce d'éviter les pièges. Et il semblerait que je me sois fait avoir, pas vrai ? »

Ils s'arrêtèrent devant un bar, commandèrent deux cafés et deux sandwiches, et allèrent s'asseoir dans un coin isolé.

Faith but une gorgée et mordit dans son bagel au sésame débordant de beurre. Peut-être que Lee jouait franc jeu, mais il était tout de même en cheville avec Danny Buchanan. Quel sentiment étrange d'avoir soudain peur d'un homme qu'elle avait idolâtré ! Si les choses n'avaient pas autant changé entre eux l'année précédente, elle aurait été tentée d'appeler Danny. Mais elle était désorientée maintenant. L'horreur de la nuit passée lui taraudait l'esprit. D'ailleurs, que lui aurait-elle demandé ? *Danny, as-tu essayé de me faire tuer hier soir ? Si oui, ne recommence pas, s'il te plaît, je travaille avec le FBI pour t'aider. Et pourquoi as-tu engagé Lee pour me suivre, Danny ?* Non, il fallait qu'elle fausse compagnie à Lee, et vite.

« Le dossier qu'on vous a remis… Qu'est-ce qu'il disait sur moi ?

— Que vous êtes une lobbyiste, répondit Lee. Que vous êtes toujours tirée à quatre épingles. Il y a dix ans, vous avez fondé votre propre cabinet avec un nommé Daniel Buchanan.

— Il y avait le nom de nos clients actuels ?

— Non, pourquoi ? C'est important ?

— Que savez-vous de Buchanan ?

— Le dossier n'était pas très documenté sur lui, mais j'ai fait mes propres recherches. Buchanan est une légende au Capitole. Il connaît tout le monde et tout le monde le connaît. Il a été de toutes les grandes batailles, a amassé des tonnes de fric. Je suppose que vous ne vous êtes pas trop mal débrouillée vous-même.

— Pas trop mal, en effet. Quoi d'autre ?

— Pourquoi voulez-vous entendre ce que vous savez déjà ? Est-ce que Buchanan est mêlé à tout ceci ? »

Faith l'étudia du regard. Se payait-il sa tête ou nageait-il vraiment dans le brouillard ?

« Danny Buchanan est un homme honorable. Je lui dois tout.

— Ça doit être un bon copain, alors. Mais vous n'avez pas répondu à ma question.

— Les gens comme Danny ne courent pas les rues. Un vrai visionnaire.

— Et vous ?

— Moi ? Je l'aide simplement à réaliser ses visions. Les gens comme *moi* courent les rues.

— Vous ne m'avez pas l'air si ordinaire. » Faith sirota son café sans répondre. « Comment devient-on lobbyiste ? »

Elle étouffa un bâillement et but une autre gorgée. Elle avait la tête comme une pastèque. Habituée à courir le monde, elle offrait une grande résistance à la fatigue et se contentait de peu de sommeil mais, là, elle était complètement vannée. Elle avait envie de se coucher sous la table pour dormir dix ans. Sans doute était-ce le contrecoup des douze heures éprouvantes qu'elle venait de vivre. Son corps criait grâce.

« Je pourrais mentir et dire que je voulais changer le monde. C'est ce que tout le monde dit, non ? » Elle sortit un tube d'aspirine et avala deux comprimés avec son café. « En réalité, j'ai regardé les auditions de l'affaire Watergate lorsque j'étais gosse. Tous ces gens sérieux dans cette pièce. Ces hommes mûrs avec leurs horribles cravates, leurs visages bouffis, leurs cheveux trop courts, qui parlaient dans des micros, et ces avocats qui chuchotaient dans leurs oreilles. Les médias étaient concentrés sur eux. Pour la plupart des téléspectateurs, c'était affligeant, mais, moi, je trouvais ça super. Tout ce pouvoir ! » Elle sourit faiblement. « J'étais folle. Les bonnes sœurs avaient raison à mon sujet. L'une d'elles en particulier, sœur Audrey Ann, croyait sincèrement que mon prénom était un blasphème [1]. “Chère Faith, disait-elle, sois digne de ton nom de baptême, n'écoute pas tes démons.”

— Vous faisiez les quatre cents coups ?

— C'était plus fort que moi, j'étais intenable. Mon père nous faisait déménager souvent, mais je travaillais plutôt bien à l'école, même si je chahutais. Je suis allée dans une bonne université et je suis arrivée à Washington avec mes vieux fantasmes de pouvoir. Je ne connaissais pas les règles du jeu, mais je voulais à tout prix être de la partie. J'ai commencé comme assistante d'un membre du congrès et Danny Buchanan m'a remarquée. Il a décelé quelque chose en moi, je ne sais pas. Je crois qu'il appréciait mon dynamisme. Je n'avais pas deux mois d'expérience et déjà je dirigeais le bureau. Et puis, je refusais de m'abaisser devant qui que ce soit, même le président de l'Assemblée.

— Pour quelqu'un qui sortait juste de l'université, c'était une preuve de caractère.

— Ma philosophie était : Comparés aux bonnes sœurs, les politiciens ne sont que de la petite bière. »

Lee se dérida.

« Eh bien, je ne regrette pas d'être allé à l'école publique. » Il jeta un œil alentour. « Ne regardez pas immédiatement, mais nous sommes cernés par le FBI.

— Comment ? »

Elle regarda de tous côtés, affolée.

Lee leva le yeux au ciel.

« Bravo. Magnifique.

— Où sont-ils ?

— Nulle part. Et partout. Les fédés ne se baladent pas avec des étiquettes collées sur le front. Vous ne les verrez pas.

— Alors, pourquoi avez-vous dit qu'ils nous cernaient ?

— C'était un petit test. Et vous avez échoué. Je peux repérer les fédés. Quelquefois, pas toujours. Si jamais je vous redis ça, ce ne sera pas pour blaguer. Ils seront là. Et vous ne pourrez pas réagir comme vous venez de le faire. Restez normale. Des gestes lents. Juste une jolie femme en vacances avec son petit ami. Compris ?

---

1. *Faith* signifie « foi ». *(N.d.T.)*

— D'accord. Mais ne me refaites pas une frayeur pareille. Mes nerfs ne tiendront pas.

— Comment paierez-vous les billets ?

— Que me conseillez-vous ?

— Votre carte de crédit. Sous votre faux nom. Pas d'argent liquide. Si vous achetez un aller simple en liquide aujourd'hui, c'est comme si vous agitiez un drapeau rouge. Il faut éviter d'attirer l'attention. C'est quoi, au fait, votre autre nom ?

— Suzanne Blake.

— Charmant.

— Suzanne était le prénom de ma mère.

— Était ? Elle est morte ?

— Mes parents sont morts. Ma mère quand j'avais onze ans. Mon père six ans plus tard. Pas de frère ni de sœur. J'étais orpheline à dix-sept ans.

— Ça a dû être très dur. »

Faith resta silencieuse un long moment. Elle n'aimait pas parler de son passé. De plus, elle ne connaissait pas vraiment cet homme, au fond, même s'il y avait en lui quelque chose de rassurant, de solide.

« J'aimais énormément ma mère, avoua-t-elle. Elle avait bon cœur et avait beaucoup souffert, à cause de mon père. Ce n'était pas un méchant homme, mais il faisait partie de ces gens qui croient pouvoir décrocher la lune avec des combines fumeuses. Et, quand son plan ratait, ce qui était toujours le cas, nous devions faire nos valises et fuir.

— Pourquoi ?

— Parce qu'il entraînait toujours d'autres gens dans ses combines, des gens qui n'appréciaient pas beaucoup d'avoir perdu leur argent, ce qu'on peut comprendre. Alors, on décampait. On a déménagé quatre fois avant la mort de ma mère. Et cinq fois après. On priait tous les jours pour mon père, maman et moi. Juste avant de mourir, elle m'a demandé de prendre soin de lui. À onze ans !

— Ça me dépasse, dit Lee en secouant la tête. Mes parents ont vécu cinquante ans dans la même maison. Comment avez-vous fait pour tenir le coup après la mort de votre mère ? »

Les mots venaient plus facilement à Faith maintenant.

« C'était moins dur que vous ne pensez. Maman aimait papa, tout en détestant sa façon de vivre et tous ces déménagements. Comme il n'était pas près de changer, ce n'était pas le couple le plus heureux du monde, évidemment. Parfois, j'ai vraiment cru qu'elle allait le tuer. Lorsqu'elle est morte, je suis devenue très proche de mon père. C'était lui et moi contre le monde entier. Il me mettait les seuls vêtements convenables que je possédais et me montrait à ses associés potentiels. Je crois que les gens se disaient : "Ce type ne peut pas être un aigrefin, avec une si jolie petite fille." À partir de l'âge de seize ans, je l'ai même aidé à accrocher ses clients. J'ai grandi vite. Je pense que c'est pour ça que j'ai les reins solides. J'ai appris à garder la tête sur les épaules.

— Bel exemple d'éducation alternative, commenta Lee. Mais, en effet, j'imagine que ça vous a été utile dans votre profession. »

Faith avait les yeux humides.

« Avant chaque entretien avec un pigeon, il disait : "Cette fois, c'est la bonne, Faith chérie. Je le sens." Il mettait la main sur son cœur. "Je fais ça pour toi, mon enfant. Papa aime sa petite Faith." Et je le croyais dur comme fer.

— J'ai tout de même l'impression que vous en avez souffert, finalement.

— Non, ça non, protesta-t-elle avec obstination. Il n'essayait pas de dépouiller les gens. Ce n'était pas un arnaqueur. Il croyait réellement que ses idées marcheraient. Mais c'était toujours le fiasco et on déménageait. Ça ne nous a jamais rien rapporté, remarquez. On a souvent dormi dans la voiture... Combien de fois ai-je vu mon père entrer dans un restaurant par la porte de service et revenir peu après avec un dîner qu'il s'était fait offrir grâce à son baratin ! On s'asseyait sur le siège arrière et on mangeait. Il regardait le ciel, me montrait les constellations. Il avait arrêté l'école au secondaire, mais il savait tout sur les étoiles. Il disait que c'était normal, après avoir passé sa vie à les poursuivre. Nous parlions jusque tard dans la nuit et il me promettait que les choses s'amélioreraient bientôt, que ce n'était plus qu'une question de jours.

— Il y a des hommes comme ça, qui arrivent à s'introduire partout à l'esbroufe. J'ai idée qu'il aurait fait un bon détective privé.

— J'entrais dans une banque avec lui, poursuivit Faith avec un sourire nostalgique, et cinq minutes après il connaissait tout le monde par son nom, buvait du café et bavardait avec le directeur comme si c'était un copain d'enfance. On ressortait avec une lettre de recommandation et une liste de notables locaux que mon père pourrait solliciter. Il avait le don de se rendre sympathique. Tous les gens l'aimaient. Jusqu'à ce qu'ils perdent leur argent. Mais il perdait le sien aussi – le peu qu'il possédait. Parce qu'il était réglo : il en était toujours de sa poche. En fait, il était très honnête.

— Il vous manque encore, on dirait.

— Beaucoup. Il aimait répéter : "Il n'y a que la foi qui sauve." Et il m'assurait que c'était pour ça qu'il m'avait appelée Faith. »

À ces mots, elle ferma les yeux, et des larmes roulèrent sur ses joues.

Lee sortit une serviette en papier du distributeur posé sur la table et la lui tendit. Elle sécha ses yeux.

« Excusez-moi, dit-elle. C'est la première fois que je parle de ça avec quelqu'un.

— Ne vous excusez pas, Faith…

— J'ai retrouvé mon père en Danny, expliqua-t-elle en s'éclaircissant la voix, les yeux écarquillés. Un beau parleur comme lui. Le sang irlandais, peut-être. Il a ses entrées partout. Connaît toutes les approches, tous les dossiers. Ne recule jamais devant personne. Il m'a beaucoup appris. Et pas seulement sur le lobbying : sur la vie. Il n'a pas eu une enfance facile, lui non plus. Nous avons énormément de points communs.

— En somme, remarqua Lee en souriant, vous êtes passée de la petite arnaque avec votre père au lobbying à Washington ?

— Certains diraient que je n'ai pas vraiment changé de métier, répondit-elle en riant.

— Et d'autres que bon sang ne saurait mentir. »

Elle avala une bouchée de sandwich.

« Puisque nous en sommes aux confidences, parlez-moi donc de votre famille.

— Quatre de chaque. Je suis le numéro six.

— Seigneur, huit enfants ! Votre mère devait être une sainte.

— Mon père aussi. Ils en ont vu de toutes les couleurs avec

nous. On les a tellement tannés qu'ils ont le cuir assez solide pour être centenaires.

— Ils sont encore en vie ?

— En pleine forme. Nous sommes très proches maintenant, même si nous avons eu quelques frictions dans le passé. On se tient les coudes en cas de pépin. Il suffit d'un coup de fil et l'aide arrive. Généralement.

— Ça doit être bien, remarqua-t-elle, les yeux dans le vague. Vraiment bien.

— Oh, les familles ont leurs problèmes aussi, vous savez. Divorces, maladies graves, dépressions, crises... Nous avons eu notre lot. Je dois avouer que, parfois, j'aurais préféré être fils unique.

— Non, ne dites pas ça. Ne regrettez rien, croyez-moi.

— C'est ce que je fais. »

Elle le regarda avec perplexité.

« Ce que vous faites ? Qu'est-ce que vous faites ?

— Je vous crois.

— Eh bien, pour un détective paranoïaque, vous n'êtes pas très méfiant. Je pourrais être une tueuse en série.

— Si vous étiez vraiment dangereuse, les fédés vous auraient placée en garde à vue. »

Elle reposa sa tasse et se pencha vers lui, l'air très sérieuse.

« Bonne remarque. J'apprécie. Cependant, pour que ce soit bien clair entre nous, sachez que je n'ai jamais fait de mal à une mouche de toute ma vie, et que je ne me considère toujours pas comme une criminelle mais que, si le FBI voulait me jeter en prison, il le pourrait. Juste pour que ce soit bien clair entre nous, répéta-t-elle. À présent que vous savez, désirez-vous toujours prendre cet avion avec moi ?

— À présent que je sais, plus que jamais. Vous avez encore attisé ma curiosité. »

Elle soupira, se radossa et observa le couloir en sourcillant.

« Ne regardez pas tout de suite, déclara-t-elle, mais je vois deux types qui pourraient bien être des fédéraux.

— Sans blague ?

— Oui, oui, sans blague. Contrairement à vous, je ne plaisante pas avec ces choses. »

Elle se baissa pour farfouiller dans son sac, un peu anxieuse, et se redressa lorsque les deux hommes furent passés, sans leur prêter attention.

« Lee, reprit-elle, nous ignorons ce qu'ils ont découvert, mais il est très possible qu'ils cherchent un homme et une femme. Si vous restiez ici pendant que j'achète les billets ? Je vous retrouve à l'enregistrement.

— Hum, ça demande réflexion.

— Je croyais que vous me faisiez confiance.

— C'est vrai. »

L'espace d'un moment, Lee imagina le père de Faith debout devant lui, en train de lui demander de l'argent. Et il était déjà prêt à sortir son portefeuille.

« Mais même la confiance a des limites, c'est ça ? dit-elle. Écoutez, je vous laisse les bagages. Je prends juste mon sac à main. En cas de doute, vous avez une vue imprenable sur le comptoir d'enregistrement. Et je suis sûre que vous courez beaucoup plus vite que moi. » Elle se leva. « De plus, vous savez que je ne peux pas appeler le FBI. »

Elle le considéra longuement, comme pour le mettre au défi de réfuter sa logique.

« D'accord.

— Quel est votre nouveau nom ? J'ai besoin de le connaître pour votre billet.

— Charles Wright.

— Et vos copains vous appellent Chuck, je suppose ? » fit-elle avec un clin d'œil.

Il la gratifia d'un demi-sourire et elle disparut dans la foule.

Cependant, à peine se fut-elle éloignée que Lee regretta sa décision. Certes, elle lui avait laissé son sac de voyage, mais qu'y avait-il dedans ? Les quelques malheureux habits qu'il lui avait donnés ! Tout ce dont elle avait besoin – faux papiers et argent – se trouvait dans son sac à main, et elle l'avait emporté. De l'endroit où il était, il voyait peut-être le comptoir d'enregistrement, mais elle pouvait filer par la porte d'entrée. Et c'était même peut-être ce qu'elle était en train de faire. Sans elle, il n'avait rien – sinon quelques dangereux individus à ses trousses, qui connaissaient son adresse, se feraient un plaisir de lui briser les os un à un pour lui faire avouer ce qu'il savait, et se montreraient très irascibles quand il leur répondrait qu'il ne savait rien. Prochain arrêt : le cimetière. Très peu pour lui, merci. Il sauta sur ses pieds, empoigna les bagages et courut derrière Faith.

20

Après avoir frappé à la porte de Reynolds, Connie pointa la tête dans l'embrasure. La jeune femme était au téléphone, mais elle lui fit signe d'entrer.

Connie apportait deux tasses de café. Il en posa une devant Reynolds, avec deux godets de crème, du sucre et une cuiller. Elle le remercia d'un sourire. Il s'assit, et commença à boire en attendant qu'elle ait fini sa communication.

Elle raccrocha et se mit à remuer son café.

« J'aimerais beaucoup quelques bonnes nouvelles, Connie », dit-elle.

Elle remarqua qu'il avait pris le temps, lui aussi, de retourner à son domicile pour se doucher et mettre des vêtements propres. L'exploration des bois en pleine nuit avait dû causer quelques dégâts à son costume. Ses cheveux étaient encore mouillés et l'humidité les faisait paraître plus gris que d'habitude. Reynolds oubliait toujours qu'il était quinquagénaire. Il faut dire qu'il ne changeait guère : toujours la même dégaine. Costaud, tanné, il était le roc auquel elle se raccrochait quand la marée montait. Comme maintenant.

« Tu veux des bobards ou la vérité ?

— Bof, je me demande », fit-elle en avalant une gorgée.

Il se pencha en avant et posa sa tasse sur le bureau.

« J'ai ratissé le secteur avec les mecs du VCU. Ça m'a rappelé le bon vieux temps. C'est comme ça que j'ai commencé au Bureau, tu sais ? » Il plaqua ses paumes sur ses genoux et se démancha le cou pour assouplir un torticolis. « Ouf, j'ai le dos en compote, comme si on m'avait sauté dessus à pieds joints. Je suis trop vieux pour ce genre de boulot.

— Ne prends pas encore ta retraite, par pitié. Sans toi, je suis foutue.

— Tu parles », répliqua-t-il en ressaisissant sa tasse.

Malgré son ton bourru, il était clair que la remarque de Reynolds lui faisait plaisir. Il déboutonna sa veste, laissant saillir son ventre, et resta silencieux une minute, songeur.

Reynolds attendit patiemment. Elle était consciente que Connie n'était pas venu pour regarder voler les mouches. Ce n'était pas son genre. Tout ce qu'il faisait avait un objectif. C'était un vétéran du service, il connaissait son affaire et n'aimait pas perdre son temps. Reynolds, moins aguerrie et plus jeune que lui, s'en remettait à son expérience du terrain, à son instinct de vieux limier, mais sans jamais perdre de vue qu'elle était sa patronne – et une femme par-dessus le marché. Il devait s'en ressentir un peu et elle ne pouvait pas le lui reprocher. À ce niveau de responsabilité, les femmes étaient encore rares au Bureau. Elle savait que Connie n'avait jamais prononcé un mot contre elle, qu'il n'avait jamais traîné la patte pour la dévaloriser, qu'il était au contraire parfaitement rigoureux et plus fiable qu'un métronome, mais elle préférait rester vigilante.

« J'ai vu Anne Newman ce matin. Elle a apprécié ta visite d'hier soir. Elle dit que tu as été un vrai réconfort pour elle. »

Cela surprit Reynolds, qui avait réellement cru que cette femme la rendait responsable du drame.

« Elle a encaissé le choc avec courage, déclara-t-elle.

— Il paraît que le directeur est allé la voir aussi. C'était sympa de sa part. Tu sais qu'on était très liés, Ken et moi. »

L'expression du visage de Connie était facile à interpréter : s'il attrapait le tueur avant le VCU, il n'y aurait même pas besoin d'un procès.

« Je sais, oui, je sais que ça doit être très dur pour toi. J'y pense sans cesse.

— Tu as d'autres chats à fouetter. Ne t'inquiète pas pour moi, va. » Il but une gorgée de café. « Le tireur a été touché. Du moins, à ce qu'il semble. »

Reynolds se redressa aussitôt.

« Raconte-moi tout.

— Tu ne veux pas attendre le rapport écrit du VCU ? » demanda Connie en souriant. Il remonta le bas de son pantalon et croisa les jambes. « Tu avais raison sur la localisation du tireur : on a trouvé du sang dans les bois derrière la maison. On a à peu près reconstitué la trajectoire. Ça correspond à un angle de tir probable. On a essayé de suivre les traces, mais elles se perdent dans les bois.

— Beaucoup de sang ? Une possibilité de blessure mortelle ?

— Difficile à dire. Il faisait noir. Une équipe sur place poursuit les recherches. Ils passent la pelouse au peigne fin pour retrouver la balle qui a tué Ken. Ils inspectent aussi les environs, mais l'endroit est isolé, j'ai peu d'espoir de ce côté.

— Si on découvre un macchabée, ça simplifiera et compliquera en même temps le problème.

— Je vois ce que tu veux dire.

— On a un échantillon sanguin ?

— Le labo est déjà dessus. Je ne sais pas si ça donnera quelque chose.

— Ça permettra déjà de savoir si c'est bien du sang humain.

— Exact. On finira peut-être par tomber sur une carcasse de daim, mais ça m'étonnerait.

— Pourquoi ?

— Rien de concret. Mon intuition, c'est tout.

— Si le type a été touché, ce sera plus facile de remonter sa piste.

— Peut-être. Mais, s'il a besoin de soins médicaux, il serait vraiment idiot de se pointer au dispensaire du coin. Ils sont obligés de déclarer les blessures par balle. Et on ne connaît pas la gravité de la blessure. S'il a juste bloqué la dragée dans la chair, ça saigne un max mais il suffit d'un pansement et on n'en parle plus. Hop, dans l'avion et salut la compagnie ! On vérifie les aéroports. Évidemment, si le mec s'est taillé dans un avion privé, on est mal. De toute façon, il doit déjà être loin.

— Ou mort. Il a raté sa cible : son employeur n'a pas dû être très content.

— Exact. »

Tout cela était parfait, mais il y avait un détail qui ne cadrait pas avec le tableau.

« Connie..., reprit Reynolds, le revolver de Ken n'a pas été utilisé. »

Connie y avait pensé lui aussi.

« Hum-hum, fit-il, je sais. Total : si c'est effectivement du sang humain, il y avait une *quatrième* personne au chalet la nuit dernière. Et c'est cette quatrième personne qui a tiré sur le tireur. Bref, on est en pleine panade.

— N'empêche que les choses se clarifient. Du coup, ça amène la question suivante : Ken a-t-il pu être tué par cette quatrième personne et non par le mec qui a été blessé ?

— Je ne pense pas. Le VCU cherche des douilles dans les bois, à l'endroit où l'autre tireur se tenait peut-être. S'il y a eu un échange de coups de feu, il a dû en semer quelques-unes.

— En tout cas, la présence de ce numéro 4 peut expliquer l'effraction et le déclenchement des caméras.

— Au fait, tu as visionné la bande ? On voit des têtes ?

— On peut s'asseoir dessus.

— Quoi ?

— Elle est démagnétisée.

— Comment ça ?

— Trop long à expliquer. Mais impossible d'en tirer quoi que ce soit pour l'instant.

— Merde ! Qu'est-ce qu'il nous reste ?

— Rien, en dehors de Faith Lockhart.

— Tous les aéroports, toutes les gares, ferroviaires et routières, toutes les agences de location de voitures sont sous surveillance. Son cabinet aussi, bien que je doute qu'elle y fasse un saut.

— Moi aussi. Cela dit, c'est peut-être de là que vient la balle.

— Buchanan ?

— Si seulement on parvenait à le prouver.

— On y arrivera peut-être. En retrouvant Lockhart. Il est possible qu'elle soit plus bavarde, alors.

— N'y compte pas. Après avoir failli prendre une balle dans la tête, elle risque de remettre en question sa loyauté envers nous.

— Si Buchanan et sa clique surveillent Lockhart, ils doivent nous surveiller aussi.

— Tu l'as déjà dit. Une fuite ? D'ici ?

— De quelque part. D'ici ou du côté de Lockhart. Peut-être qu'elle a éveillé les soupçons de Buchanan. Le type n'est pas un débutant. Il la fait suivre, apprend qu'elle t'a rencontrée au chalet, devine ce qui se trame et engage un tueur pour l'éliminer.

— J'aimerais encore mieux ça que découvrir qu'il y a un indic parmi nous.

— Moi aussi. Mais il y a des brebis galeuses dans tous les services. »

Reynolds se demanda si Connie la suspectait. Tous les employés du FBI, depuis les agents spéciaux jusqu'au petit personnel, étaient soumis à une enquête de sécurité. Quand vous postuliez pour un boulot au Bureau, votre passé était épluché dans ses moindres détails. Tous les cinq ans, votre dossier était réactualisé. Dans l'intervalle, chaque activité ou comportement douteux était signalé à l'officier de sécurité du service du personnel. Ça n'était jamais arrivé à Reynolds, Dieu merci. Son dossier était blanc comme neige.

Si l'on soupçonnait une fuite ou une quelconque faille, l'Office de responsabilité professionnelle pouvait ordonner une enquête approfondie et soumettre au détecteur de mensonges l'employé suspect. D'une manière générale, le Bureau était constamment à l'affût de toute difficulté personnelle ou professionnelle pouvant exposer ses employés à des tentatives de corruption ou de chantage.

Reynolds savait que Connie n'avait pas de problèmes financiers. Sa femme était morte, deux ans plus tôt, des suites d'une longue maladie qui avait rongé leurs économies, mais il habitait une jolie maison dans un quartier en plein boom immobilier, les études de ses enfants étaient déjà payées, et il avait une belle retraite en perspective grâce à des fonds de pension judicieusement placés.

En revanche, elle ne pouvait pas en dire autant d'elle-même. Sa vie privée et ses finances étaient au plus mal. L'éducation de ses enfants lui coûterait les yeux de la tête et elle allait bientôt se retrouver sans toit, son logement actuel devant être mis en vente après le divorce. Elle avait un charmant petit appartement en vue mais, avec deux enfants turbulents, le côté « charmant » disparaîtrait vite derrière le côté « petit ». Et serait-elle en mesure de garder sa nurse ? Il le fallait, elle ne pouvait pas laisser ses gosses seuls la nuit quand elle faisait des heures supplémentaires.

Dans n'importe quelle autre profession, elle aurait été en tête sur la liste des personnes à virer. Mais, au FBI, le taux de divorce était tel que ses problèmes conjugaux ne déclencheraient pas le moindre bip sur le radar du Bureau. Une carrière au FBI s'accompagnait rarement d'une vie privée heureuse.

Elle plissa les yeux en s'apercevant que Connie la regardait fixement. La soupçonnait-il vraiment d'être à l'origine de la fuite ? D'avoir causé la mort de Ken Newman ? Il avait été tué la nuit même où elle s'était fait remplacer par Newman. C'est vrai que c'était suspect. Elle savait que Paul Fisher y avait pensé et elle était à peu près sûre que Connie y pensait à ce moment précis.

Retrouvant sa contenance, elle dit :

« L'hypothèse de la fuite demeure une hypothèse. Et, puisque nous ne pouvons rien y faire pour le moment, concentrons-nous plutôt sur ce que nous *pouvons faire*.

— Parfait. Eh bien, je t'écoute. Qu'est-ce que nous faisons ?

— La routine, mais à fond. Retrouvons Lockhart. Espérons qu'elle se servira d'une carte de crédit pour payer un billet d'avion ou de train. Si c'est le cas, nous la tenons. Nous devons aussi essayer de retrouver le tireur. On prend Buchanan en filature et on décrypte cette bande vidéo pour savoir qui était dans la maison. Je veux que tu fasses la liaison avec le VCU. Nous avons plusieurs pistes. Suivons-les.

— Excuse-moi, mais c'est ce qu'on fait toujours, non ?

— Oui, mais on va le faire mieux. Parce que, cette fois, on est *vraiment* sur la corde raide. »

Il acquiesça d'un air songeur.

« J'ai appris que Fisher était ici. Je suppose qu'il est passé te voir. »

Reynolds ne répondit pas. Connie enfonça le bouchon.

« Il y a treize ans, dit-il, je dirigeais une opération secrète en collaboration avec la Brigade des stups de Brownsville, au Texas. Officiellement, notre objectif était de stopper les arrivages de cocaïne à la frontière du Mexique. Officieusement, on devait faire en sorte que le gouvernement mexicain ne perde pas la face. On avait donc un réseau de communication direct avec nos homologues de Mexico. Peut-être trop direct, vu que la corruption régnait à tous les niveaux de l'autre côté de la frontière. Mais enfin, bon, on faisait ça pour que les autorités mexicaines puissent avoir leur part de gloire si on arrivait à démanteler le cartel. Après deux ans de boulot, on a mis au point un énorme coup de filet. Il y a eu des fuites et deux de nos hommes sont morts dans une embuscade.

— Oh, la vache ! J'ai entendu parler de cette affaire, mais je ne savais pas que tu y étais mêlé.

— Tu devais encore faire tes classes, à l'époque. Mais passons. Après le fiasco, j'ai reçu la visite d'un jeune loup aux dents longues du QG, un blanc-bec pas encore sec derrière les oreilles, qui m'a poliment informé que soit je rattrapais le coup, soit j'étais cuit. Mais avec un avertissement : si je découvrais que c'étaient les Mexicains qui nous avaient vendus, je devais la boucler, je ne pourrais pas m'en servir comme excuse. Au nom des relations internationales, qu'il m'a dit. Ce serait à moi de porter le chapeau. »

La voix de Connie en tremblait encore. Reynolds retenait son souffle : Connie ne l'avait pas habituée à tant de confidences. L'adjectif qui s'appliquait le mieux à l'homme était sûrement « taciturne ».

Il lampa le reste de son café et s'essuya les lèvres d'un revers de main.

« Eh bien, tu sais quoi ? J'ai remonté la fuite jusqu'au sommet de la hiérarchie mexicaine, j'ai tracé une grande croix sur le front de ces salopards et je m'en suis lavé les mains. Si mes supérieurs voulaient fermer les yeux, c'était leur affaire. Mais je n'avais pas l'intention de payer les pots cassés, merde », dit-il en plantant ses coudes sur le bureau.

Était-ce une provocation ? se demanda Reynolds. Se préparait-il à graver une grande croix sur son front, ou la mettait-il au défi d'en graver une sur le sien ?

« C'est de cette époque que date ma devise personnelle, ajouta-t-il.

— Et quelle est-elle ?

— "J'encule les relations internationales". »

21

Parmi la foule qui arpentait le terminal de l'aéroport, il y avait des agents à la fois du FBI et de la CIA, les premiers ignorant complètement la présence des derniers. Les hommes de Thornhill avaient en outre l'avantage de savoir que Lee Adams voyageait probablement en compagnie de Faith Lockhart. Les fédéraux cherchaient seulement la femme.

Lee croisa à son insu deux agents du FBI habillés en hommes d'affaires, avec des attachés-cases et le *Wall Street Journal*, qui, eux aussi, ignoraient qui il était. Faith était passée devant eux un moment plus tôt.

Il ralentit en approchant du comptoir principal. Faith était en conversation avec une employée. Tout semblait normal. Se sentant presque honteux d'avoir douté d'elle, il alla se poster dans un coin et attendit.

Au comptoir, Faith montra ses faux papiers d'identité et acheta trois billets. Les deux premiers étaient au nom de Suzanne Blake et Charles Wright. L'employée regarda à peine les photos. Tant mieux, pensa Faith, tout en se disant que les gens ressemblaient rarement à leurs photos d'identité. L'avion pour Norfolk décollait quarante-cinq minutes plus tard. Le troisième billet était au nom de Faith Lockhart. C'était un vol pour San Francisco, avec un arrêt à Chicago. Départ quarante minutes après. Faith avait relevé les horaires sur les moniteurs. Côte Ouest, grande ville. Elle pourrait s'y perdre, longer la côte, peut-être même pousser jusqu'au Mexique. Elle ne savait pas encore exactement comment elle s'y prendrait : chaque chose en son temps.

Faith avait expliqué qu'elle achetait ce billet pour sa patronne, qui arriverait incessamment.

« Il faudrait qu'elle se dépêche, dit l'employée, elle doit encore passer à l'enregistrement. Et l'embarquement commence dans dix minutes.

— Pas de problème, assura Faith. Elle n'a pas de bagages. »

La femme lui donna le billet. Faith pensait qu'elle ne risquait rien à utiliser son vrai patronyme pour ce billet, puisqu'elle payait les trois avec sa carte de crédit au nom de Suzanne Blake. Et elle n'avait pas trente-six identités à sa disposition. C'était Faith Lockhart ou rien. Tout irait bien.

Elle se trompait lourdement.

Pendant qu'il surveillait Faith, Lee se rappela tout à coup qu'il avait oublié de faire enregistrer son arme. L'imbécile ! Il fallait qu'il la déclare en vitesse, sinon ce serait la pagaille quand il franchirait le contrôle de sécurité. Il courut jusqu'au comptoir.

Il passa un bras autour de la taille de Faith et lui fit une bise sur la joue en disant :

« Désolé, chérie, le coup de fil a pris plus longtemps que je ne pensais. » Il se tourna vers la préposée et ajouta : « J'ai un pistolet à déclarer. »

La femme arrondit les yeux, un peu surprise.

« Vous êtes M. Wright ? »

Lee acquiesça, et elle prépara le formulaire nécessaire. Il lui montra ses faux papiers, elle tamponna son billet et entra l'information dans l'ordinateur. Il déballa son arme et ses munitions, remplit le formulaire. La préposée étiqueta la mallette, et ils quittèrent le comptoir.

« Excusez-moi, j'avais oublié le pistolet », expliqua-t-il. Il lorgna vers le portillon de sécurité. « Bon, ils auront des hommes postés au contrôle. Nous passerons séparément. Restez calme, vous ne ressemblez pas du tout à Faith Lockhart. »

Faith avait la gorge nouée par le trac, mais ils franchirent le contrôle sans incident.

Lee vérifia le numéro de leur porte d'embarquement en passant devant le tableau d'affichage électronique.

« Par ici », dit-il.

Elle acquiesça tout en étudiant la configuration des portes. L'aire d'embarquement pour le vol de San Francisco était d'accès facile, mais suffisamment éloignée de celle du vol de Norfolk. Elle sourit intérieurement. Parfait.

En marchant, elle regarda Lee. Il avait fait beaucoup pour elle. Elle n'était pas très fière du tour qu'elle s'apprêtait à lui jouer, mais elle était convaincue que c'était la meilleure solution. Pour eux deux.

Ils atteignirent leur porte. L'embarquement commençait dans dix minutes, leur avait-on déclaré. Il y avait déjà une longue file d'attente.

« Vous devriez appeler maintenant cet avion-taxi pour Pine Island. »

Il l'accompagna jusqu'aux cabines, et elle téléphona.

« Tout est réglé, affirma-t-elle. On peut enfin se détendre.

— Super. »

Elle chercha quelque chose des yeux.

« Il faut que j'aille aux toilettes, dit-elle.

— Faites vite, alors. »

Elle s'éloigna en hâte, sous le regard songeur de Lee.

22

« Bingo ! » s'exclama l'homme assis devant l'écran d'ordinateur qui se trouvait dans une camionnette à proximité de l'aéroport. Le FBI avait un accès permanent au système de réservation informatique sur toutes les lignes aériennes. Le logiciel et le code étant souvent les mêmes, les recherches s'en trouvaient grandement simplifiées. Le Bureau avait demandé que le nom de Faith Lockhart soit marqué d'un signe distinctif dans les systèmes de réservation des grandes lignes. Et cette demande venait de porter ses fruits.

« Elle a réservé une place sur un vol pour San Francisco qui part dans une demi-heure, annonça-t-il dans le micro de son casque émetteur. United Airlines. » Il donna les numéros du vol et de la porte d'embarquement. « Foncez. » Puis il téléphona à Brooke Reynolds.

Lee feuilletait un magazine que quelqu'un avait laissé sur le siège à côté de lui quand deux hommes en costume passèrent en trombe. Quelques instants plus tard, il vit deux autres types, en jean et blouson, filer dans la même direction.

Se relevant d'un bond, Lee regarda alentour et, assuré que personne d'autre n'arrivait au pas de course, suivit les quatre hommes.

Les agents du FBI, talonnés par les types en jean, passèrent devant les toilettes pour dames, peu avant que Faith n'en sorte, et se perdirent dans la foule.

Lee ralentit en apercevant Faith. Encore une fausse alerte ? Non : en la voyant partir dans la direction opposée, il sut que ses craintes étaient justifiées. Elle consulta sa montre et pressa le pas. Pas besoin de lui faire un dessin, Lee avait pigé : elle allait prendre un autre avion. Vu sa précipitation, l'embarquement devait être imminent. Il joua des coudes dans la cohue et étudia l'allée devant lui. Il y avait dix portes. Il jeta un œil aux différents tableaux d'affichage. Le mot « embarquement » clignotait sur un vol United Airlines pour San Francisco. Un peu plus loin, un avion pour Toledo se préparait également à décoller. Lequel était-ce ? Il n'y avait qu'un seul moyen de le savoir…

Il piqua un sprint, traversa une file d'attente et dépassa Faith sans qu'elle le voie. Il repéra les hommes en costume devant la porte d'embarquement du vol United. Ils parlaient à une hôtesse affolée. Le FBI, à tous les coups. Pas d'erreur : Faith s'apprêtait à prendre l'avion de San Francisco.

Mais il y avait quelque chose qui clochait. Puisque Faith avait utilisé son faux nom, comment… ? Évidemment ! Elle ne pouvait pas utiliser le même nom pour réserver des places sur deux avions partant à quelques minutes d'intervalle. L'employée aurait tiqué. Et elle avait besoin de papiers d'identité pour embarquer. Donc, elle avait acheté l'autre billet sous son vrai nom. Merde ! Elle se jetait dans la gueule du loup. Dès qu'elle montrerait son billet, l'hôtesse ferait un signe aux mecs du FBI. Et son compte serait bon.

Juste avant de faire demi-tour, Lee remarqua les deux types en jean et blouson. Son œil expérimenté lui permit de comprendre qu'ils épiaient les fédéraux, l'air de rien. Il s'approcha discrètement et, grâce à la grisaille du ciel, il réussit à capter leur reflet sur la vitre. L'un des hommes tenait quelque chose à la main. Lee eut un frisson dans le dos en identifiant l'objet. Ou en croyant l'identifier. Si c'était bien ce qu'il pensait, cette affaire prenait soudain une dimension nouvelle.

Il revint sur ses pas. Il y avait un monde fou. À croire que tous les habitants de la région s'étaient donné le mot pour prendre l'avion ce jour-là ! Il localisa Faith. Dans un instant, elle le croiserait. Il longea la file d'attente, mais trébucha sur une valise et tomba sur les genoux. Quand il se releva, Faith était passée. Il n'avait que quelques secondes devant lui.

« Suzanne ? Suzanne Blake ? » appela-t-il.

Elle ne réagit pas tout de suite, mais finit par s'arrêter et regarder autour d'elle. Il savait que, si elle le voyait, elle était capable de déguerpir en courant. Il contourna la file et rejoignit Faith par-derrière.

Elle faillit s'évanouir lorsqu'il lui saisit le bras.

« Demi-tour et suivez-moi », ordonna-t-il.

Elle essaya de se dégager.

« Lee, vous ne comprenez pas. S'il vous plaît, laissez-moi partir !

— C'est vous qui ne comprenez pas : le FBI vous attend à la porte de l'avion de San Francisco. »

Elle se figea.

« Vous avez fait du joli, reprit-il. Vous avez acheté le second billet sous votre nom. Ils sont connectés sur les ordinateurs, Faith. Ils savent que vous êtes ici maintenant. »

Ils retournèrent aussi vite que possible vers la porte du vol de Norfolk. L'embarquement avait commencé. Lee souleva les sacs mais, au lieu de se diriger vers l'avion, il entraîna Faith vers les ascenseurs.

« Où allons-nous ? demanda-t-elle. L'avion va décoller.

— On se tire d'ici avant qu'ils ferment l'aéroport pour mettre la main sur nous. »

Ils descendirent au niveau inférieur et sortirent. Lee héla un taxi et donna au chauffeur une adresse en Virginie. Ils démarrèrent.

« On ne pouvait pas prendre l'avion de Norfolk, affirma-t-il.

— Pourquoi ? Ce billet-là était sous mon faux nom. »

Lee regarda le chauffeur, un vieux type affalé sur son siège, qui écoutait de la musique country sans prêter attention à eux. Bien que rassuré, il répondit à mi-voix :

« Parce qu'ils commenceront par vérifier qui a acheté le billet pour Faith Lockhart. Alors, ils sauront que c'est Suzanne Blake et qu'un certain Charles Wright voyage avec elle. Ils auront notre signalement, ils connaîtront notre destination, et un comité d'accueil du FBI nous attendra à l'aéroport de Norfolk.

— Ils sont si rapides que ça ? demanda-t-elle en pâlissant.

— Mais enfin quoi, Faith, à qui croyez-vous avoir affaire ? À des novices ? »

Une pensée lui traversa soudain l'esprit et il tapa sur sa cuisse. Il enrageait.

« Oh, connerie !

— Quoi ? fit-elle, paniquée. Quoi ?

— Ils ont mon flingue. Il est enregistré à mon nom. Mon *vrai* nom. Quel con ! Je leur ai mâché le travail. Maintenant, on a les fédés au cul. » Il se prit la tête entre les mains. « C'est pas possible, ça doit être mon anniversaire, j'ai trop de chance aujourd'hui ! »

Faith voulut lui toucher l'épaule, mais se ravisa et regarda par la fenêtre.

« Je suis désolée. Sincèrement désolée. » Elle plaqua une paume contre la vitre, pour se pénétrer de la fraîcheur du verre. « Écoutez, conduisez-moi au FBI. Je leur dirai la vérité.

— Ce serait génial, sauf que le FBI ne vous croira pas sur parole. Et il y a autre chose.

— Quoi ? dit-elle, se demandant s'il allait lui avouer qu'il travaillait pour Buchanan.

— Pas maintenant. » En réalité, il pensait aux types en jean et à ce qu'il avait vu dans la main de l'un d'eux.

« Pour le moment, j'aimerais que vous m'expliquiez ce qui vous est passé par la tête tout à l'heure. Pourquoi avez-vous fait ça ?

— Je ne sais pas si je peux, répondit-elle dans un murmure, en contemplant le Potomac.

— Essayez toujours.

— Vous ne comprendriez pas.

— Je suis moins con que j'en ai l'air. »

Elle rougit et se tourna vers lui, mais sans pouvoir soutenir son regard, en tripotant nerveusement l'ourlet de sa veste.

« Je... j'ai pensé que ce serait mieux pour vous, pour... votre sécurité.

— À d'autres !

— C'est la vérité ! »

Il pivota et lui agrippa l'épaule si fort qu'elle grimaça.

« Écoutez, Faith, ils ont envoyé des mecs chez moi. Ils savent que je suis dans le coup. Que vous soyez avec moi ou non, le danger est le même en ce qui me concerne. Et, quand vous essayez de me filer entre les pattes, ça ne fait qu'aggraver les choses.

— Je ne vois pas pourquoi, puisqu'ils savaient déjà que vous étiez avec moi. Vous l'avez dit vous-même, ils étaient à votre appartement.

— Les mecs de l'appartement n'étaient pas des fédés. »

Elle accusa le coup.

« Mais... c'était qui, alors ?

— Je l'ignore. Mais les fédés ne se pointent pas chez les gens déguisés en facteur. Règle numéro 1 du FBI : étaler sa force. Ils auraient pu débarquer en masse, avec des gilets pare-balles, des grenades lacrymogènes et des maîtres-chien si ça les avait amusés. Ils n'ont pas besoin de se cacher. Ils entrent, ils vous emballent au nom de la loi et l'affaire est réglée. » Il se calma un peu pour réfléchir. « Par contre, les types qui vous attendaient à l'embarquement, eux, étaient du FBI. Ça se voyait sur leurs figures et, d'ailleurs, ils ne se planquaient pas. »

Mais les deux autres ? songea-t-il. Les paris étaient ouverts. Et Faith avait de la veine d'être encore en vie.

« Au fait, j'oubliais, ne me remerciez surtout pas de vous avoir sauvé la mise une fois de plus. À quelques secondes près, vous étiez entre les mains du FBI, avec toutes sortes de questions sans réponses. J'aurais peut-être dû les laisser vous alpaguer.

— Pourquoi ne l'avez-vous pas fait ? »

Lee faillit en rire. Il croyait rêver. *Mais quand vais-je me réveiller ?*

« Par folie furieuse, sans doute. »

Faith esquissa un sourire.

« Merci, mon Dieu, pour les fous furieux. »

Lee ne souriait pas.

« À partir de maintenant, dit-il, nous sommes frère et sœur siamois. Habituez-vous à voir un homme pisser, madame, dorénavant nous sommes inséparables.

— Lee...

— Ne dites rien. Fermez-la, d'accord ? Parce que, franchement, je ne sais pas ce qui me retient de vous coller mon poing dans la figure. »

Il leva lentement la main et lui serra le poignet, comme une menotte vivante. Puis il se radossa et regarda dans le vide.

Faith ne chercha pas à retirer sa main. Elle n'aurait pas pu et elle avait réellement peur qu'il ne la frappe. Lee Adams n'avait jamais dû être aussi en colère de toute sa vie, pensait-elle. Elle finit par se détendre un peu et tenta de se calmer. Son cœur battait si vite qu'elle crut que ses vaisseaux sanguins allaient éclater sous la pression. Peut-être qu'elle épargnerait des tas d'ennuis à tout le monde en succombant simplement à une crise cardiaque.

À Washington, on pouvait mentir sur le sexe, l'argent, le pouvoir, la loyauté. On pouvait transformer des erreurs en vérités et des faits avérés en mensonges. C'était l'un des endroits les plus frustrants et les plus cruels de la Terre, où l'on survivait grâce à de vieilles alliances ou à des volte-face et où chaque jour nouveau, chaque amitié nouvelle pouvaient vous relancer ou vous détruire. Faith avait prospéré dans cet univers, elle avait même adoré ça. Jusqu'à ce jour.

Elle n'arrivait pas à regarder Lee Adams, par crainte de ce qu'elle lirait dans ses yeux. Il était sa seule planche de salut. Bien qu'elle le connût à peine, elle tenait à gagner son respect, elle voulait qu'il la comprenne, et se disait qu'elle n'obtiendrait ni l'un ni l'autre. Elle ne le méritait pas.

Par la fenêtre, elle observa un avion qui prenait de l'altitude. Encore quelques secondes, et il aurait disparu dans les nuages. Bientôt, les passagers ne verraient plus que des cumulus en dessous d'eux, comme si le monde d'en bas avait cessé d'exister. Pourquoi n'était-elle pas dans cet avion, en vol vers un lieu où elle pourrait tout recommencer de zéro ? Pourquoi un tel lieu n'existerait-il pas ? Oui, pourquoi ?

23

Brooke Reynolds se morfondait devant la petite table, le menton dans une paume, en se demandant si quelque chose finirait par tourner rond dans cette affaire. Ils avaient retrouvé la voiture de Ken Newman. Elle avait été nettoyée de telle manière que son équipe d'« experts » avait été incapable de lui fournir le moindre indice. Elle venait d'appeler le labo. Ils tripatouillaient toujours la bande vidéo sans résultat. Et le pompon : Faith Lockhart lui avait filé entre les doigts. À ce rythme-là, elle serait bientôt directrice en chef du FBI, pour sûr. À ce propos, le directeur adjoint devait lui avoir laissé un paquet de messages à son bureau, qu'elle aurait le plaisir de découvrir à son retour et qui ne contenait sûrement pas que des compliments.

Reynolds et Connie étaient dans une salle privée de l'aéroport national Reagan. Ils avaient interrogé à fond l'employée qui avait vendu les billets à Faith Lockhart. Ils avaient visionné toutes les bandes de vidéosurveillance et elle avait rapidement désigné Lockhart. Reynolds lui avait alors montré une photo de Lockhart, et la femme l'avait reconnue, sinon formellement, du moins avec une présomption raisonnable.

S'il s'agissait réellement de Lockhart, alors celle-ci avait considérablement modifié son apparence : les cheveux raccourcis et teints, d'après la bande qu'avait visionnée Reynolds. Et maintenant Lockhart avait de l'aide. Car, sur la même bande, on voyait en sa compagnie un homme grand et bien bâti. Reynolds avait procédé à toutes les enquêtes de routine, notamment auprès des taxis, et avait ordonné qu'on surveille l'aéroport de Norfolk, à tout hasard. Jusqu'ici, ça n'avait rien donné, mais ils avaient une piste prometteuse.

Reynolds ouvrit l'étui métallique et contempla le SIG-Sauer neuf millimètres, tandis que Connie, adossé contre le mur, fronçait les sourcils d'un air pensif. Ils n'avaient pas encore les résultats des empreintes qu'ils avaient fait prélever sur l'arme, mais ils avaient mieux : le pistolet était enregistré. La police d'État de Virginie leur avait déjà communiqué le nom et l'adresse du propriétaire.

« Bon, dit Reynolds, le flingue est enregistré au nom de ce Lee Adams. On aura une photo du type. Je suppose que c'est lui qui accompagne Lockhart. Qu'est-ce qu'on sait sur lui ? »

Connie avala une rasade de Coca et deux cachets d'Advil.

« Détective privé, répondit-il. Une certaine ancienneté dans le métier. Réglo, paraît-il. Il y a quelques gars du Bureau qui le connaissent. Ils disent que c'est un mec bien. On montrera sa photo à la vendeuse de billets, pour voir si elle peut l'identifier formellement. C'est tout pour le moment. On en saura plus bientôt. » Il lorgna le pistolet. « On a ramassé des douilles dans les bois près du chalet. Elles ont été tirées avec un pistolet. Neuf millimètres. Vu leur nombre, le mec a dû vider la moitié de son chargeur.

— Tu crois que c'est ce pistolet ?

— On n'a pas retrouvé de balles, mais la balistique nous dira si les entailles sur les douilles correspondent à son pétard. »

Les entailles laissées par une arme sur la base d'une douille étaient en effet aussi distinctives que des empreintes digitales.

« Puisqu'on a ses munitions, ajouta-t-il, on pourra faire un test à la source, ce qui est idéal. Et on a aussi relevé les empreintes sur les douilles. Même si ce sont les siennes, ça ne confirmera pas de façon certaine la présence d'Adams sur les lieux, ça prouvera simplement que c'est lui qui a chargé l'arme. Ça peut être quelqu'un d'autre qui a tiré… Mais enfin, ce sera déjà un élément d'information. »

Ils savaient tous deux que des empreintes relevées sur des douilles étaient de meilleure qualité que sur une crosse de pistolet.

« Ce serait bien si on avait également ses empreintes à l'intérieur du chalet.

— Le VCU n'a rien trouvé. Le mec Adams connaissait son affaire. Il devait porter des gants.

— Si la balistique nous donne confirmation, c'est probablement Adams qui a blessé le tireur.

— Il n'a pas pu tirer tous ces coups sur Ken, c'est sûr, et un SIG ne vaut pas tripette à longue portée. Si Adams a été capable de toucher Ken avec ce flingue, à cette distance et de nuit, alors il faut l'engager comme professeur de tir à Quantico. »

Reynolds ne paraissait pas convaincue.

Connie continua :

« Le labo a confirmé que le sang dans les bois était humain. On a aussi ramassé une balle près des douilles de pistolet. Elle a ricoché sur un arbre. Et d'autres douilles près du sang. Carabine. Full metal jacket, gros calibre. Sans code de fabricant ni estampille de calibre. D'après le labo, le détonateur était un Berdan et non un American Boxer. »

Reynolds haussa les sourcils.

« Berdan ? Fabrication européenne, donc ?

— Sans doute, mais il y a tellement de variantes et d'imitations qu'on ne peut pas en être sûr. »

Reynolds connaissait bien les détonateurs Berdan, plus efficaces, d'après elle, que les modèles américains. Elle avait acquis des notions d'armurerie en arrivant au Bureau, car l'immense majorité des meurtres, aux États-Unis, étaient des meurtres par balle. Comme on en dénombrait cinquante-cinq par jour en moyenne, elle avait intérêt à s'y connaître en armes à feu, parce qu'elle n'était pas près de manquer de travail.

« Des douilles de fabrication européenne… Lockhart nous a parlé de combines à l'étranger. L'Europe ? dit-elle en regardant son équipier d'un air songeur. Bref, je résume : Adams et le tireur se sont canardés, et c'est Adams qui a eu le dessus. Bien. Quel est le lien entre Adams et Lockhart ?

— On ne peut pas encore le dire, on commence seulement à creuser.

— J'ai une autre théorie, Connie : Adams est sorti des bois, a tué Ken puis est retourné dans les bois. Il a pu trébucher et se couper, ce qui expliquerait le sang. Ça n'explique pas la balle de carabine, mais c'est une éventualité qu'on ne peut pas écarter. Qui sait ? Il avait peut-être aussi une carabine. Ou ça pourrait être la carabine d'un chasseur. Il y a du gibier, dans ces bois.

— Allons, Brooke. Le type ne s'est pas tiré dessus tout seul. C'était un duel. Rappelle-toi qu'il y avait deux tas de douilles séparés. Et les chasseurs ne tirent pas autant de coups à la suite sur une proie. Ils tueraient leurs copains. Il y a d'ailleurs une loi qui limite la capacité des chargeurs dans la plupart des États pour cette raison. D'ailleurs, ces douilles n'étaient pas là depuis très longtemps.

— O.K., O.K., mais il est trop tôt pour innocenter cet Adams. Je m'en méfie.

— Et moi donc ! Je ne me fie même pas à ma propre mère, Dieu ait son âme. Seulement, il y a les faits. Lockhart se serait barrée en douce dans la bagnole de Ken ? Et Adams aurait laissé ses bottes derrière pour faire son jogging dans les bois ? Allons, tu n'y crois pas toi-même.

— Écoute, Connie, j'essaie d'envisager toutes les possibilités. Ce ne sont pas des opinions arrêtées. Le truc qui me turlupine, c'est : qu'est-ce qui a effrayé Ken ? Si le tireur était dans le bois, ce n'est pas *lui*.

— Non, c'est vrai », dit Connie en se frottant la mâchoire.

Reynolds fit claquer ses doigts.

« Bon sang, la porte ! Comment ai-je pu être si aveugle ? Quand on est arrivés au chalet, la porte était ouverte. Je m'en souviens parfaitement. Ken voit ça, et comment réagit-il ? Il dégaine.

— Il a pu voir les bottes aussi. Il faisait noir, mais le perron n'est pas si grand. » Il but une autre gorgée de Coca et se frotta la tempe. « Ô Advil, fais ton office. En tout cas, on saura avec certitude si Adams était là quand les gars du labo auront récupéré les images sur la bande vidéo.

— S'ils y arrivent. À supposer que ce soit bien Adams, qu'est-ce qu'il foutait là ?

— Il a pu être engagé pour filer Lockhart ?

— Par qui ? Buchanan ?

— C'est le premier sur ma liste.

— Mais, si Buchanan a payé le tireur pour dégommer Lockhart, pourquoi aurait-il envoyé Adams sur les lieux ? Comme témoin à charge ? »

Connie voûta ses larges épaules et les laissa retomber, tel un ours se grattant contre un arbre.

« Hum, mouais, ça n'a pas de sens, je le reconnais.

— Eh bien, je vais compliquer les choses encore un peu plus : Lockhart a acheté deux billets pour Norfolk, mais *un seul* sous son vrai nom pour San Francisco.

— Et on voit Adams courir derrière nos hommes, sur la vidéosurveillance de l'aéroport.

— Tu penses que Lockhart a tenté de lui fausser compagnie ?

— D'après la préposée, Adams s'est présenté au comptoir après que Lockhart a acheté les billets. La vidéo le montre entraînant Lockhart à l'écart de la porte d'embarquement pour San Francisco.

— Peut-être qu'ils font équipe involontairement, en somme », dit Reynolds. *Comme nous ?* pensa-t-elle en regardant Connie. « Tu sais ce que j'ai envie de faire ? » Connie haussa les sourcils. « J'aimerais rendre ces bottes à M. Adams. On a son adresse ?

— Arlington nord. À vingt minutes d'ici, au maximum. »

Reynolds se leva.

« Allons-y. »

24

Tandis que Connie garait la voiture le long du trottoir, Reynolds regarda la vieille maison en pierre brune.

« Adams se débrouille bien, on dirait. C'est un beau quartier.

— Peut-être que je devrais vendre ma baraque et m'acheter un appart par ici. Je me baladerais dans la rue, je m'assiérais dans le parc, je profiterais de la vie.

— Tu penses toujours à la retraite, hein ?

— Après avoir vu Ken dans un linceul, je n'ai plus tellement envie de faire de vieux os dans ce métier. »

Ils allèrent jusqu'à la porte d'entrée et remarquèrent tous deux la caméra vidéo. Connie sonna.

« Qui c'est ? demanda une voix revêche.

— FBI. Agents Reynolds et Constantinople. »

À leur surprise, la porte ne s'ouvrit pas.

« Montrez-moi vos cartes, déclara la femme. Levez-les devant la caméra. »

Les deux agents se regardèrent.

« Jouons le jeu, Connie », décida Reynolds en souriant.

Ils présentèrent leurs cartes devant l'objectif. Ils avaient chacun agrafé leur plaque dorée sur l'extérieur de l'étui, de sorte qu'on la voyait avant même qu'ils n'écartent le rabat pour montrer la photo d'identité. C'était fait pour intimider les gens. Et ça marchait. Une minute plus tard, ils entendirent une porte s'ouvrir à l'intérieur de l'immeuble, et le visage d'une femme vieillissante apparut derrière le vitrage à l'ancienne de la porte d'entrée.

« Faites-les voir encore, demanda-t-elle. J'ai la vue qui baisse.

— Madame… », commença Connie, agacé.

Reynolds lui donna un coup de coude, et ils montrèrent à nouveau leurs cartes.

La femme les examina scrupuleusement avant de se décider enfin à ouvrir.

« Faut m'excuser, dit-elle comme ils entraient. Mais, après le ramdam de ce matin, j'ai presque envie de faire mes malles et de m'en aller pour de bon, alors que j'habite ici depuis vingt ans, m'sieur-dame, je vous le dis.

— Quel ramdam ? » questionna Reynolds.

La femme la lorgna avec méfiance.

« Qui c'est que vous venez voir ?

— Lee Adams.

— M'en doutais. Eh ben, il est pas là.

— Vous savez où il peut être, madame… ?

— Carter. Angie Carter. Non, aucune idée. Il est parti ce matin et je l'ai pas revu depuis.

— Qu'est-ce qui s'est passé, ce matin ? insista Connie. C'était bien ce matin, n'est-ce pas ?

— Très tôt, même. Je buvais mon café quand Lee m'a demandé si je pouvais garder Max parce qu'il devait partir. » Devant leur mine perplexe, elle précisa : « Max, c'est son berger allemand. » Sa lèvre trembla. « Pauvre bête.

— Qu'est-ce qui lui est arrivé ?

— Ils l'ont battu. Il s'en tirera, mais ils lui ont fait du mal. »

Connie s'approcha d'elle.

« Qui lui a fait du mal ?

— Madame Carter, suggéra Reynolds, nous serions mieux dans votre appartement pour parler, vous ne croyez pas ? »

L'appartement était vieillot mais assez bien meublé, avec de petites consoles encombrées de bimbeloterie disparate. Il sentait le chou et l'oignon.

Dès qu'ils furent assis, Reynolds revint à la charge.

« Si vous commenciez par le commencement, madame Carter, d'accord ? Nous vous poserons des questions au fur et à mesure. »

Mme Carter leur expliqua qu'elle avait accepté de garder le chien de Lee.

« Lee est souvent en déplacement, vous comprenez, alors il me confie Max de temps en temps. Il est détective privé, vous savez.

— Nous savons, répondit Connie. Et il ne vous a pas dit où il allait ? Rien du tout ?

— Jamais. Détective *privé*, ça veut bien dire ce que ça veut dire. Il plaisante pas avec ça.

— Il a un bureau à l'extérieur ?

— Non, il utilise sa chambre d'ami comme bureau. Et il s'occupe de l'immeuble aussi. C'est lui qui a mis la caméra dehors, les nouvelles serrures et tout ça. Et il a jamais voulu qu'on le rembourse. Quand quelqu'un a un problème dans l'immeuble – c'est surtout des vieux comme moi, ici –, il va voir Lee, et Lee arrange ça.

— Sympa, fit Reynolds avec un sourire chaleureux. Continuez.

— Ben, donc, il venait juste de m'amener Max lorsque le facteur a sonné. Je l'ai vu par la fenêtre. Alors, Lee m'a appelée pour me dire de lâcher Max.

— Il a appelé de l'immeuble ?

— J'sais pas. Y avait de la friture sur la ligne, comme avec leurs nouveaux téléphones portables, là, vous voyez ? En tout cas, je l'ai pas vu sortir. Il était peut-être parti par l'escalier de secours, remarquez.

— Il avait l'air calme ?

— Ben, pas vraiment, je l'ai trouvé un peu bizarre, à la vérité, vu qu'il venait juste de m'amener Max, comme je vous l'ai expliqué. Alors, je comprenais pas pourquoi il voulait que je le relâche. Il a dit que c'était pour lui faire une piqûre ou quelque chose de ce genre. Ça m'a paru curieux, mais j'ai fait comme il demandait, et c'est là qu'il y a eu tout ce chambard.

— Et ce facteur, vous l'avez bien vu ?

— Sauf que c'était pas le facteur. Je veux dire, il avait l'uniforme et tout, mais c'était pas notre facteur.

— Un remplaçant, peut-être.
— J'ai encore jamais vu un facteur avec un revolver, et vous ?
— Vous avez vu un revolver ?
— Sûr. Quand il est redescendu en courant. Il avait un revolver dans une main, et son autre main saignait. Mais je vais trop vite. Avant ça, j'ai entendu Max aboyer comme jamais il avait aboyé, et puis y a eu une débandade, des pieds qui dérapaient, un homme qui criait, Max qui griffait le plancher, et puis y a eu un bruit sourd et le pauvre Max s'est mis à gémir, et puis y a quelqu'un qui a essayé de défoncer la porte de Lee, et puis j'ai entendu des types qui grimpaient l'escalier de secours. Je les ai aperçus, j'ai regardé par la fenêtre de ma cuisine. Comme à la télé. Alors je suis revenue à la porte d'entrée, j'ai regardé par mon judas, et c'est là que j'ai vu le facteur ressortir. Je suppose qu'il a fait le tour pour rejoindre les autres par-derrière, mais j'en sais trop rien. »
Connie se pencha en avant sur sa chaise.
« Est-ce que ces autres hommes avaient aussi un uniforme ? »
Mme Carter l'observa bizarrement.
« Ben... vous devriez le savoir, quand même.
— Que voulez-vous dire ? » demanda Reynolds, intriguée.
Mme Carter, impatientée, reprit le fil de son récit :
« Quand ils ont enfoncé la porte, ça a déclenché l'alarme. La police est arrivée tout de suite.
— Et... ? Qu'est-ce qui s'est passé ?
— Les hommes étaient encore là. Quelques-uns, du moins.
— La police les a arrêtés ?
— Bien sûr que non. Ils ont emmené Max et ils les ont laissés fouiller l'appartement.
— Quoi ? Vous savez pourquoi ?
— Pour la même raison que je vous ai laissés entrer. »
Reynolds, interdite, regarda alternativement Connie et Mme Carter.
« Vous voulez dire...
— Je veux dire que... ben, qu'ils étaient du FBI. »

25

« Qu'est-ce que nous faisons au juste ici, Lee ? » demanda Faith.

Ils avaient pris deux autres taxis après celui de l'aéroport. Le dernier véhicule les avait déposés au milieu de nulle part et, depuis, ils déambulaient dans de petites rues secondaires. Faith avait l'impression d'avoir parcouru plusieurs kilomètres à pied.

« Règle numéro un quand on est en cavale : présupposer que les flics retrouveront le ou les chauffeurs de taxi qui vous ont embarqué, répondit Lee. Donc, il ne faut jamais se faire conduire à sa véritable destination. » Il pointa le doigt devant lui. « On est presque arrivés. »

Tout en marchant, il porta les mains à ses yeux, retira ses verres de contact fumés et les rangea dans un étui spécial.

« Ces lentilles me bousillent les yeux », dit-il.

Faith regarda devant elle, mais ne vit que des maisons délabrées, des trottoirs crevassés, des arbres souffreteux et des pelouses malades. Ils marchaient parallèlement à la Route 1 en Virginie, également appelée route Jefferson-Davis.

Faith connaissait mal cette partie de la Virginie du Nord. C'était une région industrielle, parsemée de petites entreprises marginales – des réparateurs de camions et de bateaux, des marchands de voitures d'occasion officiant dans des roulottes rouillées, des brocanteurs dans des hangars menacés d'écroulement. Elle fut un peu surprise de voir Lee tourner pour se diriger vers la route Jefferson-Davis. Elle pressa le pas afin de rester à sa hauteur.

« Vous ne pensez pas que nous devrions plutôt nous éloigner de la ville ? Vous l'avez dit vous-même, le FBI est capable de tout. Il y a aussi ces autres gens à nos trousses, ceux que vous refusez de nommer. Ils n'ont sûrement pas l'intention de nous lâcher. Qu'est-ce qu'on fait dans cette banlieue ? »

Comme Lee ne répondait pas, elle l'attrapa par le bras.

« Lee, voulez-vous bien me dire ce qui se passe ? »

Il s'arrêta net. Elle faillit buter contre lui. Un vrai mur.

« Je suis peut-être idiot, mais j'ai l'impression que, moins vous en saurez, mieux ce sera. Si je vous en dis trop, vous êtes capable de concocter encore un coup fumant qui nous précipitera tous les deux dans un cercueil.

— Écoutez, je suis désolée pour ma conduite à l'aéroport. Je reconnais que c'était stupide, mais j'avais mes raisons.

— Des bobards. Votre vie entière n'est qu'un bobard ! » rétorqua-t-il rageusement.

Et il reprit son chemin. Elle le rattrapa et lui tira le bras jusqu'à ce qu'il s'arrête de nouveau.

« Vous êtes de mauvaise humeur, d'accord ! Alors, finissons-en et séparons-nous tout de suite. Chacun de son côté. »

Il mit les poings sur les hanches.

« À cause de vous, je ne peux pas rentrer chez moi et je ne peux pas utiliser ma carte de crédit. Je suis sans flingue, j'ai quatre dollars en poche et les fédés au cul. J'ai bien envie d'accepter votre suggestion.

— Je peux vous donner la moitié de mon argent liquide.

— Et vous avez l'intention d'aller où, exactement ?

— Ma vie entière est peut-être un bobard et vous me prenez sans doute pour une dinde, mais je suis tout à fait capable de me débrouiller, figurez-vous.

— Pas question. On reste ensemble. Pour des tas de raisons, la principale étant que, si les fédés nous alpaguent, je veux que vous soyez à mon côté pour leur jurer sur la tombe de votre mère que je suis un pauvre innocent embringué par erreur dans votre cauchemar.

— Lee !

— L'affaire est close. »

Il accéléra l'allure et Faith décida de ne pas répliquer. En vérité, elle n'avait aucun désir de continuer toute seule. Elle se hâta de le rejoindre sur la Route 1 et traversa la chaussée avec lui quand le feu passa au rouge.

« Attendez-moi là, ordonna-t-il en posant les sacs par terre. Je risque d'être reconnu là où je vais et je ne veux pas que vous soyez avec moi. »

Elle regarda alentour. Derrière elle, il y avait une clôture grillagée de deux mètres de haut, surmontée de fil barbelé. C'était un atelier de réparation de bateaux. Derrière la clôture, un doberman montait la garde. Les bateaux nécessitaient-ils vraiment une telle protection ? se demanda-t-elle. Peut-être que tout commerce représentait un risque, dans ce coin. L'entreprise de l'autre côté de la rue était située dans un affreux bâtiment en parpaings avec de grands calicots rouges en travers des fenêtres promettant les meilleurs prix de la ville pour les motos neuves et d'occasion. Le parking était bondé de deux-roues.

« Vous voulez que je reste ici *toute seule* ? »

Lee sortit de son sac une casquette de base-ball et mit ses lunettes de soleil.

« Oui, répondit-il. J'ai cru entendre une femme me dire ici même, il y a une minute, qu'elle était tout à fait capable de se débrouiller, mais ça devait être un fantôme. »

À court de repartie, Faith dut se contenter de regarder Lee traverser la rue au petit trot pour s'engouffrer chez le marchand de motos. Pendant qu'elle faisait le pied de grue, elle sentit une présence derrière elle. Elle se retourna et se trouva face à l'énorme doberman, qui était sorti de la cour. Apparemment, la haute sécurité de l'atelier de réparation de bateaux n'incluait pas la fermeture de la grille ! Quand l'animal montra les dents et se mit à grogner, Faith se baissa pour empoigner les sacs et s'en faire un bouclier, puis franchit la chaussée à reculons et se réfugia dans le parking des motos. Le doberman se désintéressa d'elle et regagna sa cour.

Faith poussa un soupir de soulagement et posa les sacs. Elle remarqua deux adolescents à la barbe clairsemée qui la reluquaient tout en inspectant une Yamaha d'occasion. Elle enfonça sa casquette de base-ball jusqu'aux yeux et fit semblant d'examiner une Kawasaki rouge. De l'autre côté de Jefferson-Davis, il y avait une agence de location de matériel de manutention. On voyait une grue se dresser à neuf ou dix mètres de haut. Un petit chariot élévateur était suspendu au bout de son câble, avec une enseigne peinte disant : LOUEZ-MOI. Partout où se portaient les yeux de Faith, elle découvrait un monde qu'elle ne connaissait plus. Elle avait évolué dans d'autres sphères : les grandes capitales du globe, de gros enjeux politiques, des clients insatiables, d'énormes intérêts financiers en frottement perpétuel comme les plaques continentales. Entre ces masses gigantesques, des hommes et des femmes étaient broyés sans que personne s'en rende compte. Elle comprit soudain que le monde *réel* était un chariot élévateur de deux tonnes suspendu telle une nasse au bout d'un filin. Louez-moi. Embauchez. Bâtissez.

Mais Danny lui avait offert une ouverture vers la rédemption. Elle était une femme ordinaire et, pourtant, elle avait fait un peu de bien dans le monde. Depuis dix ans maintenant, elle aidait des gens qui en avaient désespérément besoin ; pour elle, c'était peut-être une manière de cautériser la plaie, d'apaiser le sentiment de culpabilité que lui avaient inspiré les petites magouilles de son père, innocentes dans leurs intentions mais cruelles dans leurs effets. En réalité, elle avait toujours eu peur d'analyser en profondeur cette partie de sa vie.

Entendant des pas derrière elle, Faith pivota sur ses talons. L'homme portait un jean, des bottes noires et un sweat-shirt barré du logo du marchand de motos. Il devait avoir une vingtaine d'années, il était grand, svelte et, malgré des yeux un peu globuleux aux paupières lourdes, plutôt beau garçon. Il semblait d'ailleurs assez fier de son physique, ça se voyait à ses allures bravaches. Manifestement, son intérêt pour Faith dépassait le cadre strictement commercial.

« Je peux vous aider, m'dame ?

— Oh, je regardais en passant. J'attends mon ami.

— Ah, c'est une belle machine, c'est sûr », dit-il en pointant le doigt sur une BMW qui suintait le fric, même pour l'œil néophyte de Faith.

Du fric gaspillé, pensa-t-elle. Mais n'était-elle pas elle-même propriétaire d'une grosse berline BMW, rangée dans le garage de sa résidence cossue de McLean ?

Il caressa lentement le réservoir de la moto.

« Elle ronronne comme une chatte. Quand on prend soin des belles choses, elles vous le rendent. Au centuple. »

Il se fendit d'un large sourire et la reluqua en clignant de l'œil.

Si c'était là sa meilleure tirade de séducteur, songea Faith, le pauvre avait des progrès à faire.

« Je ne pilote pas, je me contente de monter dessus, déclara-t-elle sans réfléchir.

— Héhé, c'est la meilleure nouvelle de la journée, répliqua-t-il d'un ton grivois. Qu'est-ce que je dis ? La meilleure de l'année, oui ! Oh, oh, vous montez dessus, hein ? » Il s'esclaffa et tapa dans ses mains. « Si vous m'expliquiez comment vous faites, beauté ? Vous pourriez admirer *mon* moteur. Z'auriez qu'à grimper dessus aussi. »

Elle rougit.

« Écoutez, jeune homme, je n'apprécie pas beaucoup votre…

— Allons, allons, faut pas vous frapper. Si vous avez besoin de quelque chose, je m'appelle Rick. » Il lui tendit sa carte avec une œillade appuyée et ajouta à voix basse : « Ya mon numéro perso au dos, baby. »

Elle regarda la carte avec mépris.

« O.K., Rick, mais parlons franc. Est-ce que tu en as assez dans la culotte pour encaisser le choc ? »

Rick sembla moins à l'aise, soudain.

« J'ai tout ce qu'il faut, baby.

— Tant mieux. Mon fiancé est à l'intérieur. Il est à peu près de ta taille, mais il a un vrai corps d'homme. »

Rick laissa retomber sa main le long de sa cuisse et haussa les sourcils. Faith devina qu'il avait épuisé tous ses mots d'esprit et peinait à en trouver d'autres.

« Ouaip, continua-t-elle en le regardant dans le blanc des yeux, il a les épaules plus larges que ta BMW dans le sens de la longueur et c'est un ancien champion de boxe de la marine.

— Sans blague ? dit Rick en remettant sa carte dans sa poche.

— Pas besoin de me croire sur parole, le voilà justement qui arrive. Vérifie toi-même, il est juste derrière. »

Rick se tourna et vit Lee qui sortait du magasin en portant deux casques, deux combinaisons de motard et une carte routière. Sa carrure ne trompait pas. Il lança un regard soupçonneux à Rick.

« On se connaît ? demanda-t-il d'un ton bourru.

— N... non, m'sieur, répondit Rick en riant jaune et en déglutissant avec difficulté.

— Alors, qu'est-ce que tu veux, petit ?

— Oh, intervint Faith avec le sourire, il voulait juste me faire admirer un certain moteur. Pas vrai, Ricky ?

— C'est ça. Je... oui, oui. Bon, si vous avez besoin de moi, je suis, euh... »

Et Rick regagna le magasin en courant presque.

« Tchao, beauté ! » lança Faith derrière son dos.

Lee fronça les sourcils.

« Je vous avais dit d'attendre de l'autre côté de la rue. Je ne peux pas vous faire confiance une minute ?

— J'ai rencontré un doberman. Et j'ai opté pour un repli stratégique.

— D'accord. Et, là tout de suite, vous étiez en train de passer un marché avec ce môme pour qu'il me casse la figure et vous aide à vous enfuir ?

— Ne vous fâchez pas, Lee.

— Ça m'aurait plu, remarquez. Ça m'aurait fourni un prétexte pour cogner sur quelqu'un. Qu'est-ce qu'il voulait ?

— Il voulait me vendre quelque chose, et ce n'était pas une moto. Qu'est-ce que c'est que ça ? ajouta-t-elle en désignant ce que Lee transportait.

— L'équipement nécessaire pour les balades à moto en cette saison. À cent à l'heure, le vent est un peu frais.

— On n'a pas de moto.

— On en a une, maintenant. »

Elle le suivit derrière le magasin jusqu'à une énorme Honda Gold Wing SE. Avec ses chromes, sa ligne futuriste, son équipement high-tech et son carénage intégral, l'engin aurait été digne de Batman. Gris perle, avec des filets ornementaux gris foncé, elle avait deux sièges spacieux comme des trônes, munis de dosserets rembourrés. Tout était prévu pour que le passager s'y sente aussi à l'aise qu'une balle de base-ball dans un gant. C'était une moto si grosse qu'elle aurait pu passer pour une caravane décapotable.

Lee inséra la clé de contact et commença à enfiler sa combinaison. Il tendit l'autre à Faith.

« Et où allons-nous sur ce machin ? »

Lee remonta sa fermeture à glissière.

« Nous allons dans votre petit pied-à-terre en Caroline du Nord.

— Tout ce chemin sur unc moto ?

— On ne peut pas louer de voiture sans carte de crédit ni papiers d'identité. Votre voiture et la mienne sont inutilisables. On ne peut prendre ni le train, ni l'avion, ni le car : ils surveillent tout. À moins que vous n'arriviez à vous faire pousser des ailes, ce sera ça ou rien.

— Je n'ai jamais fait de moto.

— Je ne vous demande pas de la conduire, répliqua-t-il en retirant ses lunettes de soleil. Je suis là pour ça. Alors, ça vous dit ? Je vous emmène en balade ? » ajouta-t-il avec un petit sourire en coin.

Faith eut l'impression de recevoir une brique sur la tête en l'entendant prononcer ces mots, et sa peau s'enflamma quand elle le vit se jucher sur l'engin. Car, à cet instant précis, comme par la volonté divine, le soleil transperça la grisaille ; un rayon de lumière se posa sur les yeux déjà si bleus de Lee et les transforma en saphirs flamboyants. La jeune femme en resta pétrifiée, le souffle court, les genoux tremblants.

C'était comme un retour en arrière. Elle était en dernière année de lycée. Le garçon aux grands yeux, exactement de la même couleur que ceux de Lee, était arrivé sur son vélomoteur à selle banane et s'était arrêté pile devant la balançoire où elle lisait un livre.

« Je t'emmène en balade ? lui avait-il proposé. — Non », avait-elle répondu et, immédiatement après, elle avait lâché son livre pour monter en selle derrière lui. Pendant deux mois, ils avaient été inséparables et s'étaient juré un amour éternel sans avoir seulement échangé un baiser sur les lèvres. Puis la mère de Faith était morte et son père avait déménagé.

L'espace d'une seconde, Faith se demanda si Lee et ce garçon pouvaient être une seule et même personne. Elle avait tellement refoulé ce souvenir dans son inconscient qu'elle avait oublié jusqu'au nom du jeune homme. Mais pourquoi ne serait-ce pas Lee, après tout ? Elle y pensait soudain parce que c'était la seule fois de sa vie que ses genoux avaient tremblé, comme maintenant. Le garçon avait prononcé les mêmes paroles que Lee, le soleil avait fait miroiter ses yeux aussi, et elle avait immédiatement senti que sa place était à son côté. Oui, exactement comme maintenant.

« Ça va ? » demanda Lee.

Elle s'agrippa aux poignées pour trouver l'équilibre et répondit le plus calmement possible :

« Ils vont vous laisser partir comme ça ?

— Mon frère est le gérant du magasin. C'est une moto de démonstration. Officiellement, on la prend pour l'essayer.

— Je n'arrive pas à croire que j'ai accepté de monter là-dessus. »

Comme naguère... elle n'arrivait pas à croire non plus qu'elle était montée sur ce vélomoteur.

« Pensez à ce que vous deviendriez si vous n'étiez pas sur cette moto, et vous verrez que votre situation vous paraîtra merveilleuse. »

Il remit ses verres fumés et rabattit la visière de son casque comme pour clore sa phrase avec un point d'exclamation.

Faith enfila sa combinaison, et Lee l'aida à ajuster son casque. Il chargea leurs sacs dans la malle et les sacoches de selle de la Honda, puis Faith grimpa derrière lui. Il alluma le moteur, fit jouer la poignée des gaz et démarra. La vitesse plaqua Faith contre le dosseret. Elle serra les jambes et s'agrippa à Lee, tandis que le bolide fonçait plein sud sur la Jefferson-Davis.

Elle sursauta en entendant la voix dans son oreille.

« Du calme, dit Lee qui l'avait sentie bouger, c'est une liaison radio intercasque Chatterbox. Vous êtes déjà allée dans votre cabanon par la route ?

— Non, toujours par avion.

— Ça ira, j'ai une carte. On va prendre la 95 pour rejoindre la nationale 64 du côté de Richmond. Ça nous mènera à Norfolk. On réfléchira là-bas sur la suite de l'itinéraire. On mangera un morceau en route. Si tout va bien, on arrivera avant la nuit. D'accord ?

— D'accord.

— Bon, alors asseyez-vous en arrière et détendez-vous. Vous êtes en bonnes mains. »

Au lieu de se reculer, elle se pencha contre lui et s'accrocha à sa taille. Elle était soudain immergée dans le souvenir de ces deux mois divins en classe de terminale. C'était un présage. Et s'ils fuguaient ensemble pour ne jamais revenir ? Arrivés sur la côte, ils loueraient un bateau et iraient se réfugier sur un coin de terre inexploré quelque part aux Antilles. Elle apprendrait à entretenir une hutte, cuisinerait au lait de coco et jouerait les fées du logis pendant que Lee irait à la pêche. Ils feraient l'amour chaque nuit au clair de lune. Elle se colla contre lui. Ce n'était pas si mal, comme perspective, ce n'était même pas tellement tiré par les cheveux, vu les circonstances. Moui, pas mal du tout.

« Oh, Faith, pendant que j'y pense… », dit-il dans son oreille.

Elle rapprocha son casque du sien, sentit son torse solide contre ses seins. Elle avait à nouveau dix-huit ans, le vent était délicieux, le soleil merveilleusement chaud, son examen trimestriel approchait. Une vision subite de leurs deux corps nus sous le ciel, la peau bronzée, les cheveux mouillés, les membres entrelacés, lui fit regretter d'être emmaillotée dans cette combinaison, à cent cinquante kilomètres à l'heure sur le macadam.

« Oui ?

— Si vous mijotez encore un coup fourré du genre de celui de l'aéroport, je me servirai de ces deux grosses pognes pour vous tordre le cou. Compris ? »

Elle s'écarta de lui, s'appuya contre le dosseret et s'enfonça dans le cuir. Ce fut comme un rappel à l'ordre. Il était temps pour elle de reprendre ses distances avec son beau chevalier blanc aux yeux bleus envoûtants.

Adieu souvenirs, adieu rêveries.

26

Danny Buchanan était dans son élément – une réunion mondaine typique de Washington : un dîner pour collecter des fonds dans un hôtel du centre-ville. Le poulet était mal cuit et froid, le vin minable, la conversation animée, les enjeux énormes, le protocole délicat, les egos insupportables. La plupart des invités avaient soit de grosses fortunes soit de grosses relations, mais on trouvait aussi des tâcherons de la politique qui trimaient dans la journée pour un salaire de garçon de course et qu'on remerciait en les obligeant à se farcir en plus ce genre de sauterie fastidieuse dans la soirée. Le ministre des Finances était censé faire partie des convives, ainsi que quelques autres poids lourds politiques. Depuis qu'il était fiancé à une vedette de Hollywood connue pour son décolleté généreux, qu'elle exhibait sans lésiner sur la marchandise, le ministre était beaucoup plus demandé que ne l'était normalement un responsable du Trésor. Hélas, il avait dû se décommander à la dernière minute, retenu par une autre soirée, semblable mais plus alléchante, ce qui était souvent le cas dans ce jeu de dupes qu'on aurait pu intituler : « Où l'herbe politique est-elle la plus verte ? » On l'avait remplacé par un sous-fifre, un type falot et empoté dont tout le monde se fichait éperdument.

La soirée était une occasion de voir et d'être vu, de prendre la température du microcosme. Presque personne ne s'asseyait pour manger. Les invités lâchaient leur chèque, et en route pour un autre dîner ! Ça papotait, ça trafiquait, ça manigançait à plaisir. Ou ça laminait… selon le côté où l'on se plaçait.

À combien de dîners de ce genre Buchanan avait-il assisté ? À sa grande époque, quand il représentait la crème des affairistes, il était de tous les petits déjeuners, de tous les déjeuners, de tous les cocktails, et parfois chaque jour de la semaine. Surmené, il lui était même arrivé de se tromper de réception, de se présenter à la garden-party du sénateur du Dakota du Nord au lieu de celle du député du Dakota du Sud. Depuis qu'il s'occupait des pays pauvres il n'avait plus ce type de problème, pour la simple raison qu'il n'avait plus d'argent à distribuer dans les collectes. Mais il y avait une règle d'or dans ces appels à contribution : le fric n'était jamais suffisant. C'est pourquoi il y aurait *toujours* du grain à moudre pour les gens comme Buchanan. Toujours.

Après son retour de Philadelphie, sa journée avait vraiment commencé, sans Faith. Il avait rencontré une demi-douzaine de parlementaires et leurs assistants, avait rempli son carnet de rendez-vous. Les assistants étaient importants, surtout ceux de la commission des Appropriations. Les parlementaires allaient et venaient. Les assistants restaient. Ils connaissaient les dossiers, et Danny savait qu'il ne fallait jamais essayer de prendre un parlementaire par surprise en passant par-dessus la tête de ses assistants. Ça pouvait marcher une fois, mais la revanche des sans-grade était implacable : vous étiez persona non grata à jamais.

Un déjeuner tardif avait suivi, avec un client dont Faith s'était particulièrement occupée. Buchanan avait dû trouver des excuses pour justifier son absence, et il l'avait fait avec son aplomb et son humour habituels : « Désolé, vous n'avez que le second couteau aujourd'hui, avait-il dit. Mais je vais tâcher de ne pas trop m'emmêler les pinceaux. »

Bien qu'il ne fût pas nécessaire de vanter les mérites déjà hautement appréciés de Faith, Buchanan avait raconté comment elle avait naguère remis en mains propres à chacun des cinq cent trente-cinq membres du Congrès – dans un paquet cadeau avec un ruban rouge, s'il vous plaît – les résultats d'un sondage montrant que la majorité des électeurs américains était favorable à la vaccination de tous les enfants du monde. Elle avait ajouté dans le paquet des photos d'enfants avant et après leur vaccination – les images étant souvent ses meilleures armes. Puis elle avait passé des coups de téléphone pendant trente-six heures d'affilée afin d'obtenir des soutiens tant ici qu'à l'étranger et avait, en deux semaines, rédigé en collaboration avec quelques-unes des plus grandes organisations caritatives internationales un avant-projet prouvant que cette vaccination mondiale était techniquement possible. Résultat : le Congrès avait nommé une commission d'étude chargée d'examiner si une telle entreprise était réalisable. Maintenant, les consultants raflaient des millions de dollars en honoraires et entraînaient l'abattage de forêts entières pour fournir le papier nécessaire à leur fameuse « étude » (et justifier leurs prodigieux tarifs, bien sûr), sans la moindre garantie qu'une seule dose de vaccin parviendrait à ces enfants.

« Ce n'est qu'une petite victoire, évidemment, mais nous sommes sur la bonne voie, avait affirmé Buchanan à son client. Quand Faith a décidé quelque chose, mieux vaut ne pas se mettre en travers de son chemin. » Buchanan se doutait que l'homme savait déjà à quoi s'en tenir sur ce point et qu'il ne lui apprenait rien. Peut-être avait-il voulu ajouter cette précision pour se remonter le moral lui-même, peut-être avait-il eu simplement envie de parler de Faith. Il avait été dur avec elle l'année précédente, très dur. Craignant les manœuvres de Thornhill, il l'avait délibérément mise à l'écart, croyant la protéger ; en réalité, il n'avait fait que la précipiter dans les griffes du FBI. *Je suis navré, Faith.*

Après le déjeuner, il était retourné au Capitole pour quémander des rendez-vous, prenant parfois des parlementaires d'assaut à la sortie des ascenseurs.

« Il faut impérativement soulager la dette du tiers-monde, sénateur, déclarait-il sans relâche. Ils dépensent plus pour le remboursement des intérêts que pour la santé et l'éducation. À quoi bon avoir une balance commerciale favorable si le taux de mortalité est de dix pour cent par an ? À ce rythme, il n'y aura bientôt plus personne pour profiter du capital. Soyons généreux. »

Il n'y avait qu'une seule personne meilleure que lui pour plaider cette cause, mais elle n'était pas là : Faith.

« Bien sûr, bien sûr, Danny, j'y penserai. Envoyez-moi des dossiers », lui répondait-on. Tu parles ! Tels les pétales d'une fleur se refermant pour la nuit, l'entourage du sénateur resserrait les rangs, isolant Danny comme une abeille obligée de chercher un autre nectar ailleurs.

Le Congrès était un écosystème aussi complexe que le milieu océanique. Bien qu'il eût de quoi être blasé, Danny restait sidéré par l'activité qui grouillait dans les couloirs, dans les ascenseurs, dans les bureaux. C'étaient des tractations sans fin. Tantôt on vous cirait les pompes, tantôt on vous faisait des croche-pieds, mais la magouille prospérait. Et, pour Danny, les conversations étaient toujours à sens unique :

« Vous me rappellerez ? disait-il après avoir sollicité la bienveillance d'un parlementaire.

— Mais oui, mais oui, comptez sur moi. »

Bien sûr, on ne le rappelait jamais. Mais, lui, il rappelait. Inlassablement. Il tirait ses cartouches au hasard, en espérant que l'une au moins atteindrait sa cible.

Ensuite, il avait entrepris un de ses « privilégiés » pour qu'il modifie un détail dans la rédaction d'un amendement. Car il ne fallait jamais négliger les petites choses. Le choix des mots était la clé de la réussite. En l'occurrence, il s'agissait d'une simple tournure de phrase qui permettait de fixer exactement les modalités de l'attribution d'un crédit.

Une fois cette question de terminologie réglée, Buchanan était reparti en chasse, arpentant les couloirs, ouvrant l'œil. Il arrivait que quelques mots échangés entre deux portes suffisent à débloquer une situation, et Buchanan était passé maître dans l'art de résumer les dossiers les plus ardus en deux ou trois phrases bien senties. Toute l'astuce consistait à trouver le bon interlocuteur. S'il parvenait à prendre langue avec le président de l'Assemblée, même de façon informelle, il marquait des points et mettait son avantage à profit pour convaincre d'autres parlementaires. Parfois, ça marchait.

« Il est là, Doris ? avait-il demandé en passant la tête dans le bureau d'un parlementaire.

— Il part pour l'aéroport dans cinq minutes, Danny, lui avait répondu la secrétaire, une matrone blanchie sous le harnais.

— Parfait, je n'ai besoin que de deux minutes. Comme ça, je pourrai consacrer les trois autres à vous faire du gringue. Parce que, tout à fait entre nous, vous êtes beaucoup plus agréable à regarder que Steve.

— Flatteur », avait dit Doris en souriant.

Et il avait eu droit à ses deux minutes avec le nommé Steve.

La journée avait continué sur le même rythme, sans répit. Il avait traqué des assistants parlementaires jusque dans les vestiaires. En fin d'après-midi, il avait contacté d'autres clients, d'ordinaire suivis par Faith – qu'il excusa de son mieux, en donnant de vagues explications à son absence. Que pouvait-il faire d'autre ?

Ensuite, après une brève apparition dans un séminaire sur la faim dans le monde, il avait regagné son bureau pour passer des dizaines de coups de téléphone, afin de se rappeler à l'attention de divers assistants parlementaires ou de cimenter la cohésion des organisations caritatives avec lesquelles il était en rapport. Son agenda s'était étoffé : un dîner par-ci, un voyage outre-mer par-là, même une audience à la Maison-Blanche en janvier, au cours de laquelle il présenterait personnellement au Président le nouveau chef de file d'un mouvement international pour le droit des enfants. C'était un véritable « coup », susceptible de lui rapporter une bonne publicité. Car la publicité était essentielle. Et Faith était une championne dans ce domaine. Les journalistes s'intéressaient rarement à la misère dans les pays lointains mais, si on ajoutait une superstar de Hollywood dans la balance, la salle de presse refusait du monde. Ainsi allait la vie.

Puis Buchanan avait fait son rapport trimestriel obligatoire, en tant que représentant de pays étrangers. C'était plus qu'un pensum pour lui, parce que chaque page était estampillée « Propagande étrangère », comme s'il avait essayé de renverser le gouvernement des États-Unis au nom des intérêts japonais, et non de procurer des semences et du lait en poudre à des populations dans le besoin.

Après plusieurs autres communications téléphoniques et la lecture de quelques centaines de pages de dossiers, il avait enfin estimé que sa journée était finie – la journée typique d'un lobbyiste de Washington, en fait, à cette différence près que, d'habitude, elle se terminait par un affalement dans un lit. Ce soir, ce luxe lui était interdit. Il était « collé », contraint une fois de plus de faire le poireau dans un dîner de collecte de fonds.

La raison de sa présence était debout dans un coin de la salle et semblait s'ennuyer à mourir. Buchanan se dirigea vers l'homme en question, qui sirotait distraitement un verre de vin blanc.

« J'ai l'impression que tu as besoin d'une boisson plus forte que cette piquette », dit-il.

Le sénateur Russell Ward se retourna. Un grand sourire illumina ses traits quand il reconnut Buchanan.

« Ça fait plaisir de voir un visage honnête dans cette mer d'iniquité, Danny.

— Si on allait poursuivre la soirée au Monocle ? »

Ward posa son verre sur une table.

« C'est la meilleure proposition de la journée », répondit-il.

27

Le Monocle était un restaurant qui avait pignon sur rue depuis longtemps dans le quartier du Sénat. En fait, c'était l'un des deux seuls bâtiments encore debout dans ce secteur autrefois très construit – avec l'immeuble de la police du Capitole, ancien siège de l'Office d'immigration et de naturalisation. Le Monocle était un établissement très couru des politiciens, lobbyistes et autres personnalités, qui aimaient y déjeuner, y dîner ou simplement y boire un verre.

Le maître d'hôtel accueillit Buchanan et Ward en les appelant par leurs noms, et les conduisit à une table dans un coin privé. Le décor était classique. Il y avait assez de photos d'hommes politiques sur les murs pour remplir le Washington Monument. La table était bonne, mais les gens ne venaient pas là pour les plaisirs de la chère ; ils venaient pour se montrer et parler affaires. Ward et Buchanan étaient des habitués.

Ils commandèrent à boire et parcoururent le menu.

Buchanan épia Russell Ward du coin de l'œil.

Il l'avait toujours entendu appeler Rusty, depuis qu'il le connaissait. Et il le connaissait depuis un bail, vu qu'ils avaient grandi ensemble. En tant que président de la commission sénatoriale du Contre-Espionnage, Ward avait un droit de regard sur tous les services secrets du pays. C'était un personnage avisé, très averti des choses de la politique, honnête et travailleur, issu d'une riche famille du Nord-Est qui avait perdu sa fortune alors que lui-même était jeune homme. Il avait émigré vers le sud, à Raleigh, et s'était peu à peu forgé une belle carrière au service de l'État. Il était le plus ancien sénateur de Caroline du Nord. Tout le monde le respectait. Dans la classification de Buchanan, il appartenait incontestablement à la catégorie des « Purs ». Il connaissait toutes les ficelles de la politique, tous les petits secrets de chacun, ses forces et ses faiblesses. Physiquement, il était au plus mal – Buchanan savait qu'il avait du diabète et des problèmes de prostate – mais, intellectuellement, c'était une « flèche ». Les quelques naïfs qui s'étaient permis de sous-estimer ses facultés mentales à cause de sa santé défaillante l'avaient amèrement regretté par la suite.

Ward leva les yeux de son menu.

« Quelque chose de consistant à te mettre sous la dent, ces temps-ci, Danny ? »

Sa belle voix grave et sonore était teintée d'inflexions sudistes. Il avait complètement perdu son accent yankee. Buchanan aurait pu l'écouter pendant des heures. Et il l'avait d'ailleurs fait souvent.

« La routine, répondit-il, la routine. Et toi ?

— J'ai assisté à une audience intéressante ce matin. Contre-espionnage. CIA.

— Ah ?

— Tu as déjà entendu parler d'un nommé Thornhill ? Robert Thornhill ? »

Buchanan resta impassible.

« Je ne crois pas le connaître. Parle-moi de lui.

— Un vieux de la vieille. Haut placé. Directeur délégué du Service action. Rusé, menteur comme un arracheur de dents. Je ne lui fais pas confiance.

— Pas étonnant.

— Cela étant, je dois lui rendre justice : il a fait du bon boulot et il s'est maintenu plus longtemps que la plupart des directeurs de la CIA. Il a remarquablement servi son pays. C'est une légende vivante, là-bas. Du coup, ils le laissent faire plus ou moins ce qu'il veut – ce qui, à mon avis, est une attitude dangereuse.

— Oh, vraiment ? Il a l'air d'un authentique patriote.

— C'est bien ce qui m'inquiète. Les gens qui se considèrent comme les vrais patriotes tendent à être des zélotes, autrement dit des fanatiques ou, au mieux, de doux dingues. L'Histoire nous en a fourni quantité d'exemples. Aujourd'hui, il est venu nous vendre ses salades habituelles. Comme je voyais qu'il nous roulait dans la farine, j'ai décidé de le titiller un peu. »

Buchanan parut très intéressé.

« Qu'est-ce que tu as fait ?

— Je l'ai interrogé sur les escadrons de la mort. » Il s'interrompit un instant pour regarder autour de lui. « La CIA nous a causé des problèmes à ce sujet dans le passé. Ils subventionnent ces groupuscules insurrectionnels, ils les entraînent et ils les lâchent dans la nature comme des chiens de chasse. Seulement, à la différence des chiens de chasse, ils font des trucs qu'ils n'étaient pas censés faire. Du moins dans le cadre de la mission officielle de l'Agence.

— Qu'est-ce qu'il a répondu ?

— Eh bien, il n'avait pas prévu la question. Il s'est mis à fouiller dans ses notes comme s'il cherchait une bande d'hommes armés, raconta Ward avec un rire sonore. Puis il s'est lancé dans des explications vaseuses. Il a dit que la "nouvelle" CIA se contentait de rassembler et d'analyser des informations. Lorsque je lui ai demandé s'il reconnaissait que certaines choses ne tournaient pas rond dans l'"ancienne" CIA, j'ai cru qu'il allait me sauter à la gorge. » Nouveau rire. « Toujours le même refrain.

— Mais… j'ai cru comprendre que quelque chose t'avait fait tiquer dans ses activités actuelles, je me trompe ?

— Holà, fit Ward en souriant, tu essaies de me tirer les vers du nez ?

— Bien sûr. »

Ward jeta un œil alentour, se pencha vers Buchanan et expliqua à mi-voix :

« Il nous cachait des informations, tout simplement. Tu les connais, Danny, ils veulent toujours plus de crédits mais, quand on commence à leur poser des questions sur ce qu'ils font avec cet argent… malheur ! C'est comme si on tuait leur mère. Pourtant, qu'est-ce que je peux faire d'autre, lorsque l'inspecteur général de la CIA me présente des rapports tellement raturés qu'on n'y voit que du noir ? J'ai donc tenu à attirer l'attention de M. Thornhill sur ce point.

— Et comment il a réagi ? Déstabilisé ou sûr de lui ?

— Pourquoi es-tu si curieux à son sujet ?

— Oh, mais c'est toi qui as éveillé cette curiosité, Rusty. Ne m'en veux pas si je trouve ton travail fascinant.

— Eh bien, il m'a répondu que ces rapports devaient être censurés pour protéger l'identité des indicateurs, qu'il y avait certaines frontières à ne pas dépasser et que la CIA devait les respecter. Je lui ai dit que cela me rappelait un peu quand ma petite-fille joue à la marelle : comme elle n'arrive pas à atteindre toutes les cases qu'elle voudrait, elle fait exprès d'en sauter quelques-unes. Je lui ai dit que c'était très futé. Pour une *gamine*.

« Maintenant, je dois admettre qu'il y a du vrai dans ses arguments. Il a dit que c'était une illusion de croire qu'on pouvait renverser des dictateurs simplement avec des photos prises par satellite et des modems. Nous avons besoin d'agir en sous-main, d'infiltrer des taupes dans leur entourage, etc. C'est la seule façon de vaincre. Je comprends très bien ça. Ce qui m'énerve chez lui, c'est son arrogance. Je suis persuadé que, même s'il n'avait aucune raison de dissimuler la vérité, Robert Thornhill ne pourrait pas s'empêcher de mentir. Il nous fait toujours le même cinéma, il tapote sur la table avec son stylo et un de ses assistants fait semblant de lui chuchoter quelque chose à l'oreille pour lui laisser le temps de réfléchir à d'autres mensonges. On n'y coupe jamais. S'il croit que je n'ai pas pigé son manège, il me prend pour un crétin.

— En ce cas, c'est lui, le crétin.

— Tss-tss, c'est un malin. Et d'ailleurs, il m'a eu, cette fois encore. Je veux dire, ce type est capable de raconter n'importe quoi en te faisant passer ça pour les Dix Commandements. Et quand il est au pied du mur, il sort son argument massue : secret défense. En espérant faire peur à tout le monde. Quoi qu'il en soit, il m'a promis la totalité des réponses. Et je lui ai dit que j'étais impatient de travailler avec lui... Ouaip, aujourd'hui, c'est lui qui a gagné la bataille. Mais il n'a pas gagné la guerre. »

Le serveur revint avec leurs verres – un scotch à l'eau pour Buchanan, un bourbon sec pour Ward – et ils commandèrent le repas.

« Comment va ta meilleure moitié ? En train de conspirer avec un autre client pour asticoter les pauvres élus sans défense que nous sommes ?

— Faith est en déplacement. Pour raisons personnelles.

— Rien de grave, j'espère. »

Buchanan haussa les épaules.

« Le jury délibère toujours. Je suis sûr qu'elle s'en sortira. »

Mais où est-elle en réalité ?

« Bah, nous sommes tous en sursis. Je ne sais pas combien de temps encore tiendra ma vieille carcasse.

— Tu nous enterreras tous, répliqua Buchanan en levant son verre. Parole de Danny Buchanan.

— Dieu m'en préserve. » Ward eut comme un vague à l'âme, soudain. « Quand je pense que ça fait quarante ans déjà qu'on a quitté Bryn Mawr... Vois-tu, parfois je t'envie d'avoir grandi dans cet appartement au-dessus de notre garage.

— Et moi, je t'ai toujours envié d'habiter dans la maison de maître, pendant que ma famille servait la tienne. Dis-moi, lequel de nous deux est le plus soûl ?

— Tu es le meilleur ami que j'ai jamais eu.

— Et tu sais que c'est réciproque, sénateur.

— Le plus incroyable, c'est que tu ne m'aies jamais rien demandé, alors que je siège dans plusieurs commissions qui pourraient t'être très utiles.

— Je ne veux pas avoir l'air d'être pistonné.

— Tu es bien le seul dans cette ville.

— Disons que notre amitié est plus importante pour moi.

— Je ne te l'ai jamais avoué, mais ce que tu as dit à l'enterrement de ma mère m'a profondément touché. Franchement, je crois que tu la connaissais mieux que moi.

— Elle a été un mentor pour moi. Elle m'a appris tout ce que j'avais besoin de savoir. Elle méritait un hommage. Ce que j'ai dit n'était rien en comparaison de ce que je lui dois. »

Ward contempla le fond de son verre.

« Si mon beau-père s'était contenté de vivre sur l'héritage de ma famille au lieu de se prendre pour un homme d'affaires, nous aurions pu garder la propriété et il ne se serait pas tiré une cartouche de fusil dans la tête. Mais peut-être que je n'aurais pas été sénateur, si j'avais eu des rentes à dilapider.

— Si tout le monde jouait le jeu comme toi, Rusty, le pays se porterait beaucoup mieux.

— Je ne cherchais pas un compliment, mais merci quand même. »

Buchanan pianota sur la table.

« J'ai fait un saut jusqu'au domaine, il y a deux semaines.

— Pourquoi ? questionna Ward, surpris.

— Bof, comme ça. J'étais dans le coin et j'avais du temps devant moi. Ça n'a pas beaucoup changé. Toujours superbe.

— Je n'y suis pas retourné depuis mes années d'études. Je ne sais même pas qui est le propriétaire actuel.

— Un jeune couple. J'ai aperçu la femme et des gosses derrière la grille. Ils jouaient sur la pelouse. Un financier ou un magnat d'Internet, sans doute. Une idée et dix dollars en poche hier, une société de pointe et cent millions en actions aujourd'hui.

— Dieu bénisse l'Amérique, déclara Ward en trinquant.

— Si j'avais eu les moyens à l'époque, ta mère n'aurait pas perdu cette maison.

— Je sais, Danny.

— Mais rien n'arrive sans raison, Rusty. Comme tu l'as remarqué toi-même, tu ne te serais peut-être pas lancé dans la politique, dans ce cas. Et tu as fait une grande carrière. Tu es un Pur.

— Faudra que tu m'expliques ta petite classification, un jour. Tu l'as rédigée noir sur blanc ? J'aimerais la comparer avec mes propres conclusions sur mes distingués collègues.

— Tout est là-dedans, répondit Buchanan en se tapant le front.

— Un tel trésor enfoui dans le cerveau d'un seul homme ! Quel dommage.

— Toi aussi, tu sais tout sur tout le monde dans cette ville. » Buchanan se tut et reprit calmement : « Alors, qu'est-ce que tu sais sur moi ? »

La question étonna Ward.

« Ne me dis pas que le plus grand lobbyiste du monde est saisi par le doute ! Daniel J. Buchanan : inébranlable confiance en soi, esprit encyclopédique, connaissance approfondie de la psychologie des politiciens creux et de leurs faiblesses intrinsèques qui, entre parenthèses, pourraient remplir le Pacifique.

— Tout le monde a des doutes, Rusty, même les gens comme toi et moi. C'est pourquoi on tient la route. À un centimètre du ravin. Une minute d'inattention et c'est la mort. »

Il y avait, dans le ton de Buchanan, quelque chose qui alerta Ward. Son visage se fit plus grave.

« J'ai l'impression que tu n'arrives pas à me dire ce que tu as sur le cœur, Danny. Vas-y, vide ton sac !

— Jamais de la vie, répondit Buchanan en souriant. Si je commence à confier mes secrets aux types dans ton genre, je n'aurai plus qu'à ramasser mes billets et aller vendre de la limonade. Et je suis trop vieux pour ça. »

S'appuyant contre le coussin moelleux de son dossier, Ward considéra longuement son ami.

« Qu'est-ce qui te fait courir, Danny ? Pas l'argent, tout de même ?

— Si je faisais ça seulement pour le fric, j'aurais raccroché depuis longtemps. »

Il finit son verre et regarda vers la porte d'entrée, où se tenaient l'ambassadeur d'Italie et son imposant entourage, en compagnie de quelques huiles du Capitole, de deux sénateurs et de trois femmes en robes noires courtes qui semblaient avoir été louées pour la soirée (et pouvaient fort bien l'avoir été, d'ailleurs). Le Monocle se remplissait de tant de personnalités de premier plan qu'on ne pouvait pas cracher par terre sans éclabousser le président de quelque chose. Et ils avaient tous une seule et même idée derrière la tête : le pouvoir. Ils voulaient que vous le leur apportiez sur un plateau, avec des courbettes pour qu'ils puissent vous bouffer la laine sur le dos en vous jurant leur amitié. Buchanan connaissait la chanson.

Il avisa une vieille photo sur le mur. Un homme chauve au nez crochu, à la mine austère et aux yeux féroces, qui le regardait de haut. Mort depuis longtemps, il avait été l'un des personnages les plus puissants de Washington pendant des décennies. Et l'un des plus redoutés. À présent, Buchanan ne se rappelait même plus son nom. C'était tout dire.

Ward reposa son verre.

« Je crois que je sais : ton travail est de plus en plus bénévole au fil des années. Tu pars en croisade pour sauver un monde dont presque personne ne se soucie. Tu es vraiment le seul lobbyiste de ma connaissance à faire ça. »

Buchanan secoua la tête.

« Un pauvre gosse irlandais qui s'est élevé à la force du poignet et a fait fortune voit tout à coup la lumière et consacre ses dernières années à l'aide humanitaire ? Si c'est ainsi que tu m'imagines, tu te trompes, Rusty. C'est plus la peur que l'altruisme qui dicte ma conduite.

— Comment ça ? »

Buchanan se redressa, pressa ses paumes l'une contre l'autre et se racla la gorge. Il n'avait jamais parlé de ça à personne. Pas même à Faith. Peut-être le moment était-il venu. Il allait passer pour fou, assurément, mais au moins Rusty garderait cette confidence pour lui-même.

« Je fais souvent le même rêve. Dans ce rêve, l'Amérique ne cesse de s'enrichir, ne cesse d'engraisser. Un sportif peut gagner cent millions de dollars pour pousser un ballon, une star de cinéma vingt millions pour jouer dans un navet et un mannequin dix millions pour s'exhiber en petite tenue. Un môme de dix-neuf ans peut se faire un milliard en stock options en vendant sur Internet des trucs dont personne n'a besoin. » Il hésita, l'œil vague, puis continua : « Et un lobbyiste peut gagner de quoi s'acheter son propre avion. Nous accaparons les richesses du monde. Si quelqu'un se met en travers de notre chemin, nous l'écrasons, de cent façons différentes, tout en lui vantant le modèle américain. La dernière superpuissance. La seule. L'unique.

« Alors, peu à peu, le reste du monde s'éveille et nous voit tels que nous sommes : des usurpateurs. Et ils rappliquent en masse. Dans de vieux rafiots, dans des coucous rouillés, par n'importe quel moyen. D'abord par milliers, puis par millions et bientôt par milliards. Et ils nous épongent, ils nous essorent, ils nous jettent dans une bonde et ils tirent la chasse. Toi, moi, les basketteurs, les stars de ciné, les top models, Wall Street, Hollywood, Washington. Le vrai pays des faux-semblants. »

Ward écarquilla les yeux.

« Bon Dieu, c'est un rêve ou un cauchemar ?

— À toi de me le dire.

— Ton pays, tu l'aimes ou tu le quittes, Danny. Il y a du vrai dans ce slogan. Nous ne sommes pas si mauvais.

— Nous nous taillons une part disproportionnée de la richesse et de l'énergie du monde. Nous polluons plus que n'importe quel autre pays. Nous sabotons les économies étrangères sans sourciller. Et cependant, pour un tas de bonnes ou de mauvaises raisons que je serais bien en peine d'expliquer, j'aime mon pays. C'est pourquoi ce cauchemar me trouble tellement. *Je ne veux pas que ça arrive.* Or l'espoir s'amenuise de jour en jour.

— Alors, pourquoi tu continues ? »

Buchanan contempla de nouveau la vieille photo et dit :

« Tu veux du pathos ou du philosophique ?

— Pourquoi pas la vérité, tout simplement ?

— Je regrette profondément de n'avoir jamais eu d'enfants, commença-t-il. J'ai un ami, un bon ami, qui a douze petits-enfants. Il me parlait dernièrement d'une réunion de parents d'élèves à laquelle il avait assisté dans l'école élémentaire de sa petite-fille. Je lui ai demandé pourquoi il perdait son temps dans ces trucs-là. C'est aux parents de s'occuper de ça, je lui ai dit. Et tu sais ce qu'il m'a répondu ? Que nous devions tous voir au-delà de nos propres vies, au-delà même de la vie de nos enfants. Compte tenu de l'évolution du monde, ce n'est pas seulement notre droit, c'est notre devoir. Voilà ce qu'il m'a dit. »

Buchanan déplia sa serviette.

« Alors, si je fais tout ça, reprit-il, c'est peut-être parce que la somme des malheurs du monde pèse plus lourd que la somme de *nos* bonheurs. Et c'est injuste. »

Il s'interrompit, les yeux humides.

« Voilà ce qui me fait courir, conclut-il. Je ne vois pas d'autres raisons. »

28

Brooke Reynolds venait de réciter le bénédicité et ils commencèrent tous à manger. Elle était rentrée aussi vite que possible, depuis dix minutes à peine, bien décidée à dîner en famille. Ses heures de bureau normales étaient 8 heures 15-17 heures. Mais un horaire « normal » était une notion qui faisait rire tout le monde au FBI. Elle avait enfilé un jean et un sweat-shirt, et troqué ses chaussures en daim contre des Reebok. Ce fut pour elle un vrai plaisir de remplir de petits pois et de purée les assiettes de ses enfants. Rosemary leur servit des verres de lait pendant que Theresa, la fille de celle-ci, une adolescente, aidait David, le petit de trois ans, à couper sa viande. C'était une réunion de famille douce et tranquille, qui faisait le bonheur de Reynods et qu'elle était fermement résolue à vivre chaque soir, même si ça la forçait à repartir travailler plus tard.

Reynolds se leva de table et se remplit un verre de vin blanc. Tandis qu'une moitié de son cerveau se concentrait sur la recherche de Lockhart et de son nouvel allié, Lee Adams, l'autre moitié était absorbée par les préparatifs de Halloween, la semaine suivante. Sydney, sa fille de six ans, voulait absolument se déguiser en Bourriquet pour la seconde année consécutive. David, lui, serait Tigrou, un personnage parfaitement adapté à la boule de nerfs qu'il était. Ensuite, Thanksgiving, et peut-être une visite chez ses parents en Floride, si elle trouvait le temps. Puis Noël.

Des impératifs professionnels l'en avaient empêchée l'année précédente mais, cette fois-ci, elle braquerait son neuf millimètres sur quiconque essaierait de lui barrer la route. De jolies fêtes en perspective, tout bien considéré... Si elle arrivait à mettre son projet à exécution. En théorie, c'était facile. En pratique, c'était une autre paire de manches.

En rebouchant la bouteille, elle regarda tristement autour d'elle. Bientôt, cet intérieur ne serait plus le sien. Son fils et sa fille pressentaient qu'un changement s'annonçait. David se réveillait toutes les nuits depuis une semaine. Quand elle rentrait du bureau, après quinze heures de travail, Reynolds devait le prendre dans ses bras, le dorloter et le bercer pour qu'il se rendorme. Elle lui répétait que tout se passerait bien, alors qu'elle n'en était pas du tout sûre elle-même. Le métier de parent était parfois très dur, surtout en plein divorce, quand on voyait chaque jour l'anxiété se peindre sur le visage de ses enfants. Plus d'une fois, Reynolds avait songé à annuler la procédure de divorce pour cette unique raison. Mais s'accrocher à son couple au nom de ses enfants n'était pas une solution. Du moins pas pour elle. Paradoxalement, elle se disait que la cohésion familiale serait plus forte sans homme, et que son ex se révélerait peut-être meilleur père après le divorce. En tout cas, elle l'espérait. Car Reynolds voulait par-dessus tout le bien de ses enfants.

Constatant que Sydney la regardait avec appréhension, elle sourit le plus naturellement possible. Cette enfant était d'une maturité si précoce que ses six ans en paraissaient seize à sa mère. Elle remarquait tout, aucun détail important ne lui échappait. Jamais, dans sa carrière, Reynolds n'avait interrogé un suspect avec autant de profondeur que le faisait chaque soir sa fille avec elle. Sydney la sondait, tentait de comprendre ce qui se passait, ce que l'avenir leur réservait, et Reynolds n'avait jamais de réponses toutes prêtes.

Souvent, elle avait trouvé la fillette serrant son frère en larmes dans son lit, tard le soir, pour l'apaiser, chasser ses peurs. Reynolds avait dernièrement dit à son aînée qu'elle n'avait pas à assumer cette responsabilité, que leur mère serait toujours là pour eux. Mais Sydney n'avait pas été convaincue et, devinant ses doutes, Reynolds avait vieilli de plusieurs années en quelques secondes. Le souvenir de la diseuse de bonne aventure qui lui avait prédit une mort prématurée s'enracinait de plus en plus dans sa mémoire.

« Le poulet de Rosemary est formidable, hein, ma chérie ? » lança-t-elle à Sydney.

La fillette acquiesça.

« Merci, madame », dit Rosemary, ravie.

« Tu vas bien, maman ? » demanda Sydney tout en écartant du bord de la table le verre de lait de David, qui avait une propension à renverser tous les liquides à portée de sa main.

Cet acte subtil d'attention maternelle et la question inquiète de sa fille émurent Reynolds presque jusqu'aux larmes. Ces derniers temps, elle était ballottée dans un tel tourbillon d'émotions qu'il en fallait peu pour la bouleverser. Elle but une gorgée de vin, espérant que l'alcool l'aiderait à ne pas éclater en sanglots. Elle se sentait dans le même état d'esprit que pendant sa grossesse : les plus petites choses l'affectaient comme si la vie ou la mort en dépendaient. Mais son bon sens reprit vite le dessus. Elle était une maman, tout finirait par s'arranger. C'était son rôle. Elle avait la chance d'avoir une nurse à domicile, dévouée, sur qui elle pouvait compter. Ça ne servait à rien de geindre et de s'apitoyer sur son sort. Leur vie n'était pas parfaite ? Et alors ? Qui avait une vie parfaite ? Elle pensa à ce qu'Anne Newman devait endurer en ce moment même. En comparaison, ses problèmes à elle étaient bien minces, au fond.

« Tout va pour le mieux, Syd. Vraiment. Félicitations pour ta dictée, au fait. Mlle Betack a dit que tu étais la star du jour.

— J'aime bien l'école.

— Et ça se voit, mademoiselle. »

Reynolds allait se rasseoir quand le téléphone sonna. Comme sa ligne était reliée à un service d'identification de l'appelant, elle regarda machinalement l'écran de l'appareil. Rien. Le numéro de l'appelant devait être sur liste rouge. Elle hésita : fallait-il répondre ou non ? Le problème était que tous les agents du FBI qu'elle connaissait avaient un numéro sur liste rouge. D'habitude, cependant, ses collègues la contactaient sur son bip ou son portable, où leurs numéros étaient préenregistrés. À ceux-là, elle répondait toujours. Cet appel-ci était probablement du démarchage par téléphone, un représentant quelconque désireux de lui vendre des billets pour Disney World ou une nouvelle cuisine. Elle se décida pourtant à décrocher. L'intuition...

« Allô ?

— Brooke ? »

C'était Anne Newman. Complètement désemparée. En l'écoutant, Reynolds devina que ce n'était pas seulement la mort violente de son mari qui l'affolait. Pauvre Anne, que pouvait-il donc y avoir de pire ?

« J'arrive dans trente minutes », assura Reynolds.

Elle attrapa son manteau et sa clé de voiture, mordit dans une tranche de pain et embrassa ses enfants.

« Tu seras de retour à temps pour nous lire une histoire, maman ? demanda Sydney.

— *Les Trois Ours*, *Les Trois Petits Cochons* et *Les Trois Chèvres...* », précisa David en énumérant ses contes préférés à sa conteuse préférée.

La conteuse préférée de Sydney, en vérité, n'était pas sa mère mais elle-même. Elle adorait lire les histoires à haute voix, chaque soir. Le petit David vida son verre de lait à grandes lampées en glougloutant bruyamment, puis s'excusa et éclata de rire.

Reynolds sourit. Parfois, lorsqu'elle était fatiguée, elle racontait les histoires si vite que tout se mélangeait. Les cochons construisaient leurs maisons, les ours allaient se promener pendant que Boucles d'Or dévalisait la cabane, et les trois chèvres vivaient heureuses dans leur nouvelle prairie après avoir rossé le vilain troll. Et hop, au dodo. Tout était bien qui finissait bien. Bonne nuit, les petits. Mais, en se déshabillant avant de se coucher, elle était saisie par le remords. Pour satisfaire un besoin aussi insignifiant que le sommeil, elle avait court-circuité les trois contes de fées au lieu de profiter de ces rares instants de bonheur familial. Bientôt, ses enfants seraient grands et il serait trop tard. Bah, pourquoi se mettre martel en tête ? Reynolds était trop perfectionniste. Or, les mots « mère parfaite » constituaient le plus grand oxymoron du monde.

« Je ferai mon possible, je vous le promets. »

En voyant la déception assombrir le visage de sa fille, elle tourna les talons et s'enfuit. Elle s'arrêta dans la petite pièce du premier étage qui lui servait de bureau. Dans le dernier tiroir d'un meuble de rangement, elle prit un lourd coffret métallique, qu'elle ouvrit avec une clé. Elle en sortit son SIG neuf millimètres, le chargea, mit le cran de sûreté, le glissa dans son étui de ceinture, et sortit avant d'accorder une nouvelle pensée à cette déception supplémentaire qu'elle infligeait à ses enfants. Comment mener de front sa carrière et son rôle de mère ? Si seulement elle avait pu se cloner. En deux.

29

Lee et Faith firent deux arrêts en chemin, l'un pour un déjeuner tardif dans un fast-food, l'autre dans un grand centre commercial de Virginie du Sud. Lee avait aperçu un panneau publicitaire sur le bord de l'autoroute, annonçant une grande braderie d'armes. Le parking était bourré de camionnettes-bennes, de caravanes et de 4 × 4 à gros pneus et gros moteurs. Il y avait des hommes en vêtements de sport plutôt chic, d'autres en T-shirts crasseux et jeans râpés. Apparemment, les Américains de toutes origines étaient amateurs d'armes.

« Pourquoi ici ? demanda Faith quand Lee descendit de la moto.

— La loi virginienne oblige les armuriers à exiger de tout acheteur des chèques certifiés, expliqua-t-il. Il faut remplir un formulaire, montrer son permis de port d'armes et deux pièces d'identité. Mais la loi ne s'applique pas aux braderies. Ici, tout ce qu'on vous demande, c'est votre fric. Et, justement, j'aurais besoin du vôtre.

— Vous tenez *absolument* à être armé ? »

Il la regarda comme si elle était tombée de la dernière pluie.

« Ceux qui nous traquent le sont tous », répondit-il.

Renonçant à réfuter sa logique radicale, elle s'abstint de tout commentaire, lui donna l'argent et se pelotonna sur le siège de la moto en l'attendant.

Lee acheta un pistolet automatique Smith & Wesson « double-action » à quinze coups, neuf millimètres Parabellum. L'adjectif « automatique » était trompeur. En fait, il fallait appuyer sur la détente à chaque coup. Ce qui était automatique, c'était le rechargement après le tir. Il acheta également une boîte de munitions et un nécessaire de nettoyage, puis revint au parking.

Faith le regarda attentivement ranger le pistolet et les balles dans la malle de la moto.

« Vous vous sentez plus sûr de vous, maintenant ? demanda-t-elle sèchement.

— Aussi sûr de moi que si j'étais encerclé par cent agents du FBI avec des mitraillettes. »

Ils arrivèrent en Caroline du Nord à la tombée de la nuit, et Faith lui indiqua le chemin de sa maison de Pine Island.

Quand Lee s'arrêta devant la propriété, il ouvrit des yeux ronds. C'était immense. Il retira son casque et se tourna vers elle.

« C'est ça que vous appelez une petite maison ?

— Je n'ai jamais dit qu'elle était petite. C'est vous qui avez parlé d'un cabanon. Moi, j'ai simplement dit qu'elle était confortable. »

Elle mit pied à terre et s'étira. Toutes les parties de son corps étaient en compote, surtout son derrière.

« Elle doit faire dans les mille mètres carrés », estima Lee en considérant la demeure à deux étages, plaquée de bois, avec ses deux cheminées en pierre et son toit en bardeaux de cèdre. Deux larges balcons, de style colonial, entouraient les étages, accentuant l'aspect sudiste de l'architecture. Il y avait des tourelles pointues et des murs à colombages, où le torchis était remplacé par des panneaux de verre. Les jets d'eau et les lumières du jardin se déclenchèrent automatiquement à leur approche. Derrière la maison, on entendait bruire le ressac. Elle était située au bout d'une impasse tranquille. De semblables résidences étaient alignées le long de la plage à perte de vue mais, malgré la douceur de l'air, novembre approchait et elles étaient toutes fermées.

« Je ne me suis jamais donné la peine de calculer la superficie, répliqua Faith. Si vous voulez tout savoir, je la loue d'avril à septembre. Ça me paie mes traites et ça me laisse trente mille dollars net par an. » Elle retira son casque et passa une main dans ses cheveux pour les ébouriffer. « J'ai besoin de me doucher et de manger quelque chose. La cuisine devrait être approvisionnée. Vous pouvez ranger la moto dans le garage. »

Faith ouvrit la grande porte et entra, pendant que Lee garait la Honda et se coltinait les sacs. L'intérieur de la maison était encore plus beau que l'extérieur. Lee constata avec soulagement que la propriété était équipée d'un système de sécurité. Il inspecta les lieux : d'immenses plafonds aux poutres apparentes, des lambris, une cuisine spacieuse, des sols dallés à l'italienne et des tapis berbères hors de prix un peu partout. Il dénombra six chambres, sept salles de bains, et découvrit sur la terrasse de derrière un jacuzzi extérieur assez grand pour permettre les ébats de six adultes ivres. Il y avait aussi trois cheminées, en comptant celle de la chambre de maître. Le mobilier en rotin était une invitation permanente à la sieste.

Lee ouvrit la porte-fenêtre de la cuisine. Elle donnait sur la terrasse et un jardin clôturé, agrémenté d'une piscine en forme de haricot, dont les eaux chlorées scintillaient à la lueur des projecteurs encastrés. Un nettoyeur robotisé allait et venait dans le bassin, aspirant moucherons et débris divers.

Faith le rejoignit sur les planches de la terrasse.

« J'ai demandé au personnel de gardiennage de faire le nécessaire ce matin. Ils entretiennent la piscine toute l'année. Je m'y suis baignée nue en décembre. C'est merveilleusement paisible.

— Les autres maisons ont l'air inoccupées.

— La côte est fréquentée pendant presque neuf ou dix mois de l'année, maintenant. Pour le climat. Mais, en cette saison, il y a toujours des risques d'ouragan et l'endroit est très cher. Les locations coûtent une fortune. À moins de venir en groupe, c'est inabordable pour une famille moyenne. À cette époque de l'année, ce sont généralement les propriétaires qui viennent, et rarement en semaine s'ils ont des enfants scolarisés. Autrement dit, il n'y a personne.

— J'aime autant.

— La piscine est chauffée, si vous voulez faire trempette.

— Je n'ai pas apporté mon maillot.

— Vous avez quelque chose contre le nudisme ? »

Elle sourit et fut très soulagée qu'il fasse trop noir pour voir ses yeux. Si elle avait croisé son regard bleu maintenant, elle aurait été capable de le pousser à l'eau et de le rejoindre.

« Il y a des tas de boutiques en ville où on peut se procurer des maillots de bain. J'ai tout ce qu'il faut ici pour moi. On vous achètera des habits demain.

— Je me contenterai de ce que j'ai apporté.

— Vous ne voulez pas vous éterniser ici, hein ?

— Je ne pense pas que nous resterons assez longtemps pour prendre racine. »

Faith regarda vers les passerelles en planche qui menaient au rivage à travers les dunes. Au loin, l'Atlantique mugissait.

« On ne sait jamais, dit-elle. On dort si bien au bord de la mer. Il n'y a rien de tel que le bruit des vagues pour vous accompagner dans le sommeil. À Washington, je ne dors jamais bien. Trop de soucis.

— Ah ? Moi, je dors très bien, j'ai la conscience tranquille.

— À chacun ses problèmes, répliqua-t-elle, vexée.

— Bon, qu'est-ce qu'il y a pour le dîner ?

— Minute. D'abord, la douche. Vous pouvez prendre la chambre de maître.

— C'est votre maison. Un divan me conviendra parfaitement.

— Avec six chambres, ce serait un peu idiot. Prenez celle qui est au bout du couloir, au premier. Elle donne sur la terrasse. Il y a un jacuzzi. Ne vous gênez pas. Même sans maillot de bain. N'ayez pas peur, je ne regarderai pas. »

Ils rentrèrent. Lee prit son sac et suivit Faith à l'étage. Il se doucha, enfila un pantalon kaki, un sweat-shirt et des tennis sans chaussettes, vu qu'il avait oublié d'en emporter. Il ne se donna pas la peine de se sécher les cheveux, mais prit le temps de se regarder dans la glace. Sa nouvelle coiffure ne lui allait pas si mal. Elle le rajeunissait même de quelques années. Il contracta ses abdominaux et se tapota le ventre.

« Ça va, beau gosse, dit-il à son reflet. Même si elle était ton type, ce qu'elle n'est absolument pas… »

Il quitta la chambre mais, au lieu de descendre tout de suite, s'arrêta dans le hall.

La chambre de Faith se trouvait à l'autre bout du couloir. Il entendait encore le bruit de la douche. Elle devait se prélasser sous l'eau chaude pour se remettre des fatigues du voyage. Elle l'avait mérité. Il était obligé de reconnaître qu'elle s'était bien comportée. Elle n'avait pas trop râlé. Pourtant, un soupçon lui vint. Elle lui avait déjà fait faux bond une fois, elle pouvait très bien recommencer. Si la douche était un subterfuge pour lui permettre de filer en douce par la porte de derrière ? Elle était peut-être, en ce moment même, en train de se carapater… dans une voiture louée en cachette et l'attendant au coin de la rue. C'était tout à fait dans le style de son père, ça, mettre les voiles en pleine nuit quand les choses tournaient mal.

Il frappa à sa porte. « Faith ? » Pas de réponse. Il frappa plus fort. « Faith ? Faith ! » L'eau coulait toujours. « FAITH ! » Il essaya la porte. Fermée à clé. Il tambourina en criant son nom.

Il pivotait déjà pour dévaler l'escalier lorsqu'il entendit des pas. La porte s'ouvrit derrière lui. Faith se tenait sur le seuil, les cheveux mouillés, les jambes ruisselantes, hâtivement enveloppée dans une serviette.

« Quoi ? fit-elle. Qu'est-ce qu'il y a ? »

Lee ne put s'empêcher d'admirer le galbe de ses épaules, l'élégante courbure de son cou à la Audrey Hepburn, l'éclat satiné de ses bras. Se rinçant l'œil malgré lui, il put constater, en laissant son regard descendre jusqu'à mi-cuisse, que ses jambes n'avaient rien à envier au reste.

« Qu'est-ce qui se passe, Lee ? s'exclama-t-elle.

— Oh, euh, je me demandais comme ça… Tiens, et si je préparais le dîner ? » dit-il avec un sourire en coin.

Elle écarquilla les yeux, incrédule. Comme une petite mare se formait sur le tapis devant ses pieds, elle resserra la serviette, dont le drapé surligna le contour de ses petits seins fermes. En cet instant, Lee songea sérieusement à prendre une autre douche, mais glacée cette fois, pour décongestionner une certaine partie de son anatomie.

« Charmante attention, rétorqua-t-elle en claquant la porte.

— Charmant spectacle », murmura-t-il pour lui-même.

Il descendit afin d'examiner le contenu du réfrigérateur. Il composa un menu et se mit à rassembler denrées et ustensiles. À force de vivre seul, lassé de la tambouille McDo, il s'était finalement décidé à apprendre la cuisine. Dans son esprit, c'était même une décision thérapeutique : depuis qu'il avait évacué de ses artères la mauvaise graisse, il espérait vivre vingt ans de plus. Enfin, ça, c'était avant d'avoir rencontré Faith Lockhart, parce que, désormais, ses chances de mourir de vieillesse étaient de plus en plus minces.

Il brossa un poisson, l'enduisit de beurre préalablement fondu dans une poêle, ajouta de l'ail, du jus de citron, quelques épices dont sa mère lui avait révélé les secrets, l'enveloppa dans une feuille de papier d'aluminium et mit le tout au four. Il coupa des tomates et des tranches de mozzarella, qu'il disposa artistement sur un plat, arrosa d'huile d'olive et assaisonna. Ensuite, il prépara une salade, beurra des tartines de pain français, les frotta d'ail et les enfourna sur une plaque au-dessus du poisson. Il sortit deux assiettes, des couverts, des serviettes qu'il trouva dans un tiroir, et dressa la table. Il y avait des bougies, mais il renonça à les allumer. Ce n'était pas un dîner en amoureux et il ne fallait pas oublier qu'ils étaient toujours l'objet d'une chasse à l'homme d'ampleur nationale.

Ouvrant un casier à vin réfrigéré, il jeta son dévolu sur une bouteille de blanc. Faith descendit au moment où il remplissait deux verres. Elle portait une chemise en jean sur un T-shirt blanc, un pantalon de toile blanc et des sandales rouges. Il remarqua qu'elle ne s'était pas fardée, du moins pour autant qu'il pouvait en juger. Un bracelet en argent tintait à son poignet et elle avait des boucles d'oreilles en turquoise de style sudiste.

Elle parut surprise par ses activités culinaires.

« Un homme capable à la fois de manier un revolver, de semer les fédés et de faire la cuisine ! Vous n'arrêtez pas de m'étonner.

— Un bon repas, une soirée tranquille, et après nous passerons aux choses sérieuses, dit-il en lui tendant un verre.

— Le service est impeccable, déclara-t-elle en trinquant.

— Un autre de mes talents. »

Il vérifia le poisson dans le four et elle contempla le paysage, face à la baie vitrée.

Ils mangèrent en silence, se sentant tous deux un peu gauches maintenant qu'ils étaient arrivés à destination. Bizarrement, ils avaient l'impression d'avoir accompli le plus facile.

Faith insista pour ranger la cuisine pendant que Lee regardait les informations télévisées.

« Nous faisons l'actualité ? demanda-t-elle.

— Apparemment, non. Mais ils ont dû signaler la mort de l'agent du FBI. Un fédé assassiné, ça n'arrive pas tous les jours, Dieu merci. J'achèterai un journal demain. »

Faith finit son ménage, se servit au autre verre de vin et le rejoignit.

« Bon, à présent qu'on a le ventre plein et que l'alcool nous a bien ramollis, parlons franc, lança-t-il. Je veux connaître toute l'histoire, Faith. Et sans tourner autour du pot.

— Alors, comme ça, vous pensez qu'il suffit de donner à manger à une fille et de la faire boire pour qu'elle s'abandonne ? » répliqua-t-elle avec un sourire mutin.

Il se rembrunit.

« Je ne plaisante pas, Faith. »

Son sourire disparut. Son air mutin aussi.

« Allons marcher sur la plage », proposa-t-elle.

Lee voulut protester, mais se ravisa.

« O.K., c'est votre domaine, c'est vous qui fixez les règles. »

Il se dirigea vers l'escalier.

« Où allez-vous ?

— Je reviens tout de suite. »

Quand il redescendit, il portait une veste.

« Ce n'était pas la peine, affirma-t-elle. Il fait encore doux dehors. »

Il ouvrit la veste, dévoilant un étui avec le Smith & Wesson.

« Mais j'aimerais autant ne pas faire peur aux crabes…

— Les armes à feu me terrifient.

— Les armes à feu peuvent rassurer aussi. Et vous épargner une mort subite, généralement violente.

— Personne n'a pu nous suivre. Personne ne peut savoir que nous sommes ici. »

La réponse de Lee la fit frémir :

« Dieu fasse que vous ayez raison. »

30

Reynolds n'utilisa pas son gyrophare, mais elle l'aurait fait si une voiture de police avait tenté de l'arrêter pour excès de vitesse. De toute façon, elle fut bientôt obligée de ralentir, en voyant une mer de feux stop s'étendre devant elle. Elle consulta sa montre : 7 heures et demie. Bon sang, c'était donc toujours l'heure de pointe dans ce secteur ? Les gens partaient travailler de plus en plus tôt ou rentraient de plus en plus tard pour éviter les bouchons, si bien que les deux groupes ne tarderaient pas à se télescoper et que l'autoroute serait aussi encombrée qu'un parking. Par chance, Anne Newman n'habitait pas très loin.

En roulant, Reynolds repensa à sa visite dans l'immeuble d'Adams. Elle croyait avoir tout entendu depuis qu'elle faisait ce boulot, mais la déposition d'Angie Carter lui était tombée dessus comme une massue. Des agents du FBI, avait dit la vieille dame. Du FBI ! Connie et Reynolds en avaient aussitôt référé à leurs supérieurs qui, après vérification, leur avaient affirmé que le Bureau n'avait conduit aucune opération à l'adresse d'Adams. Alors, tout s'était accéléré. Le directeur en personne s'en était mêlé et avait ordonné une enquête. Un mandat de perquisition avait été délivré immédiatement, alors que, la porte ayant été défoncée, ils auraient pu entrer dans l'appartement comme dans un moulin. Il y avait des procédures à respecter, et Reynolds s'en était félicitée car, vu la tournure des événements, tout manquement à la règle aurait précipité sa disgrâce.

L'appartement avait été passé au peigne fin par une équipe technique du Bureau, spécialement détachée d'une autre enquête importante. La fouille n'avait pas donné grand-chose. Il n'y avait aucune bande dans le répondeur téléphonique, ce qui avait mis la puce à l'oreille de Reynolds. Si les faux agents du FBI avaient pris la bande, c'est qu'elle devait contenir une information importante. Les enquêteurs n'avaient trouvé aucune sorte d'indice (carte routière ou autre document) sur la destination d'Adams et Lockhart, mais ils avaient relevé des empreintes digitales correspondant à celles de Lockhart. C'était déjà ça. Ils se penchaient actuellement sur l'entourage d'Adams : il avait de la famille dans la région, c'était peut-être une piste.

Ils avaient découvert la trappe menant au toit dans l'appartement vide d'à côté. Malin. Reynolds avait également remarqué les serrures, la vidéosurveillance, la porte blindée et le couvercle en cuivre sur le boîtier de commande de l'alarme. Lee Adams savait ce qu'il faisait.

Ils avaient récupéré un sac de cheveux et des flacons de teinture dans les poubelles derrière l'appartement. Cela confirmait ce que la vidéo de l'aéroport leur avait déjà appris, à savoir qu'Adams était désormais blond et Lockhart brune. La belle affaire ! On vérifiait encore si l'un ou l'autre possédait une résidence secondaire à son nom dans le pays, mais autant chercher une aiguille dans une botte de foin. Ils n'étaient pas idiots au point d'utiliser leurs véritables identités et, de toute façon, Suzanne Blake et Charles Wright étaient des noms trop communs pour être facilement dépistés.

Les officiers de police arrivés sur les lieux à la suite de l'alarme furent convoqués et interrogés. Les faux agents fédéraux leur avaient raconté que Lee Adams était recherché dans le cadre d'une affaire de rapt. Leurs cartes semblaient parfaitement authentiques et ils avaient l'allure et l'artillerie typiques des forces fédérales. Lorsque la police avait débarqué, les gars se livraient à une fouille en règle de l'appartement et n'avaient pas tenté de fuir. Il était impossible de voir que c'étaient des imposteurs, avaient affirmé les deux flics interrogés, tous deux des vétérans. Ils leur avaient même dit le nom du commandant de l'opération – qui, après collation du fichier du personnel, se révéla bidon, évidemment. Les policiers donnèrent le signalement des hommes qu'ils avaient vus, et un technicien du Bureau en fit un portrait-robot informatique. Le résultat des recherches était encore nul, mais les implications déjà lourdes de conséquences. Surtout pour Reynolds.

Elle avait reçu une nouvelle visite de Paul Fisher. Il venait sur ordre de Massey, ainsi qu'il le lui avait expliqué d'entrée de jeu. Elle devait retrouver Lockhart au plus vite, sans faire de vagues, et pouvait être assurée du soutien de la hiérarchie.

« À condition que tu ne commettes pas d'autres erreurs, avait-il précisé.

— Je ne savais pas que j'en avais commis, Paul.

— Ah non ? Un agent tué et Faith Lockhart dans la nature, tu appelles ça comment ?

— C'est une fuite qui a causé la mort de Ken, avait-elle répliqué. Je n'en suis pas responsable.

— Brooke, si c'est vraiment ton état d'esprit, alors demande tout de suite ton changement d'affectation. S'il y a eu une fuite, tous les membres de ton équipe, à commencer par toi, sont en tête de la liste des suspects. C'est la politique de la maison et on s'y tiendra. »

Dès qu'il était sorti de son bureau, elle avait jeté ses chaussures contre la porte fermée, pour bien lui faire sentir son extrême déplaisir. Paul Fisher avait été dès lors officiellement rayé du catalogue de ses fantasmes sexuels.

Reynolds s'engouffra dans la bretelle de sortie, prit à gauche dans Braddock Road et louvoya dans la circulation jusqu'au quartier résidentiel, plus tranquille, de l'agent assassiné. Elle ralentit en abordant la rue de Newman. La maison était sombre, il y avait une seule voiture dans l'allée. Reynolds gara son véhicule de fonction le long du trottoir et se hâta vers la porte d'entrée.

Anne Newman avait dû la guetter, car la porte s'ouvrit avant qu'elle n'ait sonné.

Le veuve de Ken ne se répandit pas en vaines politesses, n'offrit rien à boire à Reynolds. Elle alla droit au but et la conduisit directement dans une petite pièce faisant office de cabinet de travail, avec un bureau, un casier métallique, un ordinateur et un fax. Des photos de joueurs de base-ball et d'autres souvenirs sportifs étaient accrochés au murs. Sur le bureau s'alignaient des piles de dollars en argent emballées dans du plastique et étiquetées.

« Je fouillais dans les affaires de Ken. J'ignore pourquoi. Ça me semblait…

— Vous n'avez pas à vous justifier, Anne, après ce que vous avez enduré. Il n'y a plus de règles établies. »

Anne Newman essuya une larme, sous le regard compréhensif de Reynolds. Il était clair qu'elle était proche du point de rupture : vêtue d'une vieille robe de chambre, elle avait les cheveux sales, les yeux rougis et boursouflés. La veille dans l'après-midi, la décision la plus urgente à prendre pour elle avait dû être… le menu du dîner, songea Reynolds. Tout s'était écroulé autour d'elle. Ken Newman était peut-être seul dans son cercueil, mais Anne n'était pas loin. L'unique différence était qu'elle vivait encore, aux yeux du monde.

« J'ai trouvé ces albums de photos. Je ne savais même pas qu'ils étaient là. Dans une boîte avec d'autres choses. Ça peut paraître déplacé, bien sûr, mais… si ça aide à découvrir ce qui est arrivé à Ken… »

Elle n'acheva pas sa phrase, vaincue par ses sanglots. Des larmes s'écrasèrent sur l'album qu'elle tenait à la main, avec sa couverture démodée, à motif psychédélique des années 70.

Elle se ressaisit.

« J'ai pensé que le mieux était de vous appeler, reprit-elle avec une brusquerie à la fois douloureuse et rassurante pour Reynolds.

— Je sais que c'est très difficile pour vous. Je peux voir ce que vous avez trouvé ? » dit Reynolds en lorgnant l'album, pour abréger cet instant pénible.

Anne Newman s'assit sur un petit divan, ouvrit l'album et retira le film plastique protégeant la page qui l'intéressait. Une grande photo de format 16 × 20 montrait un groupe d'hommes en tenue de chasse et armés de fusils. L'un d'eux était Ken Newman. Elle souleva la photo. Au-dessous, il y avait un bout de papier et une petite clé. Elle les tendit à Reynolds en épiant sa réaction du coin de l'œil.

Le bout de papier était une attestation bancaire relative à un coffre dans un établissement local. La clé était vraisemblablement celle du coffre en question.

« Vous n'étiez pas au courant, c'est ça ? s'enquit Reynolds.

— Non. Nous avons effectivement un coffre. Mais pas dans cette banque. Et ce n'est pas tout... »

Reynolds regarda mieux l'attestation. Elle n'était pas au nom de Ken Newman. Et l'adresse n'était pas la sienne non plus.

« Qui est Frank Andrews ?

— Aucune idée, répondit Anne Newman, de nouveau au bord des larmes.

— Ken avait-il prononcé ce nom devant vous ? »

Anne fit signe que non.

Reynolds inspira profondément. Si Newman avait un coffre sous un faux nom, il fallait qu'il eût aussi de faux papiers pour y accéder.

Elle s'assit à côté d'Anne et lui prit la main.

« Auriez-vous trouvé des papiers d'identité au nom de Frank Andrews ? »

La veuve fondit en larmes. Reynolds eut sincèrement pitié d'elle.

« Vous voulez dire... des papiers avec... la photo de Ken dessus ? Prouvant que Ken et ce Frank Andrews étaient une seule et même personne ?

— Oui, c'est bien ça », répondit Reynolds.

Anne Newman mit la main dans la poche de sa robe de chambre et en sortit un permis de conduire de Virginie. Au nom de Frank Andrews. En Virginie, le numéro de sécurité sociale du conducteur devait figurer sur le permis. Il y était. Et il y avait aussi une photo, bien sûr. Celle de Ken Newman.

« J'ai pensé aller moi-même vérifier ce qu'il y avait dans ce coffre. Mais la banque ne m'aurait pas laissée faire. Comment aurais-je pu leur expliquer que c'était mon mari ? Je ne m'appelle pas Andrews.

— C'est certain, Anne, c'est certain. Vous avez eu raison de me prévenir. Où exactement avez-vous découvert ce faux permis ?

— Dans l'un des autres albums. Pas les albums de famille. Ceux-là, c'est moi qui les classe, je les connais par cœur. Dans les autres, il y a des photos de Ken avec ses copains de chasse et de pêche. Ils faisaient des virées entre hommes tous les ans. Ken aimait bien prendre des photos, mais je ne savais pas qu'il les conservait. Je ne les regardais jamais, ça ne m'intéressait pas tellement, vous comprenez ? » Elle contempla le mur pensivement. « Parfois, j'avais l'impression que Ken était plus heureux avec ses copains qu'à la maison. »

Elle mit une main sur sa bouche et baissa les yeux. Reynolds devina que ces mots lui avaient échappé, qu'Anne n'avait pas eu l'intention de faire ce genre de confidences à une étrangère. Elle patienta. Ce n'était pas le moment de la brusquer.

« Je ne l'aurais jamais trouvé sans... ce qui s'est passé, vous savez, reprit-elle au bout d'une minute. La vie nous joue parfois des tours. »

De bien mauvais tours souvent.

« Anne, il faut que je vérifie tout ça. Je vais prendre ces documents et je veux que vous n'en parliez à personne. Ni aux amis, ni à la famille... » Elle pesa ses mots avant d'ajouter : « ... ni à aucune personne du Bureau. Laissez-moi d'abord creuser un peu. »

Anne leva vers elle des yeux effrayés.

« À quoi Ken était-il mêlé, Brooke ?

— Je ne sais pas encore. Il est trop tôt pout tirer des conclusions. Le coffre est peut-être vide. Ken a pu le louer il y a longtemps et l'avoir oublié.

— Et le faux permis ? »

Reynolds s'humecta les lèvres.

« Ken a travaillé sur certaines missions secrètes dans le passé. C'était peut-être une de ses couvertures, qu'il aura gardée en souvenir. »

Reynolds n'en croyait pas un mot elle-même, et Anne Newman non plus, sans doute. Le permis portait une date trop récente. Et, quand un agent du FBI accomplissait une mission secrète, il ne rapportait pas ses faux papiers chez lui. Non, Reynolds en était convaincue, ce permis n'était pas lié aux fonctions de Ken. Alors, à *quoi* ? C'était son métier de le découvrir.

« Anne, pas un mot à quiconque. Pour votre propre sécurité. »

Elle se leva. Anne Newman lui serra le bras.

« Brooke, j'ai trois gosses. Si Ken a trempé dans une histoire louche...

— Je vais placer la maison sous surveillance. Vingt-quatre heures sur vingt-quatre. Si quelque chose éveille le moindre soupçon chez vous, appelez-moi. » Elle lui passa une carte avec le numéro de sa ligne directe. « De jour comme de nuit.

— Je ne saurais pas vers qui d'autre me tourner. Ken vous appréciait beaucoup. Vraiment.

— C'était un excellent agent, qui a fait une carrière de premier plan. »

Toutefois, si elle découvrait que Ken Newman s'était laissé acheter, le Bureau anéantirait sa réputation, ce qui, évidemment, affecterait profondément l'avenir de sa famille, à commencer par Anne et ses enfants. Mais c'était la vie. Reynolds n'avait pas fixé les règles du jeu, elle n'était pas toujours d'accord avec elles, mais elle les respectait. Quoi qu'il en soit, elle vérifierait elle-même le contenu du coffre. S'il ne recelait rien de suspect, elle n'en parlerait à personne. Elle continuerait de chercher les raisons pour lesquelles Newman avait une seconde identité, mais elle le ferait en dehors de ses heures de travail. Elle n'avait pas envie de détruire sa mémoire sans un motif sérieux. Elle devait bien ça à Ken.

Elle laissa Anne sur le divan, l'album ouvert sur ses genoux. Ironie du sort : si la fuite venait de Newman, alors il avait lui-même avancé l'heure de sa mort. Maintenant qu'elle y pensait, le commanditaire avait probablement espéré faire d'une pierre deux coups : éliminer à la fois son indic et la principale cible. Seule la déviation providentielle d'une balle avait évité à Lockhart de rejoindre Ken Newman à la morgue. Ou peut-être aussi l'intervention de Lee Adams ?

Celui qui avait orchestré l'opération connaissait son affaire. Hélas pour Reynolds. Contrairement à ce qu'on voyait dans les séries et les films, la plupart des criminels étaient très peu futés et incapables de manipuler la police. La majorité des assassins, violeurs, cambrioleurs, braqueurs, dealers et autres délinquants étaient généralement des illettrés ou des trouillards – ou des drogués en manque, des alcooliques terrifiés par leur ombre en temps normal et démoniaques sous l'effet des produits absorbés. Ils laissaient de nombreux indices derrière eux ou se constituaient prisonniers, ou étaient tout simplement dénoncés par leurs « amis ». Ils étaient jugés, jetés en prison et, à l'occasion, exécutés. Ce n'étaient en rien des professionnels.

Mais Reynolds savait que ce n'était pas le cas ici. Les amateurs n'avaient pas les moyens de soudoyer des agents confirmés du FBI. Ils n'engageaient pas des tueurs qui se planquaient pour attendre leur proie. Ils ne se déguisaient pas en fédéraux avec des plaques assez bien imitées pour berner des policiers. De sinistres hypothèses de conspiration se bousculaient dans sa tête. Elle avait peur. Car on a beau être dans le métier depuis des lustres, la peur est toujours là. La peur, c'est la survie. Quand on cesse d'avoir peur, on est mort.

En repartant, Reynolds passa sous un détecteur d'incendie qui clignotait dans le vestibule. Il y avait trois autres détecteurs semblables à l'intérieur de la maison, y compris dans le bureau de Ken. Bien que branchés sur l'installation électrique ordinaire de l'habitation, et bien que remplissant la fonction pour laquelle ils étaient conçus, ils dissimulaient également de minuscules objectifs de caméras hypersophistiquées. Deux des appliques murales du rez-de-chaussée et de l'étage avaient été pareillement « modifiées ». Les modifications avaient eu lieu deux semaines plus tôt, lors d'un week-end prolongé des Newman. Ce type de système de surveillance était basé sur une technologie très utilisée au FBI. Et à la CIA.

Robert Thornhill était à l'affût. Et son attention allait maintenant se porter sur Brooke Reynolds.

En montant dans sa voiture, Reynolds était consciente d'être arrivée à un tournant de sa carrière. Elle aurait besoin de toute son ingéniosité et de toute sa force de caractère pour surmonter cette épreuve. Et pourtant, la seule chose qu'elle désirait vraiment à cet instant était de rentrer chez elle et de raconter à ses deux beaux enfants l'histoire des trois petits cochons, en prenant tout son temps et en y mettant tout son cœur.

31

Le vent s'était levé sur la plage et la température avait chuté brusquement. Faith boutonna sa chemise puis, malgré le froid, retira ses sandales et les tint à la main.

« J'aime sentir le sable sous mes pieds », expliqua-t-elle.

Comme le marée était basse, ils avaient une vaste étendue de plage à sillonner. Il y avait quelques nuages épars, la lune était presque pleine et les étoiles scintillaient. Au large, on apercevait une lumière clignotante : un bateau, probablement, ou une bouée stationnaire. À part le vent, le silence régnait. Pas de voitures, pas de télés braillardes, pas d'avions, personne.

« Le coin est vraiment agréable », remarqua Lee en regardant un crabe se carapater latéralement.

Enfoncé dans le sable, il y avait un morceau de tuyau en PVC. Lee savait que les pêcheurs fichaient leurs cannes dans ces embouts quand ils pêchaient depuis la plage.

« J'ai envisagé de m'installer ici à demeure », confia Faith.

Elle s'éloigna de lui pour aller tremper ses pieds dans l'eau jusqu'aux chevilles. Lee ôta ses chaussures, retroussa son pantalon et la rejoignit.

« Plus froid que je ne pensais, constata-t-il. Ça ne donne pas envie de se baigner.

— Vous n'imaginez pas comme c'est revigorant de nager dans l'eau froide.

— Vous avez raison, je ne l'imagine pas.

— Je suis sûre qu'on vous a déjà posé cent fois la question, mais comment êtes-vous devenu détective privé ? »

Il haussa les épaules et contempla l'océan.

« Un peu par hasard. Mon père était ingénieur et j'adorais les gadgets, comme lui. Mais je n'avais pas la bosse des maths. Et j'étais assez rebelle, comme vous. Bref, je n'ai pas fait d'études, je me suis engagé dans la marine.

— S'il vous plaît, dites-moi que vous étiez un nageur de combat. Je dormirai mieux.

— Je sais à peine tirer droit, répondit-il en souriant. Je suis incapable de fabriquer une arme nucléaire avec des cure-dents et des emballages de chewing-gum et, la dernière fois que j'ai essayé, je n'ai pas réussi à immobiliser un homme en appuyant mon pouce sur son front.

— Tant pis, je vous garde quand même. Excusez-moi de vous avoir interrompu.

— Je n'ai pas tellement d'autres choses à dire. Dans la marine, j'ai appris les transmissions, la téléphonie, ce genre de trucs. Je me suis marié, j'ai eu un enfant. Après le service, j'ai travaillé comme réparateur dans une compagnie de téléphone. Puis j'ai perdu ma fille dans un mauvais divorce. J'ai quitté mon boulot, répondu à une annonce d'une société de surveillance qui cherchait un type spécialisé en électronique. Je me disais que, avec ma formation technique, je pourrais apprendre tout ce que j'aurais besoin de savoir. J'en ai rapidement eu marre et je me suis mis à mon compte. J'ai ouvert une agence de détective, j'ai eu quelques bons clients, je me suis quelquefois planté au début mais j'ai fini par faire mon trou. Maintenant, je suis à la tête d'un immense empire.

— Depuis quand êtes-vous divorcé ?

— Longtemps. Pourquoi ?

— Simple curiosité. Vous avez songé à vous remarier ?

— Jamais. J'ai trop peur de commettre les mêmes erreurs. » Il fourra ses mains dans ses poches. « En toute franchise, les torts étaient partagés. Je ne suis pas facile à vivre, avoua-t-il en souriant. Je pense que Dieu a créé deux sortes de gens : ceux qui sont destinés à se marier et à procréer, et ceux qui sont destinés à rester seuls et à faire l'amour uniquement pour le plaisir. Je dois appartenir à la seconde catégorie. Quoique je n'aie pas fait grand-chose pour le "plaisir" dernièrement. »

Elle baissa les yeux.

« Gardez une petite place pour moi.

— Ne vous inquiétez pas. C'est le grand vide. » Il lui toucha le coude. « Parlons. Le temps presse. »

L'entraînant vers le sable sec, Faith se laissa tomber par terre et croisa les jambes. Il s'assit à côté d'elle.

« Par où commençons-nous ? demanda-t-elle.

— Pourquoi pas par le commencement ?

— Ce n'est pas ce que je veux dire. Est-ce que je parle en premier, ou est-ce que vous déballez vos secrets d'abord ?

— *Mes* secrets ? Je ne vois pas lesquels. »

Elle ramassa un bout de bois et traça les lettres D et B sur le sable.

« Danny Buchanan. Que savez-vous vraiment sur lui ?

— Seulement ce que je vous ai dit : c'est votre associé.

— C'est aussi l'homme qui vous a engagé. »

Lee mit quelques secondes à retrouver sa voix.

« Je vous ai expliqué que je ne savais pas qui m'avait engagé.

— Exact. C'est ce que *vous* m'avez expliqué.

— Comment savez-vous que c'est lui ?

— Pendant que j'étais dans votre bureau, j'ai entendu un message de Danny. Il avait l'air impatient d'apprendre où j'étais et ce que vous aviez découvert. Il a laissé un numéro pour que vous le rappeliez. Je ne l'avais jamais connu si désemparé. Je suppose que je le serais également si j'apprenais qu'une personne dont j'ai commandité la mort est encore en vie.

— Vous êtes sûre que c'était lui au téléphone ?

— Après quinze ans de collaboration, je vous assure que je connais sa voix. Vraiment vous l'ignoriez ?

— Oui.

— Difficile à croire.

— Je veux bien l'admettre, mais c'est pourtant la vérité. » Il prit une poignée de sable et le laissa s'écouler entre ses doigts. « Donc, c'est à cause de ce coup de fil que vous avez essayé de me lâcher à l'aéroport. Vous ne me faites pas confiance. »

Elle se lécha les lèvres et jeta un œil sur son pistolet, visible à travers le tissu de sa veste rabattue par le vent.

« Si, je vous fais confiance, Lee. Autrement, je ne serais pas assise sur une plage déserte avec un homme armé qui est encore un inconnu pour moi.

— J'ai été engagé pour vous filer, Faith. C'est tout.

— Vous ne cherchez jamais à savoir si les intentions de votre client sont légitimes ? »

Lee voulut répondre, hésita. La question se posait, en effet. Il n'y avait pas trente-six explications : le boulot se faisait rare depuis quelque temps et l'argent avait été le bienvenu. Le dossier qu'on lui avait remis contenait une photo de Faith. Puis il l'avait vue en personne. Que dire de plus ? On ne lui proposait pas souvent de suivre des personnes aussi séduisantes que Faith Lockhart. Sur la photo, elle semblait vulnérable. Après l'avoir rencontrée, il était un peu revenu sur sa première impression, mais cette association d'idées lui plaisait : beauté et vulnérabilité. Comme à n'importe quel homme.

« En principe, j'aime rencontrer mes clients, voir à qui j'ai affaire avant d'accepter le job.

— Mais pas cette fois ?

— J'aurais eu du mal, ignorant qui c'était.

— Et vous n'avez pas eu de scrupules. Vous avez accepté l'offre et vous m'avez suivie. Aveuglément…

— Une simple filature. Je ne vois pas où est le drame.

— Ils auraient pu se servir de vous pour me retrouver.

— Vous retrouver ? Mais vous ne vous cachiez pas. Au début, j'ai cru que vous aviez une liaison. Quand je suis entré dans le chalet, j'ai compris que ce n'était pas le cas. Et la suite des événements l'a confirmé. Je n'en sais pas plus. »

Faith regarda au loin, vers l'horizon, où le ciel rencontrait l'océan. C'était une espèce de collision visuelle qui se reproduisait chaque jour et qu'elle trouvait toujours réconfortante. Ça lui redonnait de l'espoir, alors qu'elle n'avait aucune raison d'en avoir. Hormis par rapport à l'homme assis à côté d'elle, peut-être.

« Rentrons à la maison », proposa-t-elle.

32

Ils s'installèrent dans la spacieuse salle de séjour. Faith prit un boîtier de télécommande, appuya sur un bouton, et la cheminée à gaz s'enflamma. Elle se servit un verre de vin et en offrit un à Lee, qui le refusa. Ils s'assirent sur le divan.

Faith but une gorgée et regarda dans le vide.

« Washington est le plus gros gâteau de l'histoire de l'humanité, dit-elle. Le monde entier en veut une part. Mais certaines personnes seulement manient le couteau pour le découper. Si vous voulez votre part, vous devez passer par elles.

— C'est là que vous et Buchanan intervenez ?

— J'ai tout sacrifié à ma carrière. J'ai parfois travaillé plus de vingt-quatre heures en une journée parce que j'avais franchi la ligne du changement de date. Le lobbying, au niveau où nous le pratiquons, vous pompe votre énergie. Il faut de la diplomatie, de la ruse, du culot et de la persévérance. » Elle reposa son verre et se tourna vers Lee. « Danny Buchanan a été un maître de premier ordre pour moi. Il n'a presque jamais perdu. C'est remarquable, vous ne trouvez pas ?

— Si. Les gens qui ne perdent jamais m'impressionnent beaucoup. Nous ne pouvons pas tous être Michael Jordan.

— Dans votre métier, comment faites-vous pour garantir un résultat à vos clients ?

— Cette bonne blague ! Si je pouvais prédire l'avenir, je jouerais à la loterie.

— Danny Buchanan peut prédire l'avenir, lui.

— Tiens donc. Et comment ?

— Celui qui contrôle les gardiens du temple contrôle l'avenir. »

Lee inclina lentement la tête. Il avait pigé.

« Je vois. Corruption active ? Quelque chose dans ce goût-là ?

— Sur une grande échelle. Et d'une façon très sophistiquée.

— Les parlementaires passent à la caisse à la fin de la session ?

— En réalité, ils le font gratis.

— Qu'est-ce...

— Jusqu'à ce qu'ils quittent leur siège. Alors, Danny tient une tirelire toute prête pour eux. De lucratifs emplois fictifs dans des sociétés fantômes. Des portefeuilles d'actions, des bons du Trésor, des honoraires bidon pour prétendus services rendus. Ils peuvent jouer au golf toute la journée, passer quelques coups de fil au Capitole pour donner le change, assister à quelques réunions et vivre comme des rois. Les Américains adorent la Bourse, vous le savez bien. Danny se sert d'eux tant qu'ils sont au Parlement et leur offre une retraite en or après.

— Ils sont combien à profiter de cette "retraite" ?

— Aucun, pour l'instant. Mais tout est préparé. Danny travaille là-dessus depuis une dizaine d'années.

— Ça fait beaucoup plus de dix ans qu'il est dans le métier...

— Il y a seulement dix ans qu'il pratique la corruption. Avant, il était un lobbyiste prospère. Il gagne beaucoup moins d'argent aujourd'hui.

— J'aurais pensé que la garantie de résultat lui rapporterait beaucoup *plus* d'argent.

— Depuis dix ans, il fait surtout du bénévolat.

— Il doit être plein aux as, alors.

— Danny a largement puisé dans sa fortune. Nous avons recommencé à travailler pour des clients riches afin de pouvoir continuer notre œuvre. Plus ses obligés restent en poste, plus ils sont payés. Et, comme ils ne perçoivent leur rétribution qu'après avoir quitté leur siège, il y a peu de risques qu'ils se fassent prendre.

— Il faut qu'ils aient rudement confiance dans la parole de Buchanan.

— Je suppose qu'il leur apporte régulièrement la preuve que leur capital les attend. Mais c'est aussi un homme d'honneur.

— Tous les escrocs le sont, n'est-ce pas ? Qui sont ses "obligés", comme vous dites ? »

Elle le regarda d'un air soupçonneux.

« Pourquoi voulez-vous le savoir ?

— Pour ne pas mourir idiot. »

Elle en nomma deux.

« Corrigez-moi si je me trompe, mais vous venez de citer les noms du vice-président des États-Unis et du président de l'Assemblée.

— Danny ne travaille pas avec les sous-fifres. Il s'est attaqué au vice-président avant qu'il ne soit à son poste actuel, du temps où il était simple parlementaire. Mais, quand Danny lui demande de décrocher son téléphone pour resserrer quelques boulons, il le fait.

— Mazette. Mais pourquoi viser si haut ? Vous négociez des secrets militaires, ou quoi ?

— Quelque chose de bien plus précieux que ça, répondit-elle en reprenant son verre. De l'aide humanitaire, de la nourriture, des médicaments, des vêtements, du matériel agricole, des semences, des usines de dessalement pour les pays les plus pauvres du monde. D'Afrique, d'Amérique latine. L'exportation de moyens de contraception légaux, de seringues stériles… »

Lee parut sceptique.

« Vous êtes en train de me dire que vous arrosez des ténors politiques pour aider le tiers-monde ? »

Elle reposa son verre et le regarda en face.

« Le vocabulaire officiel a changé. Les nations riches ont mis au point une terminologie politiquement correcte pour désigner leurs voisins déshérités. La CIA publie même un guide, figurez-vous. On ne dit plus "tiers-monde", il y a de nouvelles catégories. Les PVD, ou "pays en voie de développement", occupent la base de l'échelle des nations industrialisées. Il y en a officiellement cent soixante-douze. Puis vous avez les PMD, ou "pays les moins développés". Ceux-là touchent le fond. Il y en a quarante-deux, rien que ça. Ça vous surprendra peut-être, mais la moitié de la population de la planète vit dans la plus extrême pauvreté.

— Et ça justifie la prévarication, la corruption et toutes vos magouilles ?

— Je ne vous demande pas de les cautionner. Je me fiche complètement de ce que vous pensez. Vous vouliez les faits ; vous les avez.

— L'Amérique distribue un paquet de fric aux pays étrangers. Et rien ne nous oblige à leur filer un seul dollar. »

Elle lui lança un regard farouche, un regard qu'il ne lui connaissait pas.

« N'essayez pas de discuter avec moi, vous avez perdu d'avance, répliqua-t-elle sèchement.

— Sans blague ?

— Je bosse là-dessus depuis plus de dix ans ! Nous donnons plus d'argent aux agriculteurs de ce pays pour *ne pas* cultiver leurs terres qu'aux pays pauvres pour ne pas *crever*. L'aide à l'étranger ne représente que un pour cent du budget fédéral et elle est principalement dirigée vers deux États : l'Égypte et Israël. Les Américains dépensent davantage en un an pour les cosmétiques, le fast-food ou les cassettes vidéo qu'en dix ans pour la faim dans le monde. Nous pourrions éradiquer une douzaine de maladies infantiles graves dans les pays sous-développés avec moins d'argent que nous n'en consacrons aux couches-culottes.

— Vous êtes naïve, Faith. Vous et Buchanan, vous ne faites que remplir les poches de quelques dictateurs.

— Ah, la belle excuse ! Comme c'est facile ! J'en ai marre d'entendre cet argument ridicule. Les crédits que nous arrivons à débloquer vont directement aux organisations humanitaires, et non aux gouvernements. J'ai vu suffisamment de ministres de la Santé en Afrique rouler en Mercedes et s'habiller en Armani pendant que des bébés mouraient de faim sous leurs yeux.

— Et il n'y a pas d'enfants qui ont faim dans ce pays ?

— Ils sont aidés, et heureusement. Chacun son rôle : Danny et moi, nous nous occupons de la misère à l'*étranger*. Des êtres humains meurent, Lee. Par millions. Dans le monde entier, des enfants périssent par manque de soins. Chaque jour, à chaque heure, à chaque minute.

— Et vous voulez vraiment me faire avaler que vous faites ça uniquement par bonté d'âme ? » Lee regarda autour de lui. « Ce n'est pas exactement un boui-boui, ici, Faith.

— Pendant mes cinq premières années de collaboration avec Danny, j'ai représenté de gros clients et j'ai gagné beaucoup de fric. Vraiment beaucoup. Je suis la première à reconnaître que je suis une matérialiste pure et dure. J'aime l'argent et j'aime ce que l'argent peut m'offrir.

— Et, tout à coup, la révélation ? Vous avez rencontré Dieu ?

— Non, *il* m'a rencontrée. » Lee roula des yeux et elle s'empressa de continuer : « Danny s'est mis à faire du lobbying pour les pays pauvres. Il n'arrivait à rien. Tout le monde s'en fout, me répétait-il. Les autres associés de notre cabinet commençaient à en avoir marre de ses entreprises charitables. Ils voulaient travailler pour IBM et Philip Morris, pas pour les affamés du Soudan. Danny est venu me trouver dans mon bureau, un jour, et m'a dit qu'il fondait un nouveau cabinet et souhaitait que je le suive. Nous ne garderions aucun de nos anciens clients mais je n'aurais pas de souci à me faire, il s'occuperait de moi. »

Lee se radoucit.

« Bon, jusque-là, je veux bien croire : vous ignoriez qu'il soudoyait des gens ou projetait de le faire.

— Au contraire ! Je le savais, bien sûr. Il m'a tout dit. Il voulait que je sache où je mettais les pieds. Il est comme ça. Ce n'est pas un escroc.

— Vous vous rendez compte de ce que vous me dites, Faith ? Vous avez marché dans sa combine en connaissance de cause ! En sachant que c'était illégal !

— Attendez. Défendre des marchands de tabac qui vendent du cancer sous forme de cigarettes ou des marchands d'armes qui vendent de la mort sous forme de mitraillettes, ça, c'est légal. Et vous trouvez que c'est mieux ? Pour une fois, j'avais un but dont je pouvais être fière.

— Tiens donc ! La matérialiste pure et dure se ramollit ?

— Je ne suis pas la première à qui ça arrive.

— Hum, comment vous y preniez-vous, tous les deux ? demanda-t-il, curieux.

— J'agissais au grand jour, lui dans l'ombre. J'entreprenais les gens qui n'étaient pas dans notre poche. Je faisais venir des célébrités dans certaines réceptions, j'en emmenais quelques-unes en voyage, pour des photos, des bains de foule, des choses de ce genre. Ensuite, Danny intervenait. Il les travaillait de l'intérieur et, moi, je faisais du rabattage à l'extérieur.

— Et ça a duré comme ça pendant dix ans ?

— Oui. L'année dernière, Danny a commencé à manquer de fonds. Le plus gros de nos dépenses sortait directement de sa poche. Nos clients étaient fauchés, vous comprenez. Et il devait remplir le bas de laine de nos obligés, constituer leurs "rentes", comme il disait. Il était leur homme d'affaires, en quelque sorte. Et il prenait ce rôle très au sérieux. Le capital promis leur serait versé jusqu'au moindre sou.

— L'honneur des voleurs. »

Faith ne releva pas la pique.

« C'est alors qu'il m'a dit de concentrer mon travail sur les clients payants, pendant qu'il continuerait de porter seul l'étendard du tiers-monde. Je lui ai proposé de vendre mon logement, et cette maison, pour réunir des fonds. Il a refusé, en disant que j'en avais fait assez. » Elle secoua la tête. « Peut-être devrais-je tout de même la vendre. On n'en fait jamais assez, croyez-moi. »

Elle se tut, et Lee choisit de respecter son silence. Il attendit.

« Nous faisons vraiment beaucoup de bien, vous savez, reprit-elle.

— Qu'est-ce que vous attendez de moi, Faith ? Que je vous applaudisse ? »

Elle lui jeta un regard noir.

« Remontez donc sur cette moto ridicule et disparaissez de ma vie, ça me fera des vacances.

— Ça va, ça va, on se calme. Mais, si vous étiez réellement fière de ce que vous faisiez, pourquoi êtes-vous allée trouver le FBI ? »

Faith prit sa tête entre ses mains. Lee crut qu'elle s'apprêtait à hurler. Quand elle se tourna enfin vers lui, elle semblait dans une telle détresse qu'il n'osa plus la provoquer.

« Depuis quelque temps, Danny avait un comportement bizarre. J'avais le sentiment que quelqu'un faisait pression sur lui, et ça me terrifiait. Je ne voulais pas aller en prison. Je lui ai demandé plusieurs fois ce qui le tracassait, il a toujours refusé de me répondre. Je le voyais se replier sur lui-même, devenir de plus en plus paranoïaque. Finalement, il m'a même demandé de démissionner. Pour la première fois depuis longtemps, je me suis sentie complètement seule. C'était comme si je perdais à nouveau mon père.

— Vous avez donc passé un marché avec le FBI : vous contre Buchanan...

— Non ! s'exclama-t-elle. Jamais !

— Alors quoi ?

— Il y a environ six mois, la presse a fait tout un battage autour d'une affaire de corruption découverte par le FBI. Un industriel de l'armement qui soudoyait des parlementaires pour obtenir un gros contrat avec l'État. Deux employés ont dénoncé la manœuvre au FBI. Ils étaient dans la combine depuis le début, mais on leur a accordé l'immunité en échange de leur témoignage et de leur collaboration. J'ai trouvé que le marché était équitable et j'ai eu l'idée de faire la même chose. Puisque Danny ne voulait pas se confier à moi, j'ai décidé de prendre les devants. L'article donnait le nom de l'agent chargé de l'enquête : Brooke Reynolds. Je l'ai appelée.

« Je ne savais pas trop à quoi m'en tenir avec le FBI, mais j'étais sûre d'une chose : je ne leur dirais rien d'important tout de suite, pas de noms, rien de consistant, j'attendrais de voir ce qu'ils mettraient dans la balance. Et j'étais en position de force : ils avaient besoin d'un témoin avec la tête pleine de dates, de noms et de preuves pour instruire leur dossier.

— Et Buchanan ne se doutait de rien ?

— Il faut croire que si, puisqu'il a engagé quelqu'un pour me tuer.

— Ça, ce n'est qu'une supposition. Ce n'est pas certain du tout.

— Voyons, Lee, ça ne peut être que lui. »

Lee repensa aux hommes qu'il avait repérés à l'aéroport. L'objet aperçu dans la main de l'un d'eux était une espèce de pistolet à air comprimé de haute technologie. Lee en avait vu une démonstration dans un séminaire sur la lutte antiterroriste. L'arme et les munitions étaient entièrement en plastique pour permettre le franchissement des détecteurs de métaux. Il suffisait d'une pression de la paume pour tirer une minuscule fléchette enduite d'une toxine mortelle, genre thallium ou ricin, ou du poison classique des assassins, le curare, dont les effets étaient si foudroyants qu'il n'existait pas d'antidote. La victime tombait raide morte et le tueur se perdait dans la foule, ni vu ni connu.

« Continuez, dit-il.

— J'ai proposé d'associer Danny au marché.

— Et comment ont-ils réagi ?

— Ils ont été formels : Danny devait plonger.

— J'ai du mal à suivre votre logique. Si vous et Buchanan étiez témoins, qui le FBI allait-il poursuivre ? Les pays du tiers-monde ?

— Non. Leurs diplomates ne savaient pas ce que nous faisions. Je vous l'ai dit, l'argent n'allait pas directement aux gouvernements. Et les organisations telles que CARE, le Secours catholique ou l'UNICEF n'auraient jamais cautionné la corruption. Danny était leur représentant bénévole et officieux, mais ils ignoraient tout de ses pratiques. Il représentait une quinzaine d'organisations de ce genre. Un énorme boulot. Elles ne savaient pas s'y prendre, elles arrivaient avec des centaines de dossiers qu'elles lançaient au hasard. Danny devait les classer, les résumer, les faire entrer dans un cadre législatif précis. Il leur montrait la marche à suivre.

— Alors, soyez plus claire : contre qui vouliez-vous témoigner au juste ?

— Contre les politiciens que nous arrosions. Ils faisaient ça uniquement pour le fric. La mortalité infantile, l'hépatite et le reste, ils n'en avaient rien à faire. Je le voyais dans leurs yeux. L'appât du gain, il n'y avait que ça. Ils voulaient leur récompense… comme si c'était un dû.

— Vous ne trouvez pas que vous êtes un peu sévère ?

— Allons, c'est *vous* qui êtes naïf. Comment croyez-vous qu'on se fait élire dans ce pays ? Il y a des groupes qui *organisent* les électeurs, qui façonnent l'opinion et dictent les votes. Et vous savez qui c'est ? Les gros bonnets de l'industrie et de la finance, les riches qui remplissent les caisses des candidats. Vous croyez vraiment que les gens ordinaires assistent à des dîners à cinq mille dollars par tête ? Que les groupes qui alimentent les fonds de campagne le font par idéal ? Dès que les politiques sont en poste, ils leur rendent la monnaie, faites-moi confiance.

— Tous pourris, c'est ça ? Je connais le refrain. Ce n'est pas une raison pour faire comme eux.

— Ah non ? Quel élu du Michigan oserait voter une loi contraire aux intérêts de l'industrie automobile ? Ou aux intérêts de la haute technologie en Californie ? Ou de l'agriculture dans le Midwest, de la culture du tabac dans le Sud ? On connaît les votes d'avance. Il y a trop d'argent à la clé. Les lobbyistes font leur travail, je suis bien placée pour le savoir. Ils assiègent littéralement le Capitole. Et les parlementaires votent avec leur portefeuille. Voilà comment ça marche. Pour moi, Danny est le premier idéaliste qui ait jamais été capable de battre les magouilleurs à leur propre jeu.

— Vous n'avez pas peur de scier la branche sur laquelle vous êtes assis ? Si votre système est éventé, on coupera les crédits à l'étranger.

— Justement non ! Tout est là. Les effets ne peuvent être que positifs. Les pays les plus pauvres du monde obligés de soudoyer de cupides hommes politiques américains pour obtenir des subsides ! Si les médias s'emparent de cette histoire, il en résultera des changements considérables, c'est sûr.

— Personnellement, ça m'a l'air un peu tiré par les cheveux.

— Peut-être, mais il n'y a pas de recette miracle. Si je veux garder l'espoir, je n'ai pas tellement le choix, Lee. »

Il cogita un instant.

« Admettons, dit-il. Mais vous pensez *vraiment* que Buchanan essaierait de vous tuer ?

— Nous étions associés et amis Même plus que ça, en fait. Il était comme un père pour moi. Je… je ne sais pas. Peut-être a-t-il découvert que j'étais allée au FBI. Il aura pensé que je l'ai trahi. Et il aura perdu la tête.

— Il y a quelque chose qui cloche dans votre théorie ; Buchanan ne peut pas être derrière tout cela. »

Elle l'interrogea du regard.

« Réfléchissez : *je n'ai pas fait mon rapport* à Buchanan, rappelez-vous. Donc, à moins d'être renseigné par ailleurs, il ignore que vous êtes en pourparlers avec le FBI. Et il faut du temps pour engager un tueur à gages. Ils ne sont pas dans les Pages jaunes de l'annuaire. Vous ne pouvez pas décrocher votre téléphone et dire : "Bonjour, monsieur, voudriez-vous aller liquider telle personne demain soir, et acceptez-vous les cartes de crédit ?"

— Il connaissait peut-être le tueur avant. Et il vous aura attiré dans un traquenard.

— Ça ne tient pas debout. Il ne savait pas que je serais présent ce soir-là. Et, de toute façon, il n'avait aucun intérêt à ce que je sois sur les lieux : si vous aviez été tuée, je devenais un témoin gênant. Je pouvais aller trouver la police, et tous les soupçons se seraient reportés sur lui. C'est idiot. Réfléchissez, Faith : si Buchanan avait cherché à vous liquider, il ne m'aurait jamais engagé. »

Elle s'affala dans un fauteuil.

« Bon sang, vous avez raison. Mais alors… » Le doute puis la peur agrandirent ses yeux. « Si je comprends bien…

— Vous comprenez bien : quelqu'un d'autre veut votre peau.

— Mais qui ? s'écria-t-elle.

— Je l'ignore. »

Elle se leva brusquement et contempla le feu dans la cheminée. Les ombres et les lumières jouaient sur son visage. Elle demanda d'un ton plus calme, presque résigné :

« Vous voyez beaucoup votre fille ?

— Pas beaucoup, non. Pourquoi ?

— J'avais toujours pensé que le mariage pouvait attendre. Que j'avais bien le temps d'avoir des enfants. Puis les mois sont devenus des années et les années des lustres. Et maintenant, voilà où j'en suis.

— Voyons, vous avez toute la vie devant vous.

— Ah oui ? Vous pouvez affirmer que je serai encore en vie demain ? Dans une semaine ?

— Personne n'a cette garantie. On peut toujours aller au FBI. Peut-être qu'on devrait, d'ailleurs.

— Pour moi, il n'en est plus question. Pas après ce que vous m'avez dit. »

Il se leva et la saisit par l'épaule.

« Qu'est-ce que vous me chantez là ? »

Elle s'écarta de lui.

« Le FBI ne voudra pas que j'associe Danny au marché. Ce sera la prison. Soit pour lui, soit pour moi. Tant que je croyais qu'il avait essayé de me faire tuer, j'étais prête à témoigner. Maintenant, je ne le suis plus : je ne veux pas être responsable de son incarcération.

— Avant qu'on attente à votre vie, qu'est-ce que vous comptiez faire ?

— Je comptais leur soumettre un ultimatum. Je leur révélais ce qu'ils désiraient en échange de l'immunité de Danny.

— Et s'ils avaient refusé ?

— J'aurais dit à Danny de s'enfuir et j'en aurais fait autant. On aurait trouvé un moyen. » Elle le regarda dans les yeux. « Je n'y retournerai pas. Pour rien au monde. Je ne tiens pas à mourir en ayant raison.

— Et moi, dans tout ça ? Qu'est-ce que je deviens ?

— On n'est pas si mal ici..., dit-elle d'une petite voix.

— Vous êtes malade ? On ne peut pas rester ici éternellement !

— Alors cherchons un autre endroit pour nous cacher.

— Hein ? Eh, oh ! J'ai un domicile, j'ai une vie, j'ai une famille, moi ! Vous croyez que je vais renoncer à tout ça sur un coup de tête ?

— Ceux qui veulent ma peau supposeront que vous savez tout ce que je sais. Vous n'êtes plus en sécurité.

— Ça, c'est *mes* oignons, d'accord ?

— Je suis désolée, Lee. Je n'avais pas pensé entraîner quelqu'un d'autre dans cette affaire. Surtout pas quelqu'un comme vous.

— Il y a forcément une autre solution. »

Elle se dirigea vers l'escalier.

« Je suis très, très fatiguée. Et de quoi d'autre pourrions-nous parler ?

— Merde, je vais quand même pas tout recommencer à zéro ! »

À mi-hauteur de l'escalier, elle pivota et le regarda.

« Vous croyez que la situation se sera améliorée demain matin ? demanda-t-elle.

— Non, répondit-il franchement.

— Donc, c'est bien ce que je dis : la conversation est terminée.

— Pourquoi ai-je l'impression que vous aviez déjà décidé depuis longtemps de ne pas retourner à Washington ? Dès le moment où vous m'avez rencontré, peut-être.

— Lee...

— Vous m'avez embringué dans vos emmerdements, vous m'avez foutu dans le pétrin avec vos ridicules cafouillages à l'aéroport, et maintenant je suis piégé. Merci mille fois, ma petite demoiselle !

— Non, c'est faux, je n'ai jamais voulu ça !

— Et vous croyez que je vais gober ça ?

— Que voulez-vous que je vous dise ? »

Il la fusilla du regard.

« Rien. Vous n'avez plus d'arguments. Mais j'aime ma vie, Faith.

— Désolée ! »

Elle gravit les marches en courant.

33

Lee attrapa un pack de six Red Dog dans le frigo et sortit en claquant la porte. Il s'arrêta devant la Honda. Que faire ? Enfourcher l'engin et foncer au hasard, jusqu'à épuisement de l'essence, de son argent et de sa raison ? Il avait une autre possibilité : il pouvait aller seul chez les fédéraux. Dénoncer Faith en jurant qu'il n'était pas dans le coup. C'était vrai, d'ailleurs. Il n'avait rien fait de mal. Et il ne devait rien à cette femme. Au contraire, elle ne lui avait procuré que des emmerdements. Une dénonciation était la solution la plus simple. Alors, pourquoi hésitait-il ?

Il franchit le portillon et s'engagea dans l'allée qui traversait les dunes. Il voulait marcher sur le sable, regarder l'océan et boire de la bière jusqu'à ce que son cerveau fasse « tilt » ou accouche d'une idée lumineuse qui lui sauverait la mise. Et tant pis pour elle, s'il s'en sortait tout seul. Il se tourna vers la maison. La chambre de Faith était allumée. Les volets n'étaient pas fermés.

Faith apparut et il se raidit. Elle laissa les volets ouverts, déambula un instant dans la pièce, puis s'éclipsa dans la salle de bains et revint. Quand elle commença à se déshabiller, Lee épia les alentours pour s'assurer que personne ne le regardait pendant qu'il matait car, si la police répondait à un appel disant qu'il y avait un voyeur dans les parages, ce serait le bouquet. Fin de l'escapade de Lee Adams. Par chance, aucune lumière dans les autres maisons. Il pouvait reluquer tranquille. Elle retira d'abord sa chemise, puis son pantalon, et ainsi de suite jusqu'à la nudité totale. Et elle n'enfila pas de pyjama. Ni même un T-shirt. Apparemment, cette lobbyiste surpayée métamorphosée en Jeanne d'Arc dormait dans le plus simple appareil. Lee avait maintenant un aperçu détaillé sur les appas que le tissu-éponge n'avait fait que lui suggérer. Mais savait-elle qu'il la voyait ? Et, si oui, à quoi jouait-elle ? Était-ce un strip-tease gratuit, un numéro d'exhibitionnisme en guise de compensation pour les ennuis qu'elle lui avait causés ?

Elle éteignit la lumière. Rideau. Le spectacle était terminé. Lee ouvrit une canette, tourna les talons et se dirigea vers la plage.

Lorsqu'il atteignit le sable, il avait fini la canette. La marée était montante et il n'eut pas beoin d'aller loin pour que l'eau lui arrive aux chevilles. Il ouvrit une autre canette et s'enfonça jusqu'aux genoux. L'eau était glaciale, mais il avança encore. Bientôt, il fut presque immergé jusqu'à la taille et, là, il s'arrêta, pour une raison pratique : un flingue mouillé n'était pas d'une grande utilité.

Il retourna sur la plage, lâcha la bière, retira ses baskets imbibées et se mit à courir. Il était fatigué, mais ses jambes paraissaient se mouvoir d'elles-mêmes. De grandes goulées d'air embrumé s'engouffraient dans ses poumons. Il courut un kilomètre à toute allure. Jamais il n'était allé aussi vite, lui sembla-t-il. Puis il s'écroula sur le sable, à court d'oxygène. Il avait chaud et froid à la fois. Il pensa à sa mère et à son père, à ses frères et sœurs. Il revit sa fille Renee quand elle était petite, l'imagina tombant de son grand cheval et appelant son papa en vain. C'était comme si sa circulation sanguine avait été inversée. Il ne savait plus vers où se tourner, avait l'impression que les parois de son corps cédaient sous la pression, incapables de contenir ses organes.

Il trottina cahin-caha, les genoux flageolants, vers la bière et ses chaussures, s'assit une minute, écouta le fracas de l'océan et engloutit deux canettes de plus. Il plissa les yeux. C'était drôle. Quelques bières, et il pouvait voir clairement la fin de sa vie sur la ligne d'horizon. Il s'était toujours demandé quand ça arriverait. Maintenant, il savait : quarante et un ans, trois mois et quatorze jours, et la Dame à la faux avait tiré son numéro. Il fit un signe vers le ciel. *Merci, mon Dieu.*

Il se leva, se dirigea vers la maison sans y entrer. Il alla dans le jardin clos, posa son pistolet sur la table, se déshabilla entièrement et plongea dans la piscine. L'eau lui parut glaciale d'abord, puis ses frissons s'estompèrent. Il piqua une tête, toucha le fond, se mit en équilibre sur les mains, maladroitement, souffla par le nez pour évacuer l'eau chlorée qui lui pénétrait dans les narines et se laissa flotter, fit la planche en contemplant un ciel maculé de nuages. Il nagea – un peu de crawl, quelques brasses –, remonta sur le bord et but encore.

Il rampa sur la margelle en bois, pensa à sa vie gâchée et à la femme qui en était la cause. Il replongea, parcourut deux ou trois longueurs et ressortit, cette fois pour de bon. Baissant les yeux, il découvrit, surpris, que la natation n'avait pas seulement revigoré ses bras et ses jambes, mais *tous* ses membres. Il regarda la fenêtre éteinte. Dormait-elle ? Comment aurait-elle pu ? Bon Dieu, comment aurait-elle eu le culot de ronfler après tout ça ?

Il voulut en avoir le cœur net. Elle n'avait pas le droit de dormir paisiblement après avoir détruit sa vie ! Il s'observa de nouveau. Merde ! Il jeta un œil à ses vêtements trempés et crottés de sable, épia encore la fenêtre, vida une autre canette… Le sang battait à ses tempes… Pourquoi se rhabiller ? Et pas besoin de flingue non plus. Inutile de s'alourdir. Il voulait aborder la situation d'un pied léger. Lâchons autant de lest que possible !

Il jeta la dernière canette, non ouverte, par-dessus la clôture. Pour les petits oiseaux. Ils avaient bien le droit de rigoler aussi.

Ouvrant la porte en silence, il grimpa les marches deux à deux. Il s'apprêtait à défoncer la porte de Faith, mais elle n'était pas fermée à clé. Il la poussa, regarda à l'intérieur…

Quand ses yeux s'accommodèrent à l'obscurité, il discerna la forme de la jeune femme sur le lit. Une longue bosse. *Une longue bosse.* Pour son esprit saturé d'alcool, cette expression était extraordinairement comique. En trois pas, il fut à son chevet.

Elle le regarda. « Lee. » Ce n'était pas une question. C'était un simple constat, prononcé sur un ton plein de sous-entendus qu'il ne devina pas.

Elle voyait qu'il était nu, il le savait. Même dans la pénombre, son érection ne passait pas inaperçue. D'un coup sec, il arracha la couverture.

« Lee ? » répéta-t-elle. Cette fois, c'était une question.

Il lorgna les courbes et la douceur de son corps dénudé. Son pouls s'accéléra, le sang fusa dans ses veines, libérant une puissance sexuelle diabolique. Il s'insinua en force entre ses jambes et s'affala sur elle, poitrine contre poitrine. Elle ne résista pas, se relâcha complètement. Il se mit à baiser son cou, puis s'arrêta. Ce n'était pas ce qu'il voulait. Pas de tendresse ! Il lui serra les poignets.

Elle se laissait faire, sans broncher, sans l'implorer. Ça le mit en rogne. Il lui souffla dans la figure. Il voulait qu'elle sache que c'était la bière qui l'aiguillonnait, pas elle. Il ne fallait pas qu'elle s'imagine que c'était sa beauté. Non, ça n'avait rien à voir avec de la séduction. C'était de la bestialité pure, il était une brute avinée et elle une proie facile. Rien d'autre. Il voulait qu'elle crie, qu'elle se débatte, qu'elle le frappe aussi fort que possible. Alors seulement, il cesserait. Pas avant.

« Vous seriez gentil de retirer vos coudes de ma poitrine », dit la voix de Faith.

Hein, quoi ? Non, rien à faire. Pas de tendresse. Le roi et la paysanne. *Donne-moi tout, Faith. Efface ton ardoise.*

« Vous n'êtes pas obligé de me prendre à la hussarde.

— De quoi ? T'as une préférence ? »

À l'exception d'une mémorable permission à New York avec des marins en bordée, il n'avait jamais été aussi ivre. Un marteau tapait dans son crâne. Cinq bières, quelques malheureux verres de vin, et voilà qu'il était complètement déjanté. Bon sang, il se faisait vieux.

« Moi au-dessus. Vous êtes trop soûl pour savoir ce que vous faites.

— Au-dessus ? Toujours la patronne, hein, même entre les draps ? Je t'en foutrai ! »

Il lui serra les poignets si fort que ses pouces et ses index se rejoignirent, mais elle souffrit en silence, sans le moindre gémissement. Il lui palpa les seins, les fesses, les cuisses, les hanches, sans jamais cependant tenter de la pénétrer. Et ce n'était pas parce qu'il était trop soûl pour y parvenir ; c'était parce que rien au monde, pas même l'alcool, n'aurait pu le pousser à faire ça à une femme. Il maintenait ses yeux fermés, ne voulait pas la regarder. Mais il voulait lui faire sentir son haleine, sa sueur, le houblon et l'orge à l'origine de sa lubricité.

« Je vous proposais ça pour vous être agréable, tout simplement, dit-elle.

— Merde ! Tu vas quand même pas te laisser faire sans protester ?

— Vous préféreriez que j'appelle la police ? »

Sa voix tarauda comme un vilebrequin son crâne déjà douloureux. Il la surplombait, appuyé sur les bras, les triceps contractés.

Il sentit une larme se former dans son œil et ruisseler sur sa joue tel un flocon de neige errant – sans domicile, comme lui.

« Pourquoi ne me giflez-vous pas, Faith ?

— Parce que ce n'est pas votre faute. »

Lee commença à se sentir nauséeux. Ses bras faiblissaient. Elle se dégagea. Il ne la retint pas. Elle lui toucha le visage, très doucement, comme une plume tombant du ciel. D'un simple geste, elle effaça la larme sur sa joue. « Parce que j'ai gâché votre vie », ajouta-t-elle d'une voix étranglée.

Il ascquiesça lentement. « Alors, si je fuis avec vous, j'aurai ça tous les soirs ? Ma petite récompense ?

— Si c'est ce que vous voulez. »

Elle retira brusquement sa main, la laissa pendre le long du lit. Il ne tenta pas de la lui reprendre.

Ouvrant enfin les yeux, il vit une profonde tristesse dans son regard, une douleur contenue sur son visage crispé – cette douleur qu'il lui avait infligée et qu'elle avait endurée en silence –, un désespoir lointain dans les larmes qui luisaient sur ses joues pâles. Ce furent pour lui autant de brûlures qui lui transpercèrent la peau et lui incendièrent le cœur.

Il s'écarta d'elle, tituba jusqu'à la salle de bains, atteignit tant bien que mal la cuvette des W.-C., et rendit tripes et boyaux. Puis il s'évanouit sur le luxueux carrelage italien.

Le contact d'un linge froid sur son front le réveilla. Faith était derrière lui. Elle le berçait. Elle portait une espèce de T-shirt à manches longues. Il discernait ses longs mollets musculeux et ses orteils incurvés. Une épaisse serviette lui couvrit le ventre. Il était toujours nauséeux, il avait froid et claquait des dents. Elle l'aida à s'asseoir, puis à se mettre debout en le tenant par la taille. Il portait un pantalon de survêtement. C'était elle qui avait dû le lui enfiler, il en aurait été incapable. Sa tête était congestionnée comme s'il était resté pendu par les pieds pendant deux jours. Elle le guida jusqu'au lit, le coucha, le couvrit du drap et de la courtepointe.

« Je vais dormir dans une autre chambre », déclara-t-elle d'une voix douce.

Il ne répondit pas, il ne voulait plus ouvrir les yeux.

Il l'entendit tourner la poignée de la porte et, juste avant qu'elle ne sorte, lui dit :

« Je suis désolé, Faith. »

Il déglutit. Il avait la langue gonflée et filandreuse comme un ananas.

« Ça vous étonnera peut-être, répondit-elle, mais je le suis encore plus que vous. »

Elle referma la porte derrière elle.

34

La banque venait d'ouvrir. Il était tôt, il n'y avait pas encore de clients et Brooke Reynolds put observer tranquillement l'intérieur des lieux. Dans une autre vie, elle aurait eu tout le loisir de faire des repérages pour un casse. Cette pensée la fit sourire, chose rare chez elle ces derniers temps. Elle avait envisagé plusieurs scénarios possibles, mais la vue du très jeune homme assis derrière le bureau, avec le titre de sous-directeur de succursale sur une plaque devant lui, la fit opter pour la solution la plus simple.

« Puis-je vous aider ? » demanda-t-il en la voyant approcher.

Ses yeux s'agrandirent considérablement quand la carte du FBI dansa devant son nez. Il se redressa, comme pour montrer à Reynolds qu'il avait les reins solides sous son aspect poupin.

« Il y a un problème ?

— J'ai besoin de votre concours, monsieur Sobel, dit-elle en avisant le nom sur la plaque de cuivre. C'est en rapport avec une enquête fédérale en cours.

— Bien sûr, tout à fait, à votre service. »

Reynolds s'assit en facc de lui et alla droit au but.

« J'ai ici une clé correspondant à un coffre de cette agence. C'est un élément de l'enquête. Nous pensons que le contenu de ce coffre peut nous mener à d'importantes conclusions. J'ai besoin de savoir ce qu'il y a dedans.

— Je vois. Eh bien, hum…

— J'ai l'attestation de dépôt sur moi, si ça peut vous aider. »

Elle savait que les banquiers adoraient la paperasserie. Plus ils avaient de chiffres et de statistiques, plus ils étaient heureux. Elle lui tendit le papier.

Il le regarda.

« Le nom de Frank Andrews vous dit quelque chose ? ajouta-t-elle.

— Non. Mais je ne suis dans cette agence que depuis une semaine. Réorganisation du personnel, dégraissage, ça n'en finit pas.

— Ne m'en parlez pas, je sais ce que c'est. Même dans la fonction publique, on supprime des postes.

— Pas chez vous, j'espère. Il y a une forte criminalité, par ici.

— Surtout dans votre profession, je suppose.

— Ah, ça, je pourrais vous en raconter, affirma le jeune homme en buvant une gorgée de café.

— Ça ne m'étonne pas. Est-ce que vous avez un moyen de savoir combien de fois M. Andrews est venu voir son coffre ?

— Certainement. Tout cela est informatisé, maintenant. » Il tapa le numéro de compte sur le clavier de son ordinateur et attendit que l'écran affiche les données. « Vous désirez un café, agent Reynolds ?

— Non, merci. C'est un grand coffre ?

— D'après le tarif que je vois là, répondit-il en parcourant l'attestation, c'est notre modèle de luxe, double largeur.

— On peut y caser beaucoup de choses ?

— Oh, oui, ils ont une capacité assez importante. » Il se pencha et reprit à voix basse : « Une affaire de drogue, n'est-ce pas ? Blanchiment d'argent sale, quelque chose de ce genre ? J'ai suivi un cours sur la question.

— Je suis désolée, monsieur Sobel, c'est une enquête en cours. J'ai un devoir de réserve. Vous me comprenez ?

— Bien sûr, bien sûr. Je connais ça. Si vous saviez ce qu'on fait passer sous le sceau du secret bancaire…

— Je m'en doute. Il y a des réponses sur l'ordinateur ?

— Ah oui, pardon, j'oubliais. Attendez, attendez. Eh bien, il est venu assez souvent. Je peux vous imprimer les données, si vous le souhaitez.

— Ça me serait d'une grande utilité. »

Une minute plus tard, ils se dirigeaient vers la chambre forte. Sobel commença à manquer d'assurance.

« Je me demande si j'ai le droit. Je... enfin, je veux dire, il faudrait peut-être que j'aille consulter la direction. Je suis sûr qu'ils ne feront aucune objection mais, vous savez ce que c'est, ils sont très à cheval sur le règlement et... enfin, c'est toujours la même chose, quoi, le secret bancaire...

— Je comprends ça mais je pensais que, en votre qualité de sous-directeur de succursale, vous aviez toute autorité pour m'accorder l'accès au coffre. Et je ne vais rien retirer, je veux juste vérifier le contenu. Évidemment, selon ce que je découvrirai, le coffre pourra être mis sous scellés. C'est une pratique habituelle du FBI. Ne vous en faites pas, j'assume toute la responsabilité. »

Apparemment, ses propos suffirent à soulager le sous-directeur, qui la conduisit dans la chambre forte. Il utilisa la clé de Reynolds, puis la sienne, et tira la large cassette.

« Nous avons un cabinet particulier où vous pourrez inspecter ça sans être dérangée. »

Il la mena dans le cabinet en question et Reynolds ferma la porte. Elle inspira profondément. Elle avait les paumes moites. Ce coffre pouvait receler des pièces à conviction susceptibles de bouleverser quelques vies et d'ébranler bien des carrières. Elle souleva lentement le couvercle...

Ce qu'elle vit la fit jurer entre ses dents.

L'argent était soigneusement rangé en liasses de billets usagés. Elle compta rapidement. Des dizaines de mille. Elle rabaissa le couvercle.

Quand elle ressortit, Sobel l'attendait devant le cabinet. Il reprit le coffre et le replaça dans la chambre forte.

« Je peux voir la feuille de signatures ? » dit-elle.

Il lui montra le registre des entrées. C'était l'écriture de Ken Newman ; elle la connaissait bien. Un agent du FBI assassiné et un coffre bourré de fric sous un faux nom. Ça commençait à faire beaucoup.

« Vous avez trouvé quelque chose d'intéressant ? demanda Sobel.

— Je suis dans l'obligation de faire interdire ce coffre. Si quiconque veut y accéder, appelez-moi immédiatement à l'un de ces numéros, répondit-elle en lui tendant sa carte.

— C'est grave ? s'enquit Sobel, qui semblait tout à coup très malheureux d'avoir été nommé dans cette agence.

— Merci pour votre aide, monsieur Sobel. Je reste en contact. »

Reynolds regagna sa voiture et roula aussi lentement que possible vers la maison d'Anne Newman. Elle appela en route pour s'assurer que celle-ci serait chez elle. L'enterrement devait avoir lieu trois jours plus tard. Ce serait une grande cérémonie, en présence de la crème du Bureau et de tous les services de police du pays. Le cortège serait un long serpent de voitures salué par des rangs serrés d'agents fédéraux austères et d'hommes et de femmes en uniforme. Le FBI enterrait ses agents morts en service commandé avec tous les honneurs dus à leur mérite.

« Qu'avez-vous trouvé ? »

Anne Newman portait une robe noire, était élégamment coiffée et même maquillée. Des bribes de conversation parvenaient de la cuisine. Il y avait deux voitures garées devant la maison lorsque Reynolds était arrivée. Probablement des parents ou amis venus présenter leurs condoléances. Reynolds remarqua aussi quelques plats garnis sur la table de la salle à manger. Cuisine et condoléances allaient de pair, semble-t-il. C'était à croire que le chagrin était plus digeste quand on avait l'estomac plein.

« J'ai besoin de voir vos relevés de compte bancaire. Vous savez où ils sont ?

— Ma foi, c'était Ken qui s'occupait des finances. Ils sont sans doute dans son bureau. »

Elle conduisit Reynolds dans le bureau de Ken, au fond du couloir.

« Vous avez plusieurs banques ?

— Non. Ça, au moins, j'en suis sûre. Je reçois le courrier.

Toujours la même banque. Et nous n'avons qu'un compte courant, pas de compte d'épargne. Ken disait que les intérêts étaient ridicules. Il s'y connaissait, en finances. Nous possédons quelques actions rentables et les enfants ont chacun un compte pour leurs études. »

Pendant qu'Anne cherchait les relevés, Reynolds examina rapidement la pièce. Il y avait de nombreux classeurs en plastique sur les étagères. Elle avait déjà remarqué les pièces de monnaie rangées dans des feuilles de celluloïd lors de sa première visite, mais pas ces classeurs-là.

« Qu'est-ce qu'il y a là-dedans ? demanda-t-elle en les montrant du doigt.

— Oh, ce sont des cartes de sport. Des fiches de collection, vous savez. Et des pièces aussi. Ken était très calé sur la question. Il a même suivi un cours et a décroché un diplôme en numismatique. Presque tous les week-ends, il allait à une vente de pièces ou de cartes. » Elle désigna le plafond. « C'est pour ça qu'il y a un détecteur d'incendie ici, vous voyez ? Ken avait très peur du feu, surtout dans cette pièce. Avec tout ce papier et ce plastique. Ça s'enflamme comme un rien.

— Je suis surprise qu'il ait trouvé le temps de faire des collections.

— Oh, il s'arrangeait toujours. C'était sa passion.

— Est-ce qu'il vous arrivait de l'accompagner avec les enfants ?

— Non, il ne nous l'a jamais proposé. »

Reynolds changea de sujet :

« Ça m'embête de vous demander ça, mais Ken avait-il une assurance vie ?

— Oui. Pour une grosse somme.

— Au moins, vous n'aurez pas de souci de ce côté. Je sais quc c'est une maigre consolation, mais il y a tant de gens qui oublient ces choses. Ken voulait éviter que vous soyez dans le besoin en cas de malheur. Les actes d'amour sont souvent plus éloquents que les mots. »

Bien que profondément sincère, Reynolds sentait que ses

propos étaient un peu maladroits. Les banalités n'étaient jamais d'un grand réconfort. Elle n'insista pas.

Anne sortit un livret rouge de sept ou huit centimètres d'épaisseur, qu'elle tendit à Reynolds.

« Je pense que c'est ce que vous cherchez. Il y en a d'autres dans le tiroir. Celui-ci est le plus récent. »

Reynolds regarda le livret. Il portait une étiquette plastifiée indiquant qu'il s'agissait des relevés de compte de l'année en cours. Elle l'ouvrit. Les relevés étaient soigneusement classés par ordre chronologique décroissant. Le mois le plus récent était en tête de liste.

« Les chèques encaissés sont dans l'autre tiroir. Ken les range année par année. »

Mazette ! Reynolds conservait ses propres relevés de compte n'importe où, dans le premier tiroir venu, même dans le garage. Sa déclaration de revenus était un cauchemar annuel.

« Anne, je sais que vous avez du monde. Vous pouvez me laisser seule pendant que je regarde tout ça.

— Emportez-les avec vous, si vous le désirez.

— Non, si ça ne vous dérange pas, je préfère les regarder ici.

— D'accord. Vous voulez manger quelque chose ? J'ai de quoi nourrir un régiment. Et je venais juste d'allumer la cafetière électrique lorsque vous êtes arrivée.

— Ah, un café, je ne dis pas non. Merci beaucoup. Avec un nuage de lait et du sucre. »

Anne semblait un peu mal à l'aise.

« Vous ne m'avez toujours pas dit si vous aviez trouvé quelque chose, Brooke.

— Avant de répondre, je veux être certaine de ce que j'avance. C'est encore trop tôt. Je ne veux pas commettre d'erreur. »

Devant le visage affligé de la pauvre femme, elle se sentit terriblement coupable : sans le savoir, la veuve l'aidait à ternir la mémoire de son propre mari défunt.

« Comment les enfants supportent le choc ? s'enquit Reynolds, un peu pour soulager sa conscience.

— Comme n'importe quels enfants, je suppose. Ils sont grands, ils ont seize et dix-sept ans, ils comprennent la situation.

Mais c'est dur quand même. Pour nous tous. Si je ne pleure plus, c'est parce que j'ai versé toutes les larmes de mon corps et que mes yeux sont taris. Je les ai envoyés à l'école. Je me suis dit que ça ne pouvait pas être pire pour eux que de rester ici à écouter des condoléances toute la journée.

— Vous avez raison.

— Je fais ce que je peux. J'ai toujours su que le métier de Ken comportait des risques, mais… Mon Dieu, ça faisait vingt-quatre ans qu'il était au FBI et sa seule blessure avait été un tour de reins en changeant une roue de sa voiture de fonction qui avait un pneu à plat. Il parlait même de la retraite. Il envisageait de déménager lorsque les enfants seraient à la fac. Sa mère habite en Caroline du Sud et elle commence à avoir l'âge où on a besoin d'être près de sa famille. »

Anne était à deux doigts de se remettre à pleurer. Si elle l'avait fait, Reynolds aurait peut-être pleuré aussi, dans l'état d'épuisement nerveux où elle se trouvait.

« Et vous, vous avez des enfants ?

— Un garçon et une fille. Trois et six ans.

— Oh, encore des bébés, dit Anne en souriant.

— J'imagine que ça se complique quand ils grandissent.

— Ça se complique, oui, c'est le mot. On passe des problèmes de pipi au lit et de caca dans la culotte à des querelles sur l'habillement, les garçons, l'argent de poche. Vers treize ans, ils ne supportent plus d'être avec papa et maman. Ç'a été dur au début, mais ils ont fini par s'amadouer. Ensuite, on se fait du mouron pour l'alcool, les voitures, le sexe, la drogue…

— Génial, je suis impatiente de découvrir ça.

— Depuis quand êtes-vous au Bureau ?

— Treize ans. J'ai d'abord été avocate d'affaires. Pendant un an seulement. Trop ennuyeux.

— Vous faites un métier dangereux.

— Parfois, oui.

— Vous êtes mariée ?

— Officiellement, oui. Mais pour un ou deux mois encore, pas plus.

— Oh, je suis navrée.

— Croyez-moi, c'est mieux comme ça.
— Vous aurez la garde des enfants ?
— Et comment !
— Tant mieux. La place des enfants est auprès de leur mère. Je me fiche de ce que disent les “politiquement corrects”.
— Dans mon cas, je me demande… Je travaille tard, j'ai des horaires imprévisibles. Mais je suis convaincue en effet que leur place est auprès de *moi.*
— Avocate, dites-vous ? Vous avez un diplôme de droit ?
— De Georgetown.
— Les avocats gagnent beaucoup d'argent. Et c'est moins dangereux que le FBI.
— Sans doute.
— Vous n'avez jamais pensé à vous recycler ? Il y a tellement de fous en liberté, de nos jours. Et tellement d'armes en circulation. Quand Ken est entré au FBI, ce n'était pas comme maintenant, on ne voyait pas encore de gosses à peine sevrés se promener avec des mitraillettes pour tuer des gens comme dans un dessin animé. »

Reynolds n'avait pas de réponse à cela. Elle se contenta de bercer le livret contre sa poitrine en songeant à ses enfants.

« Je vous apporte votre café. »

Anne ferma la porte derrière elle, et Reynolds se laissa tomber dans le fauteuil le plus proche. Elle eut une soudaine vision de son propre cadavre dans un linceul noir et de la diseuse de bonne aventure expliquant à ses enfants : *Je l'avais prévenue !* Merde. Elle chassa ces sombres pensées et ouvrit le livret. Anne revint avec le café et repartit. Restée seule, Reynolds progressa vite. Ce qu'elle découvrit était très troublant.

Depuis trois ans au moins, Ken Newman faisait des dépôts en liquide sur son compte. Les sommes étaient assez modiques – cent dollars par-ci, cinquante par-là – et de fréquence irrégulière. Elle consulta le fichier que lui avait donné Sobel et vérifia les dates de visite au coffre. La plupart d'entre elles correspondaient à celles des dépôts en liquide sur le compte courant de Newman. Simple : il déposait de l'argent frais dans le coffre, retirait des billets usagés et alimentait le compte familial. Et il effectuait probablement ses dépôts dans une autre agence : il ne pouvait décemment pas se présenter sous le nom de Frank Andrews pour accéder au coffre et faire un dépôt sous le nom de Ken Newman dans la même agence.

L'un dans l'autre, tout cela constituait un joli bas de laine, mais pas vraiment une fortune. En défalquant les chèques qu'il tirait sur son compte courant, le solde n'était jamais excessif. Reynolds remarqua que son salaire était viré automatiquement et que de nombreux chèques étaient libellés à l'ordre d'une compagnie d'agents de change. Elle trouva les reçus dans un autre tiroir. Newman n'était pas millionnaire, loin de là, mais il possédait tout de même un beau petit portefeuille d'actions – et régulièrement augmenté, d'après les relevés. Vu l'actuelle flambée de la Bourse, ses investissements avaient prospéré.

Hormis les dépôts en liquide, ce qu'elle avait sous les yeux n'était pas véritablement louche. Il avait économisé de l'argent, qu'il avait judicieusement placé. S'il n'était pas riche à proprement parler, il était du moins très à l'aise. Comme les dividendes de ses actions étaient systématiquement déposés sur le compte courant des Newman, il était difficile d'affirmer qu'il se livrait à un trafic au noir. Bref, à première vue, quand on ignorait l'existence de son coffre, ses finances n'avaient rien de vraiment suspect, même pour un inspecteur du fisc.

Car tout le problème tenait à ce fameux coffre. Pourquoi garder une telle somme en liquide ? Pourquoi laisser dormir cet argent au lieu de le faire fructifier ? Mais ce qui intriguait le plus Reynolds, c'était ce qu'elle *ne trouvait pas*. Lorsque Anne vint voir si tout se passait bien, Reynolds décida de lui poser carrément la question :

« Je ne trouve pas de traites, et aucune trace de paiement par carte de crédit.

— Nous n'avons pas de traites. Nous avions fait un emprunt sur trente ans, mais Ken a tout remboursé à l'avance.

— Tout ? Je vous envie. Et quand a-t-il soldé le prêt ?

— Oh, il y a trois ou quatre ans, je crois.

— Et les relevés de carte de crédit ?

— Ken se méfiait des crédits. On achetait tout au comptant. Les meubles, les habits, même les voitures – mais jamais neuves, toujours d'occasion.

— Excellent principe. Ça évite de payer des intérêts.
— Je vous l'ai dit, Ken était très doué pour gérer l'argent.
— Si j'avais su, je lui aurais demandé des conseils.
— Vous avez besoin de regarder d'autres choses ?
— Encore une, oui, je le crains. Vos avis d'imposition de ces deux dernières années, si vous les avez. »

La grosse somme en liquide dans le coffre s'expliquait mieux à présent. Si Newman payait toujours cash, il n'avait pas besoin de déposer d'argent sur son compte chèques. Bien sûr, pour les remboursements de prêt, les factures d'électricité, de téléphone, les choses de ce genre, il devait faire des chèques, donc il approvisionnait son compte dans la limite du nécessaire. Et, évidemment, l'argent qu'il ne déposait pas ne donnait lieu à aucun reçu. C'était le principe de la caisse noire. Personne – et surtout pas l'administration fiscale – ne pouvait savoir qu'il possédait une tirelire providentielle quelque part.

Il avait eu la sagesse de ne pas changer son train de vie. Même maison, pas de voiture voyante, pas de folies. Il ne commettait pas l'erreur qui avait trahi tant de voleurs après un hold-up réussi. Et, sans traites ni remboursements de crédits d'aucune sorte, il avait d'énormes liquidités à sa disposition. Il fallait vraiment fouiller de près dans ses comptes pour s'apercevoir que ses revenus réels ne correspondaient pas à la hauteur de ses placements boursiers.

Anne trouva les avis d'imposition des six dernières années dans un casier métallique contre le mur. Ils étaient aussi bien classés que les dossiers financiers. Un rapide coup d'œil sur ces avis confirma les soupçons de Reynolds. Les seuls revenus déclarés par Newman étaient son salaire et quelques plus-values et dividendes boursiers.

Reynolds replaça les documents et enfila son manteau.

« Anne, je suis vraiment désolée d'être venue vous déranger au milieu de tous les problèmes que vous avez déjà.
— C'est *moi* qui vous ai appelée à l'aide, Brooke. »

Reynolds se sentit honteuse.

« Ma foi, je ne suis pas sûre de vous avoir été d'un grand secours et… »

Anne lui agrippa le bras.

« Dites-moi tout, Brooke. Je veux savoir ce qui se passe. Est-ce que Ken a fait quelque chose de mal ?

— Tout ce que je peux vous dire pour le moment, c'est que j'ai relevé certaines choses difficiles à expliquer. Et je vais être franche avec vous : elles sont très troublantes. »

Anne retira lentement sa main.

« Je suppose que vous allez devoir faire un rapport. »

Reynolds hésita. En principe, elle était censée tout raconter à l'Office de responsabilité professionnelle. L'ORP dépendait théoriquement du FBI mais, en réalité, il était sous la coupe du ministère de la Justice. L'ORP enquêtait sur les agissements suspects des membres du Bureau et avait la réputation d'être très tenace. Une inspection de l'ORP terrifiait tous les agents du FBI, même les plus aguerris.

Oui, en principe, c'était simple comme bonjour. Ce qui compliquait tout, c'était l'affliction de la femme éplorée debout devant elle. Car Reynolds était avant tout humaine. N'écoutant que son cœur, elle fit une croix sur le règlement. Du moins provisoirement. Ken Newman serait enterré en héros. Il avait servi le FBI pendant plus de deux décennies, il méritait au moins ça.

« À un moment ou à un autre, oui, je devrai faire un rapport. Mais ça peut attendre. » Elle prit la main d'Anne. « Je connais la date des obsèques. Je serai là avec tous les autres, pour rendre un dernier hommage à Ken. »

Reynolds serra Anne dans ses bras et se retira. Son cerveau turbinait. Elle avait le tournis.

Si Ken Newman était un traître, ça durait depuis un bon bout de temps. Était-il à l'origine de la fuite dans l'enquête de Reynolds ? Avait-il fait capoter d'autres enquêtes ? Était-il juste un indic occasionnel vendant des renseignements au plus offrant ou un collaborateur régulier d'une organisation donnée ? Et, dans ce dernier cas, laquelle ? Qui pouvait s'intéresser à Faith Lockhart ? Il y avait des intérêts étrangers en jeu. Lockhart le leur avait dit. Où était la clé ? Newman était-il un espion à la solde d'un gouvernement étranger, un gouvernement qui, comme par hasard, était mêlé aux manœuvres de Buchanan ?

Elle soupira. Cette affaire prenait des proportions gigantesques.

Elle avait presque envie de rentrer chez elle en courant et de se cacher la tête sous l'oreiller. Mais elle n'en ferait rien, elle retournerait sagement au bureau et continuerait de travailler laborieusement sur cette enquête, comme elle l'avait fait pour cent autres au fil des années. Au total, les gains étaient plus importants que les pertes. Mais, dans ce genre de boulot, que pouvait-on espérer de mieux ?

35

Lee s'était réveillé très tard, avec une gueule de bois carabinée, qu'il tenta de faire passer en courant. Au début, chaque foulée sur le sable lui envoya des flèches mortelles dans le crâne. Puis, peu à peu, fouetté par les embruns, les poumons regonflés à l'air frais, il sentit que s'estompaient les effets de ses injections de Red Dog. En regagnant la maison, il alla récupérer ses habits et son arme au bord de la piscine. Il s'assit un instant dans une chaise longue pour se chauffer au soleil et rentra, accueilli par une odeur de café et d'œufs.

Faith était dans la cuisine, pieds nus, en jean et pull à manches courtes. Elle se servait une tasse. Apercevant Lee, elle sortit une autre tasse et la remplit. L'espace d'un instant, ce geste simple de camaraderie plut à Lee. Puis sa conduite de la nuit lui revint en mémoire, brutale et dévastatrice comme une vague océanique sur un château de sable.

« Je pensais que vous dormiriez toute la journée », dit-elle sans le regarder, d'un ton qui lui parut excessivement anodin.

Lee n'avait jamais été aussi mal à l'aise de sa vie. Merde, qu'était-il censé répondre ? *Ah, euh, au fait, faut m'excuser pour cette petite agression sexuelle nocturne...*

Il rejoignit la jeune femme, pianota sur sa tasse, espérant presque que la boule qui lui serrait la gorge allait l'étrangler à mort.

« Parfois, le meilleur remède, quand on a fait quelque chose d'idiot et d'inexcusable, c'est de courir jusqu'à ce qu'on tombe. » Il regarda les œufs. « Ça sent bon.

— Sans comparaison avec le repas que vous avez préparé hier soir. Je n'ai jamais été un cordon bleu. Je suis plutôt du genre à appeler le garçon d'étage lorsque j'ai un creux. Mais je suis sûre que vous l'aviez déjà deviné. »

En la voyant se déplacer devant les fourneaux, il remarqua qu'elle boitillait. Il remarqua aussi les bleus sur ses poignets. Il posa son pistolet sur le comptoir, par précaution, pour le cas où il aurait envie de se faire sauter la cervelle.

« Faith ? »

Elle ne se retourna pas, continuant de touiller ses œufs dans la poêle.

« Si vous voulez que je m'en aille, je m'en vais », déclara-t-il.

Pendant qu'elle semblait réfléchir à sa proposition, il décida de se jeter à l'eau et de lui répéter les phrases qu'il avait préparées en faisant son jogging :

« Ce qui s'est passé cette nuit, ce que *je* vous ai fait cette nuit, est complètement, fondamentalement, absolument impardonnable. C'est la première fois que je me conduis de la sorte, je vous le jure. Je ne suis pas comme ça. Je comprendrais que vous ne me croyiez pas, mais c'est pourtant la vérité. »

Elle pivota brusquement vers lui, les yeux luisants.

« Je vais être franche : je ne peux pas prétendre n'avoir jamais imaginé qu'il se passerait quelque chose entre nous, malgré tout ce qui nous est tombé sur la tête. Simplement, je n'avais pas pensé que ce serait comme ça... »

Elle lui tourna le dos, sans achever sa phrase.

Il baissa les yeux, doublement accablé par ce qu'elle venait de lui avouer.

« Voyez-vous, déclara-t-il, j'ai un dilemme. Mes tripes et ma conscience me dictent de disparaître de votre vie pour que ma vue ne vous rappelle pas continuellement ce que je vous ai fait. Mais, d'un autre côté, je ne me résous pas à vous laisser seule en sachant que quelqu'un cherche à vous tuer. »

Elle éteignit le gaz, mit les œufs dans deux assiettes, beurra deux tranches de pain, et déposa le tout sur la table. Lee ne bougea pas. Il se contenta de la regarder se mouvoir lentement, les joues mouillées de larmes. Les bleus sur ses poignets étaient pour lui des menottes permanentes autour de son âme.

Il s'assit en face d'elle et piocha dans son assiette.

« J'aurais pu vous arrêter, hier soir », lança-t-elle tout à coup.

Les larmes ruisselaient toujours sur ses joues. Elle ne les essuya pas.

Lee n'était pas loin de se mettre à pleurer également.

« Si seulement vous l'aviez fait, répliqua-t-il.

— Vous étiez soûl. Je ne dis pas que c'est une excuse, mais je sais que vous n'auriez pas agi comme ça sans l'alcool. Et puis, vous n'êtes pas allé jusqu'au bout. Vous ne seriez pas tombé si bas, du moins je veux le croire. J'en suis même sûre, en fait, sinon je vous aurais tué avec votre pistolet quand vous vous êtes évanoui. » Elle s'interrompit, pesa ses mots. « Peut-être que ce que je vous ai fait, moi, est pire que ce que vous m'avez fait. »

Elle repoussa son assiette et regarda par la fenêtre. La journée promettait d'être belle.

Lorsqu'elle reprit la parole, ce fut sur un ton étrangement lointain, curieusement optimiste et tragique à la fois.

« Quand j'étais enfant, j'avais planifié toute ma vie. Je voulais être infirmière. Puis médecin. Et me marier et avoir dix enfants. Le docteur Faith Lockhart sauverait des vies pendant la journée et, le soir, rentrerait chez elle retrouver un mari merveilleux qui l'aimerait. Elle serait la mère parfaite d'enfants parfaits. Après avoir bourlingué toutes ces années avec mon père, je rêvais d'un domicile *fixe*, où je vivrais jusqu'à la fin de mes jours. Mes enfants sauraient toujours, toujours où me trouver. Ça paraissait si simple, si... réalisable, quand j'avais huit ans ! »

Elle épongea enfin ses yeux avec une serviette en papier, comme si elle venait juste de se rendre compte qu'elle pleurait.

« Mais j'ai eu une vie différente, ajouta-t-elle en regardant Lee, puis la jolie pièce alentour. Je ne me suis pas si mal débrouillée, au fond. J'ai gagné beaucoup d'argent. De quoi pourrais-je me plaindre ? C'est le "rêve américain", n'est-ce pas ? L'argent, le pouvoir, la propriété privée... J'ai même réussi à faire le bien, même si c'était dans l'illégalité. Et voilà que j'ai tout gâché. Oh, j'avais de bonnes intentions, mais l'enfer en est pavé, n'est-ce pas ce qu'on dit ? Finalement, je suis bien la fille de mon père… »

Elle s'interrompit à nouveau, joua avec son couvert, plaçant la fourchette et le couteau à la perpendiculaire l'un de l'autre.

« Je ne veux pas que vous partiez. »

Là-dessus, elle se leva, traversa précipitamment la pièce et fila dans l'escalier.

Lee entendit claquer la porte de sa chambre.

Il inspira profondément, se dressa et fut surpris de sentir ses jambes si caoutchouteuses. Ce n'était pas à cause du jogging, il le savait. Il se doucha, se changea et redescendit. La porte de Faith était toujours fermée et il n'avait pas l'intention d'interrompre ses occupations, quelles qu'elles soient. Pour se calmer les nerfs, il décida de nettoyer complètement son arme. Il n'y avait rien de pire que le sel et l'eau pour un pistolet, surtout un pistolet automatique. Si les munitions n'étaient pas de très haute qualité, ça s'enrayait. Le sable et la poussière provoquaient le même type de dysfonctionnement. Avec un simple revolver, il suffisait généralement d'appuyer une seconde fois sur la détente pour faire entrer une autre balle. Avec un automatique, c'était beaucoup plus vicieux. Le temps de regarder ce qui clochait, vous étiez mort. Or, avec la chance qu'avait Lee en ce moment, son arme était fichue de s'enrayer pile au moment où il en aurait le plus besoin. Et ce serait dommage car, avec des neuf millimètres Parabellum, le Smith & Wesson était une arme redoutable. Tout ce qu'on touchait tombait. Évidemment, il espérait ne pas avoir à s'en servir, n'ayant aucune envie d'être pris pour cible par un autre tireur.

Il casa le chargeur de quinze balles dans la crosse, mit la sécurité et rangea l'arme dans son étui. Il songea à prendre la Honda pour aller acheter un journal, puis laissa tomber : il se sentait trop mou pour entreprendre quoi que ce soit. Et il ne voulait pas laisser Faith toute seule. Il tenait à être présent quand elle redescendrait.

En se rendant dans la cuisine pour boire un verre d'eau, il jeta un œil à la fenêtre et faillit avoir une crise cardiaque. De l'autre côté de la route, au-dessus d'une haute barrière de broussailles qui s'étendait à perte de vue, un petit avion venait d'apparaître ! Mais c'est alors qu'il se rappela l'aérodrome dont Faith lui avait parlé. La piste était derrière la maison, dissimulée par la végétation.

Il se précipita vers la porte pour assister à l'atterrissage. Lorsqu'il arriva dehors, l'avion avait déjà disparu, mais il aperçut furtivement la queue de l'appareil au-dessus de la haie, filant comme un traîneau.

Il monta sur le balcon pour regarder. L'avion s'arrêta, et les passagers débarquèrent. Une voiture les attendait. On déchargea les bagages, et le véhicule sortit de l'aérodrome par une petite allée pavée à travers les broussailles non loin de la maison de Faith. Le pilote descendit de son bimoteur, vérifia deux ou trois choses et remonta à bord. Quelques minutes plus tard, l'avion se dirigea vers le bout de la piste et fit demi-tour. Le pilote donna les gaz, l'appareil prit de la vitesse et décolla gracieusement. Il mit d'abord le cap sur l'océan, puis vira et disparut rapidement à l'horizon.

Lee rentra. Il alluma la télé, qu'il regarda distraitement tout en prêtant une oreille attentive à Faith. Après avoir zappé sur les différentes chaînes, il décida qu'il n'y avait rien d'intéressant à voir et entreprit de faire une réussite. Il aimait tellement perdre qu'il recommença douze fois, toujours sans succès. Il se promena, fit quelques passes de billard dans la salle de jeux. À l'heure du déjeuner, il se prépara un sandwich au thon et un bouillon de bœuf, qu'il mangea sur la terrasse devant la piscine. Vers 1 heure, le petit avion revint. Même manège : atterrissage, débarquement des passagers, redécollage. Il pensa frapper à la porte de Faith pour lui demander si elle avait faim, y renonça. Il alla nager dans la piscine et se sécha au soleil sur le sol en ciment. Les rayons étaient brûlants. Un vrai régal. Il avait presque honte de s'adonner ainsi aux joies du farniente.

Les heures passèrent. À la tombée de la nuit, il envisagea de faire à dîner. Cette fois, il irait chercher Faith et la forcerait à manger. Il allait monter quand il entendit sa porte s'ouvrir. Elle descendit.

La première chose qui retint le regard de Lee fut sa tenue vestimentaire : une robe en coton blanc, mi-longue, et un sweat-shirt bleu ciel. Elle avait les jambes nues et portait des sandales, très simples et cependant très chic. Elle était artistement coiffée et maquillée, avec un rouge à lèvres clair. Elle tenait un petit sac à main. Ses manches dissimulaient les contusions de ses poignets. C'était sans doute pour ça qu'elle avait mis un sweat-shirt. Elle ne boitait plus.

« Vous sortez ? demanda-t-il.

— Je vais dîner. J'ai faim.

— J'allais me mettre aux fourneaux.

— Je préfère manger dehors. J'en ai assez d'être enfermée.

— Et où allez-vous ?

— Je pensais que vous viendriez avec moi. »

Lee regarda son pantalon kaki, ses chaussures de marin, son polo.

« J'ai l'air débraillé à côté de vous.

— Vous êtes très bien. » Elle lorgna son arme. « À part votre tromblon.

— Faith, je ne suis pas certain que votre tenue soit très adaptée à la moto.

— Il y a un restaurant à moins d'un kilomètre. On peut y aller à pied. Il fait encore beau. »

Lee finit par accepter. L'idée avait du bon – pour toutes sortes de raisons. Ça ne leur ferait pas de mal de changer d'air.

« Ça marche. Accordez-moi une minute », dit-il.

Il courut dans sa chambre, rangea son pistolet dans un tiroir, s'aspergea le visage d'eau froide, mouilla ses cheveux pour les aplatir, enfila une veste et rejoignit Faith devant la porte, où elle était en train d'activer l'alarme. Ils quittèrent la maison et traversèrent l'allée de service. En atteignant le trottoir, parallèle à la route principale, ils marchèrent à grandes enjambées sous un ciel qui virait au rose. L'éclairage électrique s'était allumé, ainsi que l'arrosage automatique. Le bruit des jets d'eau avait quelque chose d'apaisant et les lumières formaient une douce atmosphère, idéale pour la balade. Pour un peu, Lee se serait cru dans un décor de cinéma.

Levant les yeux, il aperçut un bimoteur qui se préparait à atterrir. Il secoua la tête.

« Le premier zinc que j'ai vu ce matin m'a flanqué une peur bleue.

— Je comprends ça, j'aurais eu peur aussi. Sauf que, la première fois que je suis venue, j'étais à bord. C'est le dernier vol de la soirée. Il fera bientôt trop sombre. »

Ils arrivèrent au restaurant, décoré dans le style nautique : une grande roue de navire à l'entrée, des casques de scaphandrier sur les murs, des filets de pêche pendus au plafond, des lambris en pin, des cordages, et un énorme aquarium agrémenté de châteaux, de plantes aquatiques, et sillonné par des poissons exotiques. Les serveuses étaient jeunes et dynamiques et habillées en hôtesses de paquebot. Celle qui prit leur commande était particulièrement énergique. Lee opta pour un thé glacé, Faith pour un vin pétillant. Puis la fille leur chanta les mérites des plats du jour avec des trilles dans la voix. Après son départ, Faith et Lee faillirent éclater de rire.

Pendant qu'ils attendaient leurs verres, Faith regarda autour d'elle.

« Vous reconnaissez quelqu'un ? lui demanda Lee.

— Non. Je sors très peu quand je viens ici. Mais j'avais tout de même peur de rencontrer quelqu'un que je connais.

— Restez calme. Vous ne ressemblez pas à Faith Lockhart. Et je... enfin, j'aurais dû vous le dire plus tôt, mais vous êtes très... comment... très en beauté ce soir. Vraiment. » Il parut gêné, tout à coup. « Je ne dis pas que vous n'êtes pas belle d'habitude, mais je... je... »

Il se sentait terriblement gauche et n'acheva pas sa phrase, préférant se concentrer sur le menu.

Faith était aussi embarrassée que lui, mais elle parvint à sourire.

« Merci », dit-elle.

Ils passèrent deux heures agréables, à discuter de choses et d'autres, à évoquer le passé, à faire mieux connaissance. Comme c'était un jour de semaine, et hors saison, il y avait peu de clients. Ils finirent leur repas, prirent un café et partagèrent une épaisse tranche de tarte à la noix de coco. Ils payèrent en liquide et laissèrent un très généreux pourboire, qui inciterait probablement leur serveuse chanteuse à faire des vocalises tout le long du chemin en retournant chez elle.

Faith et Lee repartirent d'un pas lent, savourant la fraîcheur de l'air nocturne. Une petite promenade digestive. Ils descendirent sur la plage au lieu de rentrer dans la maison. En passant devant la porte de derrière, Faith laissa son sac, puis retira ses sandales pour marcher pieds nus sur le sable. Il faisait complètement nuit, il y avait une légère brise marine et la plage leur appartenait tout entière.

Lee la regarda.

« Vous avez eu une bonne idée de sortir. C'était une merveilleuse soirée.

— Vous pouvez être charmant quand vous voulez. »

D'abord confus, il comprit qu'elle le chambrait.

« Le fait d'être sortis ensemble est comme un nouveau départ, remarqua-t-il.

— Je le pense aussi », répondit-elle en s'asseyant sur le sable.

Lee demeura debout. Il contempla l'océan.

« Bon, et maintenant ? reprit-elle. Qu'est-ce qu'on fait ? »

Il prit place à côté d'elle, retira ses chaussures et recroquevilla ses orteils dans le sable.

« Ce serait super de rester ici, mais je ne crois pas que ce soit possible.

— Où alors ? Je n'ai pas d'autres maisons.

— J'y ai réfléchi. J'ai quelques bons copains à San Diego. Des détectives privés comme moi. Ils connaissent tout le monde. Si je leur demande, je suis sûr qu'ils nous aideront à franchir la frontière du Mexique.

— Du Mexique ? répéta-t-elle sans enthousiasme. Et ensuite ?

— Je ne sais pas. On pourra peut-être se procurer de faux papiers et passer ensuite en Amérique du Sud.

— En Amérique du Sud ? Et vous dealerez de la cocaïne pendant que je travaillerai dans un bordel ?

— Écoutez, j'y suis déjà allé. Il n'y a pas que des trafiquants et des prostituées. Nous avons plusieurs options.

— Deux fugitifs poursuivis par Dieu sait qui… »

Elle contempla ses pieds et hocha la tête d'un air dubitatif.

« Si vous avez une meilleure idée, je vous écoute.

— J'ai de l'argent. Beaucoup d'argent. Sur un compte numéroté en Suisse.

— Ça existe vraiment, ces trucs-là ? dit-il, sceptique.

— Oh, oui. Ça et les conspirations internationales, les organisations secrètes qui gouvernent la planète… Oui, oui, tout ça est vrai. »

Elle sourit et lui jeta une poignée de sable.

« Hum, si les fédés fouillent votre domicile ou votre bureau, ils trouveront sûrement les relevés de compte. Et, dès qu'ils connaîtront le numéro, ils remonteront votre piste.

— Tout l'intérêt d'un compte numéroté, c'est la confidentialité. Croyez-moi, les banquiers suisses ne plaisantent pas avec ça. Si le bruit courait qu'ils divulguent des informations aux polices étrangères, tout leur système s'effondrerait.

— Le FBI n'est pas n'importe quelle police.

— Rien à craindre, je ne conserve aucun document. J'ai toutes les données dans ma tête.

— Mais si vous êtes obligée d'aller en Suisse pour récupérer votre fric, ça pose un gros problème : je vois mal comment ce serait possible.

— J'y suis allée pour ouvrir le compte. La banque m'a affecté un fondé de pouvoir qui peut faire toutes les transactions à ma place. C'est très au point. Il faut fournir le numéro, prouver son identité de façon formelle et signer. Ensuite, ils comparent la signature avec celle qu'ils ont dans leur dossier.

— Et, là, vous pouvez appeler votre fondé de pouvoir pour qu'il se charge de la suite des opérations ?

— Exactement. J'ai déjà réalisé de petites transactions de cette façon, juste pour m'assurer que ça marchait. C'est toujours le même gars. Il me connaît et il connaît ma voix. Je lui donne le numéro et je lui dis où je veux que l'argent soit transféré. C'est aussi simple que ça.

— Vous ne pouvez pas effectuer un dépôt sur le compte chèques de Faith Lockhart.

— Non, mais j'ai un compte ici, sous le nom de SLC Corporation.

— Et vous êtes signataire officielle ?

— Oui, en tant que Suzanne Blake.

— L'ennui, c'est que les fédés connaissent ce nom. À cause de vos fredaines à l'aéroport.

— Vous savez combien de Suzanne Blake il y a dans ce pays ?

— Mouais, c'est vrai.

— Donc, au moins, on a de l'argent pour vivre. Ça ne durera pas éternellement, mais c'est déjà quelque chose.

— Et quelque chose, c'est mieux que rien. »

Ils se turent un instant. Le regard de Faith allait et venait entre Lee et l'océan.

Il remarqua son manège.

« Qu'est-ce qu'il y a ? dit-il. J'ai de la noix de coco sur le menton ?

— Lee, lorsque l'argent arrivera, on pourra le partager en deux. Vous n'êtes pas obligé de venir avec moi.

— Faith, nous avons déjà abordé cette question.

— Non, pas vraiment. Je vous ai pratiquement ordonné de m'accompagner. Je sais qu'il vous sera difficile de rentrer sans moi, mais au moins vous aurez de l'argent. Je peux même appeler le FBI. Je leur dirai que vous n'êtes pour rien dans cette histoire, que vous m'avez aidé aveuglément. Et que je vous ai faussé compagnie. Ainsi, il vous sera possible de rentrer chez vous.

— Merci, Faith, mais procédons par ordre. Chaque chose en son temps. Je ne peux pas vous abandonner tant que vous êtes en danger.

— Vous êtes certain ?

— Oui, tout à fait certain. Je ne partirai que si vous l'exigez. Et, même en ce cas, je vous suivrai de loin, pour m'assurer que tout va bien.

— Lee, déclara-t-elle en lui prenant le bras, je ne vous remercierai jamais assez pour tout ce que vous avez fait pour moi.

— Considérez-moi comme le grand frère que vous n'avez pas eu. »

Le regard qu'ils échangèrent, cependant, allait au-delà de l'affection fraternelle. Lee observa le sable, essayant de remettre de l'ordre dans son esprit. Faith regarda vers l'eau. Quand Lee reposa les yeux sur elle, une minute plus tard, elle secouait lentement la tête en souriant.

« À quoi vous pensez ? » demanda-t-il.

Elle se leva. « Je pense que j'ai envie de danser. »

Il écarquilla les yeux.

« De danser ? Combien de verres avez-vous bu ?

— Combien de nuits avons-nous encore devant nous ? Deux ? Trois ? Ensuite, nous serons en cavale jusqu'à la fin de nos jours ? Allez, venez, Lee, notre dernière chance de faire la fête. »

Elle retira son sweat-shirt, qu'elle abandonna sur le sable. Sa robe blanche avait des bretelles fines comme des spaghettis. Elle les laissa tomber de ses épaules, avec un clin d'œil à couper le souffle, et tendit les bras à Lee.

« Debout, mon gaillard.

— Vous êtes folle. Complètement cinglée. » Il s'agrippa à ses mains et se releva. « Autant vous prévenir tout de suite, je n'ai pas dansé depuis belle lurette.

— Vous êtes un boxeur, non ? Votre jeu de jambes est sûrement meilleur que le mien. Je conduirai, laissez-vous faire. »

Il effectua quelques pas maladroits et lui lâcha les mains.

« C'est ridicule, Faith. Si des gens nous voient ? Ils nous prendront pour des malades.

— J'ai passé ces quinze dernières années à me soucier de ce que pensent les gens mais, ce soir, c'est les vacances. Je me fiche complètement du qu'en-dira-t-on.

— Il n'y a pas de musique.

— Fredonnez un air et écoutez le vent. Ça viendra tout seul. »

Et, en effet, ça vint tout seul. Ils commencèrent lentement, Lee étant assez empoté et Faith peu habituée à guider. Mais ils gagnèrent vite en aisance et décrivirent bientôt de grandes voltes sur le sable. Au bout d'une dizaine de minutes, la main droite de Lee était fermement posée sur la hanche de Faith qui, elle, le tenait par la taille. Leurs deux autres mains étaient entrelacées à hauteur de poitrine.

Prenant de l'assurance, ils évoluèrent hardiment au son d'un big band imaginaire. Le sable offrait une piste malaisée à leurs pieds, mais ils s'appliquaient. De loin, on aurait pu croire qu'ils étaient ivres ou revivaient leur jeunesse. Et, au fond, les deux étaient vrais.

« Je n'avais plus fait ça depuis le lycée, constata Lee en souriant. À l'époque, c'était plutôt de la pop, pas du Benny Goodman. »

Faith ne disait rien, elle tournoyait autour de lui, avec des déhanchements de plus en plus osés, de plus en plus aguicheurs : une danseuse de flamenco drapée dans une flamme blanche.

Elle remonta le bas de sa robe pour se donner une plus grande liberté de mouvement, et Lee sentit son cœur s'accélérer à la vue de ses cuisses pâles.

Ils s'aventurèrent même dans l'eau, en s'éclaboussant mutuellement. Ils trébuchaient, sur la plage ou dans les vagues mourantes, se relevaient, continuaient. À un moment, une passe remarquablement effectuée les fit sourire de plaisir comme des collégiens lors d'une fête de fin de trimestre.

Peu à peu, ils firent silence, devinrent plus graves, se rapprochèrent insensiblement. Les tourbillons cessèrent et ils se mirent à danser un slow, corps contre corps. Puis ils s'immobilisèrent, enlacés, les yeux dans les yeux, bercés par le bruit du vent et du ressac, sous la lune et les étoiles.

Finalement, Faith s'écarta de lui, les paupières lourdes, dansant à nouveau et prenant des poses érotiques au son d'une musique silencieuse.

Lee lui tendit la main.

« Je n'ai plus vraiment envie de danser, Faith. »

Le sous-entendu était clair comme de l'eau de roche.

Elle s'approcha et, sans le prévenir, le poussa en arrière. Il tomba à la renverse. Elle tourna les talons et partit en courant dans un grand éclat de rire. Il la regarda, d'abord ébahi, puis sourit, se releva d'un bond et courut derrière elle. Il la rattrapa au pied des marches menant à la maison et la transporta sur ses épaules jusqu'à la porte, tandis qu'elle battait des bras et des jambes dans une protestation feinte. Ils avaient oublié l'alarme en pénétrant à l'intérieur. Faith se précipita vers la porte d'entrée pour la désactiver.

« Mince, on a eu chaud, remarqua-t-elle. Encore un peu et la police rappliquait.

— Personnellement, je préfère rester en tête à tête. Et vous ? »

Pour toute réponse, elle lui saisit la main et l'entraîna vers sa chambre. Ils s'assirent sur le lit, dans l'obscurité, pendant quelques minutes, serrés l'un contre l'autre, en se balançant tendrement d'avant en arrière comme pour prolonger leurs pas de danse dans un cadre plus intime.

Elle se recula, lui prit le menton dans une main et dit :

« Ça fait longtemps, Lee. Très longtemps même. »

Elle semblait gênée, et elle l'était réellement. C'était un aveu. Elle ne voulait pas le décevoir.

Il lui caressa les doigts et soutint son regard. Le fracas de l'océan leur parvenait par la fenêtre. C'était réconfortant, songeait-elle. Le bruit des vagues, le vent, le contact de la peau... C'était un moment qu'elle n'avait pas vécu depuis une éternité.

« Ne vous inquiétez pas, Faith. Aucun homme n'aura jamais été plus doux avec vous.

— Pourquoi dites-vous ça ? »

Même dans le noir, l'éclat des yeux de Lee était envahissant, protecteur. Sa romance de lycéenne enfin consommée ? Cette fois, elle était avec un homme, non un collégien. Un homme unique, libre et consentant. Elle l'examina : non, décidément pas un collégien.

« Parce que je ne peux pas croire qu'un autre homme ait déjà éprouvé ce que j'éprouve pour vous.

— Facile à dire, murmura-t-elle, quoique profondément émue.

— Pas pour moi. »

Ces quelques mots furent prononcés avec un tel accent de sincérité, si éloigné de l'hypocrisie et de l'égoïsme du monde qu'elle fréquentait depuis quinze ans, qu'elle ne sut pas comment réagir. Mais le moment n'était plus à la parole. Elle retira les vêtements de Lee et il la déshabilla à son tour, en lui caressant les épaules et le cou au passage. Les gros doigts de Lee étaient étonnamment doux. Elle s'était attendue à plus de rugosité.

Leurs gestes étaient lents, naturels, comme s'ils les avaient répétés mille fois dans une vie conjugale longue et heureuse. Ils semblaient connaître par cœur les recoins de leurs corps réciproques.

Ils se glissèrent sous les draps. Dix minutes plus tard, Lee s'affala, complètement essoufflé. Faith était sous lui, également à bout de souffle. Elle lui baisa le visage, la poitrine, les bras. Leurs sueurs se mêlèrent, leurs membres s'enchevêtrèrent. Ils passèrent deux heures ainsi, à parler, à s'embrasser, mi-éveillés mi-endormis. Vers 3 heures du matin, ils firent l'amour à nouveau. Puis ils sombrèrent ensemble dans un profond sommeil, épuisés et heureux.

36

Reynolds était assise à son bureau quand le téléphone sonna. C'était Joyce Bennett, l'avocate qui la défendait dans son divorce.

« Nous avons un problème, Brooke. L'avocat de votre mari vient d'appeler, furibond, en prétendant que vous possédez des avoirs secrets. »

L'incrédulité agrandit les yeux de Brooke.

« Vous parlez sérieusement ? Eh bien, dites-lui de me mettre dans le coup. Si j'ai de l'argent en rab, je saurai comment le dépenser.

— Je ne plaisante pas. Il m'a faxé des relevés bancaires qu'il dit avoir découverts. Au nom des enfants.

— Enfin, Joyce ! Ce sont les comptes épargne pour les études des enfants. Steve était au courant. C'est pour ça que je ne les ai pas fait enregistrer dans la liste de mes biens. D'ailleurs, ça ne représente que quelques centaines de dollars.

— C'est-à-dire que... les chiffres que j'ai sous les yeux indiquent un solde créditeur de cinquante mille dollars. Sur chaque compte.

— Quoi ? s'exclama Reynolds, la bouche sèche. Impossible ! Il doit y avoir une erreur.

— L'autre fait troublant est que, vos enfants étant mineurs, lesdits comptes sont révocables à tout moment par le donateur sur accord du tuteur. Or légalement, le tuteur, c'est vous, et je suppose que vous êtes également le donateur. Bref, cet argent vous appartient. Vous auriez dû m'en parler, Brooke.

— Joyce, je ne pouvais pas vous en parler puisque j'en ignorais totalement l'existence. Qui a versé ces fonds ? Ça doit être inscrit quelque part, non ?

— Il s'agit de virements, sans mention du compte émetteur. L'avocat de Steve menace de porter plainte pour fraude. Brooke, il dit aussi qu'il a appelé le Bureau. »

Reynolds se raidit et serra le combiné dans son poing.

« Le Bureau ?

— Vous êtes sûre d'ignorer d'où vient cet argent ? Vos parents, peut-être ?

— Ils n'ont pas les moyens. On ne peut pas retrouver la trace du donateur ?

— C'est votre compte. Faites quelque chose, je vous le conseille. Et tenez-moi au courant. »

Reynolds raccrocha et considéra d'un œil vide les paperasses sur son bureau. Elle était complètement désemparée. Lorsque la sonnerie retentit à nouveau, quelques minutes plus tard, elle faillit ne pas répondre. Elle savait qui c'était.

Paul Fisher l'interpella sur un ton glacial. Elle devait se présenter immédiatement à l'immeuble Hoover. Il ne pouvait pas lui en dire plus. En descendant l'escalier, elle crut que les marches allaient se dérober sous ses pieds. Elle tenait à peine sur ses jambes. Si son intuition ne la trompait pas, elle se dirigeait vers le peloton d'exécution de sa carrière professionnelle.

La salle de conférences de l'immeuble Hoover était petite et sans fenêtres. Paul Fisher se tenait là, près du directeur adjoint, Fred Massey, qui présidait la table en faisant tourner un stylo entre ses doigts et la fustigea du regard en l'apercevant. Elle reconnut les deux autres personnes présentes : un avocat du Bureau et un inspecteur de l'ORP.

« Asseyez-vous, agent Reynolds », dit Massey avec fermeté.

Elle obéit. Elle n'avait rien à se reprocher, alors pourquoi avait-elle la douloureuse impression d'être Charlie Manson avec un couteau ensanglanté dans la chaussette ?

« Nous avons certains points à éclaircir avec vous. » Il indiqua l'avocat. « Je dois vous informer que vous avez le droit de vous faire assister par un avocat, si vous le désirez. »

Elle essaya de jouer la surprise mais, après le coup de fil de Joyce Bennett, c'était difficile. En feignant l'étonnement, elle ne fit qu'aggraver sa culpabilité à leurs yeux. Ce qui l'intriguait, c'était la coïncidence entre ce coup de fil et sa convocation. Mais, ne croyant guère aux conspirations, elle préféra ne pas s'attarder sur ce détail.

« Et pourquoi aurais-je besoin d'un avocat ? »

Massey fit signe à Fisher de répondre.

« Parce qu'un autre avocat, celui qui représente votre mari dans votre procédure de divorce, nous a téléphoné.

— Je vois. Eh bien, figurez-vous que ma propre avocate vient également de me téléphoner. Je peux vous assurer que je ne suis pour rien dans ces versements.

— Vraiment ? répliqua Massey, sceptique. Si je comprends bien, quelqu'un aurait donc versé cent mille dollars par erreur sur des comptes ouverts au nom de vos enfants et dont vous pouvez disposer comme bon vous semble ?

— Je n'en sais pas plus que vous. Mais j'éluciderai ce mystère, je vous le garantis.

— Ce qui nous trouble particulièrement, vous vous en doutez, c'est que cet argent soit tombé du ciel justement maintenant.

— Ça me trouble encore plus que vous. Ma réputation est en jeu.

— Seule la réputation du FBI nous intéresse, rétorqua Fisher.

— Je vous le répète, je ne comprends pas ce qui se passe. Menez votre enquête, je n'ai rien à cacher. »

Massey consulta un dossier posé devant lui.

« Vous en êtes sûre ? »

Reynolds considéra le dossier. C'était une technique d'interrogatoire classique. Elle s'en était servie elle-même. Du bluff, tout simplement. Il s'agissait de faire croire qu'on possédait des documents incriminant la personne interrogée, en espérant l'inciter à craquer. L'ennui était que Reynolds ignorait si Massey bluffait ou non. Elle découvrait soudain ce que c'était que d'être du mauvais côté dans un interrogatoire. Et ce n'était pas drôle du tout.

« Je suis sûre de quoi ? dit-elle pour gagner du temps.

— De n'avoir rien à cacher.

— Je trouve votre question vexante, monsieur. »

Il tapota sur le dossier avec son index.

« Vous savez ce que je trouve vexant, moi, dans la mort de Ken Newman ? Le fait que, la nuit où il a été assassiné, il n'aurait pas dû se tenir là. Il avait pris votre place. Sur votre ordre. Sans cet ordre, il serait encore vivant aujourd'hui. Vexant, non ? »

Le rouge monta au front de Reynolds. Elle se leva et regarda Massey de toute sa hauteur.

« M'accusez-vous d'être mêlée au meurtre de Ken ?

— Asseyez-vous, s'il vous plaît, agent Reynolds.

— Répondez.

— Je dis que cette coïncidence, si c'en est une, me préoccupe.

— *C'est* une coïncidence ! Comment aurais-je pu me douter que quelqu'un l'attendait pour le tuer ? N'oubliez pas que je suis arrivée presque à temps pour empêcher le meurtre.

— *Presque* à temps. Très commode. *Presque* un alibi. Coïncidence ou parfait minutage ? Trop parfait, peut-être...

— Je travaillais sur une autre affaire et j'ai terminé plus tôt que prévu. Howard Constantinople peut le confirmer.

— Oh, nous avons l'intention d'interroger Connie. Vous êtes amis, n'est-ce pas ?

— Nous sommes collègues.

— Je suis certain qu'il ne dira rien contre vous.

— Et moi, je suis certaine qu'il vous dira la vérité si vous vous donnez seulement la peine de la lui demander.

— Bref, à vous entendre, il n'y aurait aucun lien entre le meurtre de Ken Newman et l'argent qui est arrivé sur votre compte...

— Je vais être encore plus affirmative : tout ça, c'est des salades ! Enfin, quoi, vous me prenez pour une idiote ? Si j'étais coupable, je n'aurais pas versé cent mille dollars sur un de mes comptes juste après le meurtre. C'est évident, non ?

— Ce n'était pas vraiment sur un de vos comptes. Cet argent

est au nom de vos enfants. D'après vos états de service, vous ne toucherez votre prime quinquennale que dans deux ans. À cette date, l'argent aura disparu depuis longtemps, et je suis sûr que vous aurez une réponse toute prête au cas où on découvrirait que la somme a été un jour en votre possession. Si l'avocat de votre mari n'avait pas mis le doigt dessus, personne ne serait au courant. Autrement dit, ce n'est pas si évident que ça.

— D'accord. Si ce n'est pas une erreur, alors c'est une machination.

— Et qui aurait monté le coup ?

— Celui qui a tué Ken et a tenté de tuer Faith Lockhart. Il a peut-être peur que je sois trop près du but.

— En somme, ce serait Danny Buchanan ? C'est bien à lui que vous pensez, n'est-ce pas ? »

Reynolds désigna du coin de l'œil l'avocat du Bureau et le représentant de l'ORP.

« On peut parler devant eux ? demanda-t-elle.

— Ne t'inquiète pas pour la confidentialité de ton enquête : elle passe au second plan derrière ces nouveaux chefs d'accusation », affirma Fisher.

Reynolds lui lança un regard noir.

« Chefs d'accusation ? Du pipi de chat, oui ! »

Massey ouvrit le dossier.

« Diriez-vous que votre enquête *privée* sur les finances de Ken Newman est également du pipi de chat ? »

Reynolds accusa le choc. Elle se rassit brusquement. Elle appuya ses paumes moites sur la table et s'efforça de se contrôler. Elle avait eu tort de s'emporter : elle était tombée dans le panneau. Il suffisait de voir les mines réjouies de Fisher et de Massey pour s'en convaincre.

« Nous avons parlé à Anne Newman. Elle nous a raconté tout ce que tu avais fait, précisa Fisher. Tu sais combien de règles du FBI tu as enfreintes ?

— J'essayais de protéger Ken et sa famille.

— Oh, je t'en prie ! s'exclama-t-il.

— C'est vrai ! Je voulais faire mon rapport à l'ORP, mais pas avant l'enterrement.

— Quelle sollicitude ! s'exclama-t-il, sarcastique.

— Va te faire foutre, Paul.

— Agent Reynolds, surveillez votre langage », intervint Massey.

Elle se frotta le front.

« Puis-je vous demander comment vous avez su ce que je faisais ? Anne Newman vous a tout raconté spontanément ?

— Si ça ne vous ennuie pas, c'est nous qui posons les questions, répondit Massey. Qu'avez-vous trouvé exactement dans ce coffre ?

— Du liquide. Beaucoup. Des milliers de dollars.

— Et dans les relevés de Newman ?

— De nombreux revenus inexpliqués.

— Nous avons également contacté la banque où vous êtes allée. Vous leur avez ordonné d'interdire l'accès de ce coffre à toute autre personne que vous. Et vous avez dit à Anne Newman de ne pas en parler, même au FBI.

— Je ne voulais pas que quelqu'un mette la main sur cet argent. C'était une pièce à conviction. Et j'ai conseillé à Anne de se tenir tranquille tant que je n'en saurais pas plus. Pour sa propre sécurité. Je voulais découvrir qui était derrière cette histoire…

— … ou vous vouliez vous laisser le temps de récupérer l'argent vous-même. Ken mort, vous étiez la seule à connaître l'existence de cet argent, puisque Anne Newman l'ignorait. »

Les yeux de Massey étaient deux balles de revolver. Fisher ajouta son grain de sel.

« C'est quand même curieux, reconnais-le : à la mort de Ken, tu accèdes à un coffre contenant des tas de gros billets et, à peu près au même moment, cent mille dollars atterrissent sur un compte contrôlé par toi.

— Si tu insinues que j'ai tué Ken à cause du fric qu'il y avait dans son coffre, tu es à côté de tes pompes, mon pauvre vieux ! C'est Anne elle-même qui m'a appelée. Je ne savais pas que Ken avait un coffre avant qu'elle ne m'en parle. Et je n'avais aucune idée de ce qu'il y avait dedans.

— C'est ce que tu dis.

— Je dis ce que je sais. » Elle se tourna vers Massey. « Suis-je officiellement inculpée de quelque chose ? »

Massey se pencha en arrière et mit les mains derrière sa tête.

« Vous devez vous rendre compte que votre affaire se présente très, très mal. Si vous étiez à ma place, quelles seraient vos conclusions ?

— Je conçois que vous ayez des soupçons. Mais si vous me donnez une chance de… »

Massey referma le dossier et se leva.

« Vous êtes suspendue, agent Reynolds. Cette décision prend effet immédiatement. »

Reynolds crut que le ciel lui tombait sur la tête.

« Suspendue ? Je n'ai même pas été officiellement accusée. Vous n'avez aucune preuve matérielle contre moi, et vous me suspendez ?

— Estime-toi heureuse que ce ne soit pas pire, intervint Fisher.

— Fred, insista Reynolds, je comprendrais que vous me déchargiez de cette enquête. Affectez-moi à une autre affaire, mais ne me suspendez pas. Tout le monde au Bureau croira que je suis coupable. Ce n'est pas juste ! »

Le visage de Massey ne s'adoucit pas du tout.

« Je vous prie de remettre votre plaque et votre arme à l'agent Fisher. Vous ne retournez pas à votre bureau et vous ne quittez pas la ville. »

Reynolds pâlit et s'affala sur sa chaise.

Massey se dirigea vers la porte.

« Votre comportement hautement suspect, joint au meurtre d'un agent fédéral et à un rapport concernant des imposteurs se faisant passer pour des membres du FBI, ne me permet pas de me contenter d'un changement d'affectation, Reynolds. Si vous êtes innocente comme vous le clamez, vous serez réhabilitée sans perte de salaire, en gardant vos points d'ancienneté et vos responsabilités actuelles. Et je veillerai à ce que votre réputation ne soit pas entachée. Si vous êtes coupable, ma foi, vous savez ce qui vous attend. »

Il referma la porte derrière lui.

Reynolds se leva pour partir, mais Fisher lui barra la route.

« Ta plaque et ton arme. Maintenant. »

Reynolds les lui donna. Pour elle, c'était presque comme donner un de ses enfants. Elle regarda la mine triomphante de Fisher.

« Cache ta joie, Paul. Tu feras moins le fier quand je serai blanchie.

— Blanchie ? Tu auras de la chance si tu n'es pas en état d'arrestation avant la fin de la journée. Mais nous voulons éviter les remous. Et ne t'avise pas de prendre la fuite, on t'a à l'œil. N'essaie même pas.

— Ça ne me viendrait pas à l'idée. Je veux voir ta tête lorsque je récupérerai ma plaque et mon arme. N'aie pas peur, je ne te demanderai pas de me baiser le cul. »

Reynolds sortit de l'immeuble avec la sensation que tout le personnel du FBI la suivait des yeux.

37

Lee se leva avant Faith, se doucha, enfila des habits propres et revint regarder la jeune femme dormir. L'espace de quelques secondes, il oublia tout, pour ne se souvenir que de la nuit merveilleuse qu'ils avaient passée ensemble. Il savait que sa vie avait changé pour toujours, et cette pensée le terrifiait.

Il descendit à pas lents. Certaines parties de son corps étaient endolories comme elles ne l'avaient plus été depuis longtemps. Et pas seulement à cause de la danse. Il alla faire du café dans la cuisine. Pendant que l'eau chauffait, il continuait de penser à la nuit qui venait de s'écouler. Pour lui, cela représentait un engagement solennel. Pour d'autres, c'était peut-être une conception démodée, vieux jeu, mais, dans l'esprit de Lee, coucher avec une femme signifiait qu'on éprouvait des sentiments forts à son égard.

Le café avait fini de passer. Il s'en servit une tasse et alla s'asseoir sur la terrasse. La matinée était avancée et le soleil déjà chaud, mais des nuages sombres s'amoncelaient au loin. Devançant l'orage, le bimoteur commençait sa descente avec un nouveau chargement de passagers. Faith lui avait dit que, en été, il y avait une dizaine de vols par jour. En cette saison, trois seulement étaient assurés : le matin, à midi et le soir. Jusqu'ici, aucun des passagers n'était resté dans cette rue. Ils avaient essaimé vers d'autres lieux, ce qui convenait parfaitement à Lee.

En buvant à petites gorgées, il songea qu'il éprouvait

effectivement des sentiments très forts pour Faith, même s'il ne la connaissait que depuis quelques jours. On avait déjà vu des choses plus étranges, se dit-il. Leur relation avait vraiment débuté sur des bases mal assurées. Après tout ce qu'elle lui avait fait endurer, il aurait eu des raisons de la haïr. Et, après ce qu'il lui avait infligé l'autre nuit, elle aurait eu toutes les raisons de le mépriser. Était-il amoureux d'elle ? En tout cas, pour le moment, il ne voulait plus la quitter. Il voulait la protéger. Il voulait la serrer dans ses bras, passer tout son temps avec elle et... et lui faire l'amour aussi souvent que son énergie physique le lui permettrait. Était-ce cela qu'on appelait aimer ?

D'un autre côté, elle avait participé à une entreprise de corruption impliquant de hauts personnages et était recherchée par le FBI, entre autres. Oui, constata-t-il avec un soupir, les choses se compliquaient terriblement. En attendant de s'envoler tous deux vers Dieu savait où. Ce n'était pas comme une fugue d'amants en quête d'une église ou d'une mairie pour se marier. *Oui, mon père, nous sommes les deux fugitifs dont parlent les journaux. Pourriez-vous vous dépêcher, s'il vous plaît ?*

Lee se frappa la tête. Se marier ! Était-il devenu fou ? Peut-être qu'il en avait envie, au fond, mais Faith ? Elle était peut-être la fille d'une nuit, une femme pour qui les rapports sexuels ne prêtaient pas à conséquence, même si elle lui avait donné une impression toute différente. L'aimait-elle ? Était-ce une passade ? Elle avait bu, la veille au soir, ça pouvait expliquer beaucoup de choses. Et puis, il y avait le danger. Elle voyait en lui un protecteur. Ou un homme, tout simplement. Pourquoi chercher midi à 14 heures ? Un désir sexuel, sans plus. En tout cas, ce n'était pas lui qui lui poserait la question. Pas maintenant, du moins.

Il réfléchit à leur avenir immédiat. Traverser le pays à moto jusqu'à San Diego ? Puis, de là, cap sur le Mexique et l'Amérique du Sud. Était-ce vraiment une solution ? Il avait une famille, il avait une réputation. En fuyant, il s'avouait coupable. Et, s'ils se faisaient prendre, qui croirait à son innocence ?

Il continua de cogiter et, soudain, une autre stratégie se fit jour en lui. Quelques minutes plus tôt, la fuite lui semblait le choix le plus sage. Faith refusait de rentrer et de provoquer l'emprisonnement de Buchanan. Ça pouvait se comprendre. Et Lee, de son côté, n'en avait pas tellement envie non plus, surtout après avoir entendu les motifs de ses agissements. En réalité, Faith l'avait convaincu : Buchanan aurait plutôt mérité d'être encensé.

C'est alors que l'idée lui vint.

Il alla chercher son téléphone portable sur la table basse. Il avait un abonnement assez sophistiqué, comprenant boîte vocale, mini-messagerie, identification de l'appelant, service de renseignements sur l'actualité, la météo et même les cours de la Bourse.

Quand il avait débuté dans le métier, il ne possédait qu'une machine à écrire IBM ; les téléphones à touches étaient encore des nouveautés rares et les fax, sur papier thermique exclusivement, étaient réservés aux grandes sociétés. Il y avait moins de quinze ans de cela. Aujourd'hui, il tenait un véritable PC de communications dans la paume de sa main. Décidément, le progrès allait trop vite. Mais qui pouvait se passer de ces gadgets, à présent ?

Il s'assit sur le divan et contempla la lente révolution des pales du ventilateur au plafond. Il pesa le pour et le contre, puis se décida et sortit son portefeuille de sa poche de pantalon. Dedans, il y avait le bout de papier avec le numéro que son client – Danny Buchanan, il le savait maintenant – lui avait donné.

Tout à coup, il fut pris d'un doute. Et s'il se trompait en croyant que ce Buchanan n'était pour rien dans l'attentat contre Faith ? Il se releva et marcha de long en large. En regardant par la fenêtre, il vit du ciel bleu, mais aussi des nuages menaçants à l'horizon. Un présage de catastrophe ?

Après tout, c'était Buchanan qui l'avait engagé. Il travaillait pour lui, non ? Il était temps de faire son rapport. Lee récita une prière en silence, prit son téléphone, et composa le numéro qui figurait sur le bout de papier.

38

Connie n'eut pas l'air ravi quand Paul Fisher se pencha vers lui pour lui déclarer sur un ton de conspirateur :

« Nous avons toutes les raisons de croire qu'elle est mouillée, Connie. Malgré ce que vous nous avez dit. »

Il le toisa. Il détestait tout chez Fisher, depuis sa coupe de cheveux et son menton carré jusqu'à son port altier et ses chemises infroissables. Ça faisait une demi-heure qu'il était assis là. Il avait donné sa version de l'histoire à Fisher et Massey, qui lui avaient ensuite donné la leur, sans parvenir à un terrain d'entente.

« C'est des conneries avec un C majuscule, Paul. »

Fisher regarda Massey.

« Vous avez entendu les faits. Comment pouvez-vous encore la défendre ?

— Je sais qu'elle est innocente, ça ne vous suffit pas ?

— Vous avez des preuves à l'appui, Connie ? demanda Massey.

— Je vous ai dit tout ce qu'il y avait à dire, Fred. Nous étions sur une autre affaire. Nous avions une piste toute chaude, qu'il fallait suivre d'urgence. Brooke ne voulait même pas que Ken accompagne Lockhart cette nuit-là. Elle voulait y aller elle-même.

— C'est ce qu'elle vous a affirmé.

— Écoutez, je suis dans la partie depuis vingt-cinq piges, alors permettez. On me la fait pas, à moi. Je vous répète que Brooke Reynolds est blanche comme neige.

— Elle a enquêté sur les finances de Ken Newman sans en référer à quiconque.

— Et alors ? C'est pas la première fois qu'un agent prend des libertés avec le règlement. Elle flaire une embrouille et elle veut l'éclaircir, mais sans ameuter le quartier général. Elle ne veut pas enterrer la réputation de Ken en même temps que son corps, c'est tout.

— Et les cent mille dollars sur les comptes de ses gosses ?

— Un coup monté.

— Ça, c'est à nous de le découvrir. »

Fisher secoua la tête avec exaspération.

« Nous allons la faire suivre, assura-t-il. Heure par heure. Jusqu'à ce qu'on démêle ce sac de nœuds. »

Connie se carra sur son siège, en réprimant une terrible envie de tordre le cou de Fisher.

« Si j'étais vous, Paul, j'essaierais plutôt de rechercher l'origine des fuites. Et de retrouver Faith Lockhart.

— Merci du conseil, Connie, mais, jusqu'à preuve du contraire, c'est nous qui menons l'enquête. »

Connie se tourna vers Massey.

« Vous voulez filer le train à Reynolds ? Je suis votre homme.

— Vous ? Ça va pas, la tête ? protesta Fisher.

— Écoutez-moi, Fred, déclara Connie en fixant Massey des yeux. J'admets que les choses se présentent mal pour Brooke. Mais je sais aussi qu'il n'y a pas de meilleur agent dans tout le Bureau. Je ne veux pas voir la carrière d'un bon agent finir dans les chiottes parce que quelqu'un s'est planté. Je suis passé par là, je parle en connaissance de cause. Hein, Fred ? »

Massey perdit un peu de sa superbe, tout à coup. Il sembla rétrécir sous le regard accablant de Connie.

« Fred, insista Paul, nous avons besoin d'un enquêteur neutre et imp... »

Connie l'arrêta.

« Je peux être neutre et impartial. Si je me goure, Brooke plongera et je serai le premier à lui annoncer la nouvelle. Mais je vous fiche mon billet que, d'ici peu, elle viendra récupérer sa plaque et son flingue. Mieux : dans dix ans, je la vois à la tête du FBI.

— Je ne sais pas, Connie..., commença Massey.

— Je crois que *quelqu'un* ici me doit bien ça, Fred. Vous voyez ce que je veux dire ? »

Il y eut un long silence pendant lequel Fisher regarda alternativement les deux hommes.

« D'accord, Connie, je vous charge de la filature, dit Massey. Et vous me ferez un rapport régulier. Sur ses moindres faits et gestes. Je veux être informé de *tout*. Ni plus ni moins, pigé ? Je compte sur vous. En souvenir du passé. »

Connie se leva et lança un regard victorieux à Fisher.

« Merci pour votre vote de confiance, messieurs. Je ne vous décevrai pas. »

Fisher suivit Connie dans le couloir.

« Je ne sais pas quelle carte vous venez de jouer, mais rappelez-vous une chose : votre carrière est déjà marquée d'une pierre noire, Connie. N'en rajoutez pas. Et je veux être tenu au courant de tout ce que vous rapporterez à Massey. »

Connie coinça Fisher, pourtant beaucoup plus grand que lui, contre le mur.

« Écoutez-moi bien, mon petit Paul, répliqua-t-il en chassant ostensiblement une poussière de la chemise de Fisher. En principe, vous êtes mon supérieur ici. Dans la vie, vous n'êtes qu'un gamin pour moi.

— Faites gaffe, Connie. Vous frôlez une zone dangereuse.

— J'aime le danger, Paul, c'est pour ça que je suis entré au FBI et que je porte un flingue. Il a déjà servi à tuer. Et le vôtre ?

— Vous pétez les plombs, Connie ! Vous êtes en train de bousiller votre carrière. »

Fisher était plaqué au mur, Connie continuait de peser sur lui comme un chêne bancal sur un piquet de clôture.

« Sans blague ? Alors, je vais remettre les fusibles en place. Pour votre gouverne. Quelqu'un essaie de faire un sale coup à Brooke. Qui ? Facile à deviner : la taupe, le petit salopard qui lâche des informations. Quelqu'un veut la discréditer, la faire plonger. Et, si vous voulez mon avis, Paul, c'est exactement ce à quoi vous vous employez.

— Moi ? Vous m'accusez d'être l'indic ?

— Je n'accuse personne de quoi que ce soit. Je tiens juste à vous rappeler que, tant qu'on n'aura pas découvert l'origine de la fuite, tout le monde, je dis bien tout le monde, depuis le directeur jusqu'aux nettoyeurs de chiottes, est inscrit sur ma liste de suspects. »

Il s'écarta de Fisher.

« Bien le bonjour, Paul. Vous m'excuserez, j'ai à faire. Faut que j'aille attraper des méchants. »

Fisher le regarda s'éloigner en hochant lentement la tête. Dans ses yeux, on pouvait voir quelque chose qui ressemblait à de la peur.

39

Le numéro de téléphone que composa Lee était relié à une mini-messagerie, de sorte que Buchanan fut immédiatement averti de l'appel par un bip, alors qu'il se trouvait occupé à remplir son attaché-case pour un entretien dans un cabinet juridique qui s'occupait bénévolement d'un de ses clients. Il avait abandonné l'espoir d'être contacté sur sa ligne secrète, si bien que, lorsqu'il entendit le bip, il faillit avoir une attaque.

Maintenant, il était confronté à un dilemme. Comment écouter sa boîte vocale et passer un coup de fil sans que Thornhill s'en aperçoive ? Ayant imaginé un plan, il appela son chauffeur – un homme de Thornhill, bien sûr, comme toujours – puis il se fit conduire en ville, au cabinet juridique.

« J'en ai pour deux bonnes heures, dit-il au chauffeur. Je téléphonerai quand j'aurai fini. »

Buchanan entra dans l'immeuble. Il connaissait l'endroit comme sa poche. Au lieu de se diriger vers les ascenseurs principaux, il franchit une porte au fond, qui desservait le parking, et descendit au deuxième sous-sol. À droite se trouvait une cabine téléphonique. Il mit des pièces dans la fente et appela sa messagerie vocale. Son raisonnement était clair : si Thornhill était capable d'intercepter une communication en ligne sous mille tonnes de béton, alors il avait vraiment affaire au diable en personne et n'avait aucune chance de s'en sortir quoi qu'il fasse.

Le message de Lee était bref, mais son impact sur Buchanan fut énorme. Il lui avait laissé un numéro, et à peine Buchanan l'eut-il composé qu'une voix d'homme lui répondit :

« Monsieur Buchanan ? demanda Lee.

— Est-ce que Faith est saine et sauve ? »

Lee poussa un soupir de soulagement. Il avait espéré que ce serait sa première question. Ça en disait long. Pourtant, il devait rester sur ses gardes.

« Juste pour vérifier que c'est bien vous : vous m'avez envoyé un dossier d'information. Comment l'avez-vous envoyé, et qu'y avait-il dedans ? Je veux des réponses rapides.

— Je l'ai envoyé par coursier. Dash Services. Le paquet contenait une photo de Faith, cinq pages de renseignements sur elle et sur mon cabinet, le numéro de téléphone spécial où me contacter, un résumé de mes motifs et mes instructions. Il y avait aussi cinq mille dollars en coupures de cinquante et de vingt. Je vous ai appelé il y a trois jours à votre bureau et j'ai laissé un message sur votre répondeur. À présent, s'il vous plaît, dites-moi si Faith va bien.

— Elle va très bien, pour l'instant. Seulement, nous avons quelques problèmes.

— En effet. Mais, d'abord, qu'est-ce qui me prouve que vous êtes Lee Adams ?

— J'ai une magnifique annonce dans les Pages jaunes, avec une loupe à la Sherlock Holmes et tout. J'ai trois frères. Le plus jeune travaille dans un magasin de motos à Alexandria. Il s'appelle Scotty, mais son surnom à la fac était Scooter parce qu'il était le plus rapide de son équipe de football. Si vous voulez vérifier, appelez-le.

— Pas la peine. Je suis convaincu. Que s'est-il passé ? Pourquoi avez-vous pris la fuite ?

— Vous en auriez fait autant si quelqu'un avait essayé de vous tuer.

— Racontez-moi tout, monsieur Adams. Sans rien omettre.

— Ma foi, je sais *qui* vous êtes, mais je ne suis pas sûr de pouvoir vous faire confiance. Vous avez un moyen de me rassurer ?

— Dites-moi *pourquoi* Faith est allée au FBI. Parce que, maintenant au moins, je sais qu'elle y est allée. Ensuite, je vous apprendrai qui est à vos trousses. Et ce n'est pas moi. Quand vous saurez qui c'est, vous regretterez que ce ne soit pas moi. »

Lee gambergea un moment. Il entendit Faith monter l'escalier. Pour prendre une douche, sans doute. *Bah, advienne que pourra.*

« Elle avait peur. Elle dit que vous aviez un comportement étrange, vous étiez anxieux. Elle a essayé de vous en parler, mais vous n'avez rien voulu entendre, vous lui avez même demandé de démissionner. Ça n'a fait que la terrifier davantage. Elle pensait que vous aviez des démêlés avec les autorités. Alors elle a résolu de passer un marché avec le FBI, dans l'idée de vous amener à témoigner contre les types que vous arrosiez. En échange de votre immunité à tous deux.

— Ça n'aurait jamais marché.

— Facile à dire après coup. Sur le moment, elle a cru bien faire.

— Donc, elle vous a tout raconté ?

— Beaucoup de choses. Au début, elle a cru que c'était vous qui aviez tenté de la tuer. Mais je l'ai raisonnée. » *J'espère ne pas m'être trompé.*

« Je ne savais même pas qu'elle était en cheville avec le FBI. Je ne l'ai appris qu'après sa disparition.

— Il n'y a pas que le FBI. D'autres gens sont après elle. Ils étaient à l'aéroport. Et ils portaient une arme spéciale que j'ai vue une seule fois auparavant, dans un séminaire sur la lutte antiterroriste.

— Qui parrainait ce séminaire ? »

La question intrigua Lee.

« Le terrorisme, c'est l'affaire du contre-espionnage, non ? La CIA, je suppose.

— Tout juste. Au moins une bonne nouvelle : vous avez rencontré l'ennemi et vous êtes toujours en vie.

— Que… quoi ? » Lee blêmit. « Je rêve ou vous êtes en train de me dire que…

— Vous ne rêvez pas. Je peux vous présenter la chose autrement, si vous préférez, monsieur Adams : disons que Faith n'est pas la seule à travailler pour un organisme fédéral de renseignement. La différence, c'est que, dans son cas, c'est une démarche volontaire. Pas dans le mien.

— Oh, merde !

— Vous m'avez compris. Où êtes-vous ?

— Pourquoi ?

— Parce que je dois vous voir.

— Et comment comptez-vous vous y prendre sans entraîner la Brigade spéciale d'intervention dans votre sillage ? Je suppose que vous êtes sous surveillance.

— Une surveillance très étroite.

— Donc, nous sommes d'accord : vous ne vous approchez pas de nous.

— Monsieur Adams, notre seule chance est de travailler ensemble. Ça ne peut pas se faire à distance. Il faut que je vienne, parce que ce ne serait pas une bonne idée de *vous* faire venir ici.

— Je n'en suis pas convaincu.

— Je ne viendrai pas si je n'arrive pas à les semer.

— À les semer ? Vous croyez au Père Noël ? Vous vous prenez pour la réincarnation d'Houdini ? Je vais vous dire un truc : même Houdini n'aurait pas pu échapper à la fois au FBI et à la CIA.

— Je ne suis ni un espion ni un magicien. Je suis un humble lobbyiste, mais j'ai un avantage : je connais cette ville mieux que n'importe qui. Et j'ai des amis en haut et en bas de l'échelle. Les deux me seront également utiles en la circonstance. Soyez assuré que j'arriverai seul. Alors, nous aurons une chance de nous en tirer… À présent, je désire parler à Faith.

— Je ne suis pas sûr que ce soit une bonne idée, monsieur Buchanan.

— Si. »

C'était la voix de Faith. Lee se retourna. Elle était dans l'escalier. En T-shirt.

« Si, Lee. Il est temps. Il est même plus que temps. »

Il inspira profondément et lui tendit l'appareil.

« Allô, Danny, dit-elle dans le combiné.

— Je suis navré, Faith. Pour tout. »

La voix de Buchanan s'érailla en milieu de phrase.

« C'est à moi de m'excuser, Danny. C'est moi qui ai tout déclenché en allant au FBI.

— Bah, il faut en finir, désormais. Faisons-le ensemble. Comment est Adams ? Un type capable ? Nous aurons besoin de soutien. »

Faith jeta un œil à Lee, qui l'observait avec anxiété.

« Aucun problème de ce côté. En fait, c'est probablement le seul atout dans notre jeu.

— Dites-moi où vous êtes, et j'arrive dès que possible. »

Elle le lui dit. Et aussi tout ce que Lee et elle savaient. Quand elle raccrocha, elle regarda Lee.

Il haussa les épaules.

« J'ai pensé que c'était le meilleur coup à jouer. C'était ça ou la cavale jusqu'à la fin de nos jours. »

Elle s'assit sur ses genoux, recroquevilla les jambes et posa sa tête contre sa poitrine.

« Tu as bien fait. Quels que soient nos adversaires, ils auront affaire à forte partie avec Danny. »

Lee était beaucoup moins optimiste. La CIA. Des assassins stipendiés, des légions d'experts en saloperie : les ordinateurs, les satellites, les opérations clandestines, les pistolets à air comprimé, les fléchettes empoisonnées, tout ça, c'était leur domaine. S'il s'était écouté, il aurait assis Faith de force sur la Honda et aurait filé en quatrième vitesse.

« Je vais prendre une douche, dit-elle. Danny sera là dès que possible.

— Bien », répondit Lee, l'œil vague.

Quand Faith disparut dans l'escalier, il regarda son téléphone portable, vit quelque chose sur l'écran et se figea. Il venait de recevoir le choc de sa vie. Et, après les événements de ces derniers jours, il lui en fallait beaucoup, pourtant, pour lui faire perdre les pédales. Le texte du message était concis. Mais suffisamment précis pour provoquer un arrêt cardiaque :

Faith Lockhart contre Renee Adams.

Suivait un numéro de téléphone à contacter. Ils voulaient Faith en échange de sa fille.

40

Reynolds, assise dans son living-room, berçait une tasse de thé dans ses mains en regardant le feu mourir lentement. La dernière fois qu'elle s'était trouvée chez elle à cette heure de la journée, c'était pendant son congé de maternité. Son fils avait été aussi surpris que Rosemary de la voir franchir la porte. David était en train de faire la sieste et Rosemary la lessive. Une journée ordinaire pour eux. Mais elle, quand aurait-elle enfin une journée ordinaire dans sa vie ? se demandait-elle en contemplant les braises.

Une forte pluie tombait. La météo était au diapason de son humeur noire. Suspendue. Elle se sentait nue, sans son arme et sa plaque. Après toutes ces années au FBI sans le moindre blâme, voilà qu'elle se trouvait au bord de la déchéance. Que ferait-elle ? Où irait-elle ? Son mari profiterait-il de son chômage pour essayer d'obtenir la garde des enfants ? Si oui, parviendrait-elle à l'en empêcher ?

Elle posa sa tasse, retira ses chaussures et s'affala sur le divan. Les larmes jaillirent. Elle enfouit sa tête dans son bras, pour à la fois sécher ses pleurs et étouffer ses sanglots.

Elle se redressa en entendant la sonnette de l'entrée, s'essuya le visage et alla regarder dans le judas. Howard Constantinople.

Connie se chauffait les mains devant le feu qu'il venait de réalimenter. Reynolds, gênée, se tamponnait les paupières avec un mouchoir en papier. Il n'avait pas pu manquer de remarquer ses yeux rougis et ses joues maculées, mais il avait eu le tact de n'y faire aucune allusion.

« Ils t'ont parlé ? » demanda-t-elle.

Connie se laissa tomber dans un fauteuil et acquiesça.

« Et j'ai été à deux doigts de me faire suspendre aussi. Encore un peu et je foutais mon poing dans la gueule de ce grand con de Fisher.

— Ne risque pas ta carrière pour moi, Connie.

— Si je lui étais rentré dedans, ç'aurait été pour mon propre compte, pas pour toi, crois-moi. Ce qui me tue, c'est qu'ils ont vraiment l'air de croire que tu as trempé dans cette mélasse. Je leur ai dit la vérité. Qu'on travaillait sur une autre affaire. Que tu ne voulais pas te faire remplacer parce que tu avais des rapports privilégiés avec Lockhart, que tu n'étais pas chaude pour envoyer Ken la cuisiner.

— Et ?

— Ils ne m'ont pas écouté. Ils avaient déjà pris leur décision.

— À cause du fric ? Ils t'en ont parlé ? »

Connie acquiesça lentement et se pencha soudain en avant. Malgré sa corpulence, il avait parfois des mouvements très saccadés.

« Je ne veux pas t'enfoncer la tête dans l'eau, Brooke, mais, nom d'une pipe, qu'est-ce qui t'a pris d'aller fouiner dans les comptes de Newman sans en référer à qui que ce soit ? Même pas à moi ? Si les flics font équipe à deux, il y a des raisons ; ça permet à l'un de couvrir l'autre en cas de pépin. Qui va te couvrir, maintenant, hein ? À part Anne Newman, il n'y a personne pour corroborer tes dires et, à leurs yeux, elle compte pour du beurre.

— Pas un instant je n'ai imaginé que ça finirait comme ça. Je voulais protéger la mémoire et la famille de Ken.

— Ouais, ben, s'il s'est vraiment fait acheter, il méritait pas autant de considération. Et pourtant, c'était un bon pote, je te le dis.

— On ne peut encore rien affirmer.

— Tu parles ! Du pognon à gauche sous un faux nom ! Pas dur de se faire une religion.

— Connie, comment ont-ils su que j'enquêtais sur les finances de Ken ? Ça m'étonnerait qu'Anne soit allée les prévenir. C'est elle qui m'avait appelée à l'aide.

— J'ai interrogé Massey, mais c'est un faux cul. Il croit que je suis dans le coup aussi. J'ai fouiné un peu et je pense qu'ils ont eu le tuyau par téléphone. Un coup de fil anonyme, évidemment. Massey m'a dit que tu criais à la machination. Et tu sais quoi ? Eh bien, je pense que tu as raison. »

La vue de Connie à la porte avait réconforté Reynolds. Sa loyauté envers elle signifiait beaucoup à ses yeux. Et elle désirait jouer franc jeu avec lui. *Surtout* avec lui.

« Écoute, Connie, si on te voit avec moi, ça peut être mauvais pour ton avancement. Je suis sûre que Fisher me fait filer.

— Ouais, par moi.

— Hein ? Tu rigoles ?

— Non. J'ai persuadé Massey de me confier ta surveillance. Au nom du passé, qu'il a dit. Au cas où tu saurais pas, Fred Massey est le gars qui m'a demandé d'avaler mon chapeau dans l'affaire Brownsville, autrefois. S'il croit qu'on est quittes, désormais, il se met le doigt dans l'œil. Ils savent que je me laisserai pas rouler dans la farine une seconde fois. Ce coup-ci, je protégerai mes arrières. Ça signifie que, si tu tombes, ils n'auront pas d'autre lampiste sous la main. Surtout pas ton serviteur. Et, si tu veux le fond de ma pensée, Massey n'est qu'un petit con.

— Voyons, un peu de respect pour ta hiérarchie, dit Reynolds en souriant. À propos, quel est le fond de ta pensée en ce qui me concerne, agent Constantinople ?

— Tu as foiré en beauté et tu viens de fournir au Bureau le bouc émissaire dont ils avaient besoin pour sauver la face.

— Eh bien, toi au moins, tu n'y vas pas par quatre chemins...

— Pas le temps de finasser. » Il se leva. « Tu souhaites des courbettes ou ta réhabilitation ?

— Ma réhabilitation, Connie. Si je ne suis pas blanchie, je peux tout perdre. Pas seulement mon boulot. Mes gosses. Tout. » Elle tremblait. Elle se sentait comme une lycéenne venant d'apprendre qu'elle est enceinte. « Mais je suis suspendue. Pas de plaque, pas de flingue, pas d'autorité. »

En guise de réponse, Connie enfila son pardessus.

« Moi, j'ai tout ça. Plaque, flingue, autorité. Alors, saute dans ton manteau, et en route. On part à la recherche de Lockhart.

— Lockhart ?

— Dès qu'on l'aura livrée, les pièces du puzzle se mettront en place, tu verras. Laisse-les s'agiter. Ils pédalent dans la semoule. J'ai parlé aux gars du VCU. Ils font du surplace en attendant les résultats du labo, et à présent ce crétin de Massey les asticote pour qu'ils s'occupent de toi en priorité au lieu de se concentrer sur Lockhart. Tu sais que personne n'est allé chez elle pour chercher des indices ?

— On a tout fait de travers, répondit Reynolds, piteuse. La mort de Ken, la disparition de Lockhart, le fiasco à l'aéroport, les mecs qui se prétendent agents du FBI à l'appartement d'Adams… On s'est laissé dépasser par les événements.

— Eh bien, ça va changer. On va se pencher sur les pistes encore chaudes. À commencer par la famille d'Adams dans la région. J'ai les noms et les adresses. S'il est en cavale, il leur a peut-être demandé de l'aide.

— Tu risques gros, Connie.

— Ce sera pas la première fois, t'inquiète pas. D'ailleurs, on n'a plus de superviseuse pour nous mettre des bâtons dans les roues. Je sais pas si t'es au courant, mais elle a été suspendue pour stupidité. »

Ils échangèrent un sourire.

« Donc, reprit-il, en ma qualité de second, je suis habilité à mener l'enquête. On m'a donné pour instruction de retrouver Lockhart, et c'est ce que je vais faire. Ils ignorent simplement que je le fais avec toi. Et, je te l'ai dit, j'ai parlé aux gars du VCU. Ils connaissent mes intentions, ils ne viendront pas empiéter sur mes plates-bandes dans la famille d'Adams.

— Je dois prévenir Rosemary que je serai absente cette nuit.

— Fais-le. » Il consulta sa montre. « Je suppose que Sydney est encore à l'école. Où est ton garçon ?

— Il dort.

— Chuchote-lui à l'oreille que sa maman va botter des culs. »

Quand Reynolds revint, elle se dirigea droit vers l'armoire pour prendre son manteau, fonça ensuite vers son bureau, et s'arrêta net.

« Qu'est-ce qu'il y a ? » demanda Connie.

Elle le regarda, légèrement embarrassée.

« J'allais chercher mon arme. Les vieilles habitudes sont tenaces...

— Ne t'en fais pas. Tu la récupéreras bientôt. Mais promets-moi une chose : lorsque tu iras rechercher ton pétard et ta plaque, emmène-moi avec toi. Je veux voir leurs gueules. »

Elle lui ouvrit la porte.

« Promis. »

41

Buchanan passa une série de coups de fil du parking pour préparer sa tactique. Puis il se rendit au cabinet juridique afin de discuter d'une affaire très importante qui lui était soudain complètement indifférente. Il se fit ensuite reconduire à son domicile et, tout au long du trajet, peaufina mentalement son plan contre Robert Thornhill. Car il possédait un secret que la CIA ne réussirait jamais à percer·· son propre esprit. C'était un fait, incontournable et très réconfortant. Peu à peu, Buchanan reprenait confiance en lui. Peut-être que, pour une fois, ce serait Thornhill le pantin et Buchanan le marionnettiste.

En rentrant chez lui, il posa son attaché-case sur une chaise et passa dans sa bibliothèque. La pièce était sombre. Il alluma pour contempler, comme toujours, son tableau chéri, afin de se donner la force de mener à bien son projet, et ouvrit des yeux ronds, incrédule.

Le cadre était vide.

Il s'en approcha, tendit la main… et toucha le mur.

Volé ? Un cambriolage ? Comment était-ce possible ? Il possédait un excellent système d'alarme, qui apparemment ne s'était pas déclenché.

Il courut vers le téléphone pour appeler la police. Au moment où sa main touchait le combiné, la sonnerie retentit. Il décrocha.

« Votre voiture sera là dans un instant, monsieur. Vous allez au bureau ? »

Désemparé, Buchanan mit quelque temps à réagir.

« Vous allez au bureau, monsieur ?

— Ah, euh, oui », répondit-il, recouvrant finalement son calme.

Il raccrocha et regarda de nouveau le cadre vide. D'abord Faith, maintenant son tableau. Thornhill ! Inutile de chercher plus loin. *Très bien, Bob, tu marques un point. À moi de jouer à présent.*

Il monta à l'étage, se passa de l'eau sur le visage et se changea, en choisissant soigneusement les vêtements dont il avait besoin. Dans sa chambre à coucher, un système vidéo très sophistiqué, fait sur mesure, comprenait téléviseur, chaîne hi-fi, magnétoscope et lecteur de DVD. L'ensemble était encastré dans des lambris, ce qui le rendait très difficile à voler : il aurait fallu commencer par démonter les panneaux de bois pour s'en emparer. Un casse-tête, et surtout du temps perdu, pour les cambrioleurs.

Cependant, Buchanan ne regardait jamais la télévision, ne se servait jamais de son magnétoscope et, quand il voulait écouter de la musique, il mettait un 33-tours sur son vieux phono.

Sa main se faufila dans la fente du magnétoscope, en tira un passeport, une carte d'identité, une carte de crédit – les trois sous un faux nom –, une liasse de billets de cent dollars. Il glissa le tout dans une poche intérieure à fermeture Éclair de son manteau. En redescendant, il vit que sa voiture l'attendait dehors. Il laisserait Thornhill poireauter quelques minutes, juste pour le plaisir.

Enfin, il prit son attaché-case et se décida à sortir. Il monta dans la voiture.

« Hello, Bob », dit-il très calmement quand ils démarrèrent.

Thornhill lorgna l'attaché-case d'un œil soupçonneux.

« Je me rends au bureau, non ? Je ne peux pas sortir les mains dans les poches, expliqua Buchanan. Le FBI s'attend à ce que j'emporte mon attaché-case. Faut bien leur donner le change. À moins qu'ils n'aient oublié de mettre mon téléphone sur écoute et qu'ils ignorent où je vais. Vous les croyez distraits à ce point ? »

Thornhill approuva.

« Vous auriez fait un excellent agent du Service action, Danny.

— Où est le tableau ?

— En lieu sûr, ce que vous ne méritez pas, compte tenu des circonstances.

— Qu'est-ce que ça veut dire ?

— Ça veut dire Lee Adams, détective privé. Engagé par vous pour suivre Faith Lockhart. »

Buchanan feignit la surprise. Et de façon très convaincante. Dans son jeune temps, il avait fait du théâtre en amateur et, dans son esprit, le métier de lobbyiste n'était pas très éloigné de la comédie.

« Je ne savais pas qu'elle était allée au FBI lorsque j'ai fait ça. Je me souciais seulement de sa sécurité.

— Tiens donc, et pourquoi ?

— Je pense que vous connaissez la réponse.

— Oh, voyons, pourquoi ferais-je du mal à Faith Lockhart ? Je ne la connais même pas.

— Parce que, d'habitude, vous connaissez les gens que vous écrasez ?

— Vous avez eu tort de faire ça, Danny. Le tableau vous sera probablement restitué mais, pour l'instant, apprenez à vivre sans.

— Comment êtes-vous entré chez moi, Thornhill ? J'ai un système d'alarme.

— Sans blague ? répliqua-t-il en réprimant un éclat de rire. Un vrai système d'alarme, comme on en trouve dans le commerce ? Vous m'en direz tant. »

Buchanan dut se contenir pour ne pas lui sauter à la gorge.

« Vous m'amusez, Danny. Franchement. Se démener comme ça pour sauver les déshérités. Vous ne comprenez donc rien ? Le monde est ainsi fait. Il y a toujours eu des riches et des pauvres, des puissants et des opprimés. Et ça continuera. Vous n'y changerez rien. Les gens se haïront toujours, se trahiront toujours. Si l'humanité était moins diabolique, je serais au chômage.

— Vous avez raté votre vocation. Vous auriez dû être psychiatre. Pour les fous criminels. Vous auriez eu tellement de points communs avec vos patients !

— C'est marrant ce que vous dites, parce que c'est justement comme ça que j'ai réussi à vous mettre le grappin dessus. Grâce à la trahison. Eh oui. Quelqu'un que vous avez essayé d'aider a fini par vous trahir. Jaloux de votre succès, de votre grandeur d'âme, je suppose. Il n'était pas au courant de vos petites magouilles, mais il a éveillé ma curiosité. Et, quand je m'intéresse à quelqu'un, sa vie privée n'a plus de secrets pour moi. J'ai fait poser des micros dans votre maison, dans votre bureau, même sur vos habits, et j'ai découvert un trésor.

— Fascinant. À présent, dites-moi où est Faith.

— J'espérais que vous pourriez me l'apprendre.

— Qu'est-ce que vous lui voulez ?

— Je veux qu'elle travaille pour moi. Il y a une concurrence amicale entre le FBI et mon agence, et je trouve qu'ils ne sont pas très fair-play. Je bosse sur cette affaire depuis bien plus longtemps que le Bureau. Je ne veux pas que mes efforts soient vains. »

Buchanan pesa avec soin ses mots. Il savait qu'il tutoyait le danger.

« Qu'est-ce que Faith pourrait vous apporter que je ne vous aie pas déjà donné ?

— Dans ma partie, deux valent toujours mieux qu'un.

— Est-ce que votre arithmétique tient compte de l'agent du FBI que vous avez tué, Bob ? »

Thornhill retira sa pipe et la fit jouer entre ses doigts.

« Danny, je ne saurais trop vous conseiller de limiter votre centre d'intérêt à votre partie du puzzle.

— Je considère que *toutes* les parties me concernent. Je lis les journaux. Vous m'avez dit que Faith était allée au FBI. Un agent du FBI est tué au cours d'une opération restée secrète. Faith disparaît au même moment. Vous avez raison, j'ai engagé Lee Adams pour découvrir ce qui se tramait. Je suis toujours sans nouvelles de lui. Vous l'avez fait tuer aussi ?

— Je suis un serviteur de l'État. Je ne fais pas tuer les gens.

— Le FBI fait pression sur Faith, et vous ne pouvez pas accepter ça parce que tous vos plans tombent à l'eau s'ils découvrent la vérité. Et vous voulez me faire croire que vous me laisserez repartir comme ça, avec une tape dans le dos pour me remercier du travail accompli ? Si j'étais un pareil crétin, je n'aurais pas survécu si longtemps dans ce boulot. »

Thornhill remit sa pipe en bouche.

« La survie... Un concept intéressant. Vous vous considérez comme un survivant et vous m'assenez toutes sortes d'accusations sans fondement... »

Buchanan se tourna face à Thornhill, se pencha vers lui et, nez à nez, lui dit :

« J'en sais plus long que vous n'en apprendrez jamais sur la survie. Parce que, voyez-vous, moi, je n'ai pas, comme vous, des armées de flingueurs à mon service qui font le sale boulot à votre place, pendant que vous restez assis derrière les murs de Langley à analyser le champ de bataille à la façon d'un jeu d'échecs. Moi, j'ai dû mouiller ma chemise pour en arriver là, je regarde où je mets les pieds et, à la minute où vous êtes entré dans ma vie, j'ai pris toutes les dispositions nécessaires pour vous *détruire* s'il m'arrive quelque chose. À bon chat bon rat, camarade. Vous êtes roublard, moi aussi. Vous n'aviez pas pensé tomber sur un bec, hein ? Vos succès vous sont montés à la tête. »

Thornhill le fixa des yeux, bouche bée. Buchanan continua :

« Que je le veuille ou non, dans cette affaire, je suis provisoirement votre associé, même si cette pensée me répugne. Et je veux savoir si vous avez tué l'agent du FBI, parce que je veux savoir exactement ce que j'ai à faire pour me sortir de ce cauchemar. Et je veux savoir si vous avez aussi tué Faith et Adams. Si vous ne répondez pas, quand je descendrai de cette voiture, mon prochain arrêt sera le FBI. Et, si vous vous croyez assez invincible pour me tuer devant les fédés, ne vous gênez pas. Seulement, si je meurs, vous plongez aussi. »

Buchanan se radossa et s'accorda un sourire.

« Vous connaissez la vieille histoire de la grenouille et du scorpion, sans doute ? Un scorpion veut traverser une rivière, mais il ne sait pas nager. Alors, il demande à une grenouille de le porter sur son dos, en lui promettant de ne pas la piquer. La grenouille lui fait confiance puisque, s'il la pique, elle meurt et il coule. Elle le prend donc sur son dos. Mais, au milieu de la rivière, le scorpion la pique quand même. En mourant, elle lui dit : "Pourquoi tu as fait ça ? Maintenant, tu vas mourir aussi." Et il lui répond simplement : "Je sais bien, mais c'est ma nature." » De la main,

Buchanan lui fit un petit signe d'adieu. « Tchao, monsieur Grenouille. »

Les deux hommes se dévisagèrent sans rien dire. Ce fut finalement Thornhill qui rompit le silence.

« Lockhart devait être éliminée. L'agent du FBI était avec elle. Donc, il devait mourir aussi.

— Mais vous avez raté Faith ?

— À cause de votre détective privé. Sans votre incartade, il n'y aurait jamais eu de crise.

— Il ne m'était jamais venu à l'idée que vous projetiez de tuer quelqu'un. Enfin, bref, vous ne savez pas où elle est ?

— Ce n'est pas une question de temps. J'ai plusieurs fers au feu. Tant que j'ai de quoi appâter, il y a de l'espoir.

— Ce qui veut dire ?

— Ce qui veut dire : fin de la conversation. »

Les quinze minutes suivantes s'écoulèrent dans un complet silence. La voiture descendit dans le parking souterrain de l'immeuble de Buchanan. Une berline grise attendait au niveau inférieur, moteur allumé. Avant de sortir, Thornhill agrippa le bras de Buchanan.

« Vous prétendez avoir la possibilité de me détruire s'il vous arrive quelque chose. Eh bien, écoutez ceci : si votre collègue et son nouveau copain font capoter mes entreprises, vous serez tous liquidés. Immédiatement. » Il lui lâcha le bras. « Juste pour que ce soit bien clair entre nous, monsieur Scorpion », ajouta-t-il avec dédain.

Une minute plus tard, la berline sortait du parking. Thornhill était déjà au téléphone.

« Buchanan ne doit pas être perdu de vue une seule seconde. »

Il éteignit l'appareil et commença à réfléchir à la manière d'aborder cette nouvelle phase du problème.

42

« C'est la dernière adresse », dit Connie comme ils se garaient devant le magasin de motos.

Ils descendirent de voiture et Reynolds regarda les alentours.

« Son petit frère ? »

Connie acquiesça en consultant sa liste.

« Scott Adams. C'est le gérant.

— Eh bien, espérons qu'il nous sera plus utile que les autres. »

Ils avaient rendu visite à tous les parents de Lee dans la région. Aucun ne l'avait vu ou n'avait eu de ses nouvelles au cours de la semaine précédente. Du moins à ce qu'ils avaient prétendu. Scott Adams était leur dernière chance. Hélas, quand ils entrèrent, on les informa qu'il était au mariage d'un ami et ne reviendrait pas avant deux jours.

Connie remit sa carte au jeune homme derrière le comptoir.

« Dites-lui de m'appeler à son retour. »

Rick, le vendeur qui avait essayé de draguer Faith avec tant de désinvolture, regarda la carte.

« Ça a quelque chose à voir avec son frère ? »

Connie et Reynolds haussèrent les sourcils.

« Vous connaissez Lee Adams ? demanda-t-elle.

— Connaître, c'est beaucoup dire. Il sait pas comment je m'appelle ni rien. Mais il vient de temps en temps. La dernière fois, c'était pas plus tard qu'y a deux jours. »

Les deux agents le jaugèrent du regard, pour sonder sa crédibilité.

« Il était seul ?

— Non. Il était avec une nana. »

Reynolds sortit une photo de Lockhart et la lui montra.

« Imaginez-la avec les cheveux courts, en brune. »

Rick examina la photo et confirma.

« Ouaip, c'est elle. Et Lee avait changé sa coupe de cheveux aussi. Courts et blonds. Et il avait une barbe et une moustache. Mais j'ai l'œil, je l'ai reconnu tout de suite. »

Reynolds et Connie échangèrent un coup d'œil, en dissimulant tant bien que mal leur excitation.

« Vous ne sauriez pas où ils sont allés, par hasard ? questionna Connie.

— J'ai peut-être une idée. Mais ce que je sais à coup sûr, c'est pourquoi ils sont venus ici.

— Ah ? Et pourquoi ?

— Ils avaient besoin d'une moto. Ils ont pris une grosse Gold Wing.

— Gold Wing ? répéta Reynolds.

— Ouais. » Rick choisit une brochure en couleurs sur le comptoir et la lui présenta. « Une comme ça. Honda Gold Wing SE. Pour les longs trajets, y a pas mieux, vous pouvez me croire.

— Et vous dites qu'Adams en a pris une. Elle a une couleur, un numéro d'immatriculation ?

— Pour l'immatriculation, je peux vérifier. La couleur est la même que sur la brochure. C'était une bécane de démonstration. Scotty l'a laissé partir avec.

— Et vous pensez avoir une idée de leur destination ? interrogea Reynolds.

— Qu'est-ce que vous voulez à Lee ?

— Lui parler. Ainsi qu'a la femme qui l'accompagnait, répondit-elle, aimable.

— Ils ont fait quelque chose de mal ?

— On peut pas en être sûrs tant qu'on leur a pas parlé, répliqua Connie. L'enquête se poursuit. Vous êtes un copain à eux ou quoi ?

— Oh non, holà, jamais de la vie, protesta Rick, intimidé. Des nanas comme ça, très peu pour moi. Une vraie teigne. Pendant que Lee était à l'intérieur, je suis allé lui demander ce qu'elle voulait. Histoire d'être serviable, quoi. Professionnel... Et, d'un seul coup, elle a piqué une crise, je sais pas ce qui lui a pris. Lee, pareil. Quand il est ressorti, il a commencé à me chercher des crosses. Encore un peu et je lui remontais les bretelles, je vous le dis. »

Connie avait remarqué la carrure imposante de Lee sur la bande de vidéosurveillance. Et Rick était plutôt du genre maigrelet.

« Vous lui remontiez les bretelles ? répliqua-t-il. Sans blague ?

— Je veux, oui. D'accord, je lui rends quelques kilos, mais il est plus tout jeune et je fais du taekwondo.

— Bien sûr, bien sûr, dit Reynolds. Mais reprenons : elle était seule dans le parking au moment où Lee était à l'intérieur, c'est bien ça ?

— C'est bien ça. »

Les deux agents se regardèrent furtivement.

« Si deux pouvez nous fournir des indications sur leur destination, le FBI vous en sera très reconnaissant, affirma-t-elle, de plus en plus impatiente. Et le numéro d'immatriculation aussi. Tout de suite, si ça ne vous dérange pas. Nous sommes un peu pressés.

— Sûr. Lee a pris une carte de Caroline du Nord. On en vend, mais Scotty lui a filée gratos. C'est ce que m'a dit Shirley, la fille qui travaille à la réception d'habitude.

— Elle est ici ?

— Non. Malade. Je la remplace.

— Je peux avoir une de ces cartes de Caroline ? » Rick en sortit une pour elle. « Combien ?

— Cadeau de la maison, déclara-t-il en souriant. Je suis un bon citoyen, moi. Et, justement, j'aimerais bien travailler au FBI.

— C'est parfait, assura Connie, totalement inexpressif, le regard ailleurs, on a toujours besoin d'hommes compétents. »

Rick chercha le numéro d'immatriculation de la moto et le donna à Connie.

« Tenez-moi au courant, hein, lança-t-il comme ils s'en allaient.

— Vous serez le premier informé », répondit Connie par-dessus son épaule.

Ils remontèrent dans leur voiture.

Reynolds se tourna vers son équipier.

« On a déjà appris quelque chose : Lockhart n'est pas retenue par Adams contre son gré. Il l'a laissée dehors toute seule. Elle aurait pu se barrer.

— Mouais, ils ont l'air de se tenir les coudes. Du moins pour l'instant.

— La Caroline du Nord…

— C'est grand. »

Elle fit la grimace.

« Voyons si on peut réduire le périmètre. Réfléchissons. À l'aéroport, Lockhart a acheté deux billets pour Norfolk.

— Alors, pourquoi la carte de Caroline du Nord ?

— Ils ne pouvaient pas prendre l'avion. On les aurait attendus à Norfolk. Adams devait s'en douter. Il sait probablement qu'on a un arrangement avec les compagnies aériennes et que c'est comme ça qu'on a repéré Lockhart.

— Elle a fait foirer le truc en utilisant son vrai nom pour le second billet. Mais elle ne devait pas avoir le choix, à moins de posséder une troisième fausse identité.

— Ce qui veut dire, pas d'avion. Ils ne peuvent pas se servir de leurs cartes de crédit, donc pas de voiture de location non plus. Adams se dit qu'on surveille les gares routières et ferroviaires, alors il emprunte une moto et une carte à son frère pour rallier leur vraie destination : la Caroline du Nord.

— Ce qui signifie qu'ils projetaient à l'origine de repartir de Norfolk soit par la route, soit par un autre avion pour aller quelque part en Caroline.

— Ça ne tient pas debout. Pourquoi ne pas prendre directement un avion pour la Caroline du Nord ? Il y a plein de vols pour Raleigh et Charlotte. Pourquoi passer par Norfolk ?

— Et s'ils ne voulaient pas se rendre du côté de Charlotte ou Raleigh ? Je répète, c'est grand, la Caroline du Nord.

— D'accord, mais quand même. Quitte à prendre une correspondance, pourquoi pas dans les deux principaux aéroports ?

— Parce que Norfolk est peut-être plus près de l'endroit qui les intéressait. »

Reynolds réfléchit un moment.

« Attends. Raleigh est à peu près au milieu de l'État. Charlotte est à l'ouest.

— J'y suis ! s'exclama Connie en claquant des doigts. L'Est ! Le littoral, la côte.

— Pas bête. Il y a des milliers de maisons en bord de plage. Idéal pour se planquer. »

Connie parut tout à coup moins optimiste.

« Des milliers de maisons…

— Ne nous affolons pas. La première chose à faire est d'appeler le Bureau pour savoir quelles sont les liaisons aériennes entre Norfolk et le littoral. Et nous avons quelques indications horaires. Leur avion devait atterrir à Norfolk à midi. Comme ils n'ont aucun intérêt à faire le poireau dans un endroit public, leur correspondance devait être peu après. Peut-être qu'il existe une liaison régulière d'une petite compagnie. Faudrait vérifier. »

Connie attrapa le téléphone de la voiture et appela. La réponse ne se fit pas attendre. Connie sembla reprendre espoir.

« Tu ne vas pas le croire, dit-il, mais il y a une seule compagnie qui assure la liaison entre le littoral et Norfolk International.

— Enfin, la chance commence à nous sourire. Raconte-moi tout.

— Tarheel Airways. Ils font la navette entre Norfolk et cinq sites en Caroline : Kill Devil Hills, Manteo, Ocracoke, Hatteras et un bled appelé Pine Island, près de Duck. Il n'y a pas de départ régulier. Il faut téléphoner et le zinc t'attend. »

Reynolds étala la carte routière.

« Bon, là, j'ai Hatteras et Ocracoke. Extrême sud. Kill Devil Hills est ici, dit-elle en pointant le doigt. Manteo est au sud. Et Dick ici, au nord.

— Je suis allé en vacances dans le coin. Tu traverses le pont sur l'estuaire et tu prends au nord pour Duck, au sud pour Kill Devil. Les deux endroits sont à peu près équidistants.

— Alors, qu'est-ce qu'on choisit ? Nord ou sud ?

— S'ils sont allés en Caroline du Nord, c'était probablement à l'instigation de Lockhart.

— Pourquoi ça ?

— Parce qu'Adams a pris une carte routière, tiens. S'il avait connu l'endroit, il n'en aurait pas eu besoin.

— Bravo, Sherlock, quoi d'autre ?

— Eh bien, Lockhart est bourrée de fric. Suffit de voir sa baraque à McLean pour s'en rendre compte. Si j'étais elle, j'aurais une autre maison sous mon faux nom au cas où les affaires tourneraient mal.

— Ça ne répond toujours pas à la question : Nord ou sud ? »

Ils cogitèrent un instant, puis Reynolds se tapa soudain le front.

« Ce qu'on est cons ! S'il faut téléphoner à Tarheel pour commander un vol, notre réponse est là. »

Connie ouvrit des yeux ronds.

« Bon Dieu, c'est évident ! »

Il reprit son téléphone, demanda le numéro de Tarheel et appela, en donnant la date, l'heure approximative et le nom de Suzanne Blake.

Il raccrocha et regarda Reynolds.

« Notre Mme Blake a réservé deux places sur un vol Tarheel au départ de Norfolk vers 14 heures. Ils avaient les boules parce qu'elle ne s'est jamais présentée à l'embarquement. Normalement, ils demandent une carte de crédit mais, comme c'était une cliente habituelle, ils lui ont fait confiance.

— Et leur destination ?

— Pine Island.

— Connie, je crois qu'on tient enfin le bon bout. »

Connie enclencha une vitesse.

« Le hic, remarqua-t-il, c'est que je n'ai pas droit aux avions du Bureau. On est obligés de se taper la route dans cette vieille bagnole. Et ça doit faire dans les six heures, facile, sans compter les arrêts. » Il consulta sa montre. « Avec les arrêts, ça nous met là-bas sur le coup de 1 heure du mat environ.

— Je ne suis pas autorisée à quitter le secteur.

— Règle numéro un du Bureau : tu peux aller n'importe où du moment que tu as ton ange gardien avec toi. »

Reynolds paraissait inquiète.

« Tu ne crois pas qu'on devrait demander du renfort ? »

Il la regarda de travers.

« Et quoi encore ? Si on prévient Massey et Fisher, ils s'attribueront tout le mérite. »

Elle sourit.

« Accorde-moi une minute pour appeler chez moi, et on fonce. »

43

Au bout de longues heures d'angoisse, Lee avait fini par retrouver la trace de Renee. Son ex-femme avait carrément refusé de lui donner le numéro de téléphone de l'université, et il avait fallu qu'il appelle le secrétariat, qu'il supplie, qu'il mente, qu'il menace pour que le numéro de sa fille lui soit enfin communiqué. Cela faisait une éternité qu'il n'avait pas parlé à Renee, et le sort voulait que, le jour où il le faisait, ce soit pour une sale histoire. Malheur, maintenant elle allait vraiment adorer son père !

La camarade de chambre de Renee jura ses grands dieux que celle-ci était partie pour ses cours en compagnie de deux membres de l'équipe de football, l'un d'eux étant un gars avec qui elle sortait d'habitude. Après avoir dit qui il était à la jeune fille et lui avoir laissé un numéro de téléphone où Renee pourrait le joindre, Lee appela le bureau du shérif du comté d'Albemarle. Il tomba sur le shérif adjoint, une femme, à qui il expliqua qu'une certaine Renee Adams, étudiante à l'université de Virginie, avait reçu des menaces. Pouvait-on envoyer quelqu'un d'urgence pour s'occuper de son cas ? La femme lui posa des questions auxquelles il lui était impossible de répondre, notamment concernant son identité. *Mon nom est sur le tout dernier avis de recherche prioritaire*, eut-il envie de lui déclarer. Malade d'inquiétude, il fit de son mieux pour la convaincre de sa sincérité.

Puis il raccrocha et lut une fois de plus le minimessage digitalisé : « Renee contre Faith, dit-il à voix basse.

— Quoi ? »

Il pivota sur ses talons et vit Faith, sur les marches, les yeux ronds, bouche bée.

« Lee, qu'est-ce qu'il y a ? »

Ne sachant que répondre, il se contenta de lui montrer l'écran du téléphone, la mine accablée.

Elle lut le message.

« Il faut appeler la police, affirma-t-elle.

— Elle va bien. Je viens de parler à sa camarade de chambre. Et j'ai téléphoné à la police… C'est un écran de fumée. Du bluff. Ils essaient de nous faire peur.

— Tu ne peux en être sûr.

— Exact, reconnut-il, piteux. Je s'en suis pas sûr du tout.

— Tu vas rappeler ce numéro ?

— C'est probablement ce qu'ils veulent que je fasse.

— Pour localiser l'appel, tu veux dire ? On peut localiser un portable ?

— Avec un équipement ad hoc, ouais. Les filcs peuvent le faire pour déterminer l'origine d'un appel à Police-secours, par exemple. Ça se calcule en mesurant les temps de réception entre les différents relais… Merde, ma fille a peut-être la tête sur le billot et je parle comme un magazine scientifique !

— Mais ça reste une localisation approximative.

— Ouais, je pense. En tout cas, c'est moins précis qu'un repérage par satellite, c'est sûr. Mais comment savoir ? Ces enfoirés d'informaticiens t'inventent un nouvel appareil toutes les cinq minutes pour empiéter chaque fois un peu plus sur ta vie privée. Je parle en connaissance de cause : mon ex-femme en a épousé un.

— Tu devrais appeler, Lee.

— Et pour leur dire quoi ? Ils veulent t'échanger contre elle. »

Elle posa une main sur son épaule, lui caressa le cou et se pencha contre lui.

« Appelle-les. Ensuite, on verra ce qu'il est possible de faire. Ta fille ne sera pas inquiétée.

— Tu ne peux pas le garantir.

— Je *peux* te garantir que je ferai tout ce qui est en mon pouvoir pour l'épargner.

— Y compris te livrer ?

— S'il faut en arriver là, oui. Je ne laisserai pas une innocente payer pour moi. »

Lee s'effondra sur le divan.

« Je suis censé garder la tête froide dans les situations tendues mais, là, j'avoue que je suis complètement dépassé.

— Appelle-les », répéta-t-elle avec fermeté.

Il inspira longuement et composa le numéro. Faith se serra contre lui pour écouter. Il n'y eut qu'une seule sonnerie. On répondit immédiatement.

« Monsieur Adams ? »

C'était une voix inconnue de Lee. Elle avait quelque chose de métallique, comme si elle était brouillée, ce qui la rendait un peu inhumaine et d'autant plus effrayante.

« Oui, ici Lee Adams.

— Très gentil à vous d'avoir laissé votre numéro de portable dans votre appartement. Ça nous a facilité les choses pour vous contacter.

— Je viens de me renseigner sur ma fille. Elle va bien. Et les flics sont prévenus. Alors, votre petit kidnapping, vous pouvez vous le...

— Je n'ai pas l'intention de kidnapper votre fille, monsieur Adams.

— Alors, pourquoi vous me faites perdre mon temps ?

— Il n'est pas nécessaire d'enlever quelqu'un pour le tuer. Votre fille peut être éliminée aujourd'hui, demain, le mois prochain, dans un an... En allant à la fac, en jouant au hockey, en partant en vacances, même dans son sommeil. Son lit est à côté d'une fenêtre, au rez-de-chaussée. Elle travaille souvent le soir à la bibliothèque. Très facile, vraiment.

— Espèce de salaud ! » hurla Lee.

Faith lui agrippa les épaules pour tenter de l'apaiser, et la voix continua avec un calme exaspérant :

« Ce n'est pas en poussant des cris d'orfraie que vous aiderez votre fille. Où est Faith Lockhart, monsieur Adams ? C'est tout ce que nous désirons. Livrez-la, et vos problèmes seront réglés.

— Et je dois vous croire sur parole ?

— Vous n'avez pas tellement le choix.

— Qu'est-ce qui vous dit que je sais où elle est ?

— Vous voulez la mort de votre fille ?

— Lockhart s'est enfuie.

— Bien. Préparez-vous à enterrer Renee la semaine prochaine.

— Attendez, attendez ! D'accord, si j'ai Faith, qu'est-ce que vous proposez ?

— Un rendez-vous.

— Elle ne viendra pas de son plein gré.

— De gré ou de force, ça m'est complètement égal. Débrouillez-vous. Nous serons à l'heure.

— Et vous me laisserez repartir ?

— Déposez-la et passez votre chemin. Nous nous occuperons du reste. Vous ne nous intéressez pas.

— Où ? »

On lui donna une adresse près de Washington, côté Maryland. Lee connaissait l'endroit : très isolé.

« Il faut que j'y aille par la route. Et il y a des flics partout. J'ai besoin de plusieurs jours.

— Demain soir. Minuit pile.

— Merde, ça me laisse pas beaucoup de temps.

— Alors, je vous conseille de vous mettre en route tout de suite.

— Écoutez, si vous touchez à un seul cheveu de ma fille, je vous retrouverai, par n'importe quel moyen. Je le jure. Je commencerai par vous briser les os et ensuite je vous ferai vraiment mal.

— Monsieur Adams, estimez-vous heureux que nous ne vous considérons pas comme une menace. Et un conseil : quand vous repartirez, ne vous retournez pas. Vous ne serez pas changé en statue de sel, mais ça ne vaudra guère mieux, croyez-moi. »

Fin de la communication.

Lee reposa le téléphone. Pendant quelques minutes, Faith et lui se regardèrent en silence.

« Et maintenant, qu'est-ce qu'on fait ? demanda-t-il finalement.

— Danny a dit qu'il serait là dès que possible.

— Magnifique. Seulement, j'ai un ultimatum : demain minuit.

— Si Danny n'arrive pas à temps, on ira à l'endroit qu'ils t'ont indiqué. Mais on va demander du renfort.

— À qui, par exemple ? Au FBI ? »

Elle acquiesça.

« Faith, je ne suis pas sûr qu'une année entière nous suffirait pour expliquer cette histoire aux fédés, alors d'ici à demain, tu parles !

— C'est notre seule possibilité, Lee. Si Danny arrive en temps utile avec un meilleur plan, tant mieux. Sinon, j'appellerai l'agent Reynolds. Elle nous aidera. Ça marchera. » Elle lui serra le bras. « Personne ne fera de mal à ta fille, je te le promets. »

Lee lui prit la main, en espérant de tout son cœur qu'elle avait raison.

44

Buchanan avait une série de réunions prévues au Capitole en fin d'après-midi. Toujours la même chose : tenter de convaincre un auditoire qui ne voulait pas l'entendre. C'était comme lancer une balle contre une vague : soit elle vous était renvoyée à la figure, soit elle se perdait en mer. Bah, ce soir, c'en serait fini.

Sa voiture le déposa près du Capitole. Il gravit le perron, entra dans l'aile du Sénat, monta le grand escalier jusqu'au premier étage, où l'on ne pouvait pas accéder sans autorisation, et continua jusqu'au second, ouvert au public.

Buchanan savait que la filature s'était resserrée, maintenant : il y avait beaucoup de costumes sombres en vue, mais il avait arpenté ces couloirs assez longtemps pour reconnaître les gens qui n'avaient rien à faire là. Il supposa que c'étaient des hommes du FBI et de Thornhill. Après son entretien dans la voiture, la Grenouille avait dû renforcer son personnel. Bien. Il sourit. Dorénavant, il l'appellerait la Grenouille. Les espions aimaient les noms de code, et celui-ci lui convenait à merveille. Il espérait seulement que son aiguillon serait assez puissant pour percer le dos luisant et glissant de la Grenouille.

Un homme d'âge moyen, en costume, se tenait en faction à côté de la première porte à gauche en arrivant au second étage. Il n'y avait pas de plaque de cuivre indiquant qui occupait ce bureau. Mais le bureau voisin était celui de Franklin Graham, premier huissier du Sénat ou « Sergent aux armes », à la fois chef du personnel, chef du service d'ordre et chef du protocole. Graham était un bon ami de Buchanan.

« Quel plaisir de vous voir, Danny, dit l'homme en costume.

— Hello, Phil, comment va votre dos ?

— Le toubib pense que je devrais me faire opérer.

— Jamais de la vie. Ne vous laissez pas découper en morceaux par ces bouchers. Si vous avez mal, buvez un coup de scotch, chantez une chanson à tue-tête et faites l'amour à votre femme.

— Aimer, boire et chanter... pas mal, comme programme, remarqua Phil.

— C'est un conseil d'Irlandais. »

Phil s'esclaffa.

« Sacré Danny Buchanan !

— Vous savez pourquoi je suis ici ?

— M. Graham m'a prévenu, répondit Phil en acquiesçant. Vous pouvez entrer. »

Il déverrouilla la porte. Buchanan franchit le seuil, puis Phil referma derrière lui et se remit en faction, sans remarquer les deux groupes de deux hommes qui avaient distraitement écouté leur échange.

Les agents estimèrent raisonnablement qu'ils pouvaient attendre que Buchanan reparaisse et ils reprirent leur surveillance. Ils étaient au dernier étage, le type ne pouvait pas s'envoler.

À l'intérieur de la pièce, Buchanan décrocha un imperméable d'une patère. Par chance, le temps était pluvieux. Il y avait aussi un casque jaune de chantier sur une autre patère. Il s'en coiffa, puis sortit de son attaché-case des lunettes de gros verres et des gants de travail. De loin, avec son attaché-case dissimulé sous son imper, le lobbyiste avait tout l'air d'un ouvrier.

Au fond de la pièce, il y avait une porte retenue par une chaîne. Buchanan l'ouvrit, monta un escalier et souleva une trappe qui donnait sur une échelle. Il mit un pied sur un barreau et commença à grimper. Tout en haut, il souleva une autre trappe et déboucha sur le toit du Capitole.

C'était par cette mansarde que les appariteurs accédaient au toit pour changer les drapeaux qui flottaient sur le Capitole. Ces changements étaient fréquents, certains drapeaux ne restant là que quelques secondes, car les parlementaires aimaient envoyer à leurs généreux donateurs de campagne des bannières étoilées qui avaient flotté sur le Capitole. Buchanan se frotta le front. Bon Dieu, quelle ville !

Il regarda en bas. Les gens s'agitaient en tous sens, couraient à la rencontre d'autres gens pour leur demander de l'aide. Et, malgré les séditions, les égocentrismes, les rivalités, les crises et l'énormité des enjeux – les plus gros de l'histoire de l'humanité –, tout semblait fonctionner. Une gigantesque fourmilière. Les rouages bien huilés de la démocratie. Au moins les fourmis faisaient-elles ça pour survivre. *Mais, en un sens, nous aussi*, songea Buchanan.

Il leva les yeux vers Lady Liberty, sur son socle d'un siècle et demi, au sommet du dôme du Capitole. Dernièrement, elle avait été hélitreuillée pour un grand nettoyage, et restituée avec cent cinquante ans de poussière en moins. Ah, si les péchés des hommes pouvaient se laver aussi facilement !

Pendant un instant de folie, Buchanan eut envie de sauter dans le vide. Il l'aurait fait, si le désir de battre Thornhill ne l'avait emporté. Et puis, c'eût été lâche. Or Buchanan était tout sauf un lâche.

Il y avait une passerelle qui traversait les toits du Capitole et mènerait Buchanan vers la seconde étape de son périple. Ou, plus exactement, de son évasion. L'aile de l'Assemblée possédait une mansarde semblable, également utilisée par les appariteurs pour changer les drapeaux. Buchanan franchit vite la passerelle et la trappe de l'Assemblée. Il descendit l'échelle, retira son casque et ses gants, mais garda ses lunettes et mit un chapeau à bords rabattus qu'il tira de son attaché-case. Il releva le col de son imper, inspira profondément, ouvrit la porte de la mansarde et sortit. Il y avait de l'animation dans les couloirs, mais personne ne fit attention à lui.

Une minute plus tard, il avait quitté le Capitole par une petite porte connue seulement de quelques vieux habitués du lieu. Une voiture l'attendait là. Dans la demi-heure qui suivit, il était à l'aéroport national, où un avion privé, un bimoteur, se préparait à décoller. Buchanan était son unique passager. Il avait dit à Lee Adams qu'il avait des amis à la fois en haut et en bas de l'échelle. C'était ici que l'ami haut placé était intervenu. L'avion reçut rapidement l'autorisation de décoller et, bientôt, Buchanan vit la capitale disparaître lentement par le hublot. Combien de fois l'avait-il ainsi aperçue du ciel ?

« Bon débarras », marmonna-t-il.

45

Thornhill rentrait chez lui après une journée très productive. Avec Adams dans la poche, ils auraient bientôt Faith Lockhart. Le type pouvait essayer de les rouler, mais Thornhill ne le pensait pas. Il avait perçu une peur réelle dans la voix d'Adams. Ah, la famille ! Oui, au total, une journée productive.

Le téléphone qui sonnait allait vite lui remettre les idées en place.

« Oui ? » fit Thornhill d'un ton satisfait.

Il perdit rapidement sa belle assurance quand l'homme au bout du fil lui rapporta que Danny Buchanan avait disparu. Au dernier étage du Capitole.

« Retrouvez-le ! » aboya Thornhill avant de raccrocher sèchement.

Que manigançait Buchanan ? Avait-il décidé d'anticiper sa fuite ou poursuivit-il un autre objectif ? Avait-il réussi à contacter Lockhart ? C'était extrêmement inquiétant. Si ces deux-là échangeaient leurs informations, ça pouvait mal tourner pour lui. Il repensa à leur entretien dans la voiture. Buchanan lui avait joué son numéro habituel, il avait crâné – des menaces verbales… du bidon ! –, mais, en réalité, il n'en menait pas large. Alors, qu'est-ce qui avait précipité les événements ?

En cogitant, Thornhill pianotait nerveusement sur l'attaché-case posé sur ses genoux. Il contemplait le cuir dur et… ouvrit soudain grand la bouche. L'attaché-case ! Il en avait procuré un à Buchanan. Avec un magnétophone dissimulé à l'intérieur. La conversation dans la voiture… Thornhill avouant qu'il avait fait tuer l'agent du FBI. Buchanan l'avait poussé à se trahir et l'avait enregistré. Enregistré avec un appareil fourni par la CIA ! Le faux derche ! Le salopard !

Thornhill empoigna son téléphone. Ses doigts tremblaient tellement qu'il dut s'y reprendre à deux fois pour composer le numéro.

« Son attaché-case. Il y a une bande dedans. Trouvez-la. Il le *faut* ! Exécution ! »

Il raccrocha et s'affaissa sur son siège. Le maître stratège d'un millier d'opérations clandestines était soudain pris de court. Buchanan avait désormais les moyens de le terrasser : il se baladait en liberté avec assez de pièces à conviction pour le broyer. Mais s'en servirait-il ? Il n'avait aucun intérêt à faire ça : en le dénonçant, Buchanan signait sa propre perte. C'était idiot.

À moins que… Minute. Le scorpion ! La grenouille ! Maintenant, tout s'expliquait. Buchanan allait couler et entraîner Thornhill avec lui. L'homme de la CIA desserra sa cravate et lutta contre la panique qui l'envahissait.

Ça ne se terminera pas comme ça, Robert, se dit-il. *Après trente-cinq ans, ce serait trop bête. Calme-toi. C'est le moment de réfléchir. C'est le moment de mériter ta place dans l'Histoire. Cet homme ne te battra pas*. Lentement, progressivement, la respiration de Thornhill revint à la normale.

Buchanan voulait peut-être se servir de la bande comme assurance vie, tout simplement. Pourquoi passer le reste de ses jours en prison alors qu'il pourrait tranquillement disparaître ? Non, il serait fou d'aller remettre cette bande aux autorités. Il avait à perdre autant que lui, et ses rêves de vengeance ne l'aveugleraient pas à ce point.

Thornhill pensa soudain à quelque chose : peut-être était-ce à cause du tableau, ce stupide tableau. Peut-être était-ce ça qui avait tout déclenché. Il n'aurait jamais dû le lui voler. Il allait immédiatement laisser un message sur le répondeur de Buchanan disant que sa précieuse œuvre d'art lui serait rendue. Il le fit sans attendre et donna des instructions pour que le tableau soit raccroché dans la maison de Buchanan.

Quand Thornhill se redressa et regarda par la fenêtre, il avait repris confiance. Il avait un atout dans sa manche. Un bon commandant avait toujours quelque chose en réserve. Il passa un autre coup de téléphone et reçut des nouvelles positives. Des renseignements utiles venaient d'arriver. Son visage s'éclaircit. Ses idées noires s'estompèrent. Tout irait bien, finalement. Un sourire se dessina sur ses lèvres. Le goût de la victoire sortant des mâchoires de la défaite : ça pouvait vieillir un homme de dix ans en une seule nuit ou lui refaire des couilles en bronze. Ou parfois les deux.

Quelques minutes plus tard, Thornhill sortait de sa voiture et traversait le trottoir pour gagner sa maison. Sa femme, impeccablement vêtue, le rejoignit dans le vestibule et lui fit une bise sur la joue. Elle revenait juste d'une réunion au country club. Comme d'habitude, maugréa-t-il intérieurement. Elle était toujours fourrée au country club. Pendant qu'il s'occupait des terroristes, elle se prélassait dans des défilés de mode, devant des jeunes femmes aux poitrines siliconées et aux jambes démesurées, portant des accoutrements qui leur laissaient les fesses à l'air. Il partait chaque jour en croisade pour sauver le monde, et sa bourgeoise s'empiffrait de petits fours arrosés de champagne avec d'autres rombières puant le fric. Les riches oisives étaient aussi stupides que les pauvres sans éducation, de son point de vue. Elles avaient moins de cervelle que les vaches, pensait-il, parce que les vaches, au moins, avaient conscience d'être des esclaves. *Je suis un fonctionnaire sous-payé, et si je baisse la garde, les riches et les puissants de ce pays n'auront bientôt plus que leurs yeux pour pleurer*. Cette idée l'obnubilait.

Il entendit à peine les jérémiades inconséquentes de son épouse sur « sa journée absolument épuisante » pendant qu'il se servait un verre, et alla s'enfermer dans son cabinet de travail. Il ne parlait jamais à sa femme de *sa* journée à lui. Elle serait allée tout raconter à son coiffeur, qui l'aurait raconté à la cliente suivante et, en peu de temps, le monde aurait cessé de tourner. Non, il la tenait dans une totale ignorance de ses activités, préférant la laisser pérorer – même sur les petits-fours !

Ironiquement, le cabinet de travail de Thornhill était très semblable à celui de Buchanan. On n'y trouvait aucune plaque commémorative de sa longue carrière. Il était un espion, après tout. Était-il censé se comporter comme ces crétins du FBI et se pavaner dans des T-shirts ou sous des chapeaux marqués du logo de la CIA ? Il faillit s'étouffer de rire avec son whisky en y pensant. Non, sa carrière passait inaperçue pour le grand public. Seules les parties concernées avaient eu vent de sa gloire. Le pays se portait beaucoup mieux grâce à lui, et tant pis si le citoyen lambda l'ignorait. C'était aussi bien comme ça. Briguer les faveurs de la foule était le vice des faibles. Lui, c'était l'amour-propre qui le faisait agir. L'amour-propre, l'orgueil et le dévouement pour sa patrie.

Thornhill médita sur son père bien-aimé, un patriote qui avait emporté ses secrets et ses triomphes dans la tombe. Service et honneur. Il n'y avait que ça.

Bientôt, avec un peu de chance, le fils ajouterait une victoire à sa brillante carrière. Quand Faith montrerait le bout de son nez, elle mourrait. Et Adams ? Ma foi, il faudrait qu'il meure aussi. Thornhill lui avait tout simplement menti au téléphone. Le mensonge n'était qu'un des outils de son métier. Le tout était de s'assurer que son usage ne nuisait pas à sa vie privée. Et il excellait dans ce domaine. Compartimenter, cloisonner, là était le secret de la réussite. Il pouvait lancer une opération clandestine en Amérique centrale dans la matinée et, le soir, gagner un tournoi de bridge au country club. *Ça*, nom de Dieu, c'était du cloisonnement !

Et, en dépit de ce que prétendaient certains dans les couloirs de l'Agence, il avait toujours été juste avec ses hommes. Il les avait toujours secourus lorsqu'ils avaient eu besoin de son aide. Il n'avait jamais laissé tomber un agent en difficulté – à condition, toutefois, qu'il s'agisse d'une difficulté réelle à ses yeux. Pour cela, il s'était toujours fié à son intuition, et elle ne l'avait jamais trompé : chaque fois qu'il avait jugé inutile d'intervenir, l'agent avait trouvé le moyen de s'en tirer tout seul. Il n'avait jamais joué le jeu des politiques. Ceux de ses collègues qui avaient cédé aux sirènes des parlementaires en divulguant le secret de certaines opérations n'avaient fait que déclencher des catastrophes. Il était temps que quelqu'un rétablisse la situation. Ce serait lui. D'ici à deux ans, un autre prendrait la relève, mais il laisserait derrière lui une organisation forte. Ce serait son cadeau de départ. Inutile de le remercier. Service et honneur. Il leva son verre à la mémoire de son défunt père.

46

« Baisse-toi, Faith », conseilla Lee en s'approchant de la fenêtre qui donnait sur la rue. Il avait sorti son arme et observait un homme qu'une voiture venait de déposer devant la maison.

« C'est Buchanan ? » demanda-t-il.

Faith regarda furtivement par-dessus le rebord et se détendit aussitôt.

« Oui.

— Bien, va ouvrir. Je te couvre.

— Je te dis que c'est Danny.

— Parfait, alors, fais entrer ton *Danny*. Je ne veux pas courir de risques inutiles. »

Faith fronça les sourcils et alla ouvrir la porte. Buchanan se faufila à l'intérieur, et elle referma à clé derrière lui. Ils tombèrent dans les bras l'un de l'autre, sous les yeux de Lee, qui suivait la scène depuis l'escalier, son flingue bien en vue dans son étui de ceinture. En voyant leur étreinte et les larmes qui inondaient leurs visages, il ressentit une pointe de jalousie. Mais ça ne dura pas. Il comprit vite que ces effusions évoquaient davantage l'affection d'un père pour sa fille que celle d'un homme pour une femme, la réunion de deux âmes séparées par les circonstances de la vie.

« Vous devez être Lee Adams, déclara Buchanan en tendant la main. Je suis sûr que vous regrettez le jour où vous avez accepté cet engagement. »

Lee lui serra la main.

« Non. C'était du gâteau. Je vais même me spécialiser dans ce genre de boulot. Comme personne ne peut être assez idiot pour essayer de me le piquer, ça limite la concurrence.

— C'est une chance extraordinaire que vous ayez été là pour protéger Faith.

— Tout le plaisir était pour moi, assura Lee en échangeant un sourire entendu avec Faith. Malheureusement, il y a une petite complication supplémentaire… Passons dans la cuisine, si vous voulez bien. Nous serons plus à l'aise autour d'un verre pour en parler. »

Ils s'assirent à la table de la cuisine et Lee exposa brièvement la situation dans laquelle il se trouvait par rapport à sa fille.

« Le salaud ! s'exclama Buchanan, furieux.

— Ce salaud a un nom ? demanda Lee. J'aimerais beaucoup le connaître, pour m'en souvenir plus tard. »

Buchanan secoua la tête.

« Je vous déconseille fortement de vous lancer à sa poursuite, croyez-moi.

— Qui est derrière tout ça, Danny ? questionna Faith en lui touchant le bras. J'estime avoir le droit de le savoir. »

Buchanan se tourna vers Lee.

« Désolé, lança Lee, à vous de lui expliquer.

— Des gens très puissants, Faith, et qui travaillent pour ce pays. Je ne peux pas vous en dire plus. Pour votre sécurité. »

Faith était abasourdie.

« *Notre* propre gouvernement essaie de nous tuer ?

— Le personnage avec qui j'ai traité a tendance à n'en faire qu'à sa tête. Mais il a de gros moyens d'action.

— Donc, la fille de Lee court un réel danger ?

— Oui. Cet homme ne menace pas à la légère.

— Pourquoi êtes-vous venu ici, Buchanan ? s'enquit Lee. Vous avez échappé à ce type. Vous auriez pu disparaître dans la nature. Pourquoi venir ici ?

— C'est moi qui vous ai mis tous les deux dans ce pétrin, c'est à moi de vous en sortir.

— Eh bien, quel que soit le plan que vous mijotez, il a intérêt à prendre en compte le sauvetage de ma fille, sinon je vous dis adieu tout de suite. Je monterai la garde à ses côtés pendant les vingt ans à venir, s'il le faut.

— J'ai envisagé d'appeler l'agent du FBI avec qui j'étais en contact, expliqua Faith. Brooke Reynolds. Si nous l'informons de la situation, elle pourra ordonner une protection rapprochée de la fille de Lee.

— Jusqu'à la fin de ses jours ? répliqua Buchanan. Non, ça ne marcherait pas. Il faut trancher la tête de l'hydre et la jeter au feu. Tout le reste n'est qu'une perte de temps.

— Et comment espérez-vous faire ça ? » demanda Lee.

Buchanan ouvrit son attaché-case et sortit d'une poche secrète une minuscule cassette.

« Avec ceci. J'ai réussi à enregistrer l'homme dont nous parlons. Sur cette bande, il avoue avoir commandité le meurtre de l'agent du FBI, entre autres faits accablants.

— Vous êtes sérieux ? s'écria Lee, beaucoup plus optimiste tout à coup.

— Je vous assure que je n'ai aucune envie de plaisanter avec ce bonhomme.

— Donc, nous nous servons de cette bande pour maintenir le loup à bonne distance. S'il nous attaque, nous le détruisons, c'est ça ? Et, comme il le sait, il rentre ses crocs.

— C'est exactement ça.

— Et vous savez comment le contacter ?

— Oui. Je suis sûr qu'il a déjà pigé. Il doit être en train d'analyser mes intentions, en ce moment même.

— Eh bien, *mes* intentions consistent à appeler cette ordure dans la seconde pour lui dire de se tenir à distance de ma fille. De plus, comme je n'accorde aucune confiance à ce sagouin, je veux une compagnie d'artilleurs devant la fenêtre de ma fille pour faire bonne mesure. Et je suis toujours décidé à me rendre moi-même sur les lieux. À tout hasard. S'ils veulent Renee, ils devront d'abord me passer sur le corps.

— Ne faites pas ça.

— Je ne me rappelle pas vous avoir demandé votre permission, rétorqua Lee.

— Lee, s'il te plaît, intervint Faith. Danny veut seulement t'aider.

— Je ne serais pas dans ce cauchemar s'il avait joué franc jeu avec moi dès le début. Alors, excuse-moi si je ne le traite pas comme mon meilleur copain.

— Je ne peux pas vous reprocher votre réaction, dit Buchanan, mais vous m'avez appelé à l'aide et je ferai mon possible pour vous aider. Vous et votre fille. Je le jure. »

Lee se calma un peu.

« O.K., fit-il à contrecœur. Je reconnais que votre arrivée plaide en votre faveur. Mais, si vous voulez vraiment me convaincre, commencez par renvoyer les assassins dans leur niche. Ensuite, on fout le camp d'ici en vitesse. J'ai appelé ce cinglé sur mon portable. Je suppose qu'il va finir par nous localiser. Lorsque vous lui téléphonerez, ça lui donnera d'autres indications à exploiter.

— Compris. J'ai un avion à ma disposition dans un aérodrome privé non loin d'ici.

— Vos amis haut placés ?

— *Mon* ami. Le doyen des sénateurs de cet État, Russell Ward.

— Ce cher vieux Rusty, dit Faith en souriant.

— Vous êtes sûr de ne pas avoir été suivi ?

— Personne n'a pu me suivre. Je ne suis pas sûr de grand-chose, mais de ça, oui.

— Si ce type est aussi fort que vous le dites, à votre place je ne serais sûr de rien... Maintenant, je vous en prie, appelez », rétorqua Lee en lui tendant son téléphone portable.

47

Thornhill se tenait dans son bureau, chez lui, quand il reçut l'appel de Buchanan. Sa ligne était équipée pour empêcher toute traçabilité, même si Buchanan avait appelé du quartier général du FBI, et son téléphone brouillait automatiquement sa voix, de sorte qu'une identification était impossible. En revanche, ses hommes étaient déjà en train de procéder à des repérages pour localiser Buchanan. En vain jusqu'ici. Même la CIA avait ses limites, depuis le boom de la technologie des télécommunications. Les ondes étaient saturées de signaux électroniques et il était extrêmement difficile de localiser avec précision une communication sans fil.

La très secrète NSA, l'Agence nationale de sécurité, en aurait été capable grâce à ses immenses antennes paraboliques. Elle possédait des moyens technologiques sans commune mesure avec ceux de la CIA. On racontait que les renseignements collectés par la NSA en *trois* heures de temps pouvaient remplir la bibliothèque du Congrès. Thornhill avait déjà eu recours à ses services, mais l'agence avait la réputation d'être incontrôlable et, ne voulant rien laisser au hasard, il préférait régler lui-même cette affaire très sensible.

« Vous savez pourquoi j'appelle ? dit Buchanan.

— Rapport à une bande enregistrée. Éventuellement compromettante.

— Quel plaisir de faire affaire avec un homme omniscient !

— J'aimerais tout de même avoir un élément de preuve, si ça ne vous ennuie pas. »

Buchanan lui passa un extrait de leur conversation.

« Merci, Danny. Quelles sont vos exigences ?

— Primo, vous ne vous approchez pas de la fille d'Adams. La menace est annulée. Définitivement.

— Seriez-vous avec M. Adams et Mlle Lockhart en ce moment ?

— Secundo, vous nous lâchez les basques à tous les trois. S'il nous arrive quoi que ce soit, même vaguement suspect, la bande va tout droit au FBI.

— Au cours de notre dernière conversation, vous m'avez dit que vous aviez déjà pris des dispositions pour me détruire.

— J'ai menti.

— Adams et Lockhart savent qui je suis ?

— Non.

— Qu'est-ce qui me permet de vous croire ?

— Si je le leur avait dit, je les aurais exposés à un danger encore plus grand. Tout ce qu'ils veulent, c'est vivre. Ça me semble une ambition légitime par les temps qui courent. Mais, bien sûr, vous êtes obligé de me croire sur parole.

— Alors que vous reconnaissez m'avoir menti la dernière fois ?

— Eh oui. C'est énervant, hein ?

— Et, à long terme, qu'est-ce que je deviens ?

— Tout à fait entre nous, je m'en bats l'œil.

— Pourquoi avez-vous fui ?

— Mettez-vous à ma place. Qu'est-ce que vous auriez fait ?

— J'aurais fait en sorte de ne jamais être à votre place.

— Tout le monde ne peut pas être aussi fort que vous. Bon, marché conclu ?

— Je ne pense pas avoir le choix.

— Bienvenue au club. Je répète : S'il nous arrive quoi que ce soit, vous êtes fini. Mais si vous êtes loyal, vous parviendrez à vos fins. Et tout le monde sera vivant pour fêter ça.

— Je vous retourne le compliment : C'est un plaisir de faire affaire avec vous aussi. »

Thornhill raccrocha et resta quelques moments à fulminer. Ensuite, il passa un autre coup de fil, qui se révéla décevant. L'appel n'avait pas pu être localisé. Bah, il fallait s'y attendre. Il n'avait jamais pensé que ce serait facile, et puis il avait toujours son atout dans la manche. Il téléphona encore et, cette fois, l'information amena un sourire sur ses lèvres. Il savait tout ce qu'il y avait à savoir, comme l'avait dit Danny, et il remercia Dieu pour son omniscience. Quand on prévoyait tout, on était difficile à battre.

Buchanan était avec Lockhart, de cela Thornhill était certain. Les deux oiseaux se trouvaient dans le même nid. Ça lui simplifiait énormément la tâche. Buchanan s'était cru plus malin qu'il n'était.

Thornhill allait se resservir un whisky quand sa femme passa la tête par la porte. Aimerait-il l'accompagner au club ? Il y avait un tournoi de bridge. On venait de la prévenir. Un couple s'était décommandé au dernier moment et souhaitait être remplacé par eux deux.

« Ça tombe mal, affirma-t-il, je suis en plein milieu d'une partie d'échecs. »

Sa femme regarda dans la pièce. Aucun échiquier en vue.

« Oh, c'est une partie à distance, chérie, expliqua-t-il en désignant son ordinateur. On n'arrête pas le progrès, tu sais bien. De nos jours, on peut battre un adversaire sans même le voir.

— Bon, mais ne te couche pas trop tard. Tu te surmènes et tu n'es plus un jeune homme.

— Je vois la lumière au bout du tunnel », répondit Thornhill.

Et, pour une fois, il ne mentait pas.

48

Reynolds et Connie atteignirent Duck, en Caroline du Nord, vers 1 heure du matin, après un unique arrêt pour faire le plein d'essence et manger un morceau. Ils arrivèrent à Pine Island peu après. Les rues n'étaient pas éclairées, les commerces étaient fermés. Par chance, ils trouvèrent une station-service ouverte la nuit et, pendant que Reynolds achetait des cafés et des pâtisseries, Connie demanda au pompiste où était situé l'aérodrome. Ils s'assirent dans le parking et gambergèrent.

« J'ai eu des nouvelles du QG, annonça Connie en remuant son café. Y a un rebondissement imprévu : Buchanan a mis les voiles. »

Reynolds ouvrit des yeux ronds tout en avalant une bouchée.

« Comment il a fait ?

— Personne ne le sait. Ils sont tous en train de se bouffer le nez.

— Ce coup-là, au moins, ils ne pourront pas rejeter la faute sur nous.

— Oh, n'en sois pas si sûre. La vicelardise est un sport à la mode à Washington, y compris au Bureau.

— Je pense à un truc, Connie… Si Buchanan essayait de rejoindre Lockhart ? Ça pourrait expliquer sa disparition.

— Si on les épingle tous les deux en même temps, tu seras peut-être nommée directrice.

— Je me contenterai de la levée de ma suspension, pour le

moment. Mais imagine que Buchanan se dirige vers ici. À quelle heure ils ont perdu sa trace ?

— Début de soirée.

— Alors, il peut même être déjà arrivé. Et depuis longtemps, s'il a pris un avion. »

Connie but une gorgée en méditant.

« Hum... pourquoi Buchanan et Lockhart collaboreraient ?

— Si c'est bien Buchanan qui a engagé Adams, Adams a pu l'appeler pour arranger le coup avec lui.

— *Si* Adams est innocent. Mais il n'appellerait jamais Buchanan s'il pensait que c'est lui qui a essayé de dégommer Lockhart. Parce que tout semble indiquer qu'il la protège.

— Là-dessus, je suis d'accord. Seulement, si Adams a obtenu la preuve, d'une manière ou d'une autre, que Buchanan n'est pour rien dans le guet-apens, il peut avoir envie de faire équipe avec lui pour découvrir qui veut la mort de Lockhart.

— Y aurait quelqu'un d'autre derrière tout ça ? Un des gouvernements étrangers qui employaient Buchanan ? Non, j'y crois pas. En cas d'embrouille, ça se réglerait par la voie diplomatique. Pas par un meurtre.

— Pourtant... Je ne sais pas, mais il y a quelque chose qui cloche dans cette histoire. Ces faux agents du FBI, par exemple. On a l'impression que quelqu'un, quelque part, est au courant de tous nos faits et gestes.

— Ken Newman ?

— Possible. Mais ça ne tient pas debout non plus. Ça faisait trop longtemps qu'il touchait du fric. Je ne peux pas croire qu'il ait été un agent double pendant toute sa carrière. Ça me paraît un peu gros.

— N'oublions pas non plus que quelqu'un s'emploie à te mouiller. Et pas n'importe qui. Transférer de l'argent comme ça d'un compte à un autre, ni vu ni connu, n'est pas à la portée du premier venu.

— Exact. Et ça m'étonnerait qu'un agent étranger en soit capable.

— Tu veux rire ? Enfin, Brooke, il y a de l'espionnage industriel partout. Même nos alliés nous piquent notre technologie, parce qu'ils sont pas assez futés pour l'inventer eux-mêmes. Et nos frontières sont de vraies passoires, tu le sais bien. »

Reynolds poussa un profond soupir en contemplant les ténèbres, par-delà le cercle de lumière de la station-service.

« Mouais, tu as peut-être raison. Mais, au lieu de se creuser la cervelle pour imaginer qui est à l'origine de l'entourloupe, on ferait mieux de commencer par retrouver Lockhart et consorts. On n'aura qu'à leur poser la question directement.

— Voilà un plan qui me paraît excellent. »

Connie passa une vitesse, et ils foncèrent dans la nuit.

Après avoir repéré le terrain d'aviation, Reynolds et Connie sillonnèrent les rues sombres en quête de la Honda Gold Wing. Presque toutes les maisons semblaient vides, ce qui facilitait et compliquait à la fois leurs recherches : ça diminuait le nombre de lieux à surveiller, mais ça rendait leur présence dans le quartier plus insolite.

Connie finit par apercevoir la Honda dans la cour d'une des maisons. Reynolds sortit de la voiture et s'approcha suffisamment pour confirmer que l'immatriculation était la bonne. Puis ils roulèrent jusqu'au bout de la rue, éteignirent les phares et avisèrent.

« Si on faisait les choses simplement ? proposa Reynolds en scrutant la maison obscure. J'y vais par-devant et toi par-derrière. »

Elle avait des fourmillements dans la nuque à l'idée que les deux ou peut-être les trois personnages clés de toute cette affaire se trouvaient à une vingtaine de mètres à peine.

Connie secoua la tête.

« Ça ne me plaît pas. Si la Honda est là, Adams y est aussi.

— On a son arme.

— Tu parles, un mec comme lui, je suis sûr qu'il s'en est procuré une autre à la première occase ! Même si on entre par surprise, il connaît les lieux mieux que nous. L'un de nous peut être touché. Et je te rappelle que toi tu n'as pas d'arme, alors tu ne me quittes pas d'une semelle.

— Je croyais que pour toi Adams n'était pas un méchant.

— Il y a une différence entre penser quelque chose et en être absolument certain. Je ne veux pas risquer notre peau pour cette petite différence. Quand on débarque en force chez quelqu'un, bon ou méchant, au milieu de la nuit, on sait jamais ce qui peut arriver. Je veux te ramener chez tes enfants en un seul morceau. Et j'aimerais assez rester entier aussi.

— Alors, on la joue comment ? On attend le lever du jour et on appelle des renforts ?

— Si on réveille les flics du coin, toutes les chaînes de télé vont rappliquer en moins d'une heure. Je ne crois pas que ce serait très bien vu au QG.

— On peut attendre qu'ils prennent leur moto et on les alpague à la sortie…

— À mon avis, on a intérêt à demeurer planqués pour l'instant. On verra bien ce qui se passe. S'ils sortent, on intervient. Avec un peu de pot, Lockhart fera surface sans Adams. À ce moment-là, on l'embarque. Ce sera un appât tout trouvé pour Adams, qui se laissera gentiment ferrer.

— Et s'ils ne sortent pas, ni ensemble ni séparément ?

— Eh bien, on foncera. Mais n'allons pas plus vite que la musique.

— Je ne veux pas les perdre encore une fois, Connie.

— Écoute, ils vont pas se mettre à courir vers l'océan pour rallier l'Angleterre à la nage. Adams s'est donné un mal de chien pour dégotter cette bécane. Il l'abandonnera pas comme ça, fais-moi confiance. Partout où il ira, cette Honda ira. Et cette Honda n'ira nulle part sans qu'on la voie. »

Ils prirent leur mal en patience et attendirent.

49

Lee avait passé quelques heures agitées allongé sur le divan, son pistolet sur le ventre. Toutes les cinq minutes, il entendait quelqu'un faire irruption et, chaque fois, constatait que c'était son imagination fatiguée qui s'acharnait à le rendre fou. Comme il n'arrivait pas à trouver le sommeil, il avait finalement décidé de se préparer à partir pour Charlottesville. Il prit une douche en vitesse et se changea. Il était en train de faire son sac quand on frappa discrètement à sa porte.

Faith était vêtue d'une longue robe de chambre blanche. On voyait, à ses joues bouffies et à ses yeux cernés, qu'elle n'arrivait pas à dormir non plus.

« Où est Buchanan ? demanda-t-il.

— Il ronfle. Moi, je ne peux pas fermer l'œil.

— Et moi donc ! répliqua-t-il en bouclant son sac.

— Tu ne veux pas que je t'accompagne ?

— Pas question. Je ne tiens pas à t'avoir dans les pattes si ce mec se pointe avec ses sbires. J'ai pu parler à Renee dans la soirée. C'était la première fois que je lui adressais la parole depuis une éternité et c'était pour lui annoncer qu'elle était la cible d'un psychopathe à cause de la connerie de son père.

— Comment elle a pris la chose ?

— Eh bien, en fait, elle était ravie d'avoir de mes nouvelles, figure-toi. Je ne lui ai pas tout raconté, évidemment. Je ne voulais pas qu'elle panique, mais je crois qu'elle a bien envie de me voir.

— Tant mieux, ça me fait plaisir. Je suis très contente pour toi, Lee.

— Au moins, la police a pris mon appel au sérieux. Un flic est passé la voir et une voiture de ronde a patrouillé dans le secteur. »

Il posa son sac et saisit la main de Faith.

« Ça m'ennuie de te laisser, déclara-t-il.

— Ta fille d'abord, c'est normal. Tout ira bien. Tu as entendu Danny : il tient le gars sous sa coupe.

— Hum, fit Lee, peu convaincu, ce n'est pas le moment de baisser la garde. La bagnole sera là à 8 heures pour t'emmener à l'aérodrome avec Buchanan. Vous retournez à Washington.

— Et ensuite ?

— Vous descendez dans un motel des environs. Vous signez le registre sous un faux nom et vous me rappelez sur mon portable. Dès que la situation est éclaircie avec Renee, je reviens. J'en ai déjà discuté avec Buchanan. Il est d'accord.

— Et ensuite ? insista-t-elle.

— Chaque chose en son temps. On ne peut être sûr de rien.

— Je parlais de *nous*… »

Lee joua avec la lanière de son sac. « Oh », fut tout ce qu'il réussit à dire. Bêtement.

« Je vois.

— Tu vois quoi ? demanda-t-il.

— Bim boum merci madame.

— Hein ? Mais qu'est-ce qui te prend, tout à coup ? Tu ne sais pas quel genre d'homme je suis, maintenant ?

— Je croyais le savoir. Mais j'ai dû oublier. Tu es le genre indépendant : le sexe pour le plaisir uniquement. Exact ?

— Écoute, tu penses vraiment que le moment est bien choisi pour avoir des états d'âme ? Avec tout ce qui nous tombe dessus ! On en parlera plus tard. Quand je reviendrai. »

Il ne cherchait pas à la rembarrer, mais… merde, quoi, ne comprenait-elle donc pas qu'il y avait plus urgent dans l'immédiat ?

Faith s'assit sur le lit.

« Tu l'as dit toi-même : on ne peut être sûr de rien. »

Il lui prit l'épaule.

« Je reviendrai, Faith. Je n'ai pas fait tout ça pour t'abandonner maintenant.

— O.K. » Elle se leva, le serra un instant dans ses bras et dit : « Sois prudent, par pitié. »

Elle le fit sortir par la porte de derrière. Lorsqu'elle se retourna pour rentrer, les yeux de Lee étaient rivés sur elle. Il l'embrassa du regard, tout entière, de ses pieds nus à ses courts cheveux bruns, en se demandant s'il la voyait pour la dernière fois.

Il enfourcha la moto et démarra en trombe.

Quand, surgissant de l'allée, Lee s'engagea pleins gaz dans la rue, Reynolds regagna sa voiture en courant.

« Merde ! s'exclama-t-elle, à bout de souffle, en ouvrant la portière, je savais que je faisais une connerie en m'éloignant de la bagnole. Il a dû sortir par une porte de derrière. Il n'a même pas allumé dehors. J'ai entendu la moto et, lorsque je l'ai vu, c'était trop tard. Qu'est-ce qu'on choisit ? La maison ou la bécane ? »

Connie regarda la route.

« Adams est déjà hors de vue. Et cet engin est beaucoup plus rapide que notre vieille caisse.

— Donc, cap sur la maison et Lockhart. »

Connie semblait hésitant, tout à coup.

« Ben… j'sais pas trop. Qu'est-ce qui nous prouve qu'elle y est toujours ? Qu'est-ce qui nous prouve même qu'elle y ait jamais été ?

— Oh, arrête, tu te fous de moi, là ! Faut se décider maintenant. Si on laisse Adams se tirer et si Lockhart n'est pas dans cette maison, c'est *moi* qui nagerai jusqu'en Angleterre. Et tu seras obligé de me suivre. Allez, Connie, on y va. »

Il descendit de la voiture, revolver au poing, et regarda alentour.

« Putain, j'aime pas ça, avoua-t-il. Ça sent le coup fourré. On fonce peut-être droit dans un piège. Et on n'a pas de renforts.

— On n'a pas trente-six solutions non plus.

— Comme tu veux. Mais pas de blagues, reste derrière moi. »

Ils se dirigèrent vers la maison.

50

Trois hommes en survêtements noirs et chaussures de tennis couraient le long de la plage. Malgré l'aube naissante, ils étaient pratiquement invisibles devant la masse sombre de l'océan, et le fracas des vagues déferlantes couvrait le bruit de leurs pas.

Ils étaient arrivés sur les lieux depuis moins d'une heure et venaient de recevoir des nouvelles inquiétantes. Lee Adams avait quitté la maison. Sans Lockhart. Qu'est-ce que ça signifiait ? Était-elle encore là ? Il fallait l'espérer. Si oui, ce n'était qu'un demi-mal. Et l'affaire se présentait même plutôt bien, dans la mesure où on les avait informés que Buchanan y était peut-être aussi. C'était le principal. Adams pouvait attendre. Ils finiraient par l'avoir tôt ou tard. De toute façon, il ne s'en sortirait pas vivant.

Chaque membre du commando était armé d'un pistolet automatique et d'un couteau conçu spécialement pour trancher les carotides. D'un seul geste. Zip ! Il suffisait d'avoir la main, et ils étaient entraînés pour ça. Leurs ordres étaient clairs : tous les occupants de la maison devaient mourir. Pas de bavures. Si tout se passait bien, ils seraient de retour à Washington en fin de matinée.

C'étaient des hommes fiers, hyperprofessionnels et entièrement dévoués à Robert Thornhill. Depuis vingt ans, ils avaient survécu à bien des périls grâce à leur présence d'esprit, leur savoir-faire, leur force physique et leur énergie. Ils avaient sauvé des vies, rétabli la sécurité dans différentes parties du globe et aidé les États-Unis à rester la seule superpuissance du monde. À leurs yeux, un monde régi par les Américains ne pouvait être qu'un monde meilleur. Comme Thornhill, ils étaient entrés à la CIA pour servir leur patrie. Pour eux, il n'existait pas de plus haute vocation.

Ces trois hommes faisaient aussi partie du groupe qui avait investi l'appartement d'Adams. L'escapade de Faith et de Lee les avait humiliés, ternissant leur réputation. Maintenant qu'ils avaient enfin une occasion de se racheter, ils n'allaient pas laisser passer leur chance.

L'un d'eux contourna la maison pour faire le guet en haut des marches pendant que les deux autres se faufilaient derrière. Leur plan était simple, précis, ne s'encombrait pas de détails. Ils feraient irruption dans la maison, ratisseraient d'abord le rez-de-jardin, puis les étages. Dès qu'ils verraient quelqu'un, ils tireraient sans sommation, sans se soucier de savoir qui c'était. Leurs pistolets étaient équipés de silencieux, une seule balle devait normalement suffire pour chaque victime. Ce serait un nettoyage par le vide. Ils repartiraient quand toute trace de vie aurait disparu. Et, avec eux, le ménage ne traînerait pas. Oui, tout bien calculé, ils seraient de retour à Washington avant le déjeuner.

51

Lee ralentit et s'arrêta au milieu de la route. Il posa un pied sur l'asphalte et regarda par-dessus son épaule. La rue était longue, noire et vide. Mais le jour allait bientôt se lever. Il discernait déjà les contours du ciel, comme les bords d'un Polaroïd en début de développement.

Pourquoi s'était-il montré si impatient ? Il aurait pu attendre que la voiture arrive pour emmener Faith et Buchanan au terrain d'aviation. Ça l'aurait retardé de deux heures, tout au plus. Et ça l'aurait certainement tranquillisé. Pourquoi une telle précipitation ? Renee était sous protection. Mais Faith ?

Il tapota nerveusement la poignée de l'accélérateur. Ça lui aurait aussi laissé le temps de rassurer Faith, de lui dire à quel point il l'aimait.

Il fit demi-tour. Lorsqu'il arriva en vue de la maison, il ralentit. Une voiture était garée à l'autre bout de la rue. C'était une grosse berline, que tout dénonçait comme un véhicule du gouvernement fédéral. D'accord, elle était à l'autre bout de la rue et il n'était pas passé devant tout à l'heure en fonçant vers la grande route, mais quand même, comment un pro tel que lui avait-il pu ne pas la voir ? Merde, il commençait vraiment à se faire vieux.

Il roula droit vers la voiture, en se disant que, si c'étaient les fédés, il avait une puissance d'accélération suffisante pour les lâcher rapidement. Toutefois, en s'approchant, il se rendit compte que le véhicule était vide. Aïe ! Saisi d'un début de panique, il vira dans le jardin désert d'une maison voisine et sauta de sa machine. Il jeta son casque, dégaina son pistolet, se faufila dans l'arrière-cour, et trotta sur la promenade en planches qui reliait toutes les maisons aux marches en bois de la plage. Son cœur turbinait à plein régime.

Il s'accroupit derrière des joncs et épia l'arrière de la maison de Faith. Ce qu'il vit lui glaça les os : deux hommes vêtus de noir étaient en train d'escalader le mur de clôture. Des fédéraux ? Ou les mecs de l'aéroport ? *Mon Dieu, par pitié, pourvu que ce ne soient pas eux !* Déjà, les deux hommes avaient disparu par-dessus le mur. Encore quelques secondes et ils seraient dans la maison. Faith avait-elle réenclenché le système d'alarme ? Non, elle avait probablement oublié.

Lee se redressa d'un bond et se rua vers la maison. En traversant les planches, il crut percevoir une ombre venant dans sa direction, sur la gauche. Ce fut une simple impression, qui lui sauva la vie.

Il distingua le couteau en une fraction de seconde, esquiva, fit un roulé-boulé, et la lame, manquant sa gorge, se planta dans son bras. Il saignait en se relevant, mais son épaisse combinaison de motard avait amorti le coup. L'agresseur ne fit ni une ni deux et se jeta sur lui.

Lee anticipa l'assaut, le bloqua avec son bras valide, poussa de toutes ses forces, souleva le type et le balança dans les joncs, aux dentelures acérées comme des rasoirs. Il plongea pour récupérer son flingue, qui lui avait échappé quand le gars l'avait percuté. Il était prêt à tuer. Sans scrupule. Et tant mieux si la détonation alertait d'éventuels voisins : pour cette fois, une descente de police serait la bienvenue.

Mais son agresseur était une véritable anguille. Il s'extirpa des joncs avec une vivacité époustouflante et le télescopa avant qu'il n'ait eu le temps de mettre la main sur son arme. Les deux hommes atterrirent en haut des marches en bois qui conduisaient à la plage. Le couteau jaillit de nouveau. Lee agrippa le poignet du tueur et tenta une clé de bras. Le mec était une boule de muscles, il avait des triceps en acier, mais Lee n'était pas exactement une chiffe molle. Ce n'était pas pour rien qu'il avait soulevé des quintaux de fonte pendant toutes ces années.

Son adversaire, du genre hargneux et bien entraîné, réussit à lui expédier une série de directs à l'estomac avec son poing libre. Lee était dur au mal, c'était un boxeur. À force de s'envoyer des médecine-balls dans le ventre pour s'aguerrir, il s'était constitué, en vingt ans d'exercice, une barrière musculaire en béton. Il contracta ses abdos et ses obliques, et encaissa l'avalanche sans broncher.

Ça se joue à deux, ce jeu-là, mon petit père, se dit-il. À moi maintenant. Il lui lâcha le bras et lui balança un uppercut jouissif dans le diaphragme, histoire de lui couper le souffle. Le mec dégusta, mais il était tenace, il avait toujours le poignard bien en main. Alors, Lee lui ajusta trois crochets massues dans le foie. Ça ne provoque jamais un K.O., mais ça fait très, très mal. Le couteau ricocha le long des marches.

Les deux hommes se relevèrent, essoufflés, accrochés l'un à l'autre. D'un coup de pied circulaire rapide comme une bourrasque, le gars faucha les jambes de Lee, qui s'affala sur les marches mais se redressa tel un ressort en le voyant dégainer son pistolet. Il lança son poing, toucha le bas-ventre ; les deux adversaires dégringolèrent l'escalier de bois, se ramassèrent sur le sable dans un méli-mélo de bras, de jambes, de torses entrelacés, roulèrent dans les vagues mourantes de la marée et burent la tasse ensemble.

Lee avait vu le pistolet tomber pendant leur chute. Il bondit sur ses pieds. Il avait de l'eau jusqu'aux chevilles. L'autre se releva moins vite, mais ce n'était pas une raison pour sous-estimer ses ressources : il pratiquait le karaté – le coup de pied circulaire qu'il avait exécuté à l'instant en était la preuve –, et la position défensive qu'il adopta à cet instant le confirma. Lee cogita en une fraction de seconde. Ce gars-là était capable de le sonner d'un seul coup bien placé à la tête. Faith, Buchanan et lui-même pourraient dire adieu à la vie. Mais, de toute façon, s'il n'arrivait pas à achever son adversaire dans la minute qui suivait, Faith et Buchanan mourraient.

Ce que Lee redoutait se produisit : une savate en plein dans le plexus. Du moins une tentative, car l'eau ralentit le coup. Lee eut le temps de voir venir. Chuck Norris Junior rata sa démonstration d'art martial. C'était du corps-à-corps, à présent, et là, un boxeur comme Lee était beaucoup moins désavantagé. Il attrapa la jambe du type et, d'un coup de boutoir, lui péta la rotule. Le type hurla. Lee enchaîna par un direct à la face qui lui écrasa le nez, se recroquevilla soudain en ployant sur ses jambes puis se détendit brusquement, projetant ses cent kilos de muscles contre le mec déjà groggy, et finit le travail par un crochet à la mâchoire. Bien ajusté sur le côté du menton, c'était le K.O. assuré. Seul un poids lourd professionnel aurait pu soutenir le choc.

L'homme s'écroula. Lee le retourna sur le dos et lui enfonça la tête sous l'eau. Comme il n'avait pas le temps de le noyer, il hâta son agonie en pesant de tout son poids sur sa nuque, avec le coude. Le son guttural qui s'ensuivit fut facile à interpréter – et mémorable, comme si Dieu voulait que Lee se souvienne à jamais de ce qu'il venait de faire.

Le corps s'affaissa.

Quand Lee se releva, il surplombait un cadavre. Il s'était souvent battu, sur le ring et ailleurs, mais il n'avait jamais tué quelqu'un, jusque-là. En contemplant le corps, il n'était pas fier de lui, mais tout de même bien content que ce ne soit pas son *propre* corps qui nourrirait les poissons.

Nauséeux et soudain très réceptif à la douleur qui taraudait son bras blessé, il regarda vers les marches menant aux maisons. Il avait encore deux monstres à terrasser. Et il était clair que ce n'étaient pas des fédéraux. Les agents du FBI n'essayaient pas de tuer les gens avec des couteaux de combat et des prises de karaté. Ils vous encerclaient avec armes et boucliers, criaient : « Rendez-vous, vous êtes cernés ! » et, à moins d'être une tête de mule, on se rendait.

Non, c'étaient les autres. Les robots tueurs de la CIA. Lee ramassa son pistolet et piqua un sprint en direction de la maison, en priant le ciel qu'il ne soit pas trop tard.

52

Faith avait enfilé un jean et un sweat-shirt. Assise sur son lit, elle contemplait ses pieds nus. Les pétarades de la moto avaient été aspirées par la nuit comme par une gigantesque turbine. Seule dans cette chambre, elle avait l'impression que Lee n'avait jamais été là, n'avait jamais réellement existé. Après avoir consacré tant d'énergie à tenter de lui fausser compagnie, maintenant qu'il était parti, elle ressentait un vide béant en elle et autour d'elle.

Elle entendit un bruit dans la maison tranquille. D'abord, elle crut que c'était Danny. Puis elle pensa que ça pouvait être Lee qui rentrait. Le bruit semblait provenir de la porte de derrière. Elle se leva.

Non, ça ne pouvait pas être Lee. Elle n'avait pas entendu la moto. Son cœur s'accéléra.

Avait-elle bien fermé la porte à clé ? Elle ne s'en souvenait pas. Et elle n'avait pas réactivé l'alarme. Était-ce Danny qui avait buté contre quelque chose ? Son intuition lui disait que non.

Elle s'approcha du seuil en catimini et regarda, en tendant l'oreille. Elle n'avait pas rêvé, elle était sûre d'avoir entendu un bruit. Quelqu'un était entré. Il y avait quelqu'un dans la maison. Elle jeta un œil dans le couloir. La chambre où Lee avait dormi était équipée d'un second boîtier de commande de l'alarme. Pourrait-elle l'atteindre et brancher le détecteur de mouvement ? Elle s'agenouilla et se mit à ramper.

Connie et Reynolds s'étaient introduits par la porte latérale et faufilés dans le hall du rez-de-jardin. Connie braquait son arme devant lui. Reynolds suivait. Elle se sentait nue et impuissante sans son propre pistolet. Ils ouvrirent chaque porte et trouvèrent chaque pièce vide.

« Ils doivent être en haut, chuchota Reynolds à l'oreille de Connie.

— J'espère qu'il y a quelqu'un dans cette baraque », répondit-il d'une voix sinistre.

Ils se figèrent tous deux en percevant un bruit quelque part dans la maison. Connie pointa l'index vers le premier étage. Reynolds acquiesça. Ils s'approchèrent de l'escalier et commencèrent à monter. La moquette étouffait leurs pas. Arrivés au premier palier, ils s'arrêtèrent pour écouter. Rien. Silence. Ils avancèrent.

À vue de nez, la mezzanine était vide. Ils longèrent le mur. Leurs têtes pivotaient en un mouvement presque synchrone.

Juste au-dessus d'eux, sur la mezzanine supérieure, Faith était à plat ventre. Elle regarda par-dessus le rebord et se détendit un peu en reconnaissant l'agent Reynolds. Mais la vue des deux autres hommes qui gravissaient les marches de l'étage inférieur relança sa peur.

« Attention ! » cria-t-elle.

Connie et Reynolds se retournèrent. Connie braqua son pistolet sur les hommes en noir qui, eux-mêmes, braquaient les leurs sur les deux agents.

« FBI ! s'écria Reynolds. Lâchez vos armes ! »

D'habitude, quand elle disait ça, elle se sentait en confiance, ça produisait toujours son effet. Mais là, désarmée face à deux flingueurs, elle était beaucoup moins sûre d'elle.

Et à juste titre : les deux flingueurs ne lâchèrent pas leurs armes. Ils continuèrent de monter, tandis que Connie les visait alternativement.

L'un d'eux interpella Faith :

« Descendez, mademoiselle Lockhart.

— Restez là-haut, Faith ! lança Reynolds en la fixant des yeux. Allez dans votre chambre et fermez à clé.

— Faith ? »

C'était la voix de Buchanan, qui venait d'apparaître dans le hall, ébouriffé, les yeux plissés.

« Vous aussi, Buchanan, ordonna le même homme. Descendez.

— Non ! s'exclama Reynolds. Écoutez-moi bien, vous autres : une brigade d'intervention se dirige ici. Dans deux minutes, la maison sera encerclée. Si vous ne lâchez pas vos armes, je vous conseille de décarrer en vitesse parce que je vous prie de croire que ces mecs ne sont pas des rigolos. »

L'homme la regarda en souriant.

« Aucune brigade n'a été alertée, agent Reynolds. »

Reynolds dissimula mal son étonnement – un étonnement que les paroles suivantes de l'homme multiplièrent par 10 puissance 10 :

« Agent Constantinople, vous pouvez nous laisser maintenant. Nous contrôlons la situation. Merci pour votre aide. »

Lentement, Reynolds se tourna vers son équipier, bouche bée, complètement éberluée.

Connie soutint avec peine son regard, résigné, mal dans sa peau.

« Connie ? demanda-t-elle d'une voix blanche. C'est pas possible, Connie ! Dis-moi que c'est pas vrai. »

Connie tripota piteusement son pistolet et haussa les épaules. Peu à peu, il reprit contenance.

« Mon plan était de te sortir vivante de cette mouise et de faire lever ta suspension. »

Il interrogea du regard les deux hommes. L'un d'eux fit non de la tête. Une fin de non-recevoir sans compromis.

« C'était toi la taupe ? dit-elle. Pas Ken ?

— Ken était réglo.

— Mais ce fric dans le coffre ?

— Ça venait de ses collections de pièces rares. Il spéculait. Il faisait toutes ses transactions en liquide. Je le sais, je l'ai parfois accompagné dans les salles de ventes. Il fraudait le fisc. Et alors ? Tant mieux pour lui. De toute façon, c'était surtout pour payer les études de ses mômes.

— Tu m'as laissée croire que les fuites, c'était lui.

— J'allais tout de même pas te laisser croire que c'était *moi.* »

L'un des hommes monta en courant et disparut dans une chambre, pour en ressortir une minute plus tard avec l'attaché-case de Buchanan. Il escorta Faith et Buchanan jusqu'en bas de l'escalier, puis ouvrit l'attaché-case, extirpa la cassette, et écouta le début de la bande pour s'assurer que c'était celle qu'il cherchait. Alors, il brisa la cassette en deux, arracha la bande, la jeta dans la cheminée à gaz et mit le feu. Tous regardèrent en silence les entrelacs magnétisés se transformer en magma gluant.

En voyant la bande se consumer, Reynolds ne put s'empêcher de penser qu'elle avait devant les yeux un aperçu de ce que seraient les prochaines minutes de sa vie. Les *dernières* minutes de sa vie.

Elle observa les deux hommes, puis Connie.

« Dire qu'ils nous suivaient depuis le début ! Merde, je suis vraiment tarte, s'avoua-t-elle avec aigreur. Je n'avais remarqué personne.

— Non, répliqua Connie en secouant la tête. Il y avait un émetteur dans ma voiture. Ils écoutaient. Ils ont attendu qu'on trouve la maison et ils ont suivi.

— Pourquoi, Connie ? Pourquoi nous avoir trahis ? »

Connie prit un air songeur.

« J'ai ramé pendant vingt-cinq piges au Bureau. Vingt-cinq années de ma vie ! Et je suis toujours à la case départ. Simple enquêteur de base. J'ai douze ans de plus que toi et tu es ma patronne. Parce que j'ai refusé de m'écraser devant les politicards, parce que j'ai refusé de tremper dans leurs magouilles diplomatiques, ils m'ont collé dans un placard, ils ont bloqué mon avancement. » Il baissa la tête. Quand il releva les yeux, il y avait comme une demande de pardon dans son regard. « Comprends-moi, Brooke, je n'ai rien contre toi. Rien. Tu es un agent de première. Je voulais pas que ça se termine comme ça. Le plan, en ce qui nous concernait, était de rester à l'écart pour laisser ces gars faire leur boulot peinards. Une fois que j'aurais eu le feu vert, on serait entrés et on aurait découvert les cadavres. Tu aurais été blanchie, tout aurait baigné dans l'huile. En décarrant, Adams a tout foutu en l'air. » Connie lança un regard mauvais à l'homme qui l'avait appelé par son nom. « Si ce mec l'avait bouclée, j'aurais peut-être trouvé un moyen de te faire sortir avec moi. »

L'homme haussa les épaules.

« Désolé, dit-il, je ne savais pas que ç'avait de l'importance pour vous. Mais déguerpissez, à présent. Le jour se lève. Donnez-nous une demi-heure. Ensuite, vous pourrez appeler les flics. Inventez l'histoire qu'il vous plaira pour vous couvrir. »

Reynolds ne quittait pas des yeux Connie.

« Laisse-moi l'inventer pour toi, ton histoire, Connie. Tu me diras ce que tu en penses. Nous localisons la maison. J'entre par-devant pendant que tu fais le guet derrière. Je ne ressors pas. Tu entends des coups de feu, tu entres. Tu nous trouves tous morts. » La voix de Reynolds se brisa à l'idée qu'elle ne reverrait plus ses enfants. « Tu aperçois un type qui s'enfuit. Tu vides ton chargeur sur lui, tu le rates, tu le poursuis, tu échappes à la mort par miracle. Tu appelles les flics. Ils débarquent. Tu appelles le QG. Tu les mets au courant. Ils envoient du monde. Tu te fais un peu tirer les oreilles pour m'avoir laissée venir ici, mais tu me considérais toujours comme ta patronne, malgré tout, alors tu m'as suivie. Par loyauté. Ils ne peuvent pas vraiment t'en vouloir. Ils enquêtent, nagent dans le brouillard. Ils pensent que c'était moi la taupe, la vendue, la salope, et que je me suis rendue ici pour palper ma récompense. Tu pourras leur dire que c'est moi qui t'ai indiqué le chemin, que je savais exactement où aller. Je suis entrée la première et je me suis fait étendre. Et toi, pauvre innocent, tu as failli y passer aussi, par ma faute. Affaire classée. Alors, elle te plaît, mon histoire, agent Constantinople ? »

Un des hommes de Thornhill regarda Connie en souriant.

« Moi, je la trouve pas mal, déclara-t-il.

— Je suis désolé, Brooke, affirma Connie. Sincèrement.

— C'est à Anne Newman qu'il faut dire ça, répliqua-t-elle, les yeux mouillés de larmes, la voix brisée. Et à mes enfants. Salaud ! »

Tête baissée, Connie commença à descendre l'escalier.

« On les liquide ici, un par un », annonça le premier homme. Il se tourna vers Buchanan. « Vous d'abord.

— Je suppose que c'est une requête spéciale de votre patron, remarqua Buchanan.

— Qui ? Je veux un nom ! s'écria Reynolds.

— À quoi bon ? rétorqua le second homme. Vous ne serez plus là pour témoigner... »

À peine avait-il prononcé ces mots qu'une balle lui transperça la nuque.

L'autre homme pivota, visa au jugé, mais trop tard. Il reçut la dragée en pleine figure. Il s'écroula, mort, à côté de son équipier.

Connie remontait les marches, le canon de son pistolet encore fumant. Il contempla les deux cadavres.

« En souvenir de Ken Newman, espèces de crevures. » Il leva les yeux vers Reynolds. « Je savais pas qu'ils allaient tuer Ken, Brooke. Je le jure sur une pile de bibles. Mais qu'est-ce que je pouvais y faire ? Attendre et voir comment ça évoluait...

— Et me laisser poursuivre une ombre ? Me laisser traîner dans la boue ? Assister à l'effondrement de ma carrière ?

— Je pouvais pas y faire grand-chose non plus. Je te l'ai dit, mon intention était de te sortir de cette merde, de te faire réhabiliter. Héroïquement. On aurait accusé Ken des fuites. Il était mort, quelle importance ?

— C'était important pour sa famille. »

Connie se fâcha.

« Tu m'emmerdes ! J'ai pas d'explications à te donner, je vais pas me mettre à genoux. Je suis pas fier de ce que j'ai fait, mais j'avais mes raisons. T'as pas besoin d'être d'accord, je te demande pas ta bénédiction, alors arrête de me faire la morale. Tu sais pas tout. Tu es aigrie ? Moi aussi, et depuis plus longtemps que toi. »

Reynolds plissa les yeux et recula en lorgnant le pistolet.

« O.K., Connie, tu viens de nous sauver la vie. Ça comptera beaucoup.

— Tu parles ! »

Elle sortit son téléphone portable.

« Je vais appeler Massey et faire venir une équipe.

— Lâche ce téléphone, Brooke.

— Connie...

— Lâche ce téléphone. Tout de suite ! »

Reynolds laissa tomber l'appareil sur le sol.
« Connie, c'est fini.
— C'est jamais fini, Brooke, tu sais bien. Tu fais une connerie un jour, elle te reviendra toujours à la gueule. Un mec la découvre, il t'attache des ficelles et tu deviens sa marionnette.
— C'est pour ça ? Quelqu'un te faisait chanter ?
— Qu'est-ce que ça peut te foutre ?
— Je veux le savoir. »
Connie poussa un profond soupir.
« Quand ma femme a eu le cancer, notre assurance ne couvrait pas tous les soins. Les toubibs pensaient qu'elle aurait une chance avec un traitement spécial. J'ai hypothéqué la maison. J'ai vidé tous nos comptes bancaires. Ça suffisait toujours pas. Qu'est-ce que j'aurais dû faire ? La laisser crever ? Alors, je me suis servi dans la salle des pièces à conviction du Bureau. De la cocaïne. Plus tard, un fouineur a découvert le truc. Et, du jour au lendemain, j'ai eu un nouvel employeur. » Il regarda à ses pieds. « Le plus rageant, c'est que June est morte quand même.
— Je peux t'aider, Connie. Tu peux arranger ça dès à présent.
— Personne ne peut m'aider, Brooke. J'ai signé un pacte avec le diable.
— Connie, laisse-les partir. C'est fini. »
Il secoua la tête.
« Je suis venu ici pour faire un boulot. Et tu me connais assez pour savoir que je termine toujours ce que j'ai commencé.
— Et ensuite ? Comment tu vas expliquer ça ? » Elle désigna les deux cadavres. « Et maintenant, tu t'apprêtes à tuer *trois* personnes de plus ? C'est délirant, tu t'enfonces.
— Pas aussi délirant que de passer le reste de mes jours en taule. Ou de risquer la chaise électrique. » Il haussa les épaules. « Je trouverai une explication.
— S'il te plaît, Connie, ne fais pas ça. Tu ne peux pas le faire. Je te connais. Tu ne peux pas. »
Connie regarda son arme, puis mit un genou au sol pour ramasser le pistolet d'un des morts, équipé d'un silencieux.
« Il le faut. Navré, Brooke. »

Ils entendirent tous le déclic. Connie et Reynolds reconnurent instantanément l'arme d'un pistolet semi-automatique.

« Lâche ce flingue immédiatement, aboya Lee, ou je creuse un tunnel dans ta tête ! »

Connie se figea un instant avant d'obéir.

Lee monta les marches et pointa son arme à bout portant sur la tempe de l'agent.

« J'ai bien envie de t'abattre quand même, mais tu m'as évité de me coltiner deux gorilles de plus. » Lee regarda Brooke. « Agent Reynolds, auriez-vous l'obligeance de ramasser ce pistolet et de le braquer sur votre copain ?

— Avec plaisir, dit-elle en récupérant l'arme. Assis, Connie. Vite ! » ordonna-t-elle.

Lee courut vers Faith pour la prendre dans ses bras.

« Lee, dit-elle en se serrant contre lui.

— Une veine que j'aie décidé de revenir !

— Est-ce que quelqu'un pourrait m'expliquer ce qui se passe ? demanda Reynolds.

— Je peux, répondit Buchanan, mais ça n'avancerait à rien. La preuve que j'avais était sur cette bande. J'avais prévu d'en faire des copies, mais j'ai dû quitter Washington en catastrophe sans en avoir le temps. »

Reynolds s'adressa à Connie :

« Toi, tu es forcément au parfum. Si tu coopères, ça allégera ta sentence.

— Ben voyons. Ça me mènera tout droit à la chaise électrique !

— Réponds, nom de Dieu ! Qui tire les ficelles ? Qui est-ce qui vous flanque à tous une trouille pareille ?

— Agent Reynolds, la coupa Buchanan, je crois que le monsieur dont nous parlons attend impatiemment les résultats de cette affaire. S'il n'a pas de nouvelles sous peu, il enverra d'autres hommes. Je suggère de ne pas moisir ici.

— Pourquoi vous ferais-je confiance ? répliqua-t-elle. Je crois plutôt que je vais appeler les flics. »

Faith intervint :

« La nuit où l'agent Newman a été tué, je lui avais demandé

d'inclure Danny dans l'arrangement pour qu'il témoigne avec moi. Newman m'a répondu qu'il n'en était pas question.

— Eh bien, il a eu raison.

— Si vous connaissiez tous les faits, vous penseriez autrement. Nous nous sommes mis hors la loi, mais il n'y avait *aucun autre moyen*...

— Puisque vous l'avouez vous-même...

— On discutera de ça plus tard, s'impatienta Buchanan. Pour l'instant, occupons-nous de l'homme qui a envoyé ces deux tueurs.

— Trois, rectifia Lee. Vous pouvez en compter un de plus. Il est en train de faire trempette dans l'océan. »

Reynolds commençait à s'énerver.

« Tout le monde sauf moi a l'air d'être parfaitement au courant... » Elle se tourna vers Buchanan. « C'est bon, je vous écoute. Qu'est-ce que vous proposez ? »

Buchanan allait répondre quand ils entendirent le vrombissement d'un avion. Tous les yeux s'orientèrent vers la fenêtre. L'aube poignait à l'horizon.

« C'est la liaison régulière, expliqua Faith. Il fait jour. C'est le premier vol. Le terrain d'aviation est de l'autre côté de la rue.

— *Ça*, je le sais, répliqua Reynolds.

— Je propose que nous utilisions votre ami ici présent, lança Buchanan en montrant Connie, pour communiquer avec cette personne.

— Et lui dire quoi ?

— Que son opération a été couronnée de succès, à ceci près que ses hommes ont malheureusement été tués dans la bagarre. Ça le contrariera peut-être un peu, mais il ne versera pas une larme. Il connaît les risques du métier. Tout ce qui l'intéresse, c'est que Faith et moi soyons morts et la cassette détruite. Alors, il se croira hors d'atteinte.

— Et moi ? questionna Lee.

— Vous serez notre botte secrète.

— Et quel intérêt aurais-je à faire ça, insista Reynolds, alors que je peux vous embarquer, vous, Faith et Connie, pour vous coller au bloc, récupérer mon grade et me couvrir de gloire ?

— Si vous faites ça, l'homme qui a tout déclenché restera libre. Libre de recommencer. »

Reynolds hésita, perturbée.

« À vous de choisir », ajouta Buchanan.

Considérant tour à tour chacune des personnes présentes, Reynolds arrêta son regard sur Lee. Elle remarqua le sang sur sa manche, les coupures et les contusions sur son visage.

« Vous nous avez sauvé la vie à tous. Vous êtes probablement le seul innocent dans cette maison. Quel est votre avis ?

— Je n'ai pas de leçon à vous donner mais, si vous voulez le fond de ma pensée, marchez avec eux. »

Reynolds soupira et apostropha Connie :

« T'as un moyen de contacter ce sagouin ? » Connie ne répondit pas. « Connie, si tu collabores, ça t'aidera. Je sais que tu étais prêt à nous tuer tous et je devrais me foutre complètement de ce qui t'arrivera... » Elle détourna les yeux. « ... Mais je m'en fous pas. C'est ta dernière chance, Connie. Alors ? »

Connie serra et desserra nerveusement ses grosses mains. Il regarda Buchanan.

« Qu'est-ce que vous voulez que je lui raconte exactement ? »

Buchanan lui dicta ses instructions. Connie s'assit sur le divan, prit le téléphone et composa le numéro. Lorsque son correspondant décrocha, il dit, un peu gêné d'abord :

« Ici... ici Atout-dans-la-manche. »

Quelques minutes plus tard, il reposa le combiné.

« Ça y est, c'est fait, déclara-t-il.

— Il a gobé l'histoire ? demanda Lee.

— Oui, mais on peut jamais savoir avec ce type.

— Bien. Ça nous laisse un peu de temps, remarqua Buchanan.

— On a deux ou trois choses à régler dans l'immédiat, constata Reynolds. Quelques cadavres à emballer, pour commencer. Et il faut que je fasse un rapport. Et que je trouve une cellule pour toi », ajouta-t-elle en s'adressant à Connie.

Il la fusilla du regard.

« Ça m'apprendra à te faire confiance, lança-t-il.

— Je ne t'ai pas promis la liberté. Tu as pris tes responsabilités. Ce que tu as fait pour nous jouera en ta faveur. Mais tu resteras à l'ombre pendant un bon bout de temps, mon pote. Au moins, tu as la vie sauve. Ken n'a pas eu cette chance. » Elle se tourna vers Buchanan. « Et maintenant ?

— Je suggère que nous décampions sans délai. Dès que nous aurons quitté le secteur, nous pourrons appeler la police. À notre retour à Washington, j'irai au FBI avec Faith pour dire ce que nous savons. Mais dans le secret le plus absolu. S'il apprend que nous travaillons avec le FBI, nous n'aurons jamais la preuve qu'il nous faut.

— Ce type a fait tuer Ken ?

— Oui.

— Il est au service d'une puissance étrangère ?

— En réalité, vous avez tous les deux le même employeur.

— Hein ? L'Oncle Sam.

— Tout juste. Si vous vous fiez à moi, je ferai le maximum pour vous le livrer. J'ai un compte personnel à régler avec lui.

— Et qu'est-ce que vous demandez en échange ?

— Pour moi, rien. Si je dois aller en prison, j'irai. Mais Faith ne sera pas inquiétée. Si vous ne pouvez pas me garantir sa liberté, autant appeler la police immédiatement. »

Faith lui prit le bras.

« Danny, vous n'allez pas payer pour tout ça !

— Pourquoi pas ? J'en suis responsable.

— Mais vos motifs...

— Mes motifs ne sont pas des circonstances atténuantes. Je savais que je courais un risque en enfreignant la loi.

— Eh bien, moi aussi, bon sang !

— Alors, marché conclu ? demanda Buchanan à Reynolds. Faith n'ira pas en prison ?

— Honnêtement, je n'ai pas autorité pour passer un marché. » Elle réfléchit un instant. « Mais je peux vous promettre une chose : si vous êtes réglo avec moi, je ferai tout ce qui est en mon pouvoir pour que Faith garde sa liberté. »

Connie se leva. Il était très pâle, soudain.

« Brooke, dit-il, faut que j'aille aux t... aux toilettes... et vite. »

Ses genoux flageolaient. Il se tenait la poitrine.

Elle lui jeta un regard soupçonneux.

« Qu'est-ce qui t'arrive ? » Elle remarqua qu'il était blanc comme un linge. « Tu te sens mal ?

— Pour ne rien te cacher, je… j'ai déjà été mieux, marmonna-t-il en roulant des yeux, vacillant sur le côté.

— Je l'accompagne », proposa Lee.

Ils commencèrent à monter les marches, mais Connie perdit l'équilibre et s'agrippa la poitrine.

« Merde, gémit-il, le visage déformé par la douleur. Oh, la vache ! »

Il tomba sur un genou, bavant, éructant, râlant.

« Connie ! dit Reynolds en se précipitant vers lui.

— Il fait une crise cardiaque ! s'écria Faith.

— Connie ! » répéta Reynolds, les yeux fixés sur son équipier affalé et secoué de spasmes.

Le geste fut prompt – d'une vivacité incroyable pour un quinquagénaire, produite par l'adrénaline associée à l'énergie du désespoir.

Connie avait un pistolet compact dissimulé dans un étui attaché à sa cheville. Il dégaina en un éclair. Il avait plusieurs cibles possibles. Il choisit Danny Buchanan et tira.

Une seule personne réagit à temps : Faith Lockhart.

Debout à côté de Buchanan, elle vit jaillir le pistolet avant tous les autres, constata qu'il était pointé sur son ami et crut entendre la détonation avant même le coup de feu. Son réflexe fut instantané.

La balle la frappa à la poitrine. Elle poussa un cri bref et s'effondra aux pieds de Buchanan.

« Faith ! » s'écria Lee.

Au lieu de fondre sur Connie, il se rua vers elle.

Le pistolet de Reynolds était braqué sur Connie. Au moment où il la visa à son tour, elle revit en un flash la figure de la chiromancienne. Sa ligne de vie trop courte. MORT D'UNE FEMME AGENT FÉDÉRAL, MÈRE DE DEUX ENFANTS. Le titre du journal dansa devant ses yeux. Elle était presque paralysée. Presque.

Connie et elle s'observaient. Il la tenait en joue. Il allait appuyer sur la détente, aucun doute. Il avait assez de cran pour tuer. Mais elle ? Son doigt se resserra sur la détente. Lentement. Lentement. Comme si le temps s'était arrêté. Comme dans un univers sous-marin, un monde en apesanteur, une scène de film au ralenti. Son équipier. Un agent du FBI. Un traître. Ses enfants. Sa propre vie. Maintenant ou jamais.

Elle tira une première fois. Puis une seconde. Le recul fut court, la ligne de mire parfaite. Connie tressauta. Son cerveau lui envoya peut-être un dernier message l'avertissant qu'il mourait. Eut-il le temps de le comprendre ?

Reynolds crut que Connie essayait, tout en tombant, de lui parler avec les yeux. Cette image la hanterait toute sa vie. Ce ne fut que lorsque l'agent Constantinople toucha le sol et cessa définitivement de bouger qu'elle recouvra sa respiration.

« Faith ! Faith ! » Lee déchira son sweat-shirt, exposant l'atroce blessure ensanglantée de sa poitrine. « Ô mon Dieu, Faith... »

Elle avait sombré dans l'inconscience, sous le regard horrifié de Buchanan. Son souffle était à peine perceptible.

Reynolds s'agenouilla à côté de Lee.

« C'est grave ? » demanda-t-elle.

Lee était hébété, sans voix.

Reynolds examina la plaie.

« Oui, constata-t-elle. La balle est encore dans le corps. Le trou est près du cœur. »

Lee regarda Faith. Elle était blême. La chaleur de la vie la quittait.

« Ô mon Dieu, non ! Par pitié ! s'écria-t-il.

— Faut la transporter à l'hôpital. Illico », lança Reynolds.

Elle ne savait absolument pas où se trouvait l'hôpital le plus proche, et Faith avait d'urgence besoin de soins intensifs dans un service de réanimation. Pas le temps de sillonner les rues en voiture pour en chercher un. Appeler une ambulance ? Mais combien de temps mettrait-elle pour arriver ? Le vrombissement du bimoteur, dehors, lui donna la réponse. Son plan se forma en quelques secondes dans sa tête. Elle fouilla les poches de Connie et prit sa plaque du FBI. L'espace d'un instant, elle contempla le visage de son collègue mort. Elle n'avait aucune raison de regretter son geste. Il s'apprêtait à la tuer. Alors, pourquoi était-elle tenaillée par le remords ? Mais Connie était mort. Pas Faith Lockhart. Du moins pas encore.

« Lee, dit-elle, on prend l'avion. Vite ! »

Le groupe fonça dehors. Reynolds ouvrait la marche. Ils entendaient rugir les moteurs. L'avion se préparait à décoller. Comme Reynolds filait droit vers le mur de broussailles, Lee lui cria qu'elle se trompait de chemin et lui montra l'accès. Elle vira, sprinta, et, une minute plus tard, déboulait sur le petit aérodrome. Tout en bout de piste, l'avion effectuait son demi-tour pour prendre son élan. Dans quelques secondes, il s'élèverait dans les airs et leur dernier espoir s'envolerait avec lui. Elle courut sur l'asphalte en agitant son pistolet et sa plaque en hurlant « FBI ! » à pleins poumons. L'avion fonçait sur elle, tandis que Lee et Buchanan arrivaient cahin-caha en portant Faith.

Apercevant enfin la femme qui venait dans sa direction en brandissant un pistolet, le pilote coupa les gaz. L'appareil perdit son élan et acheva sa course devant Reynolds.

Elle montra la plaque. Le pilote fit coulisser sa vitre.

« FBI ! tonna-t-elle. J'ai un blessé grave. Je réquisitionne votre avion. Conduisez-nous à l'hôpital le plus proche. En vitesse. »

Le pilote regarda la plaque, le flingue, et acquiesça avec résignation.

« D'accord. »

Ils grimpèrent tous à bord. Lee berçait Faith contre sa poitrine. Le pilote fit à nouveau demi-tour, retourna en bout de piste et réitéra sa procédure de décollage. Une minute plus tard, le bimoteur prenait de l'altitude dans la clarté du jour naissant.

53

Le pilote avait lancé un appel radio, et une équipe de réanimation attendait sur le tarmac de l'aérodrome de Manteo qui, par chance, ne se trouvait qu'à quelques minutes de vol. Reynolds et Lee avaient tenté de calmer l'hémorragie avec des pansements pris dans la trousse de bord, mais sans grand succès jusque-là. Le masque à oxygène n'avait pas été très utile non plus. Faith n'avait pas repris conscience. Ses membres devenaient froids, malgré les frictions et les étreintes de Lee.

L'ambulance la conduisit au Beach Medical Center, qui disposait d'un service de réanimation. Lee voyagea avec la jeune femme. Reynolds et Buchanan suivirent dans une voiture. En chemin, Reynolds appela Massey à Washington. Elle lui en dit suffisamment pour qu'il saute aussitôt dans un avion du Bureau. Elle insista pour qu'il vienne seul. Il accepta sans commentaires, convaincu à la fois par le ton péremptoire de Reynolds et par l'urgence de la situation.

Faith fut emmenée immédiatement au bloc opératoire, où les médecins se penchèrent sur son cas pendant deux heures pour réguler son rythme cardiaque et stopper l'hémorragie interne. Le pronostic était pessimiste.

Lee, transi d'angoisse, regarda Faith tressaillir sous le choc répété du défibrillateur. Il ne retrouva sa respiration normale que lorsque l'écran de l'électrocardiographe afficha une ligne brisée régulière.

La jeune femme fut opérée à cœur ouvert. On dut lui écarter les côtes pour procéder à un massage cardiaque. Deux heures interminables s'écoulèrent, pendant lesquelles Faith fut suspendue entre la vie et la mort.

Lee faisait les cent pas dans le couloir, mains dans les poches, tête baissée, sans parler à personne. Il récita toutes les prières dont il put se souvenir, en inventa de nouvelles. Ce qui l'exaspérait le plus, c'était son impuissance à aider la femme qu'il aimait. Comment avait-il pu laisser un tel drame se produire ? Comment ce salaud de Constantinople, ce gros plein de soupe, était-il parvenu à tirer tout en étant juste à côté de lui ? Et pourquoi avait-il fallu que Faith coupe la trajectoire de la balle ? Pourquoi ? C'était Buchanan qui aurait dû croupir sur cette civière au milieu des toubibs affolés, s'agitant à qui mieux mieux pour charcuter des viscères !

Le dos plaqué au mur, il se laissa glisser à terre, enfouit sa tête dans ses mains et pleura.

Dans une pièce privée, Reynolds attendait avec Buchanan, qui avait à peine prononcé un mot depuis que Faith avait reçu la balle. Il contemplait le mur d'un œil hagard. À le voir, personne n'aurait pu imaginer la terrible colère qui bouillonnait en lui, cette haine tenace envers Robert Thornhill, l'homme qui avait peut-être anéanti ce qu'il chérissait le plus au monde.

Au moment où Massey arriva, Faith venait d'être transférée en unité de soins intensifs. État stationnaire, leur avait déclaré le médecin. La balle, une dum-dum, avait ricoché dans son corps comme une bille de flipper, causant des dommages considérables aux organes. L'hémorragie interne était alarmante. Faith était forte et, pour l'instant, elle survivait. Elle avait une petite chance de s'en sortir. Mais il ne pouvait pas en dire plus.

Quand le médecin les quitta, Reynolds toucha l'épaule de Lee et lui tendit une tasse de café.

« Lee, si elle a survécu jusqu'ici, elle s'en tirera.

— On ne peut jamais être sûr de rien », marmonna-t-il sans la regarder.

Ils passèrent dans la pièce privée, où Reynolds présenta Buchanan et Lee à Fred Massey.

« Je crois que M. Buchanan a une histoire à vous raconter, annonça-t-elle à Massey.

— Est-il disposé à le faire ? demanda Massey, sceptique.

— Tout à fait disposé, répondit Buchanan. Mais d'abord, dites-moi ce qui vous intéresse le plus : ce que j'ai fait ou l'arrestation de la personne qui a tué votre agent ?

— Je ne suis pas venu pour négocier avec vous. »

Buchanan posa les coudes sur la table.

« Lorsque vous aurez entendu mon histoire, vous changerez d'avis. Mais je pose une condition : laissez-moi m'occuper personnellement de cet homme. À ma manière.

— L'agent Reynolds m'a informé que l'individu en question travaillait pour le Gouvernement fédéral.

— C'est exact.

— Eh bien, c'est un peu dur à avaler. Vous avez des preuves ?

— Si vous me laissez faire, vous aurez votre preuve. »

Massey se tourna vers Reynolds.

« Est-ce qu'on connaît l'identité des corps ?

— Pas encore. La police et des agents de Washington, Raleigh et Norfolk sont sur les lieux. Il est trop tôt pour répondre, mais tout le monde est sur la brèche. Nous n'avons rien dit aux autorités locales. Nous contrôlons l'information. Vous ne verrez pas un mot dans la presse au sujet des cadavres ou de la présence de Faith à l'hôpital.

— Bien », fit Massey en inclinant la tête.

Puis, comme s'il venait brusquement de se rappeler quelque chose, il ouvrit sa mallette et en sortit deux objets qu'il remit à Reynolds.

Elle regarda son pistolet et sa plaque.

« Je suis désolé que ça se soit passé comme ça, Brooke,

continua-t-il. J'aurais dû vous faire confiance. Il y a trop longtemps que je ne suis plus sur le terrain. Je m'occupe de paperasses au lieu d'écouter mon intuition. »

Reynolds rangea l'arme et sa plaque. Elle se sentait entière à nouveau.

« J'aurais peut-être fait comme vous, à votre place. Mais le passé est le passé, Fred. Il faut agir, à présent. Le temps presse.

— Monsieur Massey, déclara Buchanan, soyez sans illusions, vous n'identifierez jamais ces hommes. En tout cas, vous n'arriverez jamais à établir un lien entre eux et l'homme dont je parle.

— Comment pouvez-vous en être si sûr ?

— Croyez-moi, je sais comment il opère.

— Écoutez, commencez donc par me dire qui il est et je me charge du reste.

— Non.

— Comment ça, "non" ? Nous sommes le FBI, monsieur, c'est notre métier ! Si vous voulez passer un accord...

— Écoutez-moi. » Buchanan haussa à peine le ton, mais son regard impérieux réduisit le directeur adjoint au silence. « Nous avons une chance de le faire tomber. Une seule ! Il a déjà infiltré le FBI. Constantinople n'est peut-être pas la seule taupe. Il peut y en avoir d'autres.

— Ça m'étonnerait beaucoup et... »

Cette fois, Buchanan haussa vraiment le ton :

« Pouvez-vous me garantir, ici et maintenant, qu'il n'y a aucun autre agent double dans vos services ? Le pouvez-vous ? »

Massey perdit un peu contenance. Il lorgna Reynolds, qui haussa les épaules.

« S'ils ont pu retourner Connie, ils peuvent retourner n'importe qui », remarqua-t-elle.

Massey dodelina de la tête, l'air accablé.

« Connie..., fit-il. Je n'arrive toujours pas à le croire ! »

Buchanan tapa sur la table.

« S'il y a un autre espion dans vos rangs, vous ne parviendrez jamais à piéger cet homme. Vous laisserez passer votre chance. À tout jamais. Désirez-vous vraiment courir ce risque ? »

Massey se frotta le menton et regarda Buchanan d'un air toujours méfiant mais intéressé.

« Vous pensez réellement pouvoir épingler ce type ?

— Je suis prêt à mourir pour lui faire rendre gorge. Pour ça, j'ai besoin d'un téléphone. Quelques personnes très spéciales à contacter. » Buchanan sourit intérieurement. Lobbyiste jusqu'à la fin. Puis il s'adressa à Lee. « Et j'aurai besoin de vous aussi, Lee...

— De moi ? répondit celui-ci, surpris. Qu'est-ce que je pourrais bien faire ?

— J'ai parlé de vous avec Faith hier soir. Elle m'a dit que vous aviez des talents très particuliers, que vous étiez un homme extrêmement utile en cas de pépin.

— Eh bien, elle se trompait. Sinon, elle ne serait pas actuellement sur un lit d'hôpital avec un trou dans la poitrine ! »

Buchanan lui serra le bras.

« Tout cela est ma faute. Elle s'est jetée devant moi pour me protéger. Cette balle m'était destinée. Mais je ne peux rien y changer. En revanche, je peux essayer de faire en sorte qu'elle n'ait pas risqué sa vie pour rien... Vous risquez gros, vous aussi : même si nous arrêtons cet homme, il a des alliés. Ils rôderont toujours quelque part. »

Buchanan se carra sur sa chaise et observa Lee fixement. Massey et Reynolds l'imitèrent. Ses bras musculeux et ses larges épaules formaient un contraste saisissant avec la fragilité de son expression.

Lee Adams inspira profondément. Tout ce qu'il voulait, c'est se porter au chevet de Faith pour ne plus la quitter jusqu'à ce qu'elle ouvre les yeux et lui sourie. Alors, il sourirait aussi. Mais on ne fait pas toujours ce qu'on veut dans la vie. Il regarda Buchanan et dit :

« Je suis votre homme. »

54

La berline noire s'arrêta devant la maison. Robert Thornhill et sa femme, en tenue de soirée, sortirent par la grande porte, qu'il verrouilla. Puis il monta en voiture avec madame. Les Thornhill étaient invités à un dîner officiel à la Maison-Blanche.

La berline dépassa la borne de contrôle téléphonique desservant le lotissement où vivaient les Thornhill. C'était une grosse caisse métallique, massive et peinte en vert clair. Elle avait été installée deux ans plus tôt, quand la compagnie du téléphone avait modernisé les lignes de ce vieux quartier résidentiel, et elle jurait dans ce décor cossu, aux demeures huppées et aux jardins paysagers. Les résidants avaient donc financé la plantation de buissons ornementaux pour dissimuler cette verrue. C'était une réussite sur le plan esthétique, mais un casse-tête pour les employés de la compagnie qui, dans l'incapacité d'accéder à la borne par la route, devaient faire un détour par les bois du parc. C'était aussi une aubaine pour l'homme qui regarda s'éloigner la voiture et qui, grâce aux feuillages le dissimulant complètement aux regards, put trifouiller sans être vu dans les boyaux électroniques de ladite borne.

Lee Adams repéra la ligne des Thornhill au moyen d'un appareil spécial qui lui avait souvent servi naguère, lorsqu'il travaillait dans les télécommunications. La demeure des Thornhill était équipée d'un excellent système de sécurité. Mais même les meilleurs systèmes ont leur talon d'Achille : la ligne téléphonique. Toujours la ligne téléphonique. Merci, monsieur Graham Bell.

Quand un intrus entre par effraction dans une maison, l'alarme se déclenche et l'ordinateur compose le numéro du central de surveillance. Le standardiste appelle le domicile pour vérifier si tout va bien. Si le propriétaire répond, il doit donner un code secret, sans quoi la police est alertée. Si personne ne répond, la police est envoyée automatiquement.

En bref, Lee devait s'assurer que l'appel téléphonique informatique ne parviendrait jamais au central, tout en laissant l'ordinateur « penser » le contraire. Pour ce faire, il pratiqua une dérivation empêchant toute communication avec l'extérieur, et reliée à un simulateur téléphonique. De la sorte, l'ordinateur serait piégé : la ligne aurait une tonalité, une communication serait apparemment établie, mais l'appel n'aboutirait nulle part.

Par ailleurs, Lee découvrit que le système de sécurité des Thornhill n'avait pas de « roue de secours » cellulaire. Un gros défaut de la cuirasse : on ne pouvait pas piéger une liaison sans fil, puisqu'on ne pouvait pas accéder à la ligne. Presque tous les systèmes de sécurité du pays fonctionnaient selon le même principe. En d'autres termes, ils avaient tous le même défaut. Et Lee en profita.

Remballant ses outils, il se faufila à travers bois jusqu'à l'arrière de la maison des Thornhill. Il repéra au rez-de-chaussée une fenêtre invisible de la rue. Il avait le plan de la maison et du circuit d'alarme. Fred Massey le lui avait fourni. En entrant par cette fenêtre, il pouvait atteindre la console de commande située à l'étage sans passer devant un détecteur de mouvement.

Il sortit un stun gun, un pistolet de défense qui envoyait des décharges électriques, et le pointa sur la vitre. Toutes les fenêtres étaient électrifiées, y compris celles du premier étage. Si seules les fenêtres du rez-de-chaussée l'avaient été, comme c'était généralement le cas, Lee serait passé par en haut sans autre formalité.

Il appuya sur la détente du stun gun, puis visa divers endroits de la fenêtre susceptibles d'abriter des capteurs. Au total, il tira huit coups sur l'encadrement. Les décharges électriques du pistolet créèrent un court-circuit, anéantissant tous les capteurs.

Lee souleva le panneau coulissant de la fenêtre à guillotine, retint son souffle et s'introduisit à l'intérieur. Aucune alarme ne se fit entendre. Il rabattit la vitre. Grâce à une lampe de poche, il repéra l'escalier et monta, remarquant au passage que les Thornhill aimaient le luxe : meubles anciens authentiques, tableaux de maîtres, tapis persans.

La console de commande de l'alarme se trouvait, comme les autres commandes, dans la chambre à coucher principale. Lee dévissa la plaque et repéra le fil de la sirène qui, après son intervention, fut atteinte de laryngite subite. Maintenant, il était libre de se promener. Il redescendit et passa fièrement devant le détecteur de mouvement, en faisant un doigt d'honneur à l'œilleton. Le voyant rouge s'alluma, l'alarme se déclencha comme prévu... mais dans le plus grand silence, comme prévu également. Bientôt, l'ordinateur composerait le numéro du central. En vain. Au bout du huitième appel, il s'arrêterait et, au central, tout semblerait normal. Le rêve pour un voleur.

Lee regarda le voyant rouge s'éteindre. Il repassa devant. La lumière revint, puis s'éteignit à nouveau et ainsi de suite, huit fois. Lee sourit. Jusque-là, tout allait bien. Avant le retour des Thornhill, il rebrancherait les fils. Thornhill aurait des soupçons si le bip ne retentissait pas quand il ouvrirait la porte. Mais, dans l'immédiat, Lee avait un travail à faire.

55

Le dîner à la Maison-Blanche fut mémorable pour Mme Thornhill. Son mari, lui, travaillait. Assis à la longue table, il participait aux conversations quand on lui adressait la parole, mais il passa le plus clair de son temps à étudier les convives. Il y avait de nombreux visiteurs étrangers ce soir-là, et Thornhill savait qu'on pouvait recueillir de précieuses informations dans les circonstances les plus inattendues, même au cours d'une réception à la Maison-Blanche. Il ignorait si les étrangers présents connaissaient son appartenance à la CIA. Ce n'était évidemment pas de notoriété publique. La liste des convives que le *Washington Post* publierait le lendemain mentionnerait simplement M. et Mme Thornhill.

Ironiquement, leur invitation à ce dîner ne devait rien à la situation de Thornhill au sein de l'Agence. Les motifs de ce genre de raout à la Maison-Blanche étaient d'ailleurs l'un des grands mystères de la capitale. En réalité, c'est Mme Thornhill qui avait été invitée, au titre de son action philanthropique pour les pauvres du district de Columbia – une bonne œuvre à laquelle participait également l'épouse du Président, la « First Lady » en personne. Et Thornhill reconnaissait que sa femme était très dévouée à cette cause – quand elle n'était pas au country club, évidemment.

Leur retour se déroula sans encombre. Thornhill papota de bonne grâce avec sa femme, bien que son esprit fût encore accaparé par le rapport de Howard Constantinople. La perte de ses hommes avait été un coup dur pour lui, sur un plan personnel et professionnel à la fois. C'étaient des collaborateurs de longue date. Qu'ils aient péri tous les trois dans l'opération, voilà qui dépassait son entendement. Il avait envoyé une équipe en Caroline du Nord pour essayer de tirer ça au clair.

Il était sans nouvelles de Constantinople depuis son coup de téléphone. Avait-il pris la fuite ? Thornhill l'ignorait. Mais Faith et Buchanan étaient morts, ainsi que l'autre agent du FBI, Reynolds. Cela, au moins, c'était une certitude. Ou presque. Le fait qu'aucun journal n'ait mentionné la découverte de six corps dans une villa du bord de mer sur une côte très touristique était particulièrement troublant. Une semaine s'était écoulée depuis le drame, et toujours rien. C'était peut-être le Bureau qui avait étouffé l'affaire, par peur d'un scandale médiatique. Oui, c'était même très possible. Malheureusement, songeait Thornhill, en perdant Constantinople, il avait perdu ses yeux et ses oreilles au FBI. Il allait devoir régler ce problème rapidement ; or, il fallait un certain temps pour « dresser » une nouvelle taupe. Mais rien n'était impossible.

En tout cas, l'enquête ne pourrait jamais remonter jusqu'à lui. Ses trois hommes avaient une couverture à toute épreuve. Le FBI n'y verrait que du feu. Ils étaient morts en héros et il avait porté un toast en leur honneur avec ses collègues dans leur blockhaus souterrain.

Il y avait un autre hic : Lee Adams. Il avait filé sur sa moto, probablement en direction de Charlottesville pour s'assurer que sa fille était saine et sauve. Mais il n'était jamais arrivé à Charlottesville. Alors, où était-il ? se demandait Thornhill. Avait-il fait demi-tour en route ? Était-ce lui qui avait tué ses hommes ? À un contre trois, ça paraissait un peu gros. Et Constantinople n'avait pas parlé de lui au téléphone.

En approchant de son domicile, Thornhill se sentait beaucoup moins sûr de lui qu'en début de soirée. La plus grande prudence s'imposait. Peut-être trouverait-il un message sur son répondeur en arrivant.

Quand la voiture pénétra dans l'allée, il consulta sa montre. Il était tard, et il avait une matinée chargée le lendemain. Il devait témoigner devant la commission de Rusty Ward. Il avait soigneusement préparé les réponses qu'attendait le sénateur : il lui raconterait de tels bobards que le type dormirait debout à la fin de l'audience.

Il désactiva l'alarme, embrassa sa femme et la regarda monter vers sa chambre. Svelte, gracieuse, encore séduisante. Bientôt la retraite. Ce ne serait peut-être pas si ennuyeux, après tout. Il avait toujours redouté cette période : d'interminables parties de bridge, des dîners au country club, des kilomètres à pied sur des terrains de golf, et tout ça en écoutant le caquetage de sa bourgeoise. Un cauchemar. Mais, soudain, en suivant les aguichantes ondulations de son joli derrière dans l'escalier, il entrevoyait des perspectives beaucoup plus affriolantes pour les années à venir. Ils étaient encore dans la force de l'âge, plutôt riches, ils pourraient voyager. Une pensée coquine lui traversa même l'esprit : il avait bien envie de faire le jeune homme, tout à l'heure, lorsqu'il la rejoindrait dans leur lit. Le galbe de ses jambes gainées de noir sur ses hauts talons, la courbe de ses hanches, l'élégance de sa démarche, tout ça lui donnait des idées. Au fond, le country club avait été profitable à sa femme. Oui, c'était décidé : après un petit saut dans son cabinet de travail pour voir s'il avait des messages, il filerait dans leur chambre.

Thornhill alluma et se dirigea vers son bureau ministre. Au moment où il allait consulter son téléphone sécurisé, il entendit un bruit. Il se tourna vers la porte-fenêtre donnant sur le jardin. Celle-ci s'ouvrit et un individu entra.

Lee souriait, un doigt sur la bouche, son pistolet pointé directement sur Thornhill. L'homme de la CIA se raidit, jeta des regards à droite et à gauche. Pas d'issue possible. S'il courait ou criait, il était mort. Lee traversa la pièce et ferma la porte à clé. Thornhill l'observa en silence.

Second choc : un autre homme franchit la porte-fenêtre, la referma derrière lui et la verrouilla.

Danny Buchanan était d'un calme olympien. Seul l'éclat de ses yeux trahissait son agitation intérieure.

« Qui êtes-vous ? Que faites-vous chez moi ? demanda Thornhill.

— Je m'attendais à quelque chose de plus original, Bob, dit Buchanan. Vous voyez souvent des fantômes ?

— Assis ! » ordonna Lee.

Thornhill regarda l'arme puis alla s'asseoir sur le divan de cuir en face des deux hommes. Il défit lentement son nœud papillon et le posa à côté de lui pour se donner le temps d'évaluer la situation et d'imaginer une riposte.

« Je croyais que nous avions un accord, Bob, déclara Buchanan. Pourquoi avez-vous envoyé votre équipe de tueurs ? Il y a eu beaucoup de morts pour rien. Pourquoi ? »

Thornhill joua l'étonnement.

« Je ne sais pas de quoi vous parlez. Je ne sais même pas qui vous êtes. »

Ses pensées étaient faciles à deviner : il supposait que Lee et Buchanan portaient un micro sur eux. Ils étaient peut-être en liaison avec le FBI. Son épouse était en haut, en train de se déshabiller, et ces deux hommes avaient pénétré par effraction dans sa maison pour lui poser des questions compromettantes. Eh bien, ils en seraient pour leurs frais.

« Je… » Buchanan regarda Lee et se reprit : « *Nous* sommes venus ici en tant que seuls survivants pour essayer de trouver un terrain d'entente. Je ne veux pas passer ma vie à me méfier des ombres.

— Un terrain d'entente ? Et si je criais à ma femme d'appeler la police ? Ça vous conviendrait, comme entente ? » Thornhill plissa les yeux et fit semblant de reconnaître enfin Buchanan. « J'ai l'impression de vous avoir déjà vu quelque part. Dans les journaux ? »

Buchanan se dérida.

« Cette bande magnétique que l'agent Constantinople vous a dit avoir détruite… » Il glissa la main dans sa poche et en sortit une cassette. « Eh bien, il a menti. »

Thornhill observa la cassette comme si c'était une charge de plutonium. Il mit la main dans sa poche.

« Pas de ça ! » s'exclama Lee en braquant son pistolet.

Feignant d'être déçu par cette réaction, Thornhill extirpa sa pipe et prit le temps de l'allumer, sans se presser. Quelques bouffées plus tard, il s'adressa à Buchanan.

« Puisque j'ignore de quoi vous parlez, faites-moi donc écouter cette bande. Ça m'instruira. Ça m'aidera peut-être à comprendre pourquoi deux parfaits inconnus se sont introduits dans ma maison. » *Si, sur cette bande, on m'entendait avouer le meurtre d'un agent du FBI, vous ne seriez pas ici, ni l'un ni l'autre, et je serais déjà en état d'arrestation. Bluff, bluff, bluff, Danny !*

Buchanan tapota sur la cassette, sans rien dire. Lee semblait nerveux.

« Allons, vous m'alléchez avec quelque chose et vous refusez de satisfaire ma curiosité, reprit Thornhill.

— Plus tard, dit Buchanan en posant la cassette sur le bureau. Pour l'instant, je veux connaître vos intentions en ce qui nous concerne. Donnez-nous une raison de ne pas aller au FBI pour leur raconter ce que nous savons.

— Et que savez-vous ? Vous parlez de meurtres. Vous insinuez que j'aurais tué quelqu'un. Vous devez avoir appris, je présume, que je suis employé par la CIA. Seriez-vous des agents étrangers essayant de me faire chanter ? Le problème, c'est que, pour me faire chanter, il faut avoir quelque chose.

— On en sait assez pour vous enterrrer, affirma Lee.

— Alors, je vous suggère de prendre votre pelle et de commencer à creuser, monsieur… monsieur ?

— Adams. Lee Adams, répondit-il avec un sourire sinistre.

— Faith est morte, Bob », dit Buchanan. À ces mots, Lee baissa les yeux. « Elle a failli s'en tirer. Constantinople l'a tuée. Il a aussi tué deux de vos hommes. Pour venger la mort de l'agent du FBI. »

Thornhill feignit la perplexité, et de façon assez plausible.

« Faith ? Constantinople ? Mais, bon sang, de quoi parlez-vous, à la fin ? »

Lee vint se camper devant lui.

« Salaud ! s'exclama-t-il. Tu écrases les gens comme des fourmis. Un jeu. Ce n'est qu'un jeu pour toi, ordure !

— Allons, allons, maintenant ça suffit. La plaisanterie a assez duré. Je vous prie de rengainer cette arme et de déguerpir. Ouste !

— Je t'emmerde ! cria Lee en visant la tête de Thornhill à bout portant. Je vais te crever ! »

Buchanan s'interposa.

« Lee, ne faites pas ça. Ça ne servirait à rien.

— J'écouterais votre ami, si j'étais vous », conseilla Thornhill en s'efforçant de garder son sang-froid.

Il avait déjà eu un pistolet sur la tempe, de nombreuses années auparavant, à Istanbul. Il avait eu la chance de s'en tirer vivant à l'époque. Il n'était pas sûr d'avoir la même chance ce soir.

« Fais ta prière, pourri !

— Lee, s'il vous plaît », insista Buchanan.

Le doigt de Lee titilla la détente un instant. Puis, sans quitter des yeux Thornhill, il finit par baisser lentement son arme et lança :

« Bon, eh bien, je crois qu'on va aller voir les fédés avec ce qu'on a.

— Faites donc ça. Tout ce que je veux, c'est que vous quittiez ma maison.

— Et tout ce que, moi, je veux, déclara Buchanan, c'est votre parole qu'il n'y aura pas d'autre mort. Vous avez eu ce que vous vouliez. Laissez les gens vivre en paix, maintenant.

— Très bien, très bien, je laisserai les gens vivre en paix, je ne tuerai personne, c'est promis, répliqua Thornhill, sarcastique. À présent, ayez l'obligeance de partir d'ici. Je ne voudrais pas bouleverser ma femme. Elle ignore qu'elle est mariée à un tueur en série.

— Je ne plaisante pas, dit Buchanan.

— Non, je m'en rends compte, je crois que vous avez besoin d'être soigné. J'espère pour vous que ça s'arrangera. Et veillez à ce que votre copain ne blesse personne avec son jouet. » *Ça fera très bien sur l'enregistrement, ça. Je me soucie beaucoup de mon public.*

Buchanan ramassa la cassette.

« Vous ne me laissez pas la preuve de mes crimes ?

— Ce ne sera pas nécessaire », répondit Buchanan avec un regard noir.

Il a l'air de vouloir me tuer, pensa Thornhill. *Très bien, excellent.*

Les deux hommes s'éloignèrent en hâte dans l'allée et disparurent dans la rue sombre. Une minute plus tard, une voiture démarra. Thornhill se rua sur son téléphone, puis se ravisa. Était-il sur écoute ? Toute cette mascarade était-elle destinée à lui faire commettre une erreur ? Il observa la fenêtre. Oui, ils pouvaient être à l'affût en ce moment même. Thornhill appuya sur un bouton sous son bureau. Tous les volets descendirent et un son diffus émana de chaque fenêtre : le bruit blanc. Puis il ouvrit son tiroir et en sortit son téléphone cellulaire sécurisé – tellement sécurisé, par une technologie hautement sophistiquée, que même ces rigolos de la NSA ne pouvaient pas intercepter ses communications, en raison d'un brouillage radio indécodable qui empêchait de capter le signal électronique. L'armée de l'air utilisait le même système. *Vous pouvez toujours frotter vos oreilles électroniques, bande d'amateurs.*

« Buchanan et Lee Adams sortent de mon bureau, dit-il au téléphone. Oui, chez moi ! Ils étaient là à l'instant, nom de Dieu. Mets tous les hommes disponibles sur le coup. On devrait les retrouver. » Il s'interrompit pour rallumer sa pipe. « Ils m'ont chanté une berceuse en me faisant croire qu'ils avaient encore la bande où je reconnais avoir fait tuer l'agent du FBI. Mais c'était du bluff. La cassette est détruite. J'ai supposé qu'ils avaient un micro et j'ai feint l'innocence. Mais j'ai failli y passer. Ce crétin d'Adams était à deux doigts de me faire sauter la cervelle. Buchanan a dit que Lockhart était morte, ce qui est bon pour nous si c'est vrai. Je ne sais pas s'ils sont en cheville avec le FBI mais, de toute façon, sans cette bande, ils n'ont aucune preuve contre nous… Quoi ? Non, Buchanan voulait seulement me supplier de lui foutre la paix. Nos projets de chantage tiennent toujours. Ils nous laissera le champ libre. Il a la trouille, c'est tout. Il était pitoyable, vraiment. Quand je les ai vus entrer, j'ai cru qu'ils venaient pour me tuer. Cet Adams est dangereux. Et ils m'ont dit que Constantinople avait descendu deux de nos hommes. Il est probablement mort aussi, donc il nous faut un nouvel espion au FBI. Fais ce que tu veux, mais retrouve-les. Et pas de bourdes, cette fois. Il faut les éliminer. Ensuite, on applique notre plan. J'ai hâte de voir la tête de ces chers parlementaires lorsque je les aborderai. »

Thornhill raccrocha et s'assit derrière son bureau. C'était bizarre, tout de même. Qu'est-ce qui leur avait pris de venir là ? Un acte désespéré d'hommes désespérés. Avaient-ils vraiment cru pouvoir bluffer un homme comme lui ? C'était insultant. Mais il avait gagné. Demain ou après-demain, ils seraient morts et lui serait toujours vivant.

Il se leva. Il était assez fier de lui. Il avait eu du cran. *L'instinct de survie...*, pensa-t-il en éteignant la lumière. *Ma drogue préférée.*

56

La matinée était fraîche. L'immeuble Dirksen, où se trouvaient les bureaux du Sénat, était en effervescence comme d'habitude. Robert Thornhill suivait le large couloir d'un pas décidé, en balançant cavalièrement son attaché-case. Sa nuit avait été peu banale, mais plutôt réussie dans l'ensemble. Le seul ratage à déplorer était que Buchanan et Adams couraient toujours.

Pour le reste, tout avait été merveilleux. Mme Thornhill avait été très impressionnée par son zèle animal. Elle s'était même levée de bonne heure pour lui préparer son breakfast, vêtue d'un déshabillé noir suggestif, ce qui ne lui était plus arrivé depuis des années – ni le breakfast ni le déshabillé.

La salle d'audience se situait au bout du couloir. Le fief de Rusty Ward, songea Thornhill avec dérision. Le sénateur menait son monde à la sudiste, c'est-à-dire d'une main de fer dans un gant de velours. Il vous caressait dans le sens du poil, vous berçait avec son accent suave et, au moment où vous vous y attendiez le moins, vous sautait à la gorge. Gare à l'insouciant qui se laissait endormir : le réveil était toujours brutal.

Thornhill, qui était de la vieille école, accroché aux préjugés de sa classe et affectant toujours en public des manières policées, détestait du fond du cœur cet homme rude et sans compromission. Mais, ce matin-là, il était prêt. Ward voulait qu'on parle des escadrons de la mort ? Qu'à cela ne tienne ! Il avait préparé de longs discours soporifiques sur la question, il disserterait pendant des heures et, à la fin de la journée, le sénateur n'en saurait pas plus qu'au début.

Avant de pénétrer dans la salle d'audience, Thornhill inspira profondément pour se regonfler le moral. Il imagina l'assistance qui l'attendait : Ward et compagnie alignés, les pouces derrière les bretelles, feuilletant des paperasses, crânant ridiculement du haut de leurs petits trônes. Quand il apparaîtrait, Ward le regarderait avec un sourire, inclinerait la tête et prononcerait quelques mots de bienvenue pour le désarmer. *Mais ce n'est pas à un vieux singe qu'on apprend à faire des grimaces. Je connais mes dossiers sur le bout des doigts, je t'attends au tournant.* Pauvre Ward. Il en fallait plus pour effrayer un Thornhill.

Il poussa la porte et déambula, plein d'assurance, dans l'allée centrale de la salle. À mi-chemin, il s'aperçut que le public était beaucoup plus fourni qu'à l'accoutumée. Les gens étaient serrés comme des sardines et il remarqua de nombreux visages inconnus. En approchant de la table des témoins, il reçut un autre choc. Il y avait déjà d'autres personnes assises, dont il ne voyait que les dos.

Il regarda les membres de la commission. Ward ne souriait pas, ne prononça aucun mot de bienvenue.

« Veuillez prendre un siège au premier rang, monsieur Thornhill, déclara-t-il. Nous avons un autre témoin à entendre avant vous. »

Thornhill haussa les sourcils.

« Je vous demande pardon ?

— Asseyez-vous, monsieur Thornhill », répéta Ward. Thornhill consulta ostensiblement sa montre.

« Écoutez, monsieur le président, j'ai un emploi du temps chargé aujourd'hui. On ne n'avait pas prévenu qu'il y avait un autre témoin. » Il jeta un œil vers la table. Il ne connaissait aucun des personnages présents. « Nous pourrions peut-être reporter la séance. »

Ward avait les yeux fixés sur la porte. Thornhill se retourna. Un policier en uniforme ferma solennellement les deux battants et se posta devant, l'air farouche, comme pour le mettre au défi de franchir le seuil.

« Il doit y avoir quelque chose qui m'échappe, monsieur le président, ajouta Thornhill.

— Patience, tout sera très clair dans une minute », répliqua Ward.

Puis il fit un signe à l'un des huissiers, qui s'éclipsa par une petite porte et reparut au bout de quelques secondes. Alors, Thornhill reçut un autre choc, probablement le plus grand de sa vie : Danny Buchanan venait d'entrer sur les talons de l'huissier et se dirigeait vers la table des témoins. Il n'adressa pas un seul regard à Thornhill, s'arrêta au milieu de l'allée, un porte-documents à la main, et les hommes installés derrière la table se dressèrent pour aller prendre place dans le public.

Buchanan leva la main droite, prêta serment et s'assit.

« Si vous voulez bien vous asseoir aussi, monsieur, dit Ward à un Thornhill pétrifié, nous pourrons enfin commencer. »

Thornhill était incapable de détacher ses yeux de Buchanan. Il traîna le pas jusqu'au dernier siège libre au premier rang. L'homme à la forte carrure qui occupait le siège voisin s'écarta pour le laisser passer. Thornhill le lorgna à la dérobée : c'était Lee Adams.

« Enchanté de vous revoir », déclara Lee à mi-voix avant de reporter son attention sur les membres de la commission.

« Monsieur Buchanan, demanda Ward, pouvez-vous nous dire pourquoi vous êtes ici aujourd'hui ?

— Pour apporter mon témoignage sur un odieux complot au sein de la CIA », répondit Buchanan avec le plus grand calme.

Au fil de sa carrière, Buchanan avait été si souvent amené à s'exprimer devant des commissions parlementaires qu'il était complètement immunisé contre le trac. Il se trouvait ici en pays de connaissance et c'était son meilleur ami qui menait l'interrogatoire. Enfin, on allait pouvoir jouer cartes sur table.

« Alors, je vous suggère de commencer par le début, monsieur. »

Buchanan posa ses mains parallèlement devant lui et parla dans le micro.

« Il y a une quinzaine de mois, j'ai été contacté par un haut fonctionnaire de la CIA. Ce monsieur connaissait parfaitement mes activités de lobbyiste et savait que j'entretenais des relations intimes avec plusieurs membres du Parlement. Il voulait que je l'aide à accomplir un projet très particulier.

— Quel genre de projet ?

— Il désirait que je rassemble des preuves lui permettant de faire chanter des parlementaires.

— Du chantage ? Expliquez-vous.

— Il savait que j'œuvrais pour le compte d'organisations humanitaires dévouées à la cause du tiers-monde.

— Nous connaissons vos efforts en ce sens, observa Ward, magnanime.

— Comme vous l'imaginez, c'est une cause difficile à vendre. J'ai consacré une bonne partie de ma fortune personnelle à cette croisade. Cet homme en était informé. Il pensait que j'étais dans une situation… hum, disons incommode. "Au bout du rouleau", pour reprendre ses propres termes, si ma mémoire est bonne.

— Mais, plus précisément, comment concevait-il ce chantage ?

— Je devais approcher certains membres du Congrès et hauts fonctionnaires susceptibles d'influencer le scrutin, à l'occasion des votes sur les crédits en faveur des pays sous-développés. Je devais cibler uniquement ceux qui étaient censés avoir des problèmes d'argent et leur promettre, en récompense, un important dédommagement financier qu'ils toucheraient à la fin de leur dernier mandat électoral. Ils ignoreraient évidemment que ces "allocations de retraite" seraient payées par la CIA. S'ils acceptaient, je devais porter un micro fourni par la CIA et enregistrer nos conversations, en vue de compromettre ces hommes et ces femmes. Pour étoffer les accusations, leurs téléphones seraient également mis sur écoute. Toutes les preuves de "corruption" ainsi réunies seraient alors utiliséees contre eux par l'homme de la CIA.

— De quelle manière ?

— Eh bien, les élus visés par ces tentatives de corruption siégeaient tous dans des commissions parlementaires supervisant les activités de la CIA. Par exemple, deux membres éminents de la présente assemblée, les sénateurs Johnson et McNamara, sont aussi membres de la commission des Appropriations. L'homme de la CIA m'a donné une liste des parlementaires qu'il voulait cibler. MM. Johnson et McNamara figuraient sur cette liste. L'idée était de les obliger par le chantage, eux et d'autres membres de diverses commissions, à utiliser leurs situations pour accroître les pouvoirs de la CIA, en votant une augmentation de ses budgets, un élargissement de ses responsabilités, un allégement de la surveillance parlementaire à son égard, etc. En échange, je leur verserais de fortes sommes d'argent. »

Buchanan regarda Johnson et McNamara, qu'il avait recrutés très facilement dix ans plus tôt. Tous deux affichèrent une indignation de façade. Au fil de la semaine, Buchanan avait rencontré en tête à tête les diverses personnes qu'il avait corrompues pour leur expliquer ce qui se passait. Si elles voulaient se sortir indemnes du désastre, elles devaient s'engager à corroborer tous les mensonges qu'il débitait à présent. C'était le seul moyen de sauver leur peau. Et, ne pouvant pas se désavouer, elles seraient également obligées, pour ne pas perdre la face, de continuer à soutenir la cause du tiers-monde, mais cette fois entièrement gratis. En définitive, leurs efforts seraient réellement *charitables*. Il y avait un Dieu, après tout.

Et puis, Buchanan s'était confié à Ward, lequel avait pris la chose mieux qu'il ne l'avait supposé. Bien sûr, Ward ne cautionnait pas les manœuvres passées de Buchanan, mais il avait décidé d'appuyer son vieil ami. Il y avait d'autres crimes plus graves à châtier.

« Est-ce bien la vérité, rien que la vérité, monsieur Buchanan ?

— Oui, monsieur le président », répondit-il avec la candeur d'un saint.

Thornhill ne bronchait pas, mais son visage reflétait assez bien l'état d'âme du condamné à mort sur le chemin de la chambre à gaz : un mélange d'amertume, de terreur et d'incrédulité. Buchanan avait visiblement conclu un marché. Les politiciens appuieraient son histoire. Il le lisait sur les visages de Johnson et de McNamara. Comment aurait-il pu réfuter leurs témoignages sans s'accuser lui-même ? Il pouvait difficilement se lever pour protester en disant : « Ce n'est pas du tout comme ça que ça s'est passé. Buchanan leur graissait déjà la patte. Je l'ai juste pris sur le fait et je me suis servi de lui pour accomplir mes propres desseins. » Son talon d'Achille. Il n'y avait jamais pensé. Une autre version de la fable de la grenouille et du scorpion : ici, le scorpion survivait.

« Et qu'avez-vous fait ? demanda Ward à Buchanan.

— J'ai immédiatement contacté les personnes citées sur la liste pour les mettre au courant de la situation, y compris les sénateurs Johnson et McNamara. Je regrette de ne pas avoir pu vous placer dans la confidence à l'époque, monsieur le président, mais vous comprendrez que le secret le plus absolu était de rigueur. Nous avons décidé collectivement de monter une sorte de traquenard. Je ferais semblant de marcher dans la combine de la CIA, si je puis m'exprimer ainsi, et les personnes visées feraient semblant de se laisser corrompre. Ainsi, pendant que la CIA rassemblerait des preuves pour son chantage, je rassemblerais de mon côté, et en secret, des preuves contre la CIA. Nous voulions attendre d'avoir suffisamment d'éléments d'accusation avant d'avertir le FBI. »

Ward retira ses lunettes et les laissa pendre devant lui.

« C'était une entreprise très risquée, monsieur Buchanan. D'après vous, ce projet de chantage était-il officiellement approuvé par la CIA ?

— Certainement pas. C'était une initiative individuelle, j'en suis persuadé.

— Que s'est-il passé ensuite ?

— J'ai réuni mes preuves, mais mon associée, Faith Lockhart, qui n'était au courant de rien, a commencé à se méfier de moi. Elle a pensé, je crois, que j'étais réellement mêlé à une affaire de chantage ou que j'étais moi-même victime d'un maître chanteur. Je ne pouvais pas me confier à elle, bien sûr. Elle est donc allée trouver le FBI de son propre chef. Une enquête a été ouverte. L'homme de la CIA a découvert le fait et a commandité le meurtre de Mlle Lockhart. Dieu merci, elle en a réchappé, mais un agent du FBI a été tué dans le guet-apens. »

Rumeurs dans l'assistance.

Ward regarda Buchanan bien en face.

« Essayez-vous de nous dire qu'un représentant de la CIA est responsable de la mort d'un agent du FBI ?

— Oui. Je l'affirme. D'autres morts ont suivi, y compris... » Là, Buchanan baissa la tête et ses lèvres tremblèrent. « ... celle de Faith Lockhart. C'est ce qui m'a incité à hâter ma comparution ici même. Il était urgent de mettre un terme aux tueries.

— Qui est cet homme, monsieur Buchanan ? dit Ward en feignant une ignorance scandalisée.

— Robert Thornhill, le directeur délégué des opérations », répondit Buchanan en se tournant pour désigner le coupable.

Thornhill se leva d'un bond en brandissant un poing rageur.

« C'est une abominable calomnie ! rugit-il. Toute cette affaire est une farce grotesque ! Une honte pour cette commission ! Vous me convoquez sous un faux prétexte pour me jeter à la face les accusations ignobles de cet individu. Il... il était chez moi, hier soir. Ce Buchanan et... cet homme-là ! ajouta-t-il en montrant du doigt Lee. Cet homme pointait un pistolet sur ma tête. Ils ont tenté de m'intimider avec ces mêmes billevesées. Ils prétendaient avoir des preuves. Quand ils ont compris que leur bluff ne prenait pas, ils ont décampé comme des voleurs. J'exige que ces hommes soient arrêtés séance tenante ! J'ai l'intention de porter plainte. Et maintenant, si vous voulez bien m'excuser, j'ai des affaires sérieuses qui m'attendent ailleurs. »

Thornhill tenta de s'éloigner, mais Lee se dressa pour lui barrer la voie.

Thornhill en appela alors à Ward :

« Si vous ne faites pas quelque chose immédiatement, monsieur le président, je serai forcé d'alerter la police avec mon téléphone portable. Ça fera un bel effet dans le journal télévisé de ce soir.

— J'ai la preuve de ce que j'avance, affirma Buchanan.

— Quoi ? s'écria Thornhill. Cette ridicule cassette dont vous m'avez menacé hier soir ? Si vous l'avez, présentez-la. Et il sera facile de démontrer qu'elle est truquée. »

Buchanan ouvrit un porte-documents posé devant lui et en sortit effectivement une cassette. Mais c'était une cassette vidéo. Il la confia à un appariteur.

Un autre appariteur fit rouler un téléviseur équipé d'un

magnétoscope dans un coin de la salle d'où l'écran était visible par tous. Il inséra la cassette, appuya sur la télécommande et recula. Tous les yeux se fixèrent sur l'écran.

L'image montra Lee et Buchanan sortant du cabinet de travail de Thornhill. Ensuite, on vit Thornhill derrière son bureau, tendant la main vers son téléphone, hésitant, puis prenant un autre téléphone dans un tiroir. Il parla avec anxiété. Toute l'assistance put entendre sa conversation haut et fort. Son plan de chantage, le meurtre de l'agent du FBI, son ordre d'assassiner Buchanan et Lee Adams. Sa mine triomphante quand il raccrocha démentait complètement les airs offensés qu'il affectait maintenant.

Lorsque l'écran s'éteignit, ses yeux restèrent aimantés sur le poste de télévision. Ses lèvres entrouvertes articulaient des mots silencieux. Son attaché-case, avec ses papiers prétendument si importants, tomba sur le sol.

Ward tapota sur le micro à l'aide de son stylo, en toisant Thornhill avec une expression mi-satisfaite mi-horrifiée. Il semblait écœuré par ce qu'il venait de voir.

« Je suppose que, puisque vous avez reconnu que ces hommes étaient chez vous hier soir, vous ne prétendrez pas que ce document est un faux, monsieur Thornhill », dit-il.

Danny Buchanan restait assis tranquillement, les yeux baissés, à la fois soulagé, triste et las. Il était à l'évidence un peu écœuré, lui aussi.

Lee observa Thornhill. La tâche qu'il avait accomplie dans sa résidence, la veille, était assez simple. La technologie de base était la même que celle employée par Thornhill pour surveiller le domicile de Ken Newman : une installation sans fil avec un émetteur 2,4 gigahertz, une caméra à grand-angle et une antenne camouflées dans un appareil ressemblant en tout point au détecteur d'incendie déjà posé dans le bureau, le tout alimenté sur le secteur. L'enregistrement audio et vidéo était d'une netteté parfaite. Thornhill avait pensé à empêcher toute interception *extérieure* de sa conversation, mais il ne lui était pas venu à l'esprit qu'il y avait un cheval de Troie miniature à l'*intérieur* de sa maison.

« Je serai là pour témoigner au procès », déclara Danny Buchanan.

Il se leva et suivit l'allée centrale en direction de la porte.

Lee s'appuya sur l'épaule de Thornhill pour s'extraire de la rangée, en disant poliment :

« Excusez-moi. »

Thornhill lui agrippa le bras au passage.

« Comment vous avez fait ? » lança-t-il.

Lee dégagea lentement son bras, emboîta le pas à Buchanan, et les deux hommes sortirent tranquillement ensemble.

57

Un mois, jour pour jour, après le témoignage de Buchanan devant la commission de Ward, Robert Thornhill dégringolait les marches du palais de justice fédérale de Washington, soucieux mais libre, avec ses avocats sur les talons. Une voiture l'attendait. Il se glissa à l'intérieur. Il avait été libéré sous caution, après quatre semaines derrière les barreaux. Le moment était venu de se mettre à la tâche. L'heure de la vengeance avait sonné.

« Ils ont tous été contactés ? » demanda-t-il au chauffeur.

L'homme acquiesça.

« Ils sont déjà là. Ils vous attendent.

— Et pour Buchanan et Adams ? Statu quo ?

— Buchanan est placé sous haute protection dans un endroit secret, mais nous avons quelques pistes. Adams est dans la nature. On peut l'emballer quand on veut.

— Lockhart ?

— Morte.

— C'est sûr ?

— Je ne dis pas que nous avons déterré son corps, mais tout indique qu'elle a succombé à ses blessures dans un hôpital de Caroline du Nord. »

Thornhill se radossa en soupirant.

« Tant mieux pour elle. »

La voiture entra dans un parking souterrain. Thornhill descendit de la voiture pour remonter aussitôt dans une camionnette garée juste à côté, qui partit dans la direction opposée – cela afin de parer à une éventuelle filature du FBI.

Trois quarts d'heure plus tard, il était dans le petit centre commercial désaffecté, où l'ascenseur l'emmena à trente mètres sous terre. Plus Thornhill s'enfonçait, mieux il se sentait. L'idée l'amusa.

Les portes coulissèrent, et il jaillit littéralement de la cabine pour rejoindre ses collègues assemblés. Sa chaise en tête de table était libre, son fidèle camarade Phil Winslow assis à sa droite. Thornhill se fendit d'un sourire satisfait. Le travail reprenait. Au boulot, les gars.

« Félicitations pour ta libération, Bob, dit Winslow.

— Au bout de quatre semaines ! répliqua Thornhill, amer. Je crois que l'Agence a besoin de remettre de l'ordre dans ses services juridiques.

— Il faut reconnaître que cette bande vidéo était très compromettante, remarqua Aaron Royce, le cadet des conjurés qui avait tenu tête à Thornhill lors de leur précédente réunion au même endroit. En vérité, je suis très surpris qu'ils t'aient accordé une libération sous caution et, pour être tout à fait franc, je m'étonne même que l'Agence ait jugé bon de te fournir une assistance judiciaire.

— Bien sûr qu'elle était compromettante ! s'emporta Thornhill. L'Agence m'a fourni une assistance judiciaire par loyauté, tout simplement, parce qu'elle n'oublie pas les siens. Évidemment je vais devoir quitter la scène. Les avocats pensent que nous avons une chance de gagner en subtilisant cette cassette, mais vous serez tous d'accord avec moi pour admettre que, malgré certaines fautes de procédure entachant sa validité juridique, le contenu de cette bande est trop explicite pour me permettre de conserver mon poste actuel. »

Le visage de Thornhill s'attrista un instant. Sa carrière était finie, et pas de la façon qu'il avait envisagée. Mais ses traits reprirent vite leur dureté habituelle. Sa détermination était intacte. Promenant un regard conquérant sur l'assistance, il enchaîna :

« Qu'à cela ne tienne, mes amis, je dirigerai la bataille à

distance. Et nous vaincrons. Pour l'instant, m'a-t-on dit, Buchanan se terre. Mais pas Adams. Nous commencerons donc par le maillon le plus faible. Adams d'abord. Ensuite Buchanan. Nous avons des hommes à la direction de la police, qui pourront le localiser. On l'élimine, puis on s'assure, mais avec une certitude *absolue*, que Faith Lockhart est bel et bien hors circuit. » Il s'adressa à Winslow. « Est-ce que mon faux passeport est prêt, Phil ?

— Non, Bob », répondit Winslow.

Royce prit la parole.

« Cette opération nous a coûté trop cher, lança-t-il à Thornhill. Trois hommes du Service action sont morts. Tu es inculpé. L'Agence est sens dessus dessous. On a le FBI sur le dos. C'est un fiasco total. En comparaison, l'affaire Aldrich Ames n'est que de la petite bière. »

Thornhill remarqua que tous les hommes présents, même Winslow, adoptaient une attitude parfaitement inamicale à son égard.

« Allons, mes amis, ne nous affolons pas. Nous surmonterons cette épreuve, n'ayez aucun doute là-dessus.

— Oh, mais je suis sûr que *nous* la surmonterons », repartit Royce.

Thornhill commençait à en avoir sérieusement marre de ce fanfaron de Royce. Il saurait lui rabattre le caquet en temps utile, le gars ne perdait rien pour attendre. Mais, pour l'heure, il lui fallait passer outre.

« Ces salauds du FBI ! s'exclama-t-il, vexé. Planquer une caméra dans ma maison ! C'est interdit par la Constitution, non ? La loi ne s'applique pas à eux ?

— Heureusement que tu ne m'as pas appelé par mon nom au téléphone, ce soir-là », déclara Winslow.

Thornhill le regarda de nouveau, troublé par l'intonation de son ami.

« Revenons à nos moutons, dit-il. Mon passeport. Il faut que je quitte le pays le plus tôt possible.

— Ça ne sera pas nécessaire, Bob, répondit Royce. Et, quoi que tu prétendes, malgré tes sempiternelles objurgations, nous avions d'excellentes relations de travail avec le FBI avant que tu foutes tout en l'air. La coopération est essentielle de nos jours. Dans les querelles de clocher, tout le monde est perdant. Tu as fait de nous des dinosaures et tu veux nous entraîner dans ta merde. »

Thornhill n'en crut pas ses oreilles. Il se tourna vers Winslow.

« Phil, ma patience a des limites. Cloue-lui le bec, veux-tu ? »

Winslow toussota.

« Non, Bob. Il a raison. »

Thornhill se raidit, observa successivement chaque membre de l'assistance et revint à Winslow.

« Phil, je veux mon nouveau passeport et je le veux immédiatement. »

Winslow fit un bref signe de tête à Royce. Celui-ci se leva, sans sourire, sans manifester aucune émotion, parfaitement impassible comme on le lui avait appris.

« Bob, annonça-t-il, il y a un changement de programme. Nous nous passerons désormais de tes services dans cette affaire.

— Qu'est-ce que c'est que ces conneries ? pesta Thornhill, rouge de colère. C'est moi qui dirige cette opération, nom de Dieu. Et j'ordonne l'élimination de Buchanan et d'Adams. Exécution !

— On ne tuera personne, rétorqua sèchement Winslow. On ne tuera plus d'innocents. » Il se leva. « Je suis désolé, Bob. Sincèrement. »

Thornhill ouvrit des yeux ronds. Peu à peu, la fatale vérité se faisait jour en lui. Phil Winslow avait été son camarade d'études à Yale. Plus qu'un camarade : un frère. Il avait été témoin à son mariage. Des amis de quarante ans. De toute une vie.

« Phil ? » dit-il, incrédule.

Winslow fit signe aux autres hommes de se lever aussi. Ils se dirigèrent tous vers l'ascenseur.

« Phil ? » répéta Thornhill, la bouche sèche.

Quand le groupe atteignit l'ascenseur, Winslow se retourna.

« Nous ne pouvons pas laisser cette affaire traîner en longueur. Nous ne pouvons pas nous permettre un procès. Et nous ne pouvons pas t'autoriser à fuir. Ils te traqueraient jusqu'au bout du monde. C'est fini, Bob. »

Thornhill se souleva à demi de son siège.

« Eh bien… eh bien, mais on n'a qu'à faire croire à ma mort. Un faux suicide.

— Navré, Bob. C'est *complètement* fini. Sans entourloupe.

— Phil ! cria Thornhill. Déconne pas ! »

Une fois casé avec les autres hommes dans l'ascenseur, Winslow regarda une dernière fois son ami.

« Les sacrifices sont parfois nécessaires. Bob. Tu le sais mieux que n'importe qui. Pour le bien de la patrie. »

Puis les portes de l'ascenseur se refermèrent.

58

Dans le couloir de l'hôpital, Lee tenait soigneusement le panier de fleurs à deux mains. Dès que son état de santé l'avait permis, Faith avait été transférée dans un hôpital des environs de Richmond, en Virginie. On l'avait fait admettre sous un faux nom, et un homme armé montait en permanence la garde devant sa porte. L'hôpital était suffisamment éloigné de Washington pour garantir le secret de sa présence et en même temps suffisamment proche pour que Brooke Reynolds en assure la surveillance.

C'était la première fois que Lee était autorisé à lui rendre visite, en dépit de ses supplications à Reynolds. Au moins Faith était en vie. Et son état s'améliorait chaque jour, lui avait-on dit.

Il fut donc très surpris de ne voir aucun garde devant sa porte. Il frappa, attendit et finalement ouvrit. La chambre était vide, il n'y avait pas de draps sur le lit. Il regarda autour de lui, hébété, puis sortit en courant et faillit percuter une infirmière dans sa précipitation. Il la saisit par les épaules.

« La patiente du 212 ! Où est-elle ? »

L'infirmière regarda tour à tour la chambre vide et Lee.

« Vous êtes de la famille ? dit-elle tristement.

— Oui. »

Elle avisa les fleurs, et une profonde affliction se peignit sur son visage.

« Personne ne vous a prévenu ?

— Hein ? Prévenu ? De quoi ?

— Elle est décédée hier soir. »

Lee pâlit.

« Décédée ? marmonna-t-il. Mais… mais elle allait mieux. Elle se rétablissait ! Qu'est-ce que vous me racontez là ? Décédée ? »

Elle lui prit le bras pour l'entraîner à l'écart. « Je ne peux pas vous donner de détails, je n'étais pas de garde, la nuit dernière. Je vais vous conduire auprès de quelqu'un qui vous renseignera.

— Rien du tout ! répliqua Lee en retirant son bras. Elle ne peut pas être morte, c'est compris ? Elle a besoin d'une couverture, c'est tout.

— Pardon ? dit la femme, qui commençait à se demander si elle n'avait pas affaire à un fou.

— Oui, c'est une couverture. Une histoire inventée pour sa sécurité.

— Quoi ?

— Je m'occupe de monsieur », déclara une voix.

Ils se retournèrent tous deux. C'était Brooke Reynolds. Elle montra sa plaque à l'infirmière.

« Je m'occupe de monsieur », répéta-t-elle.

L'infirmière s'inclina, soulagée, et disparut.

« Qu'est-ce qui se passe, bon Dieu ? demanda Lee.

— Allons parler de ça dans un endroit tranquille.

— Où est Faith ?

— Lee, pas ici ! Enfin quoi, vous voulez tout gâcher ? »

Elle le tira par la manche, mais il refusa de bouger, et il était plus fort qu'elle.

« Pourquoi je devrais vous suivre ?

— Parce que je vais vous dire la vérité. »

Ils montèrent dans la voiture de Reynolds. Elle sortit du parking.

« Sachant que vous viendriez aujourd'hui, je comptais être là avant vous, pour vous attendre. Je n'ai pas fait assez vite. Je ne voulais pas que vous entendiez ça de la bouche d'une infirmière. »

Elle regarda les fleurs qu'il tenait encore à deux mains, et son cœur se brisa. Elle n'était plus un agent du FBI en cet instant, elle était un simple être humain assis à côté d'un homme anéanti. Et ce qu'elle avait à lui révéler n'allait pas simplifier les choses.

« Faith a été placée en résidence surveillée. Buchanan aussi.

— *Quoi ?* Buchanan, je comprends ! Mais Faith ? Elle n'est pas témoin. »

Le soulagement de Lee était à la mesure de son indignation. Tout allait de travers dans cette histoire.

« Haute protection, répondit Reynolds. Si certaines personnes apprenaient qu'elle est encore en vie, elle… Enfin, vous savez ce qu'elle risque.

— Le procès est pour quand ?

— Il n'y aura pas de procès.

— Attendez, ne me dites pas que cet enfoiré de Thornhill a réussi à passer un marché avec le ministère public. Ne me dites pas ça !

— Non.

— Alors, pourquoi pas de procès ?

— Pour qu'il y ait procès, il faut un accusé. »

Reynolds pianota sur le volant et enfila des lunettes noires. Puis elle se mit à jouer avec la commande du chauffage.

« J'attends, déclara Lee. Il me semble que j'ai droit à une explication. À moins que ce ne soit trop vous demander… »

Reynolds soupira et se redressa.

« Thornhill est mort. On l'a retrouvé dans sa voiture sur une route de campagne, avec une balle dans la tête. Suicide. »

Lee fut réduit au silence. Au bout d'une minute, il marmonna :

« La solution des lâches.

— Je crois que tout le monde est soulagé. En tout cas, à la CIA, ils le sont. La peur du scandale les a secoués, je peux vous le dire. Ils craignent les médias comme la peste. Et puis, pour le bien du pays, je pense qu'il valait mieux éviter un procès long et gênant.

— Ben voyons ! Comme ça, on lave son linge sale en famille. Vive la patrie, ajouta Lee en saluant un drapeau qui flottait sur un bureau de poste. Bon, mais, si Thornhill est écarté, pourquoi placer Faith sous haute protection ?

— Vous connaissez la réponse : Thornhill a emporté dans la

tombe les noms de tous ceux qui avaient participé à sa conspiration. Mais ils sont toujours là, aux aguets. Rappelez-vous votre cassette vidéo. Ce fameux coup de téléphone. Thornhill parlait à quelqu'un, et ce quelqu'un court toujours. La CIA mène une enquête interne pour essayer de débusquer les coupables, mais je n'attendrai pas cent sept ans. Vous savez très bien que ces gens vont faire l'impossible, ne serait-ce que par vengeance, pour atteindre Faith et Buchanan... » Elle lui toucha le bras. « ... et vous aussi, Lee. »

Il lut dans ses pensées.

« Pas question, riposta-t-il. Pas de haute protection pour moi. Les fausses identités, j'en ai ma claque. Par moments, je ne suis même plus sûr de me rappeler mon vrai nom, alors basta ! Je préfère me colleter les sbires de Thornhill. Au moins, je rigolerai avant de mourir.

— Lee, je ne plaisante pas. Si vous ne vous cachez pas, vous êtes en danger. Nous ne pouvons pas vous faire suivre vingt-quatre heures sur vingt-quatre.

— Ah non ? Après tout ce que j'ai fait pour le Bureau ? Je n'aurai même pas un T-shirt gratuit du FBI ?

— Vous avez tort de prendre ça à la légère...

— Je le prends comme je veux. Vous savez pourquoi ? Parce que je n'en ai plus rien à foutre. Vous êtes une femme intelligente, vous devriez piger. »

Ils continuèrent de rouler en silence sur plusieurs kilomètres.

« Si ça dépendait de moi, avoua finalement Reynolds, vous auriez tout ce que vous voulez, même une île privée avec des domestiques. Mais ça ne dépend pas de moi. »

Il haussa les épaules.

« Je cours le risque. S'ils en ont après moi, qu'ils y viennent ! Ils ne m'auront pas si facilement.

— Y a-t-il quelque chose que je puisse dire pour vous faire changer d'avis ?

— Oui. Vous pouvez me dire où est Faith.

— Non, ça, je ne peux pas. Vous le savez.

— Allons donc, bien sûr que vous pouvez. Il suffit d'articuler correctement, et vous avez une excellente diction.

— Lee, je vous en prie… »

Il tapa du poing sur le tableau de bord.

« Merde, Brooke, vous ne comprenez donc rien ? Il faut que je voie Faith. Il le faut !

— Détrompez-vous, Lee, je comprends très bien. Et je vous assure que c'est très dur pour moi. Mais, si je vous dis où elle est, vous irez la voir et vous la mettrez en danger. Vous vous mettrez *vous-même* en danger, vous en êtes parfaitement conscient. C'est contraire au règlement, et je n'en démordrai pas, je suis désolée, même si c'est un crève-cœur pour moi. »

Lee cala sa nuque contre l'appuie-tête et ne prononça plus un mot. Reynolds conduisit sans but.

« Comment elle va ? demanda-t-il finalement.

— Je vais être franche : cette balle a fait de gros dégâts. Faith se rétablit, mais lentement. Ils ont failli la perdre deux fois. »

Lee se prit le front dans les mains et secoua la tête.

« Si ça peut vous consoler, reprit-elle, cette résidence surveillée la contrarie autant que vous.

— Oh, c'est fou ce que ça me console. Je vois la vie en rose, tout à coup !

— Je me suis mal exprimée, je…

— Vous ne voulez vraiment pas me laisser la voir ?

— Non.

— Alors, déposez-moi au coin.

— Mais votre voiture est devant l'hôpital… »

Il ouvrit la portière avant que Reynolds ne s'arrête. « Je marcherai.

— C'est à des kilomètres ! Et il fait un froid de canard. Lee, laissez-moi vous reconduire. Allons boire un café. Pour en reparler au calme.

— J'ai besoin d'air frais. Et pour reparler de quoi ? Je n'ai plus rien à dire. Je ne parlerai peut-être plus jamais à personne. »

Il descendit de voiture, puis se retourna et se pencha à l'intérieur.

« À la réflexion, ajouta-t-il, il y a quand même quelque chose que vous pouvez faire pour moi.

— Je vous écoute. »

Il lui tendit les fleurs.

« Donnez ça à Faith. Vous serez gentille. »

Il claqua la portière et s'en alla.

Reynolds prit les fleurs et le regarda s'éloigner, tête baissée, les poings dans les poches. Elle vit ses épaules trembler. Alors, elle s'affaissa sur son siège et des larmes ruisselèrent sur ses joues

59

Neuf mois plus tard, Lee était à l'affût devant la garçonnière d'un mari infidèle qui allait prochainement être empêtré dans une procédure de divorce à ses torts exclusifs. Lee avait été engagé par l'épouse soupçonneuse pour réunir des preuves de ses fredaines et, vu le nombre de grisettes court vêtues qui défilaient dans la maison, l'affaire serait rondement menée. Madame voulait une grosse compensation en dollars de monsieur, qui en possédait beaucoup, environ cinq cents millions, sous forme de stock options dans une société d'informatique en ligne sur Internet dont il était cofondateur. Lee était très content d'aider la dame à taper dans le magot. Le mari adultère lui rappelait Eddie Stipowicz, le jules milliardaire de son ex-femme. Amasser des preuves contre ce type, c'était un peu comme lancer des pierres à la face d'Eddie le Bouffi.

Lee sortit son appareil photo et prit quelques clichés d'une grande blonde en minijupe qui trottinait vers la maison. La photo de l'homme torse nu qui l'attendait sur le perron, une canette de bière à la main et un sourire lubrique aux lèvres, serait la pièce à conviction numéro un des avocats de l'épouse. Les lois sur le divorce par consentement mutuel avaient considérablement réduit le travail des détectives privés mais, pour peu qu'il y ait un butin à partager, on s'empressait à remuer de la boue. Personne n'aimait être lésé. Surtout quand il y avait des enfants, comme dans le cas présent.

La sauterelle blonde ne devait pas avoir plus de vingt ans, à peu près l'âge de sa fille Renee, alors que le gandin frisait la cinquantaine. Ah, ces stock options ! Ça rendait séduisant. À moins que ce ne soit le charme de sa calvitie, de ses mollets de coq, de son petit ventre mou. On ne savait jamais, avec les femmes. *Nan, c'est pour sa galette*, se dit Lee. Il reposa son appareil.

On était au mois d'août, tout le monde avait déserté Washington, à l'exception des maris infidèles, de leurs gigolettes et des privés qui les espionnaient. Le temps était chaud, lourd, humide. Lee avait baissé sa vitre pour essayer de capter un petit souffle d'air, il mastiquait un sandwich et buvait de l'eau en bouteille. Le plus dur, dans ce genre de planque, c'était le manque de pauses pipi. C'était pourquoi il préférait l'eau minérale. Les bouteilles en plastique vides étaient pratiques en cas d'urgence.

Lee regarda sa montre : bientôt minuit. La plupart des lumières étaient éteintes dans les appartements et les hôtels particuliers. Il envisagea de lever le camp. Il avait accumulé assez de preuves depuis quelques jours, notamment une bacchanale torride dans le jacuzzi de la terrasse, pour obliger le don juan à céder les trois quarts de son portefeuille d'actions. Deux midinettes nues barbotant dans l'eau bouillonnante avec un type assez vieux pour connaître la loi sur le détournement de mineures… ça ferait deux jolies taches de couleur dans le tableau. Le juge allait adorer.

La vie de Lee était devenue tellement routinière et monotone qu'il avait décidé de mettre les bouchées doubles pour ne pas sombrer dans la neurasthénie. Il se levait tôt, faisait de la musculation, tapait dans le punching-ball jusqu'à frôler la rupture d'anévrisme et travaillait du matin au soir. C'était la journée continue. Il terminait juste à temps pour arriver avant la fermeture du McDonald's de son quartier et manger en vitesse. Il rentrait épuisé, mais n'arrivait jamais à dormir profondément. Alors, il errait dans l'appartement, regardait par la fenêtre, tirait des plans sur la comète, refaisait le monde. Son livre de questions sans réponses était plein. Il faudrait qu'il en achète un autre.

Il y avait eu quelques points positifs. Brooke Reynolds s'était fait un devoir de lui envoyer autant de clients que possible – de bons clients, qui payaient rubis sur l'ongle. Elle avait aussi de nombreux anciens collègues recyclés dans des sociétés de surveillance privées, qui lui avaient proposé des boulots en or, à temps plein, avec des paquets de stock options à la clé, bien sûr. Il avait décliné toutes les offres, en remerciant Reynolds mais en lui expliquant qu'il préférait travailler seul, sans patron. Il n'était pas du genre costume-cravate et détestait les dîners en ville, l'argenterie, les hors-d'œuvre variés et les desserts bourrés de calories.

Il voyait souvent Renee, et leurs relations s'amélioraient. Pendant tout le mois qui avait suivi la tuerie, il ne l'avait pratiquement pas quittée une minute. Un véritable ange gardien. Après le suicide de Robert Thornhill, ses craintes s'étaient un peu apaisées, mais il restait vigilant. Elle avait promis de lui rendre visite avant la rentrée universitaire. Il avait même eu envie d'envoyer une carte postale à Trish et Eddie pour les féliciter de l'éducation qu'ils lui avaient donnée.

La vie lui souriait, au fond. Les affaires prospéraient, il était en bonne santé, sa fille avait renoué avec lui, il n'était pas en train de manger les pissenlits par la racine. Et il avait servi la patrie. Le pied. Alors, pourquoi était-il si mal dans sa peau ? Il connaissait la réponse, mais il ne pouvait rien y faire. C'était toute l'histoire de sa vie : connaître les solutions sans avoir la possibilité de les appliquer.

Deux phares se reflétèrent dans son rétroviseur latéral. Une voiture s'était arrêtée derrière lui. Et ce n'était pas une voiture de flics désireux de savoir ce qu'il faisait garé là depuis plusieurs heures. Il fronça les sourcils et observa la garçonnière. Le méchant nabab d'Internet avait-il remarqué sa présence, et appelé des gorilles pour casser la figure du petit privé trop curieux ? Si oui, ce serait l'occasion de s'amuser un peu. Il avait une grosse clé à molette sur le siège d'à côté et se ferait un plaisir de leur démolir le portrait pour se dégourdir les muscles. L'exercice l'aiderait peut-être à trouver le sommeil ensuite.

Il fut surpris de voir une seule personne s'extraire du véhicule, côté passager. Elle vint vers lui. Elle était de petite taille, mince et emmitouflée dans un long imperméable à capuche. Bizarre accoutrement par cette nuit caniculaire. Il empoigna sa clé à molette. Voyant la silhouette s'approcher de sa vitre de droite, il verrouilla les portières... puis retint son souffle.

Le visage qu'il avait sous les yeux était très pâle et très maigre. Et très Faith Lockhart. Il déverrouilla. Elle se glissa à l'intérieur.

Il l'examina et retrouva lentement sa voix.

« Je rêve ou c'est vraiment toi ? »

Elle sourit et, tout à coup, parut beaucoup moins pâle, moins émaciée, moins fragile. Elle retira son imperméable. En dessous, elle portait une chemise à manches courtes et un short kaki. Elle était chaussée de sandales. Ses jambes étaient très blanches, et plus fines que dans son souvenir. Ses mois d'hôpital l'avaient considérablement amaigrie. Ses cheveux avaient repoussé et retrouvé leur vraie couleur. Mais il l'aurait prise même chauve.

« C'est vraiment moi, dit-elle. Du moins ce qu'il en reste.

— C'est Reynolds, derrière ?

— Morte de trac. J'ai fini par la persuader.

— Tu es très en beauté, Faith.

— Menteur, répliqua-t-elle en souriant. J'ai une mine de déterrée. Je ne supporte pas de voir ma poitrine. Seigneur ! »

Elle avait dit ça sur un ton badin, mais qui cachait mal son angoisse sous-jacente.

Il lui caressa doucement la joue.

« Je ne mens pas. Et tu le sais.

— Merci, répondit-elle en lui prenant la main.

— Comment tu vas ? Je veux la vérité. »

Elle déplia un bras et grimaça furtivement. Ce simple geste semblait une torture pour elle.

« Je ne me présenterai pas au prochain concours d'aérobic, mais je tiens le coup. Je m'améliore chaque jour. Les médecins espèrent une guérison totale. Enfin... à quatre-vingt-dix pour cent, disons.

— Je croyais ne jamais te revoir.

— Tu ne te débarrasseras pas de moi aussi facilement. »

Il se rapprocha d'elle, passa un bras autour de ses épaules. Elle grimaça de nouveau un peu, et il s'écarta aussitôt.

« Excuse-moi, Faith, excuse-moi. »

Elle sourit et remit elle-même son bras autour de ses épaules en lui tapotant la main.

« Je ne suis pas en sucre, tu sais. Le jour où tu ne pourras plus me prendre dans tes bras, je serai morte.

— Je te demanderais bien où tu vis, mais je sais que…

— … que je ne peux pas te répondre. Si c'est ça qu'on appelle vivre… » Elle se pencha vers lui, serra sa tête contre sa poitrine. « J'ai vu Danny à ma sortie de l'hôpital. Quand ils nous ont dit que Thornhill s'était tué, j'ai cru qu'il ne s'arrêterait jamais de sourire.

— Je n'ai pas vraiment pleuré non plus. »

Elle le regarda.

« Et *toi*, Lee, comment vas-tu ?

— Moi ? Je me porte comme un charme. Personne ne m'a tiré dessus. Personne ne m'a assigné à résidence. Tout baigne dans l'huile.

— Vérité ou mensonge ?

— Mensonge. »

Ils échangèrent un court baiser, puis un plus long. Leurs mouvements étaient si aisés, pensa Lee, leurs bras et leurs corps s'ajustaient si bien, comme les pièces d'un puzzle, qu'ils auraient pu se croire encore dans la villa au bord de l'océan. Comment deux personnes qui ne s'étaient vues que quelques jours pouvaient-elles se comprendre aussi parfaitement ? Dieu ne devait permettre un tel miracle qu'une fois par siècle. Et, dans leur cas, il ne l'avait pas permis longtemps. C'était injuste. Il enfouit son visage dans les cheveux de Faith pour se pénétrer de son odeur.

« Tu peux rester combien de temps avec moi ? demanda-t-il.

— Qu'est-ce que tu as derrière la tête ?

— Rien de spécial. Un dîner chez moi. Bavarder un peu. Et te tenir dans mes bras toute la nuit.

— Pour ça, je ne suis pas sûre d'être en condition physique.

— Non, non, au sens propre. Seulement te tenir dans mes bras. Rien de plus. Je ne pense qu'à ça depuis des mois. Te tenir dans mes bras. C'est tout. »

Faith parut sur le point d'éclater en sanglots, mais ce fut Lee qui versa une larme. Elle lui essuya délicatement la joue.

Il regarda dans le rétroviseur.

« Mais je suppose que ce n'est pas dans les prévisions de Reynolds, dit-il.

— J'en doute. »

Il hésita.

« Faith, reprit-il, pourquoi t'es-tu jetée devant cette balle ? Je sais que Buchanan compte beaucoup pour toi, mais tout de même.

— Je te l'ai dit, il est unique et je ne suis qu'une femme ordinaire. Je ne pouvais pas le laisser mourir.

— Je n'aurais pas fait ça.

— Tu l'aurais fait pour moi ?

— Oui.

— On se sacrifie pour les gens qu'on aime. Et j'aime énormément Danny.

— Tu l'as bien prouvé. Tu pouvais t'enfuir, tu avais tout, des faux papiers, un compte numéroté en Suisse, une maison… et, au lieu de ça, tu es allée au FBI pour essayer de le tirer d'affaire. »

Elle lui serra le bras.

« Mais j'ai survécu. J'ai réussi. Peut-être que ça fait de moi une femme un peu moins ordinaire, finalement.

— Maintenant que tu es là, je n'ai pas envie de te laisser repartir, Faith. Je donnerais tout ce que je possède, je ferais n'importe quoi pour que tu restes auprès de moi. »

Elle effleura sa bouche du bout des doigts, baisa ses lèvres, contempla ses yeux qui, même dans le noir, semblaient flamboyer comme le soleil. C'était peut-être le besoin de revoir un jour ces yeux qui lui avait donné la force de guérir. Avait-elle une autre raison de survivre ? Rien ne comptait davantage pour elle que la profondeur de l'amour émanant de cet homme. Désormais, il était toute sa vie.

« Démarre », dit-elle.

Intrigué, il tourna la clé de contact, passa une vitesse…

« Roule », ajouta-t-elle.

Il s'éloigna de la bordure du trottoir et la voiture derrière eux fit de même.

« Reynolds doit s'arracher les cheveux, remarqua Lee.

— Elle s'en remettra.

— Où on va ?

— Il te reste combien d'essence ?

— J'ai fait le plein. »

Elle était tout contre lui, un bras autour de sa taille. Ses cheveux lui chatouillaient le nez. Elle sentait si bon qu'il avait le vertige.

« On peut aller sur le belvédère de GW Parkway, proposa-t-elle en regardant le ciel étoilé. Je te montrerai les constellations.

— Tu cherches toujours ta bonne étoile ?

— Je l'ai trouvée.

— Et ensuite ?

— Ils ne peuvent pas me garder sous haute protection contre mon gré, n'est-ce pas ?

— Non. Mais tu serais en danger.

— *Nous* serions en danger.

— Je veux dire tout de suite, Faith. Qu'est-ce qui se passera quand on n'aura plus d'essence ?

— Pour l'instant, contente-toi de rouler. »

Et c'est exactement ce qu'il fit.

Remerciements

À ma chère amie Jennifer Steinberg, pour toutes les informations qu'elle est allée pêcher. Tu es une formidable détective !

À ma femme, Michelle, qui me dit toujours ce qu'elle pense des livres.

À Neal Shiff, du FBI, pour l'aide et la collaboration qu'il m'apporte continuellement.

Un merci tout particulier à l'agent spécial du FBI Shawn Henry, qui ne m'a ménagé ni son temps, ni son savoir, ni son enthousiasme, et qui m'a permis d'éviter de grosses bourdes dans cette histoire. Shawn, vos commentaires ont grandement amélioré le livre.

À Martha Pope, pour sa précieuse connaissance interne des affaires de Capitol Hill et sa patience avec un néophyte en politique. Martha, vous auriez fait une grande pédagogue !

À Bobby Rosen, Diane Dewhirst et Marty Paone, pour m'avoir fait part de leurs expériences des institutions.

À Tom Depont, Dale Barto et Charles Nelson de NationsBank, pour leur assistance sur les questions financières et fiscales.

À Joe Duffy, pour m'avoir éclairé sur les procédures d'aide aux pays étrangers. Et sa femme, Anne Wexler, pour avoir partagé avec moi son précieux temps et ses connaissances.

Un merci *très, très spécial* à mon ami Bob Schule, pour m'avoir aidé au-delà de toute espérance, non seulement en me fournissant des détails fascinants sur sa longue et remarquable carrière à Washington, mais encore pour avoir battu le rappel de ses amis et collègues afin de me permettre de mieux comprendre la politique, le lobbying et le vrai fonctionnement de Washington. Bob, tu es un merveilleux ami et un vrai professionnel.

À Rod Blagojevich (député démocrate de l'Illinois), pour m'avoir donné un aperçu sur la vie d'un membre du Congrès.

À Tony Hall (député démocrate de l'Ohio), pour m'avoir aidé à mieux comprendre le drame des pauvres du monde et ses répercussions (ou non) sur Washington.

À mon bon ami et parent John Baldacci (député démocrate du Maine), pour son soutien et son assistance dans ce projet. Si tout le monde était comme John à Washington, l'intrigue de ce livre serait totalement invraisemblable.

À Larry Benoit et Bob Beene, pour leurs révélations sur le lobbying, la petite cuisine du Gouvernement, et tous les coins et recoins de l'immeuble du Capitole. C'est à eux que je dois mes passages préférés du livre.

À Mark Jordan, de Baldino's Lock and Key, pour m'avoir initié aux systèmes de sécurité et de télécommunication, et à la manière de les déjouer. Mark, vous êtes le meilleur.

À Steve Jennings, pour avoir, comme d'habitude, relu chaque mot et m'avoir aidé à peaufiner le texte.

À mes chers amis David et Catherine Broome, qui ont facilité mes repérages en Caroline du Nord, m'ont toujours encouragé et soutenu.

À tous les autres qui ont contribué à ce roman mais ont, pour diverses raisons, souhaité rester anonymes. Je n'aurais pas pu l'écrire sans vous tous.

À mon éditrice et amie Frances Jalet-Miller. Tout écrivain rêve de travailler avec une personne aussi savante, attentionnée et persuasive qu'elle. À nos futurs livres ensemble, Francie.

Enfin, et ce ne sont pas les moindres, à Larry, Maureen, Jamie, Emi, Jonathan, Karen Torres, Martha Otis, Jackie Joiner et Jackie Meyer, Bruce Paonessa et Peter Mauceri, et à la famille Warner Books dans son ensemble. Votre concours, à tous, a été nécessaire.

Toutes les personnes citées ci-dessus m'ont apporté les

lumières et l'aide dont j'avais besoin pour écrire ce livre. Je tiens à préciser toutefois que les filouteries, méfaits, crimes, félonies et autres conspirations douteuses que j'ai imaginés dans *Sous haute protection* sont de ma seule responsabilité.

DÉJÀ PARUS

Robert Daley
Trafic d'influence, 1994
En plein cœur, 1995
La Fuite en avant, 1997

Daniel Easterman
Le Septième Sanctuaire, 1993
Le Nom de la bête, 1994
Le Testament de Judas, 1995
La Nuit de l'Apocalypse, 1996

Allan Folsom
L'Empire du mal, 1994

Dick Francis
L'Amour du mal, 1998

James Grippando
Le Pardon, 1995
L'Informateur, 1997

Colin Harrison
Corruptions, 1995
Manhattan nocturne, 1997

A.J. Holt
Meurtres en réseau, 1997

John Lescroart
Justice sauvage, 1996

Judy Mercer
Amnesia, 1995

Iain Pears
L'Affaire Raphaël, 2000
Le Comité Tiziano, 2000
L'Affaire Bernini, 2001

Junius Podrug
Un hiver meurtrier, 1997

John Sandford
Le Jeu du chien-loup, 1993
Une proie en hiver, 1994
La Proie de l'ombre, 1995
La Proie de la nuit, 1996

Rosamond Smith
Une troublante identité, 1999
Double délice, 2000

Tom Topor
Le Codicille, 1996

Michael Weaver
Obsession mortelle, 1994
La Part du mensonge, 1995

Pour en savoir plus
sur les éditions Belfond
(catalogue complet, auteurs, titres,
extraits de livres),
vous pouvez consulter notre site Internet :

www.belfond.fr

GROUPE CPI

Achevé d'imprimer en septembre 2001 par
BUSSIÈRE CAMEDAN IMPRIMERIES
à Saint-Amand-Montrond (Cher)
N° d'édition : 3718. — N° d'impression : 013223/1.
Dépôt légal : octobre 2001.
Imprimé en France